묵향 1
마교의 장

묵향 1

초판 1쇄 발행일 · 2007년 06월 22일
초판 4쇄 발행일 · 2022년 12월 30일

지은이 · 전동조
펴낸이 · 유용열
편   집 · 김은희, 유지원, 최승현
펴낸곳 · 도서출판 스카이미디어

주소 · 서울시 동대문구 용두동 234-35번지 대명빌딩 201호
전화 · (02)922-7466
팩스 · (02)924-4633
E-mail · skymedia62@hanmail.net
출판등록 · 제6-711호

Copyright ⓒ 전동조 2022

값 9,000원

ISBN · 978-89-92133-06-7 04810
ISBN · 978-89-92133-00-5 (세트)

※ 온라인상의 불법 복제물의 유포나 공유는 저작자의 재산권을 침해하는
   중대한 범죄 행위로 관련법에 의거해 처벌 대상이 됩니다.
※ 작가와의 협의에 의하여 인지는 생략합니다.
※ 잘못된 책은 본사나 구입하신 서점에서 교환해 드립니다.

DARK STORY SERIES I

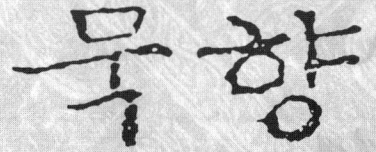
묵향

전동조 장편 판타지 소설

1

마교의 장

차례
마교의 장

서문 : 현경과 탈마 …………………………………… 7
운명의 시작 …………………………………………… 15
특이한 인물 2044호 ………………………………… 24
아수혈교의 출현 ……………………………………… 35
음모(陰謀) …………………………………………… 41
기연(奇緣) …………………………………………… 48
뛰는 놈 위에 나는 놈,
그리고 거기에 밟히는 기는 놈 …………………… 65
기는 놈의 결말 ……………………………………… 78
한 명이라도 더 많은 고수를 ……………………… 91
절정(絶頂)의 세계로 ……………………………… 102
고수의 출현 ………………………………………… 120
부임(赴任) …………………………………………… 135
인연의 시작 ………………………………………… 144
살육전(殺戮戰) ……………………………………… 154
영전 …………………………………………………… 166

차례
마교의 장

비무 …………………………………… 172
기이한 만남 …………………………… 181
비무의 결과 …………………………… 193
고속 승진 ……………………………… 217
사군자(四君子) 결성 …………………… 228
우연한 해후 …………………………… 233
뒷수습 ………………………………… 253
현상범은 싫다 ………………………… 280
북명신공(北冥神功) …………………… 288
이상한 납치범과 인질 ………………… 300
담판 …………………………………… 332
암흑마교와의 결합 …………………… 348
생일 축하객 …………………………… 355
북명신공의 위력 ……………………… 372
자매간의 비무 ………………………… 393
구출 작전의 결과 ……………………… 403

서문

현경과 탈마

　무공을 크게 두 가지로 구분한다면 정(正)과 사(邪)로 나눌 수 있다. 어느 사이엔가 무공의 원류는 이렇게 둘로 나뉘더니 서로가 피를 피로 씻는 복수와 반목을 거듭해, 서로 왜 싸웠는지 그 시초조차 아리송해졌다. 정파는 사파를, 사파는 정파를 원수 보듯 하며 수단과 방법을 가리지 않고 상대방을 죽였다.
　정파는 달마가 중원에 보급한 역근(易筋)과 세수(洗髓)의 두 진경(眞經)을 기반으로 성장한 무공으로, 대부분이 불가(佛家)나 도가(道家) 계통의 무술들이 주종을 이뤘다. 이른바 5대세가의 경우도 원류를 따지면 9파1방(九派一幇)의 속가제자 중 뛰어난 자가 세운 것이다. 그리고 그 문파에서 뛰어난 자들이 뛰어나와 새로운 문파를 만들다 보니 근래에 이르러서는 그 갈래조차 희미해질 정도였다.
　고대의 무술은 들짐승이나 날짐승의 행동을 흉내 내고 모방하는 데

서 시작되었다. 유명한 소림오권(小林五拳)은 호랑이, 표범, 뱀, 원숭이, 학의 움직임을 따라 이루어졌으며, 도가(道家)로부터 전수된 검법(劍法)도 동물들을 흉내 내어 시작되었다. 이러한 검법(劍法), 도법(刀法), 창법(槍法), 봉법(棒法), 권법(拳法), 장법(掌法) 등의 무술을 통틀어 외가무공(外家武功)이라 한다.

반면에 내가무공(內家武功)은 단전호흡(丹田呼吸)이나 숨을 뱉고 쉬는 법을 일컫는 토납술(吐納術)에서 비롯되었다. 어린 시절부터 오랜 기간을 두고 토납을 반복하면 몸속에 보이지 않는 무형의 힘인 내공이 쌓이게 되는데, 그 내공을 권이나 장, 또는 검에 실어 내보내는 무술을 내가무공이라 한다. 내공이 어느 정도 쌓이면 몸 안을 일주천 시키며 더욱 그 힘을 증폭시켜 내공이 쌓이는 속도를 증가시킨다. 이때 그 힘을 어떤 순서로 어떤 혈도에 보내느냐에 따라 다양한 운기조식의 기법들이 생겨났다.

정파는 내공을 익힐 때 그 공력이 천천히 쌓여 나간다. 그렇기에 다른 사람의 진신내공(眞身內功)을 얻거나 영약을 복용하지 않고서는 통상의 경우 밤낮을 가리지 않고 수련을 해도 40세가 넘어야 절정고수에 이를 수 있고, 초절정의 고수가 되려면 60세가 넘어야 했다. 물론 타고난 신력(神力)으로 외공(外功)을 사용하는 자들도 있지만, 내공이 받쳐 주지 않는다면 절정고수의 대열에 들어가기는 어려웠다. 이렇듯 정파 내에서도 무공을 쌓는 방법에는 여러 가지가 있으나 마교에서처럼 파격적인 방법을 써서 속성으로 내공을 쌓지는 않는다.

정파에는 명문(名門)이라 불리는 많은 방파가 있다. 그들은 대부분 도가나 불가 계통이며 뛰어난 고수들을 많이 배출했기에 명가의 칭호가 주어졌다. 그리고 명가의 제자들이 방문외도(傍門外道 : 명가가 아닌 다른 다수의 군소방파들을 낮추어 부르는 말)라 칭하며 깔보는 경향도 있지만 실질적인 정파의 저력은 소수의 명문에 있는 것이 아니라 엄청난 숫자를 자랑하는 군소방파들에 있었다. 대부분의 경우 군소방파들은 내가무공보다는 외가무공을 익히고 가르친다. 명가들과는 달리 그들에게는 우수한 내공 심법이 거의 없기 때문에 궁여지책으로 외가무공을 익히고 가르치는 것이다.

명가(名家)에서는 후계자에게 진신내공(眞身內功)을 전수하거나 영약을 먹여 빠른 속도로 내공이 쌓이게 만든다. 그들에게는 각 문파의 정통 무공들이 교육되었고 그들은 적전제자(適傳弟子)라고 불린다. 적전이 아닌 제자들은 내공이 상당히 취약하기 때문에 같은 초식(招式)을 써도 그 위력은 최소 열 배 이상 차이가 난다고 한다.

상대에게 진신내공을 전수할 때는 내공을 전수하는 쪽이 엄청난 고통을 겪기 때문에 일가 피붙이라도 잘 전수해 주지 않는다. 그리고 진신내공을 전수받는 데도 한 가지 위험이 따른다. 같은 수련을 한 사람의 진신내공이라면 성질이 같기에 전수받아도 상관없지만, 다른 종류의 수련을 하여 얻은 내공을 전수받으면 아예 무공을 익히지 않은 경우를 제외하고는 자신의 진신내공과 새로 얻은 진신내공이 합쳐지지 않고 서로 충돌하여 더 안 좋은 결과를 가져온다.

치료나 공격 등의 목적으로 상대방에게 내공을 불어넣기도 하는데, 그때의 내공은 진신내공이 아니기 때문에 일정 시간이 지나면 내공을 받은 사람의 내부에서 이종(異種)의 내력은 소멸되며, 또 내공을 집어넣은 사람도 곧 내력을 회복할 수 있다.

내공을 특출한 경지까지 연마한 정파의 고수들을 일컬어 사람들은 삼경(三境)의 고수라 한다. 초절정고수가 되면 내공의 정도와 무술 실력이 거의 비례하기 때문에 삼경의 고수에 들어가면 거의 적수를 찾기 어렵다.

제1경(第一境)은 조화경(造化境), 즉 화경(化境)이다. 이것은 천지인(天地人)의 삼화(三化)와 수목금화토(水木金火土)의 오기(五氣)를 고루 몸 안에 이루어 낸 삼화취정(三化聚頂) 오기조원(五氣造元)의 고수를 말한다. 이 수준에 이르면 환골탈태(換骨奪胎)를 통해 온몸이 무예를 시전하기에 최적의 상태로 바뀌는 반로환동(反老換童)을 경험한다.

이때는 능히 소리로 사람을 죽이고 손가락을 들어 작은 산을 무너뜨릴 수 있다고 한다. 화경에 오른 현존하는 고수는 여덟 명인데 그들을 3황5제(三皇五帝)라고 불렀다. 거의 비슷한 무공 수준을 가지고 있지만, 그들을 3황과 5제로 구분하는 이유는 서로 간의 나이 차 때문이기도 하며, 5제보다는 3황의 무공이 좀 높았다. 또 정파의 고수들은 마교가 배출한 가장 뛰어난 네 명의 고수를 4천왕(四天王)이라고 했는데, 그 칭호에서 정파고수들의 은근한 자존심을 엿볼 수 있었다. 과거 현경의 고수가 한 명 있기는 했지만 그 이후 최강의 고수들인 이들은 모든 정도무림인들의 존경을 받고 있다.

제2경(第二境)은 신(神)으로의 입문이라 할 수 있는 현묘(玄妙)한 경지(境地), 즉 현경(玄境)이라 한다. 현경의 경지에 이르면 더욱 뛰어난 육체로 변하게 되고, 그 결과 몸에 만독이 침범하지 못하는 만독불침(萬毒不侵)이 되며 겉으로 전혀 정기가 드러나지 않는 반박귀진(返縛歸眞)의 상태가 된다. 또한 나이가 많은 사람이 이 경지를 이루면 머리가 다시 검어지고 치아(齒牙)까지 새로 나오기에, 그야말로 완벽한 젊음을 되찾는다고 한다. 그들은 능히 몸에서 뿜어 나오는 예기만으로 사람을 죽일 수 있는 경지에 이르는데, 현경의 경지에 이른 고수는 수천 년 무림사에 과거 천하제일문(天下第一門)을 창설한 조사인 신검대협(神劍大俠) 구휘(區揮) 단 한 명뿐이었다. 무림에서 인간이 달성해 낸 최고의 경지가 이 현경이었다.

마지막 제3경(第三境)은 불노불사(不老不死)의 진정한 신의 경지, 즉 생사경(生死境)이다. 인간의 생과 사를 초월하고 우주만물의 법칙을 한눈에 꿰뚫어 내는 무예의 최고 경지로 추측되지만, 단 한 명도 그 근처까지 접근조차 하지 못했기에 생사경은 완전한 미지의 세계다. 수천 년 무림사에 단 한 명도 탄생하지 않았던 지고무상(至高無常)의 경지가 바로 생사경이다. 혹자는 이 생사경은 있지도 않은 것을 말하기 좋아하는 사람들이 지어냈다고 질책할 정도다.

어쨌든 정파의 무공이 이상과 같다면 사파의 무공은 정파의 무공과는 완전히 다른 길을 가고 있다. 사파는 달마가 전래한 무공과는 달리 중원에서 자연스럽게 발생한 무술이다. 그렇기에 토납술에서 정파와는 다른 방법을 택한다. 사파의 대부분을 차지하는 녹림(綠林 : 산적이나 해적 등 남을 등쳐 먹는 것을 천직으로 알고 사는 사람들의 집단. 창부 등도 여기에 속함)이나 사파 무공을 익히는, 역사가 짧은 작은 군소방파들은 내공의 기술이 정파보다는 떨어지므로 그것을 만회하기 위해 상대 무공에 대한 파해식이나 기괴한 초식 등을 개발해 냈다. 따라서 사파에서는 기교에서 앞서가는 외가무공이 주류를 이루고 있다. 그 때문에 약간의 기술과 그에 대한 숙련도만 있으면 되므로 빠른 시일 안에 절정고수의 경지까지는 이르지 못하더라도 상당한 고수가 될 수 있다. 하지만 대부분의 정파고수들이 미숙한 상태기 때문에 이들의 무공은 상당히 위협적이다. 사파에서는 검뿐 아니라 실리적인 싸움을 하기 위해 다양한 무기를 개발하여 사용하며, 각종 암기도 많이 애용하고 있다.

  하지만 일반 사파들과는 또 다른 길을 가고 있는 방파가 있으니 바로 마교(魔敎)다. 마교에서는 오랜 역사와 전통에 따라 각종 체계적인 토납술이 개발되었고, 그들이 택한 것은 속성으로 내공을 쌓는 기술 중에서 가장 빠른 성취도를 이룰 수 있는 역혈기공(逆穴氣功)이었다. 운기조식을 할 때 일상적인 방향과는 반대로 내공을 몸에서 일주천시킨다면 대단히 빠른 속도로 내공을 쌓게 된다는 것을 알아낸 이후, 마교는 이 기공을 통해서 수많은 고수들을 배출했다. 세월이 흐르면서 다양한 역혈기공의 기법들이 개발되었고, 또 그에 따른 패도적인 마공들이 많이 개발되어 정파인들의 숨통을 끊어 놨다.

  속성으로 내공을 쌓는 것은 좋은 점도 많았지만 몇 가지 문제점이 있었다. 첫째로 주화입마(走火入魔)에 빠질 가능성이 대단히 높았다. 내공을 쌓는 속도가 빠른 기술일수록 그 확률은 더욱 올라간다. 그 때문에 마교에 처음 입문한 무사들은 가장 빠르게 내공을 쌓는 기술을 사용하지만, 일정 수준 이상의 고수가 되면 좀 더 안전한 방법으로 바꾸어 수련한다. 따라서 마교에는 각 단계별 고수들에게 맞는 체계적인 심법들이 있었다. 잘못하면 지금까지 고생해서 쌓은 내공을 잃는 것은 물론이고 목숨까지 바쳐야 될 것이 뻔하기 때문이었다.

  하지만 거기에서 생기는 이점은 주화입마의 위험도를 잊어버릴 만큼 대단하다. 마교에서는 20대에 절정고수가 될 수 있을뿐더러 30대에 초절정고수로 올라설 수 있었다. 그래서 마교의 고수들은 외가의 무공보다는 장풍(掌風), 지풍(指風), 검풍(劍風), 검기(劍氣) 등을 이용하여 적을 공격하는 내가의 무공을 사용했고, 특히나 패도적인 장풍을 쏘아 내는 기법들이 발달해 있었다.

두 번째 문제점은 산공(散功)의 위험이다. 엄청난 고통과 함께 자신이 여태까지 쌓아 놓은 내공이 일순간에 사라지는 것이다. 그 고통의 시간은 내공을 얼마나 쌓았느냐에 따라 다르며 절정의 고수일수록 고통의 시간은 증가한다. 하지만 마교에서 그것이 크게 문제되지 않는 것은 대부분의 경우 산공은 늙거나 병들어서 죽기 일보 직전에 벌어지기 때문이다. 그래서 마교의 고수들은 정파의 고수들처럼 편안한 죽음을 맞이하게 되기를 염원했다.

또 하나의 문제점은 일정 수준 이상 무공을 쌓고 나면 벽에 막힌 것처럼 더 이상 진보하지 않는다는 점이다. 마교의 고수들은 이것을 '보이지 않는 벽'이라고 불렀는데, 그 벽을 뚫으면 마(魔)의 정점(頂点)이라고 불리는 극마(極魔)의 경지로 들어설 수 있다.

정파에서 삼경의 고수가 있듯이 마교에서도 그들이 익히기를 염원하는 경지가 있다. 그 첫째가 마인(魔人)의 정점인 극마(極魔)의 경지다. 이 경우 역시 온몸이 무예를 시전하기에 최적의 상태로 바뀌는 환골탈태(換骨奪胎)를 경험하며, 그를 통해 반로환동한다.

극마의 고수는 마기(魔氣)를 몸 안에 고루 갈무리하여 자연스럽게 뻗어 나오는 마기만으로 사람들을 전율시키는데, 내력이 약한 사람들은 그것만으로도 투지를 잃고, 보통 사람들은 생명을 잃기도 한다. 또 마음먹기에 따라 완벽하게 마기를 몸 안에 갈무리하여 밖에 드러나지 않게 할 수도 있었다.

뿜어낸 마기만으로 능히 주변의 사람들을 죽일 수 있고, 손가락을 들어 작은 산을 무너뜨릴 수 있는 극마의 경지는 정파의 화경과 거의 비슷한 수준으로, 현존하는 극마의 경지에 이른 고수는 네 명이며 사람들은 이들을 4마제(四魔帝) 또는 4천왕(四天王)이라 부르며 두려워

한다. 그들은 보통 때는 마기를 거의 밖으로 드러내지 않지만 기분이 나쁠 때면 자신도 모르게 살인적인 마기를 밖으로 흘린다. 그렇기에 그것을 보는 수하들은 피가 얼어붙는 공포를 느끼게 되는 것이다.

　둘째는 탈마(脫魔)의 경지로, 마인들이 오를 수 있는 최고의 경지다. 탈마의 경지에 이르면 만독불침(萬毒不侵)의 상태가 된다. 아직 탈마에 이른 고수는 단 한 명도 배출되지 않았기에 극마의 경지가 화경과 비슷한 점에 착안하여 탈마의 경지를 현경과 비슷하지 않을까 추측하고 있다. 이 경지가 탈마로 불리는 이유는 모든 마인이 두려워하는 산공을 겪지 않는 수준일 것이라고 보는 의견이 지배적이기 때문이다. 어쨌든 마의 최고 경지라고 볼 수 있다.

　그 윗단계는 없는데, 일부 마인들은 극마와 화경이 비슷함에 착안하여 만든 경지가 탈마인 만큼, 탈마의 위는 아마도 정파의 생사경과 같을 것이라고 조심스럽게 추측한다. 그들은 무공의 시작은 다르지만 마지막은 같은 것으로 종결지어질 것이라고 주장한다. 그러나 사실 탈마의 경지에 이른 사람도 없는 형편이었으니 그 추측은 어디까지나 일부 마인들의 망상일 뿐이라고 정파에서는 일축하고 있다.

운명의 시작

 마교의 교주는 장로급 이상이 모두 모이는 1년에 한 번뿐인 정기집회(定期集會)에서 갑자기 특이한 안건을 내놨다. 현 마교 교주인 흑마대제(黑魔大帝) 한중길(韓中吉)은 마의 극한이라 부를 수 있는 극마의 경지에 이른 고수였기에 설핏 보아서는 겨우 20대 후반 정도로 보이는 신체를 가지고 있었다. 그는 충분히 마기를 숨길 수 있는데도 불구하고 마기를 은은히 뿜어내는 것을 좋아했다. 그가 익힌 자전마공(紫電魔功)은 온몸에 은은한 보라색을 띠게 만들었기에 보는 사람으로 하여금 괴기함을 느끼게 했다.
 "본교는 사파 최대의 방파로서 2만 명에 가까운 고수를 보유하고 있소. 하지만 각 지단에 파견되어 있는 하수들을 제외하고 그런대로 쓸 만한 고수들만 든다면 1만 명도 되지 않소. 그중에서도 정예를 가려 뽑는다면 5천 명이 될까 말까 하는 형편이니 현재 정파의 쓰레기들에 비했을 때 언제나 열세에 몰리는 것이오. 뭐 좋은 방법이 없겠소?"

그러자 삼면인마(三面人魔) 소무면(簫無面) 장로가 이의를 제기했다. 그는 마교 서열 15위의 노고수(老高手)로서 마교의 5대 무력 단체라 할 수 있는 자성만마대(紫星萬魔隊)를 책임지고 있었다. 그의 호가 말해 주듯 그는 세 가지 얼굴을 가지고 있다. 정파와의 싸움에서는 미친 듯한 광소(狂笑)와 잔인한 손속, 그리고 피에 굶주린 광기(狂氣)를 보여 주며, 무림인이 아닌 일반 백성들에게는 활불(活佛)과 같은 인자함을, 교내(敎內)에서는 엄격하고 치밀하며 자상한 면모를 보여 줬기에 붙은 명호였다. 그는 교내 많은 수하들에게 인기 있는 노고수였다.

"정파의 잡것들을 물리치는 데는 현재의 힘만으로도 충분합니다. 왜 고수가 없다고 탓하십니까?"

소 장로의 말에 대해 교주를 대신해 적미염(赤眉艷) 왕자영(王紫影) 장로가 답을 했다. 늘씬하고도 고혹적인 다리를 보라는 듯이 드러낸 선정적인 옷차림을 즐기는 그녀는 여자로서는 지극히 올라서기 힘든 위치인 장로 서열 3위, 마교 서열 6위에 올라선 여인이었다. 그녀는 오랜 시간 익혀 온 적혈수라마공(赤血修羅魔功) 탓에 긴 눈썹의 끝부분이 약간 붉은빛을 띠고 있다. 그녀는 치밀한 두뇌의 소유자로서 무공도 뛰어났지만 그 심계(心界)가 깊어 교주의 사랑을 듬뿍 받고 있었다. 물론 침실에서도 말이다. 그 엄청난 내공을 이용한 주안술(珠顏術) 덕분에 20대 중반 정도의 요염한 미모를 유지하고 있는 그녀는 현재 교내의 정보기관이라 할 수 있는 삼비대(三秘隊)의 수장(首長)이다.

"험, 그 이유는 제가 말씀드리겠습니다. 아직 미미한 단계이지만 아수혈교(阿修血敎)의 움직임이 포착되었기 때문입니다."
 아수혈교라는 말은 모두 처음 들어 보는지라 수석장로인 마천검귀(魔天劍鬼) 여절파(呂切破)가 물었다.
 "아수혈교가 뭐요?"
 왕자영 장로는 공손하게 대답했다.
 "혈교(血敎)의 후신입니다. 이름만 바꾼 거지요."
 80년 전 혈교와의 치열했던 전투를 생각하며 좌중은 조용히 신음을 흘렸다.
 "음……."
 그러자 왕자영 장로가 말을 이었다.
 "정파와의 대결이라면 큰 문제가 없지만 거기에 아수혈교가 끼어든다면 만만치 않습니다. 저 옛날 아수혈교의 전신인 혈교(血敎)와의 전투를 잊으셨습니까? 그때 혈교와 정면충돌하여 본교 전력(戰力)의 4할이 무너졌었습니다. 본교는 그 타격을 회복하는 데 자그마치 50년이라는 세월을 허비했습니다. 그리고 암흑마교의 움직임도 생각해야 합니다. 암흑마교의 움직임은 잡히는 것이 없지만 그래도 조심은 하는 것이 좋겠지요."
 혈교는 강시나 실혼인 등을 제작하여 상대에 비해 떨어지는 무공을 각종 사이(邪異)한 대법이나 기술로써 보완하는 무리들로서, 그 당시 먼저 이들의 움직임을 처음 포착한 것은 정파의 첩보 기관이었다. 하지만 인간의 힘을 넘어서는 막강한 파괴력을 자랑하는 강시라든지 아니면 사이한 대법 등을 파해하려면 보통의 무사들로는 힘에 부쳤다. 최소한 1갑자 이상의 내공을 갖춘 내가고수(內家高手)가 아니라면 강시와 대결을 벌여 그들에게 타격을 입힌다는 것은 불가능했다. 그리고 적의 각종 대법에 걸리지 않으려면 웅후한 내력을 가지고 있어야 했으므로 정파가 꾀를 부렸던 것이다.

혈교와의 정면충돌을 견딜 수 있는 대량의 절정고수들을 보유한 정도 문파가 없었기에 무림맹 회의에서 슬쩍 마교에게 그물을 씌워 그들과 먼저 충돌하게 만들었다. 그때 정파가 옆에서 인심 쓰는 척하며 도와줬지만 마교는 엄청난 피해를 입었다.

아마 정파와 마교가 연합 전선을 펼친 것은 이때가 처음일 것이다. 이때 정파에서는 초절정고수들만을 파견해서 도왔다. 그 전투 후 정파에서는 참가자들에게 함구령(緘口令)을 내렸고, 마교에서도 그 일을 외부에 선전하지 않았으므로 마교와 정파의 연합 전선은 영원히 묻혀진 사건이었다. 만약 그때 정파가 도와주지 않았다면 마교의 피해는 더욱 컸을 것이다.

그리고 또 하나 마교의 사생아(私生兒)라고 볼 수 있는 암흑마교가 있는데, 이는 혈교와의 전투 후에 혈교에서 입수한 각종 서적들을 바탕으로 "우리도 이런 사이한 대법을 사용합시다"하고 외쳤던 집단이다. 그만큼 혈교가 사용했던 각종 기술들은 마교에게 신선한(?) 충격을 안겨 줬던 것이다. 이 집단의 우두머리였던 부교주 장인걸은 교주가 그들의 제안을 묵살하자 자신의 추종자들을 이끌고 노획한 서적들을 가지고 유유히 사라졌다. 그 후 그는 명호를 흑살마제(黑殺魔帝)로 바꾸고 암흑마교(暗黑魔敎)를 창단했다. 암흑마교는 마교의 무공과 혈교의 사이함이 합쳐진 특이한 단체가 되었다.

그녀의 말을 듣고 아수검인(阿修劍忍) 이청(李淸) 장로가 조심스럽게 말했다. 그는 마교 서열 14위로 염왕대(閻王隊)의 대장이었기에 발언권이 꽤 강한 인물이었다.

"새로운 정예 고수들을 좀 더 키운다면 어떻겠습니까?"

그 말에 교주가 약간의 흥미를 보였다.

"고수를 키우고는 싶지만, 어떤 방법이 좋겠소?"

"각 지단에 연락하여 열 살이 되지 않은 기재들을 대량으로 납치하여 교육시키는 것이 좋겠습니다. 너무 많은 아이들이 없어지면 관(官)이나 정파에서 눈치를 챌지도 모르니 3천 명 정도만 납치하면 어떻겠습니까?"

이 장로의 말에 정면으로 반대하며 이의를 제기한 사람은 삼면인마(三面人魔) 소무면(簫無面) 장로였다.

"여태까지 본교에서 태어나는 아이들 외에 보통 1년에 3백 명 정도를 납치해다가 전사로 만들어 쓰고 있는데, 갑자기 그 열 배인 3천 명이라니? 그 많은 수를 납치하는 것도 문제지만 그들을 어디서 교육시킨단 말입니까?"

그러자 왕자영 장로가 곱게 미소 지으며 이청 장로 대신 답했다.

"그건 제가 대답을 하도록 하죠. 실상 3천 명을 데려왔다 하더라도 초고수로 키운다면 초기 단계 내공을 쌓는 과정에서 최소한 1천 명 정도는 잃는다는 것은 익히 알고 있는 사실입니다. 거기에 각종 무공을 수련시키다 보면 그중에서 잘해야 5백 명 정도 쓸 만한 인재를 뽑아낼 수 있을 겁니다. 그러니 실상 3천 명이나 되는 식구를 가르칠 훈련장은 필요 없습니다. 어린애 3천 명이 주거할 허름한 숙소를 만들어 그들에게 내공 훈련을 시키고, 그사이에 2천 명 정도가 훈련할 수 있는 수련장을 만들면 됩니다. 거기서 키운 5백 명 정도는 현재 있는 수련장만으로도 상승무공의 교육이 충분할 겁니다."

그녀의 말을 듣고 교주는 상당한 흥미를 느끼는 듯했다.

"듣고 보니 그 말에도 일리는 있소. 그렇다면 외총관, 아이들은 언제까지 준비될 수 있겠소?"

"그래도 좀 괜찮은 애들을 뽑아 와야 하니까 다섯 달은 걸립니다. 통보하여 납치하는 것은 문제가 되지 않는데… 이리로 쥐도 새도 모르게 데리고 오는 것이 문젭니다."

"그건 외총관이 알아서 처리하시오."

"존명."

"이번 훈련을 진행할 훈련장 건설의 총감독은 소무면 장로가 수고해 주시오."

"존명."

"훈련은 이청 장로가 책임지고 해 주시오. 이번에 키울 고수들의 능력에 따라 본교의 미래가 달려 있다고 생각하고 힘써 주시오."

"존명."

"그리고…, 내 직속의 암살대는 있지만 이들로는 좀 모자란다는 생각이 드니까 새로운 암살자들을 추가로 50명 정도 만들었으면 좋겠소. 그들을 흑살대(黑殺隊)라고 이름 짓고, 누구의 휘하에 두는 것이 좋을까……."

그러자 모든 장로들의 눈에 조금씩 갈망과 희망이 떠올랐다. 교주가 직접 지휘해서 만든 단체는 최정예일 것이 분명했고, 그들이 자신의 밑에 배속된다면 그만큼 자신의 입지도 넓어지기 때문이었다. 좌중을 한번 둘러본 후에 교주는 입을 열었다.

"그렇군, 내총관이 이들을 지휘하는 것이 좋겠어. 그리고 나머지는 능력이나 그때의 상황을 봐서 결정하기로 하지."

회의가 끝난 후 교주는 회의실에서 떠나가는 고수들 중에서 삼비대의 수장 왕자영 장로를 따로 불렀다.
"아수혈교의 총단은 알아냈나?"
"아직 알아내지 못했습니다. 하지만 그들의 세력이 점차적으로 잡히고 있습니다. 그들도 현재 세력을 키워 나가는 형편이기 때문에 아주 조심스럽게 움직이고 있어서 정보 수집이 힘듭니다."
"그들의 준동은 언제쯤이라고 생각하시오?"
"빨라도 10년 후 정도? 아직 알 수 없습니다."
"암흑마교는?"
"그들의 움직임도 쫓고 있지만 아직까지 이렇다 할……."
"아수혈교와 암흑마교가 연합할 가능성은 없나?"
"거의 없지만 혹시 모르는 일입니다. 그에 대비해서 연구 조사하고 있습니다."
"아직까지는 큰 문제는 없다고? 참! 정파 녀석들은 그들의 움직임을 알고 있나?"
"아마 무림 최대의 정보 집단이라는 개방(丐幇)이나 무영문(無影門)에서는 얼마간 알지도 모르지만, 글쎄요…, 저희도 아주 우연한 기회에 포착한 사실이라……."
"전에 정파 녀석들에게 당한 만큼 돌려주는 방법은 어때?"
"돌려준다 하심은?"
"아수혈교의 움직임을 자연스럽게 그들이 알게 해 주는 거야. 총단의 위치를 알려 주면 더욱 좋고."
교주의 말에 그녀는 살짝 미간을 찌푸렸다.
"흐음…, 어부지리(漁父之利)를 취하자는 말씀이십니까?"
"본교가 혈교와의 싸움에서 얼마나 큰 타격을 받았나? 우리끼리 싸울 것이 아니라 정파 녀석들에게도 사파의 무서움을 알게 해 줘야 한다구."

"하지만 아수혈교가 전처럼 사파의 통일을 우선시한다면, 그때는 전과 같은 전투를 각오해야 할 텐데요?"

"그러니까 아수혈교 녀석들에게도 그보다는 정파의 핵심 세력을 비밀리에 기습해서 선제공격을 하는 것이 더욱 이득이 클 것이라는 사실을 알게 만들어야지. 그들이 먼저 맞붙는다면 세력 회복에 최소한 10년, 아니 30년은 걸릴 거야. 그동안에 우리도 준비를 해야지. 고수 한 명을 키우는 데 1, 2년이면 되는 줄 알아?"

"숫자만 자랑하는 그 개방의 돌대가리들은 속이기가 쉽겠지만 그 여우같은 무영문의 옥화무제(玉花武帝) 할망구는 속이기가 어려울 텐데요? 그리고 그 수하들도 원체 교육이 잘된 녀석들이라……."

"무영문에는 아주 조금만 알려 줘. 그럼 그 악착같은 할망구가 알아서 할 테니까."

"전처럼 그들이 공작을 한다면 우리가 역으로 당할 수도 있습니다."

"9파1방과 5대세가의 세력이나 방어망 등 정보를 넌지시 아수혈교에 알려 주면 돼. 아수혈교 녀석들도 바보는 아닐 테니까 철옹성인 본교 총단보다는 허술한 정파의 본거지들을 기습하는 것이 좋다고 생각하겠지. 일단 기습하고 나면 그다음은 정파와의 전면 전쟁이 되도록 유도하는 거야."

"알겠습니다. 최선을 다하겠습니다."

"그럼 바쁠 텐데 이만 물러가도록. 참, 오늘 저녁에는 시간이 있나?"

교주의 약간 응큼한 시선을 받으며 그녀는 곱게 살짝 눈을 흘겼다.

"예, 저녁에 뵙도록 하죠."

음모와 또 다른 음모⋯⋯. 힘이 월등한 단체가 등장하지 못하는 무림이고 보니 각종 술수가 판치는 세상이었다. 모든 무림인들의 꿈이 무림일통(武林一統)이었지만 사실상 그것은 꿈에 불과했다. 서로가 강대한 세력을 자랑하는 무림에서 월등한 힘을 가진 집단이 생겨나기란 불가능했다. 어떤 한 집단에서만 초절정고수를 대량으로 키워 낸다는 것도 힘들었다. 만약 그것이 밖으로 새어 나가면 상대방도 그에 대한 대비를 하거나 아니면 그것을 필사적으로 방해하기 때문이다.

특이한 인물 2044호

그로부터 10년 후…….
"흑살대(黑殺隊)의 교육은 끝났나?"
"예, 성공리에 끝마쳤습니다. 그런데 안심이 안 되는 부분이 있습니다."
"뭔가?"
"그러니까, 2044호가…….''
"2044호라면 들은 기억이 있군. 검에 특출 난 재능을 보인다는 녀석이지?"
"예, 쾌검이나 경신술, 은잠술(隱潛術)의 달인으로 천부적 암살자의 재질을 타고난 녀석입니다. 그런데 도무지 암살이 적성에 맞지 않는 것 같습니다."
"그건 무슨 말인가?"

"글쎄, 암살보다는 정면 대결에 더 맞다고 해야 할까요? 이상하게도 완벽하게 암살을 행하고 있는데도 어둠의 살인자와는 거리가 먼 것 같은 인상을 주고 있습니다. 아직까지는 위의 지시를 잘 받아들이고 있는데, 문제는 언제 그가 성질을 부리기 시작하느냐 입니다."

"그렇다면 딴 녀석으로 교체하면 어때?"

"대단히 능력 있는 2급 살수라서……. 그리고 특급 살수로 성장할 가능성도 대단히 크고…, 또 대체할 만한 이렇다 할 녀석이 따로 없습니다."

"그렇다면 적당히 써먹다가 나중에 다른 소속으로 옮기는 것이 좋겠군."

"궁여지책으로 암살에 필요한 것 말고는 어떤 기술도 가르치지 않고 있습니다. 그런데 그 녀석의 검술에 대한 집착은 너무 커서, 아무 것도 가르치지 않는데도 스스로 터득하고 있는 지경입니다."

"검수로서는 미래가 기대되는 녀석이군."

"예, 지금은 살수가 필요하니 문제죠."

그는 2044호로 불려졌다. 그가 이곳에 온 지 벌써 10년이 넘어가고 있었다. 그의 나이 17세, 그는 자신의 이름도 기억하지 못한다. 이곳에 온 이후로 끊임없는 훈련의 연속이었다. 먼저 내공을 쌓았다. 그에게는 별로 힘든 일이 아니었는데 그의 동료들은 수련 중에 한 명씩 쓰러졌고, 그 후로 그들을 다시 볼 수는 없었다. 그리고 틈틈이 격투 훈련을 받았다.

4년이 지난 후 흑의를 걸친 무사 열두 명이 오더니, 아이들 팔의 경맥 두께를 보고 두 패로 나누었다. 그리고 한 패를 데리고 떠났다. 그들은 다시는 볼 수 없었다. 그는 팔의 경맥이 가늘어 장법보다는 검법이 맞다는 판정을 받고 검술 훈련을 했다. 그가 배운 것은 다섯 가지의 쾌검술과 경신술, 신법 등이었다.

다시 3년이 지나자 그중에서 2백 명이 차출되었다. 2044호도 그 무리에 속해 있었다. 그들은 여태까지 배우던 무리에서 떨어져 그들만의 훈련을 새로이 받았다. 그것은 전문적인 살인술이었다. 이때 배운 검법은 여태까지 배운 검법과는 완전히 다른 것이었다.

쾌(快)······.

완전한 속도 위주의 검법으로 방어는 무시하고 적을 죽이는 방법만을 배웠다. 그리고 은잠술과 기척을 죽이고 이동하거나 매복하는 여러 가지 기법들을 배웠다. 이곳 마교에 와서 2044호가 정을 붙인 것은 검이었다. 친구로 사귄 아이들은 언제 헤어질지 모르는 상황이라, 여러 친구들과 헤어지며 그들과 소식이 끊기자 그는 검에게로 애정의 방향을 바꾼 것이다.

2044호는 살수로서의 훈련을 받게 되면서 검을 만들어 가졌다. 살수는 직업상 자신의 손에 맞는 검을 각자의 취향에 맞춰 주문 제작한다. 그는 가장 아끼는 자신의 검에 묵혼(墨魂)이라는 이름을 붙여줬다. 백련정강(百鍊精剛 : 1백 번이나 연마한 강철로 대단히 튼튼하다)으로 만들어졌으며 약간 푸른빛이 도는 백색 광택의 반월형 검신에 2044호의 주문에 따라 '墨魂(묵혼)'이란 글씨가 음각(陰刻)되어 있었다. 묵혼은 2척 3촌(약 70센티미터) 길이의 짧은 검신과 1척 길이의 긴 손잡이를 가진 기형검으로 칼날받이 없이 검은색의 수수한 검집과 손잡이만을 가진 검이다.

2044호는 하루에 한 번씩 무인의 생명이라 할 수 있는 검을 닦을 때 묵혼의 그 탄력 있는 아름다운 검신을 들여다보며 정신을 빼앗겼다.

그의 첫 번째 살인은 정파의 천수검귀 공손수를 죽이는 것이었다. 그것은 훈련의 마지막 과정으로 이제까지의 이론을 실습하는 기회였다. 이때 그에게 배정된 인물이 공손수였다. 교관은 그에게 종이쪽지를 내밀었다.

성명 : 공손수
호 : 천수검귀
특기 : 독문검법 귀나천리도법
내공 수위 : 1갑자
특기 사항 : 대단히 뛰어난 검객. 여색을 많이 밝힘. 현재 일곱 명의 첩이 있으며 고리대금업을 하고 있음. 대금을 갚지 못하면 딸이나 부인을 빼앗아 팔아 버리기도 함. 그는 여섯 명의 1급 무사와 서른세 명의 2급 무사를 비롯해 총 6백여 명의 수하들을 거느리고 있다. 그는 네 개의 도박장과 두 개의 전장(錢場 : 은행과 같으며 고리대금업을 한다), 일곱 개의 전당포를 가지고 있으며 고리대금업과 사기도박을 통해 거둬들이는 돈은 막대한 액수다. 그를 지키는 여섯 명 1급 무사들의 능력은 뛰어나다. 그들은 교대로 공손수를 경호하며 밖에 외출할 경우 그들 중 세 명만이 따라간다. …….
주의 사항 : 교를 떠난 후 50일 이내로 죽여야 하며, 최대한 흔적을 남기지 말 것.

그가 아직 쪽지를 읽고 있는데 교관이 말했다.

"2044호, 이자를 해치우는 것은 너의 실력이면 충분하다. 살아 봤자 별 볼일 없는 쓰레기 같은 녀석이니 별로 마음 쓰지 마라."

"알겠습니다."

2044호는 목표물이 사는 곳까지 도착하는 데 35일을 소비했다. 그런 후 공손수의 저택 가까이에 접근해서 우선 10일을 기다렸다. 오랜 시간 목표물을 관찰할수록 암살의 성공률이 올라가기에 2044호는 10일을 투자하는 것이 별로 아깝지 않았다.

여러 가지로 관찰해 본 결과 무사들을 죽이지 않고 저택에 숨어드는 것은 상당히 어려운 일이었다. 그래서 그는 일부러 전장을 둘러보러 나간 공손수에게 표창을 던졌다. 공손수의 무공이나 호위 무사들의 능력을 실험하려는 의도도 있었지만 가장 큰 목적은 집에서 1급 무사들을 불러내는 것이었다.

다음 날 공손수는 기습 공격을 받고 조심성이 발동해서 여섯 명의 1급 무사들을 모두 거느리고 전장에 나타났다. 이제 기회가 온 것이다. 2급 무사 정도의 수준으로 그가 집 안으로 숨어 들어가는 것을 눈치챘다는 것은 불가능했다.

그는 공손수가 1급 무사들을 모두 거느리고 외출한 후에 살짝 집 안으로 숨어 들어와 끈기 있게 밤이 되기를 기다렸다. 그는 10일간의 감시를 통해 공손수가 그때의 기분에 따라 일곱 명의 첩이나 부인 중 아무의 방에나 들어가 잔다는 것을 알아냈다. 그렇기만 하다면 야습을 하기에 아주 힘이 들겠지만 3, 4일에 하루는 새로 들어온 일곱 번째 첩에게 간다는 사실도 발견했다.

2044호는 일곱 번째 첩의 방에서 이틀 동안 초인적인 인내로 인기척을 감추고 숨어 있었다. 숨어 들어가기 전에 용변을 보고, 완전히 빈속으로 들어갔다. 빈속으로 최악의 경우 4일간을 버텨야 하는 것이다. 먹을 것이나 마실 것을 준비할 수는 없었다. 먹을 때는 좋겠지만 용변을 처리하는 것이 문제였기 때문이다. 그는 침대 아래쪽에 구멍을 뚫고 들어가서 기다렸다.

운 좋게도 이틀째 저녁이 되자 공손수가 들어왔다. 2044호는 공손수와 계집이 부둥켜안고 헉헉거리는 신음 소리를 기준으로 공손수의 위치를 파악한 다음에 천천히 검을 위쪽으로 올렸다. 검 소리조차 들리지 않게 하기 위해서 숨어든 그 순간부터 검을 뽑아 놓고 준비하고 있었던 것이다.

칼의 위치를 잡은 순간 최대한 빠른 속도로 공손수의 숨소리가 들려오는 방향을 향해 찔렀다. 그는 가벼운 신음 소리와 낮은 비명 소리가 들린 후 잠시 기다렸다. 더 이상의 움직임은 없었고 방에는 정적만이 감돌았다. 칼을 그대로 두고 침대 밑에서 조용히 빠져나와서 그가 본 것은 남녀의 머리를 관통해 올라온 묵혼의 검신이었다. 칼을 뽑지 않았기 때문에 상처에서 피가 흘러나오지 않았고, 그 덕에 피비린내는 나지 않고 여인의 체취와 정사(情事)의 냄새만이 방 안에 감돌고 있었다.

2044호는 천천히 창문을 열었다. 그리고 새벽이 오기를 기다렸다. 어떤 감시 체제든 새벽이 되면 느슨해진다. 또한 2044호가 새벽을 기다리는 더 큰 이유는 1급 고수들이 새벽 5시에 교대를 하기 때문이다. 이때 약간의 빈틈이 있었다. 2044호는 아무런 흔적도 남기지 않고 집 안에서 빠져나왔다. 나오기 직전에 묵혼을 뽑았기 때문에 혈흔도 거의 남지 않았다.

실습을 마치고 훈련장으로 돌아온 2044호는 곧 교관의 호출을 받았다.

"2044호 임무를 마치고 돌아왔습니다."

교관은 종이뭉치를 들여다보며 2044호에게는 눈길도 돌리지 않고 말했다.

"2044호! 자네는 지금까지 다섯 가지 검술을 익혔는데, 그중 하나도 사용하지 않고 왜 그냥 찌르기만으로 상대를 죽였지?"

"증거를 남기지 말라고 했기 때문입니다. 검술을 사용하면 시체의 상흔(傷痕)을 통해서 죽인 자를 간접적으로 알 수 있다고 생각했습니다."

"호오……. 가르치지도 않은 것을 빨리도 깨닫는군. 자네는 그를 죽이는 데 세 가지 흔적을 남겼다. 어떤 것들이 있는지 알고 있나?"

"예! 호위 무사들의 주의를 돌리려고 사용한 표창, 그리고 시체의 머리에 있는 검흔, 나머지 하나는 침대 밑의 구멍일 겁니다."

"잘 아는군! 왜 표창을 사용했나? 돌같이 알아보기 힘든 것을 사지 않고?"

"그 표창은 무기점에서 많이 파는 것입니다. 본교에서 제작된 것이 아닙니다. 목적지로 가는 도중에 구입해서 사용했습니다."

"생각은 좋지만 수소문하다 보면 누가 그걸 사갔는지 밝혀 낼 수도 있다. 앞으로는 표창보다는 동전이나 돌멩이를 이용해라!"

"예!"

"검을 그냥 찌르기만 한 것은 잘했다. 현재 밖으로 드러난 것으로는 살수가 죽였다는 것만 알 뿐 누가 죽였는지는 오리무중이지. 그런 식으로 하면 되는 거야. 앞으로도 열심히 해 보도록!"

"예."

"이번에 성공한 자들을 위해 연회가 준비되어 있다. 내일부터는 마지막 훈련이 시작된다."

"알겠습니다."

그는 훈련 과정에서 다섯 번의 살인을 성공적으로 마쳤다. 훈련이 끝났을 때 그를 기다리고 있는 것은 1급 살수라는 칭호와 묵향이라는 이름이 전부였다. 그는 언제나 검은색 무복을 입고 검은색 죽립이나 두건을 애용했으며, 검도 손잡이나 검집이 모두 검은색이었다. 그러다 보니 묵향이란 별칭이 붙었.

묵향은 그를 지칭하는 일종의 별칭이었지만 일곱 살 때부터 이름이 없이 2044호로 불리다 보니 예전의 이름은 벌써 잊어버린 지 오래고, 결국은 이것이 정식 이름이 되어 버렸다. 그는 이번에 새로 조직된 흑살대에 배치되었다. 흑살대는 마교 내 서열 9위인 내총관의 휘하에 있었기에 상당히 좋은 대우를 받았다.

하지만 묵향은 대부분의 동료들이 주색(酒色)을 탐닉하여 살인 후의 긴장감을 풀거나 쾌락을 즐기는 걸 보면서도 지속적으로 무공을 연마하는 데 힘을 쏟았다. 실상 살수의 경우 단 일초의 공격이 모든 것을 결정하는 데다가 빠른 경공과 믿을 수 있는 은신술만 지니고 있으면 되기 때문에 사냥물을 기다리는 인내와 끈기를 요하지만 그렇게 높은 무공을 필요로 하지 않는다는 것이 재미있는 점이었다. 하지만 그런 와중에도 무공의 높낮이가 필요한 때가 있다. 임무를 완수하고 탈출할 때가 바로 그런 때다. 죽기로 마음먹는다면 못 죽일 사람이 없지만 자신은 살고 상대를 죽이자니 힘이 드는 것이다.

묵향이 검술을 익히는 데 가장 중요시한 점은 속도였다. 여러 번 기습을 통해 많은 고수들을 죽이며 무공에서 가장 중요하다고 느낀 것이 바로 쾌(快)였기 때문이다.

그리고 다음으로 중요하다고 생각한 것이 경공과 신법이었다. 숨어 있다가 최대한 빠른 속도로 적에게 다가가서 일격을 가하기 위해서는 빠른 신법(身法)이 필요하다. 그리고 적을 해치우고 탈출하는 데 필요한 경공술이 뒷받침되어야 했다. 탈출하면서 추격하는 적과 전투를 벌여야 했지만 살수는 결코 검법을 사용해서는 안 되었다. 검법을 사용하면 정체가 탄로 나기 때문이다.

살수에게 가장 중요한 점은 끈기와 인내였다. 기다림이야말로 기회를 만들어 주는 가장 큰 기술이었다. 그리고 적의 일거수일투족을 관찰하여 분석할 수 있는 관찰력과 두뇌도 필요하다. 남들에게 알려지지 않은 상대의 습관이나 버릇이 그에게 득을 주는 경우도 있기 때문이다.

묵향이 검술에 미쳐 있는 것을 알고 있는 대주(隊主)는 그에게 새로운 검술을 가르치지 않았다. 경신술이나 은잠술 등 살수에게 필요한 각종 기술은 가르쳤지만 유독 검술만은 가르치지 않았다. 대주가 봤을 때 묵향의 검술 조예는 이미 살수의 경지를 넘어섰기 때문이었다.

대주가 보기에 묵향의 실력이라면, 정면 대결을 안 해 봐서 자신을 잘 모르고 있었지만, 정면 공격을 해도 충분히 모두 다 죽이고 탈출할 수 있을 정도였다. 하지만 자신의 검술이 강하다는 것을 모르는지 아니면 필요 없는 살생을 싫어하는 탓인지, 그는 언제나 전통적인 살수의 살인 기법들을 선택했고, 언제나 흔적도 없이 빠져나왔다.

아침 일찍 일어난 묵향은 떠오르는 아침 해를 바라보며 깊은 생각에 잠겨 있었다.

'과연 검술의 끝이라는 것은 존재하는 것일까? 사람들이 말하는, 검에서 뿜어 나오는 검풍, 검기, 검강이란 것은 어떻게 해서 만들어질까? 현재 검에 공력을 주입한 상태에서 휘두르면 뒤로 무형의 기운이 뻗쳐 나무 따위를 자르는데, 이것이 검풍인가? 아니면 검기인가? 그리고 뛰어난 고수는 검기만으로 1백 장(약 3백 미터) 밖의 사람을 죽일 수 있다고 하던데, 이것은 어떻게 하면 되는 것일까? 어검술(御劍術)을 펼치면 검에서 빛이 나와 눈이 멀 지경이라고 들었는데 이것은 어떤 조화일까……?'

묵향이 이렇게 검술에 대해 끊임없는 사색을 하게 된 원인은 대주에게 있었다. 우선 눈에 보이는 주어진 목표가 없으니 현재 알고 있는 자신의 지식으로 한 단계씩 올라가고자 하는 마음을 가지게 된 것이다.

마교의 무사는 전통적으로 많은 마공을 익힌다. 한 가지 마공을 익히면 또 다른 마공을 익히기 위해서 힘쓴다. 나중에 익히는 마공일수록 막강한 위력을 자랑했고 사용하는 데 상당한 내력이 소모되지만, 마교의 고수들은 정파의 고수들이 꿈도 못 꿀 정도로 빠른 속도의 내공증진을 보였기에 그것은 큰 문제가 되지 않았다.

일정 수준 이상의 고수가 되려면 어떤 깨달음을 얻어야 한다. 그것은 말이나 구결(口訣)로서 알려 줄 수 있는 것이 아니다. 정파에서는 내공이 매우 천천히 쌓이므로 자신의 검술을 익히는 데 한계가 있다. 어떤 검술을 익히다가 내공이 달려서 후반부를 익히지 못하기도 하고, 적과 전투를 벌이거나 하면서 끊임없이 자신이 알고 있는 것들을 연결하여 더욱 강한 검술의 경지를 이룩하려고 생각하고 또 생각하는 것이다.

 하지만 마교의 고수는 깨달음을 얻고자 노력할 필요도 없이 막강한 내공만으로도 상대 고수들을 공격할 수 있고, 또 내공이 모자라면 마교의 비전(秘傳)을 이용하여 순간적으로 자신의 공력을 최고 다섯 배까지도 증폭하여 사용할 수 있다. 하지만 그 정도로 공력을 뿜어내면 목숨이 위태롭기 때문에 대부분 세 배 정도로 만족한다.

 세 배 정도만 공력을 증폭시켜도 기본 공력이 약하다면 그것이 죽음으로 연결되지만 고수에게는 일순간 그 정도 내공을 뿜어냈다고 해서 큰 문제가 되지 않는다. 그 때문에 마교의 고수들은 더욱 패도적인 마공을 원하면서도 통 익힐 필요를 못 느끼는 것이다. 그래서 가장 윗부분까지 다가가다 보면 벽에 막힌 듯 더 이상의 진보가 없는 순간이 오는 것이다. 여기서 깨달음을 얻은 소수만이 극마의 경지로 들어가게 된다.

 묵향은 처음부터 무공에 대해 많은 사색을 할 수 있도록 만들어진 환경 속에서 무공을 익혔다. 대주야 묵향이 더 이상의 무공을 배우지 않기를 바랐기에 취한 조치였겠지만 묵향은 그 덕분에 마교 고수로서는 매우 특이하게도 무공에 대한 사색을 하는 습관을 가지게 되어 버렸다. 언젠가 그는 자신에게 주어진 이 생각하는 습관을 감사하게 될 것이다. 바로 모든 마교인들이 넘어서기를 원하는 '보이지 않는 벽'에 막혔을 때 말이다.

아수혈교의 출현

 장로급 이상만이 모인 임시 회의에 때 아닌 긴장감이 감돌았다. 부교주가 출석했기 때문이었다. 부교주는 웬만큼 중요한 일이 아니면 회의에 참석하지 않았기에 모두 신경이 쓰였던 것이다. 적미염 왕자영의 설명으로 지금까지 진행된 작전들에 대해 설명을 들은 좌중은 일시 침묵을 지켰다. 가장 먼저 입을 연 것은 교주였다.
 "이번 작전의 실패 원인은 어디에 있다고 보시오? 비영대의 특급 요원이 두 명이나 죽었소. 원인을 알아야 그에 대처할 게 아니겠소?"
 "교주님, 이번에 얻은 최신 정보에 따라 침투한 아수혈교의 대망산 분타(大網山分舵)는 대단히 치밀한 방어선을 유지하고 있습니다. 진법과 많은 고수들이 지키고 있기 때문에 첩보 요원만으로는 한계가 있습니다."
 교주에게서 은은하게 흘러나오던 마기가 점점 강해지자 장내의 모든 고수들은 교주의 심기가 별로 편치 못하다는 것을 은연중에 느끼고 있었다. 극마의 고수인 교주는 평상시에는 마기를 적절하게 다스렸기 때문이다. 교주는 침중한 표정으로 말했다.

"그렇다면 어떻게 하면 되겠나?"

"정탐 등을 위해 키운 특수 요원들은 은잠, 공작 등에는 뛰어나지만 무공이 약한 것이 흠입니다. 이번에는 세 명 정도를 한 조로 만들어 투입할 계획입니다. 침투, 추격에 뛰어난 자 한 명과 침투, 진법에 뛰어난 자 한 명을 뽑았는데, 나머지 이들을 호위할 만한 뛰어난 실력을 지닌 무사가 없습니다. 물론 침투력도 뛰어나야 합니다."

그러자 교주는 잠시 생각하는 것 같더니 느닷없이 부교주에게 질문을 던졌다.

"자네는 어떻게 생각하나?"

부교주인 벽안독군(碧眼毒君) 능비계(凌非癸)는 거의 틀에 박힌 공식 행사에는 잘 참석하지 않지만 상당한 실력자로 통했다. 매우 젊고 준수한 얼굴을 하고 있지만 그는 마교 내에서 세 손가락 안에 들어가는 엄청난 극마의 고수였다. 그가 교주와 다른 점이 있다면 숨통을 조일 것 같은 마기를 전혀 숨기지 않는다는 것이었다.

"은잠과 무공이 뛰어나야 한다면 살수가 좋지 않을까요?"

부교주의 말을 받아 수석장로인 마천검귀 여절파가 말했다.

"특급 살수 한두 명 정도를 투입하는 것이 좋겠습니다."

그러자 대호법 혈영(血影) 모진(毛辰)이 말했다. 그는 마교 서열 7위의 노고수로서 상당히 괴팍한 성격의 소유자였다.

"저는 반대입니다. 살수는 통상적인 기습 공격에 능하지만 변칙적인 상대의 공격에는 취약합니다. 저의 휘하에 있는 호법원의 초절정

고수 두 명을 데려가는 편이 좋을 겁니다."

그러자 긴 침묵을 깨고 천도왕(天刀王) 여지고(呂志高) 장로가 말했다. 교주의 신뢰를 받고 있는 그는 마교 서열 10위이긴 했지만 천마혈검대(天魔血劍隊)라는 마교 최강의 단체를 책임지고 있는 만큼 그 발언권은 엄청난 무게를 지니는 것이었다. 거기다가 그는 수석장로 여절파의 하나뿐인 아들이라는 막강한 배경을 지니고 있었을 뿐만 아니라 자타가 인정하는 무시무시한 고수였다. 마교는 실력이 우선되는 단체, 최고의 최고에 올라가기 위해서 배경 따위는 필요 없었다.

"저는 대호법의 의견에 반대입니다. 호법원 호위 무사들은 은잠이나 매복과는 상관없는 정통적인 상승고수들입니다. 그들이 이번 임무에 적합하다고 볼 수 없습니다. 호법원의 무사들보다는 천마혈검대의 고수 몇 명을 데려가는 편이 좋을 겁니다. 이 녀석들은 전장(戰場)에서 다져진 몸, 도움이 될 겁니다."

여지고 장로의 단순 무식한 말이 끝나기가 무섭게 흑수귀영(黑手鬼影) 공량(孔梁) 장로가 말했다. 그의 명호가 말해 주듯 그는 광택이 나며 섬세하지만 비쩍 마른 검은 손을 가지고 있었는데, 이건 의수가 아니라 흑시마조(黑屍魔爪)라는 지독하게 사악한 마공을 익혔기 때문이었다. 그의 강력한 조법(爪法)과 귀신같은 신법이 그를 마교 서열 8위에까지 올려놓았다. 그는 무영대(無影隊)라는 30여 명 정도의 초절정 고수들로 이루어진 암행 감찰 단체의 수장이었다.

"그런 살인밖에 모르는 검귀들을 데리고 어떻게 첩보 활동을 한단 말이요? 아예 저의 무영대의 고수 몇 명을 보내는 것이 좋을 겁니다."

교주가 흡족한 표정을 지었다.

"그게 좋겠군. 원체 암행 감찰을 하는 집단이라 은잠, 침투는 뛰어날 것이고 무공도 높으니."

그러자 마교 내 5대 무력 단체를 총괄 지휘하는 막강한 권력을 가진 내총관이자 흑살대(黑殺隊)까지 맡고 있는 묵염(墨炎) 마원(馬遠)이 말했다. 평범한 얼굴을 가진 마원이란 무사는 묵룡혼원공(墨龍混元功)이라는 매우 패도적인 마공의 고수였다.

"저희 흑살대의 살수 한 명을 천거합니다. 만약의 사태를 대비해서 두 명은 무영대의 고수로 하고, 살수도 한 명 데리고 가는 것이 좋을 것 같습니다."

그러자 교주가 말했다.

"내총관이 추천하는 인물은 어떤 인물이요?"

"예, 전에도 말씀드린 묵향이란 녀석입니다. 특급 살수는 아니지만 검술이 뛰어납니다. 오히려 정면 대결에서는 특급 살수보다 뛰어날 정돕니다. 살수답게 침투에도 뛰어나지만 대단한 검귀로, 그의 검술 실력은 제가 보장하겠습니다."

"그렇다면 이렇게 합시다. 비영대의 1급 요원 두 명과 무영대의 고수 두 명, 그리고 살수 한 명으로 하는 것이 어떻겠소?"

"그것이 가장 좋겠습니다."

그러자 교주가 일어서서 나가면서 말했다.

"처음 작정한 것보다는 대 부대가 되어 버렸지만 그 나름대로 장점이 있는 자들이니까 아수혈교가 그만큼 조심하면서 꾸미는 일이 무엇인지 밝혀 보도록 하시오."

그러자 일제히 일어나서 포권하며 외쳤다.

"존명!"

회의가 끝나고 부교주가 대호법에게 물었다.

"태상(太上)께서는 요즘 건강이 어떠신가?"

 태상이란 은퇴한 전임 교주인 독수마제(毒手魔帝) 한석영(韓夕英)을 말하는 것이다. 교주보다 35세가 많으며 교주의 아버지다. 과거 그는 손속이 너무나 잔인해서 독수(毒手)라는 칭호가 붙었다. 4마제(四魔帝)의 한 사람이며 극마의 고수다.

"아직 정정하십니다."

"요즘 통 얼굴을 못 보겠으니, 원……. 원로원에도 한 번씩 와 주십사 하고 전해 주게. 그리고 자네가 그분에게 좀 더 각별히 신경을 써 드리게나."

"알겠습니다. 지금도 최선을 다하고 있습니다. 하지만 원체 세상을 등지신 분이라… 요즘은 매화(梅花)를 벗 삼아서 지내시죠. 전에도 매화를 끔찍이 좋아하시지 않으셨습니까?"

 그러자 부교주가 웃음을 터트리며 말했다.

"껄껄, 매화를 그렇게 좋아하시는 분의 명호가 독수마제(毒手魔帝)라니 예나 지금이나 도저히 믿을 수가 없어."

"모시는 저희들이야 취미가 그러시니 한결 편하죠. 거의 연공실이 아니면 정원에서만 지내시니까요."

"그분께서도 아직 더 높이 올라갈 경지가 있다는 것인가?"

"혹시 압니까? 열심히 노력하면 최초로 탈마의 경지에 오르실지?"

"아! 옛날이 그립군. 4마제가 함께 생활하던 그때가……."

"어쩔 수 있습니까? 운명이 그런 것을……. 태상께서도 그때 일에 약간 충격을 받으신 것 같았는데요."

"그럴지도 모르지. 장인걸(張仁傑) 그 녀석 흑살마장(黑殺魔掌)이 일품이었는데……."

흑살마제 장인걸(張仁傑)은 4마제(四魔帝)의 일원으로 부교주 직에 있다가 그의 추종자를 이끌고 탈교(脫敎)하여 암흑마교를 세웠다. 극마지체(極魔之體)에서 뿜어 나오는 10성의 흑살마장은 공포의 대명사로 알려져 있다.
"그럼 다음에 보기로 하지."
대호법이 정중히 포권했다.
"예, 안녕히 가십시오."

음모(陰謀)

 왕자영 장로는 교주에게 불려가서 진땀을 흘리고 있었다. 그 이유는 모종의 작전 실패 때문이었다.
 "도대체 그렇게 많은 정보를 개방과 무영문에 흘려보냈는데 왜 감감무소식이오?"
 교주의 힐책에 그녀는 조심스레 변명을 늘어놨다. 아무리 살을 섞은 사이라 해도 수하의 실수에 대해서는 엄한 문책을 하는 교주였기 때문이다.
 "그게 그러니까… 아마 무영문의 그 망할 계집이 농간을 부리는 것 같습니다."
 "농간이라니?"
 "지속적으로 개방에 약간씩 정보를 흘리고 있고, 무영문에는 운을 띄운 후 감시 중입니다. 그리고 무림맹이나 각 명문정파를 감시한 결과……."

"……."

"그들이 혈교의 움직임을 눈치 챘고, 특히나 무영문은 상당히 깊은 부분까지 파고들었음이 확실합니다. 어떤 면에서는 무영문이 본교보다 더욱 뛰어난 정보력을 가지고 있으니까요. 우리와 달리 그들은 대부분의 고수들이 모두 다 첩자 교육을 받으니까 확실히 알 것이 분명한데……."

"그런데?"

"그것이 이상하게 반응이 없습니다. 무림맹도 조용하구요. 명문정파들도 조용합니다. 설마 혈교의 마수(魔手)가 벌써 명문정파를 잡고 있을 가능성은 없는데 말입니다."

"그럴 가능성도 있지 않을까? 한번 조사해 보게나."

"알겠습니다."

"그리고 소림사(小林寺)가 무림의 태산북두(泰山北斗)라 할 수 있으니 그만큼 영향력도 클 터, 소림의 속가제자가 세운 문파는 없나? 소림과 밀접한 교류가 있다면 더욱 좋고."

"그렇게 이름은 알려져 있지 않으나 황룡문(黃龍門)이 있습니다. 그 문주는 석산(石山) 대사의 속가제자입니다. 지금도 긴밀히 교류를 하는 것으로 알고 있습니다."

"황룡문은 어느 정도 규모의 문파인가?"

"그렇게 큰 규모의 문파는 아닙니다. 하지만 상당한 고수가 10여 명 정도 있는 것으로 알고 있습니다. 문주인 황룡태검(黃龍太劍) 이문학(李文鶴)도 상당한 고수고요."

"그렇다면 황룡문을 통해 아수혈교의 준동을 알게 해 주게나. 그러면 자연스레 소림까지 흘러들지 않을까?"

"그것이 좋겠습니다. 참, 언뜻 떠오르는 계책이 있는데, 이것은 어떨지?"

"말해 보라."

왕자영 장로는 전음으로 교주의 질문에 답했다.

"……"

"그것 참 괜찮은 수법이군. 시행하도록!"

"그런데 도와주셔야 할 게 있습니다."

"뭔가?"

"……"

"그건 본좌가 부교주에게 부탁하지. 그리고 소품은 내일 천마보고(天魔寶庫)에 일러둘 테니 찾아가도록."

"존명. 그리고 죄송하지만 아직 말씀드릴 기회가 없어서……. 전번의 침투 작전은 성공했습니다."

"호오, 그래? 어떻게 되었나?"

왕자영 장로는 전음으로 답했다.

"……"

"뭐야? 5천 구나?"

"……"

"새롭다니?"

"……"

"실종된 고수?"

"……"

"이건 나 혼자서 독단으로 처리할 문제는 아닌 것 같군. 서열 9위까지 암흑소실(暗黑小室)에 집합시키게나. 비밀회의를 해야겠어."

"존명"

실내에는 숨 막히는 마기를 뿜어내는 아홉 명의 고수들이 원탁을 앞에 두고 앉아 있었다. 그들은 왕자영 장로의 보고 내용을 간략하게 들은 후 입을 열었다. 처음 입을 연 것은 수석장로 여절파였다.

"상대가 그 정도로 사악한 방법으로 힘을 모으려 하다니 좀 의외로군요. 분명히 강시 5천 구가 맞소?"

그 말에 왕자영 장로가 답했다.

"예, 하지만 더욱 위험한 것은 어중이떠중이 강시들이 아니라 제작 중인 2백 구의 신형 강시들입니다. 그것들의 능력은 아직 미지수입니다. 예상컨대 그것들은 종래의 강시들보다 최소한 세 배 이상의 힘을 가지는 것 같습니다."

"그곳에는 강시만을 제작 중인 거요?"

"그런 것 같습니다. 적의 방비가 단단해서 자세한 것은 알아내기 힘들었습니다. 여자들을 대량으로 잡아들이는 것도 포착했는데, 그 여자들을 강시에 쓸 건지 아니면 흡정대법(吸精大法)에 쓸 건지는 알 수 없었습니다. 후자가 맞다면 일부 고수들도 그곳에서 양성한다고 봐야겠지요."

왕자영 장로의 설명을 들은 여절파는 교주를 향해 공손히 말했다.

"교주님, 지금 고수들을 모아서 선제공격을 하는 것은 어떻겠습니까?"

하지만 교주가 그에 대해 생각해 볼 여유도 없을 정도로 빨리 왕자영 장로가 재빨리 여절파를 향해 예의에 약간 어긋나지만 교주 대신

답을 해 왔다. 사실 이런 식으로 윗사람들 간의 대화에 끼어든다는 것은 꽤나 예의에 어긋나는 일이었지만, 일단 그녀는 여자였고 또 교주의 지혜 주머니의 위치였기에 탓할 사람은 없었다.

"상당한 모험입니다. 3할 정도의 강시는 이미 완성되어 실전에 투입될 날을 기다리는 모양인데, 지금 쳐들어갔다가 그들과의 전면전이 되면 그 피해는 상상하기도 힘들 것입니다."

그 말에 차석장로도 찬성의 뜻을 나타냈다.

"저도 동감입니다. 저들이 강시를 제조하는 곳이 그곳 한 곳뿐이라면 문제는 다르지만 또 다른 곳에도 있다면 그 선제공격은 큰 가치가 없지요."

"그렇다면 왕 장로는 어쩌자는 말이요?"

"소녀(小女)도 그것을 궁리 중인데……. 그 무영문(無影門)의 옥화무제(玉花武帝)가 있잖습니까? 그러니까 옥화무제에게 마교라는 것을 숨기고 적당히 둘러대어 그곳에서 어떤 인물을 찾아 달라고 하는 겁니다. 참, 첩자가 그… 혈수마인(血手魔印) 공손(孔孫)을 그 강시들 중에서 봤다고 합니다. 그러니까 대망산 부근에서 그를 한 번 봤었는데 찾아 달라고 부탁하는 거죠."

좌중은 고개를 끄덕여 그녀의 의견에 찬성의 뜻을 나타냈다.

"그러면 무영문 첩자들이 혈교의 계획을 알게 될 것이고, 시일이 촉박하다 보니 우리들에게 올가미를 씌우기보다는 먼저 자신들이 손을 쓰게 될 겁니다."

"음, 그 계획이 참 묘(妙)하군요. 교주님! 그 계책을 사용하는 게 어떻겠습니까?"

여절파의 의견에 교주는 말했다.

"안 걸려 들 수도 있소. 전번에도 할망구와 개방을 이용해서 아수혈교의 준동을 슬며시 흘렸는데, 아직도 감감무소식이 아니오?"

"그건 아마 아직도 아수혈교 총단의 위치를 알아내지 못했기 때문이 아닌가 생각합니다."

왕자영 장로의 말을 듣고 침중한 표정으로 부교주가 말했다.

"그래도 약간이라도 아수혈교의 움직임을 눈치 채고 있다면 명문정파들의 움직임이 약간 이상할 텐데 도무지 기척이라곤 없으니……."

"그래서 제2단계 작업도 추진 중입니다. 걱정 마시기를……."

차석장로도 그녀의 말에 궁금하다는 듯이 물었다.

"2단계라……. 그건 뭐요?"

"그건 극비라 말씀드리기가 곤란합니다. 나중에 시간이 지난 후에 알려 드리겠습니다."

이때 갑자기 대호법 혈영(血影) 모진(毛辰)이 분통을 터트리며 말했다.

"그런데 10만 사파 연합의 맹주인 마교에서 그따위 아수혈교의 총단 위치를 알지 못하다니 이게 말이 됩니까?"

그의 질책에 왕자영 장로가 급히 말했다.

"저도 열심히 알아보고 있으나 분타주 이상 급들만 알고 있는 것 같습니다."

"그렇다면 분타주 하나를 잡아다가 족쳐 보면 알 것 아니오?"

"괜히 그러면 타초경사(打草驚巳 : 풀을 때려서 뱀을 놀라게 한다)의 우(愚)를 범할 수도 있습니다."

그의 말을 듣고 대호법은 입을 다물었으나 거의 입을 열지 않던 부교주가 대호법을 이어서 말했다.

"아무리 그렇다고 하더라도 지속적인 감시는 해야 합니다. 삼비대의 인원으로는 아무래도 한계가 있습니다. 교주님, 추가로 인원을 더 보충하는 것이 어떨까요?"

그러자 왕자영 장로가 말했다.

"그건 걱정하지 마십시오. 혈화궁(血花宮)과 연계하여 첩보를 수집하고 있습니다."

수석장로인 여절파가 신음성을 터뜨리며 침중한 표정으로 말했다.

"흐음… 혈화궁까지! 하지만 혈화궁은 원체 그런 단체다 보니 정보가 역으로 셀 우려도 있는데, 그에 대한 대비책은 있나?"

"그에 대해서는 혈화궁의 일부 요인들만이 참가하고 있습니다. 그들에 대한 주의는 충분히 하고 있으니 안심하십시오."

여기까지 말이 나왔을 때 교주가 말했다.

"제군들이 언제나 명심할 일은 전처럼 정파에서는 아수혈교와 본교(本敎)가 정면충돌하기를 원한다는 사실이다. 그 자식들 손도 안 대고 코풀 작정이겠지. 각자 수하들을 엄중히 단속하여 될 수 있으면 아수혈교를 자극하지 않도록 각별히 유념하라."

"존명!"

내총관인 묵염 마원이 처음으로 입을 열었다. 그는 현재 모인 사람들 중에서 가장 지위가 낮았기에 신중한 태도였다.

"그런데 아수혈교가 선제공격을 해 올 때는 어떻게 합니까? 전번의 충돌도 그쪽에서 먼저 시작한 것이 아닙니까?"

교주가 조용히 그의 질문에 답했다.

"그에 대한 공작은 하고 있으니 염려 마라!"

기연(奇緣)

　노상(路上)을 한 젊은이가 걷고 있다. 그의 등에 멘 검으로 보아 무림인이라는 것을 알 수 있었다. 우뚝 솟은 태양혈과 눈에 감도는 정기(精氣)는 상당한 수련을 거친 고수라는 것을 은연중에 드러내고 있다. 시원스레 솟은 콧날과 맑은 눈을 가진 잘생긴 젊은이다. 아마 20대 중반쯤 되었으리라…….
　그는 천천히 길을 내려가 마을로 들어섰다. 그가 처음으로 찾은 곳은 작은 식당이었다. 그가 들어오자 점소이가 환대를 한다.
　"어서 오십시오."
　"만두 한 접시하고, 술, 그리고 오리탕을 주게나."
　"예!"
　그는 천천히 식당 안을 둘러보았지만 눈에 띄는 특이한 사람은 없었다. 아무리 무림인들이 많다고 하지만 중원 천지에 특별한 어떤 사건이 없고서는 나돌아 다니면서 무림인들을 만나기는 어려웠다. 그는 명문까지는 안 되지만 그래도 꽤 정파에서는 알아주는 문파의 수제자이며, 사부의 딸인 미하(美霞)소저와 장래를 약속한 앞길이 창창한 젊은이다.

'전번 여행에는 청수(淸修)를 데려와서 별로 심심하지 않았었는데… 역시 혼자 하는 여행은 너무 쓸쓸해…….'

이런 저런 생각을 하며 음식이 나오기를 기다리는데 옆 자리에 앉은 세 명 중년 남자들이 주고받는 말이 들려왔다.

"이번에 주 서방 집 딸이 없어졌다지?"

"그렇다네. 그 아이까지 합하면 이 근방에서 사라진 처녀가 여덟 명이야. 도대체 어떤 색마(色魔)가 날뛰는지…….."

"관부에서도 조사 중인데 오리무중(五里霧中)이라던데, 글쎄 증거조차 잡지 못했다는 거야."

"처녀들의 시신(屍身)이 발견되지 않는 걸로 보면 야산에 묻었든가, 아니면 인신매매단이 아닐까?"

그러자 앞의 사내는 단숨에 술을 비우며 말했다.

"커… 그러게 말일세. 예전에는 이렇지 않았는데, 정말 살기가 각박해지는구먼."

"제기랄! 진평(陳平) 쪽에는 그래도 정도의 큰 문파가 자리 잡고 있어 이런 일이 덜하다던데, 도대체 관부 녀석들은 뭐 하는 건지…….."

"쉿! 이 사람아 딴 사람이 듣겠어. 잘못하면 잡혀 가서 치도곤을 당한다고."

"에잇, 그……. 술이나 드세."

"자네, 대낮부터 술이 과한 거 아닌가?"

"이런 빌어먹을 세상, 술이나 들어가야 제대로 보이지."
"껄껄, 그도 그렇군."
그는 옆자리에서 들려오는 소리를 듣다가 음식이 나오자 천천히 먹기 시작했다.
'음, 이 근방에 인신매매단이 있는 모양이군. 어제 없어졌다고 하니 운이 좋으면 조금만 조사를 해 봐도 잡아낼 수 있겠는데……. 하지만 사부님의 편지를 빨리 전달해야 하니 오랫동안 시간을 끌 수는 없고……. 어떻게 한다? 그래도 2, 3일의 여유는 있으니 그동안 조사를 해 보고 알아낸 것이 있으면 관부(官部)에 알려 주고 떠나면 그들에게도 도움이 되겠지.'
일단 마음을 잡자 그는 일어서서 옆의 장한(壯漢)들에게 다가가 포권을 하며 물었다.
"안녕하십니까? 저는 근처를 지나던 사람인데, 형장(兄丈)들의 말을 듣게 되었습니다. 죄송하지만 이 근처에 색마가 날뛰는 모양인데 약간의 도움이 되지 않을까 해서……."
"젊은이, 뜻은 고맙지만 그들이 한두 명이 아니라면 젊은이 혼자 객사(客死) 할 수도 있으니 그냥 가시는 게 좋을 거요."
"저도 꽤 알려진 문파의 제자, 산적쯤이라면 혼자서도 충분히 상대할 수 있습니다."
"그렇다면 말인데… 저쪽으로 가면 대홍산이 있소. 그곳에 갔다가 돌아오지 않은 사람이 있지. 관에서도 조사를 했는데 알아내지 못했소. 만약 조사를 한다면 먼저 그쪽을 조사하는 것이 좋을 거요."
"고맙습니다."
"여보시오, 주인장! 말린 고기 다섯 근과 술 두 병을 주시오."

"여기 있습니다. 모두 열다섯 냥입니다."
"여기 있네."
"안녕히 가십시오."
 그는 대홍산으로 향했다. 대홍산은 산세가 가파르고 수풀이 울창한 큰 산이었다. 그는 술과 말린 고기를 먹으며 하루 종일 산을 뒤졌지만 아무런 단서도 발견할 수 없었다. 그래도 오기를 가지고 계속 뒤져 나갔다. 소나무가 많은 산중턱을 뒤지다 보니 처음엔 몰랐는데 약간 느낌이 이상했다. 방금 본 경치가 다시 나타나는 듯했던 것이다.
 '이상한데? 혹시 모르니 다시 한 번 살펴보자.'
 역시나 느낌대로 한참을 걷다 보니, 자신이 처음 출발하면서 나뭇가지로 땅에 써 놓은 글자들이 제자리에 와 있다는 것을 증명하고 있었다.
 '역시! 제자리야. 한번 실험을 해 보자.'
 그 글자를 중심으로 나뭇가지로 지나간 방향을 표시하며 왔다 갔다 하다 보니 꼭 북쪽으로만 가면 제자리로 돌아온다는 것을 알 수 있었다.
 '바로 앞에 진법이 있다. 어떻게 하면 들어갈 수 있지? 지금까지의 형태로 보아 사람을 살상하기 위해 만든 진법이 아니라 이목을 속이기 위한 진법이야.'
 그는 천천히 진법을 연구했다. 사부와 사모에게 진법을 배우기는 했지만 진법에 대한 깊이 있는 지식은 없는지라 진법을 깨는 데 엄청난 시간을 투입했다. 하지만 역시 안으로 들어갈 수 없었다.
 '이럴 줄 알았으면 진법을 좀 더 자세히 배워 두는 건데……. 휴우…, 지금 후회하면 뭐 하나? 해가 지고 있으니 어디 잠자리를 찾아

서 쉬고 내일 아침에 다시 시작하자.'

 다음 날 아침 그는 젓가락 두 개 길이 정도 되는 나무 막대기를 많이 만들었다. 그것을 앞에 놓고 한 발짝 앞으로 걸어가서 다시 막대기를 놓고 한 발짝 앞으로……. 한참을 가다 보니 다시 제자리. 그 자리에 서서 보니 막대기가 약간씩 왼쪽으로 꺾이면서 빙 둘러서 이쪽 방향으로 다시 돌아오는 것이 보였다.
 '좋아! 일곱 번째 막대기부터 옆으로 휘어져 있군. 그럼 일곱 번째에서부터 약간씩 오른쪽으로 돌자.'
 다시 해 본 다음 제자리에 서서 그는 어디서 잘못되었는지 보고, 또다시 걸었다. 열 번째 시도 끝에 그는 안으로 들어갈 수 있었다.
 '만약, 이 진법이 사람을 공격하는 것이었다면 나는 꼼짝없이 죽었을 것이다. 다행히도 그냥 사람의 이목을 속여 안으로 들어오지만 못하게 만들어 놓았어. 응? 그런데……. 저게 뭐지?'
 그는 나무 밑에 있는 서너 명이 간신히 들어갈 만한 초가집으로 다가갔다. 초가집을 지탱하는 나무가 아주 낡은 것으로 보아 꽤 오래된 집 같았으며 대강 손으로 만든 게 한두 사람이 단시간 내에 만들어 놓은 것 같았다.
 '혹시 녀석들이 이곳에 있는 것은 아닐까?'
 그는 검을 천천히 뽑아 꽉 쥐고 기척을 죽이며 다가갔다. 초가집의 앞문을 발로 부수고 검을 들이밀고 보니, 안에는 한 중년인이 좌정하고 있었다.
 "쿨룩! 가까이 오지 말게! 나는 독에 당했어."
 그 말을 듣고 그는 걸음을 멈췄다. 중년인은 그를 지그시 바라보면서 힘없고 낮은 목소리로 말했다.

"자네는 누구인가?"

"저는 혁련운(赫蓮運)이라 합니다. 당신은 누구신가요?"

"자네에게서 뿜어 나오는 정기로 보아 하니 정파의 인물이군. 쿨룩!"

"그렇습니다."

"나는 능비영이란 사람. 아수혈교(阿修血敎)의 뒤를 쫓다 이렇게 되었지."

혁련운은 그 중년인에게 정중히 포권하며 말했다.

"능비영 선배님이시군요. 아수혈교? 저는 들어 본 적이 없는데요?"

"쿨럭! 자네는 혈교라고 들어 봤나?"

"예, 사부님께 들었습니다. 대단히 사악한 단체였다고 하더군요. 마교에게 멸망한 것으로 알고 있습니다."

"으윽!"

능비영은 시커먼 피를 토해 내더니 말을 이었다.

"이제 좀 편하군. 보시다시피 완전히 박살 났어. 전신 혈맥이 부서지고 뼛속까지 독기(毒氣)가 침투해서 오래 버틸 수 없다네. 참, 그 혈교의 후신이 아수혈교지."

"그럴 수가!"

"그들의 사악함은 정말 공포스럽네. 부녀자들을 납치하는 것도 그들이야. 강시를 만들기 위해서."

"강시라구요?"

"웬만한 고수는 죽일 수도 없을 정도로 강한 것이 강시지. 그들은 전보다 더 강한 새로운 강시를 2백 구나 만들고 있어. 쿨룩, 보통의 강시만도 5천 구나 만들고 있다네. 벌써 3할 정도가 완성되었으니, 그 수가 더 늘어나기 전에 대책을 세워야 해."

"강시를 만들고 있는 곳은 어딥니까?"

"대망산일세. 우리는 그곳에서 놈들에게 들켜서 이곳까지 그들과 싸우면서 도망쳤네……. 자네를 만난 것도 하늘의 도움인 모양이군. 모두 죽고 나까지 이 꼴이 되어 소식을 전하는 것은 포기하고 있었는데, 정말 운이 좋군. 쿨럭쿨럭, 우욱."

"괜찮으십니까? 선배!"

"별로 괜찮지 않다네. 거의 오장 육부까지 독기가 침투했어. 내가 죽으면 이 집과 함께 태워 주게나. 내 몸을 만지는 것도 위험하네. 쿨룩…, 사망시독(死亡屍毒)만 아니었어도 이 꼴은 되지 않았을 텐데…… 쿨룩쿨룩."

"선배님, 말을 너무 많이 하지 마십시오."

"그런 소리 말게……. 빨리 말을 전해야지. 나에게 남은 시간이 별로 없다네……. 내 무공이 내 대에서 끊어지는 것이 원통하구만……. 쿨룩! 이것도 인연인데 자네, 내 부탁 좀 들어주겠나?"

"말씀하십시오."

"자, 이것이 내가 익혔던 비급이네. 이걸 혼자 익히기는 어렵겠지만 자네가 익히고 비급과 내 소식을 전해 주게."

"누구에게 전하면 됩니까?"

"장안(長安)에 천안루(天安樓)라는 객점이 있네. 객점 2층의 오른쪽 첫 번째 방에 투숙한 후 종이에 「間(문)」이라는 글자를 써서 밖에서 보이게 달아 두게. 그러면 이틀 안으로 사람이 올 거야. 그에게 비급과 내 소식을 전해 주면 돼."

"알겠습니다."

"꼭 전해 줘야 하네."

"예."

"고맙네……."

 그 말을 마지막으로 남기고 죽었다. 혁련운은 그의 부탁대로 부근의 소나무를 잘라 오두막에 던져 넣은 후 불을 질렀다. 그는 불이 타오르는 것을 보면서 길을 떠났다. 소나무 막대기를 따라 걸으니 진법에서 나오는 것은 간단했다

 사부의 편지를 전하는 것이 우선이었기에 태산파(泰山派)가 있는 곳으로 걸어갔다. 그날 여관에 묵은 후 그는 경황중이라 그냥 품속에 갈무리한 비급을 꺼내 들었다. 겉표지에는 '청월검법(靑月劍法)'이라 쓰여 있었다. 그 안을 본 그는 깜짝 놀랐다. 그것은 대단한 경지의 상승무공(上昇武功)이었다. 그는 이 비급을 약속대로 돌려줘야 했기에 비급을 이해하기보다는 외우기에 전념했다.

 사부의 편지를 태산파의 장문인에게 전한 혁련운은 답장을 받아 들고 물었다.

 "죄송하지만 한 가지 약속이 있어서 그러는데, 이 답장은 사부님께 빨리 전해야 하는 것입니까?"

 "그렇게 화급한 전갈은 아니네. 자네 볼일을 보고 전해도 상관없어. 어떤 볼일인데 그러나?"

 "이곳으로 오면서 희한한 일을 당했습니다. 다름이 아니라……."

 그는 태산의 장문인에게 무공비급에 대한 것을 제외하고 모든 사실을 말했다.

"이건 정말 대단한 일이군. 자네는 이 일을 아무에게도 말하면 안 되네."

"하지만 저는 그분의 부탁을 받았습니다. 그 약속은 지켜야 합니다."

"하기야, 그 정도의 고수를 기른 단체라면 그들도 알아야 하지. 그는 정파의 인물이었나?"

"혹시 장문인께서는 청월검법이라는 무공을 아시는지요?"

"청월검법이라고? 청월검법은 대단한 파괴력을 자랑하는 무공이지. 그 검법이 처음 개발되었을 때는 그 패도적인 위력 때문에 익히는 것을 금지하기까지 했지만 마교와의 다툼이 시작되면서 그 금제는 사라졌지."

"정파의 무공입니까?"

"음…, 청성파(靑城派)가 자랑하는 검법이지. 장문인 외에는 익히는 것이 금지된 무공이었지. 하지만 중간에 절전된 데다 비급마저 사라졌어. 그가 설마 청월검법을 사용했다는 것인가?"

"예, 그의 독문무공이라고 했습니다. 사망시독(死亡屍毒)만 아니었다면 당하지 않았을 거라고 했습니다."

"사망시독! 그것은 혈교가 자랑하는 극독이야. 혈교의 사악한 무공인 수라혈시마공(修羅血屍魔功)에 맞으면 사망시독에 중독된다고 알려져 있네. 진정 혈교의 준동이 맞는 모양이군. 그런데, 그의 시체는 묻었는가?"

"아닙니다. 그의 유언에 따라 독이 다른 곳으로 퍼지지 않게 하기 위해 태웠습니다."

"자네…, 혹시 그의 품속을 뒤져 봤나?"

"예? 무슨 말씀이신지? 독에 중독되었기 때문에 그는 자기 가까이 오지 말라고 했습니다. 그렇기에 멀찍이 떨어져서 대화만 나눴죠. 대화 중에도 기침과 함께 독혈(毒血)을 토했습니다."

"휴우, 아까운 일이군. 어쩌면 자네의 무욕(無慾)으로 인해 귀중한 비급이 사라졌을지도 모르겠네."

"그건 무슨 말씀이십니까?"

"아닐세, 이만 가 보게나."

"안녕히 계십시오."

그는 태산파(泰山派)를 떠나 장안으로 향했다. 넓은 장안에서도 천안루를 찾기는 그렇게 어렵지 않았다. 장안에서도 이름난 대규모 음식점이었던 것이다. 그는 천안루에서 음식을 먹고 오른쪽 첫 번째 방에 들어 「問(문)」이라는 글씨를 적어 창문에 걸어 뒀다. 하지만 이틀이 지나도 그를 찾아오는 사람이 없었다.

3일이 지나자 그는 할 수 없이 사부님께로 돌아가기로 결심하고 길을 나섰다. 길을 가면서 혹시나 누가 따라오지 않을까 생각되어 주변을 살폈지만 아무런 낌새도 느껴지지 않았다. 그날 저녁 마을에 들러 식사를 마치고 객점에 들었다. 그는 또다시 비급을 오랜 시간 들여다보다가 잠이 들었다. 이제 모든 내용을 외웠지만 극성을 익히면 반월형의 푸른색 검강이 초식을 따라 뻗어 나가 상대를 공격하며 무적의 위력을 자랑한다는 이 비급을 혹시나 한 자라도 틀리게 외웠을지 걱정되어 밤마다 보고 또 보고 있었다.

그는 목에 싸늘한 감촉을 느끼고 잠이 깼다. 곧이어 이 감촉이 잘 드는 검날의 감촉이라는 것을 알 수 있었다. 그래서 그는 미동도 하지 않은 채 물었다.

"당신은 누구요?"

"너는 누구지?"

비로소 눈을 뜨고 보니 복면을 한 괴한이 검을 그의 목에 겨누고 있었다. 그는 상당히 작은 소리로 말했지만 굵직하면서도 힘이 있었고 싸늘했다.

"본인은 혁련운이라는 사람이오."

"청운신검(靑雲神劍)은 어떻게 되었나?"

"청운신검이라뇨?"

"청운신검 능비영을 모른다는 말인가?"

"아! 능비영 선배를 만나기 위해서 오셨습니까?"

"그렇다."

"제 품속에 비급이 한 권 있습니다. 그리고 그분이 마지막 남긴 말씀도 있구요."

그 괴한은 혁련운의 품속을 더듬어서 비급을 꺼내고는 칼을 겨눈 채 약간 떨어졌다. 그걸 본 혁련운은 천천히 말문을 열어 그때 있었던 모든 일들을 차근차근 말했다. 그의 말을 모두 다 들은 후 괴인은 말했다.

"청운신검 같은 고수가 그렇게 허무하게 죽다니, 놀랍군. 자네는 초막에서 청운신검 한 사람만을 봤나?"

"예."

"아수혈교가 하는 일을 정탐하기 위해 특급 고수 다섯 명을 투입했는데, 그중 혼자만이……. 그것도 대리인을 통해 소식을 듣게 되는군. 자네에게 칼을 들이대서 미안하군. 다음에 인연이 있다면 다시 만날 수 있을지도 모르지. 이번에 있었던 일은 다른 사람에게 말하지 않는 게 자네 신상에 좋을 거야. 목숨은 하나뿐이니까."

그 말과 동시에 괴인은 사라져 버렸다.

"후우……"

괴인이 사라지자 혁련운은 안도의 한숨을 내쉬고 생각에 잠겼다.

'정말 대단한 고수로군. 거의 사부님과 같은, 아니 더 무서운 고수다. 빨리 이 일을 사부님에게 알려야겠다. 나에게 이런 기연(奇緣)이 있을 줄이야. 이번에 얻은 청월검법만 빨리 완성하면 나도 절정고수의 자리에 올라 설 수 있어. 하지만 청월검법을 완성하려면 내공이 있어야 하는데……. 할 수 없지 그건 세월이 해결해 주겠지.'

혁련운은 사문에 도착하자마자 사부에게 불호령을 들었다.

"심부름을 시킨 지 얼마나 지났는데, 이제야 나타나느냐? 이번 심부름은 중요한 것이기에 일부러 너를 보냈는데, 대제자라는 녀석이 이 모양이라니……. 쯧쯧."

"너무 나무라지 마십시오. 운이 나름대로 어떤 일이 있었는지도 모르잖아요."

"사부님, 사모님, 죄송하게 됐습니다. 여기 태산파 장문인의 편지입니다. 그리고 두 분께만 비밀리 아뢸 말씀이 있습니다."

"여기서는 안 되겠느냐?"

"죄송합니다."

"그럼, 내실로 들어가자."

"예."

내실에 들어가자 혁련운은 말문을 열었다.

"이번에 이상한 일을 겪었습니다. 다름이 아니라……."

혁련운의 말이 끝날 때까지 침중한 표정으로 듣고 있던 사부가 말했다.

"정말 놀라운 기연이구나. 혈수마교에 대한 정보는 대단한 것이다. 그리고 청월검법까지 얻다니. 그 비급은 돌려줬겠지만 내용은 외웠느냐?"

"예, 능비영 선배가 내용은 봐도 좋다고 허락하셨기에."

"잘되었다. 우리 문파는 그 무공으로 더욱 이름을 높이게 되었다. 여보, 나는 소림사에 잠시 다녀올 테니 그동안 만일의 사태에 대비하여 경계를 철저히 하시오."

"예."

"그리고 운아."

"예, 사부님."

"너는 내가 돌아올 때까지 청월검법을 소상하게 기록해 둬라. 청성파(靑城派)의 실전된 비급이니, 우리가 익힌다고 해서 문제될 것은 없을 것이다."

"알겠습니다, 사부님."

"그럼 다녀오겠소."

"안녕히 다녀오십시오."

이문학이 소림사에 도착하자 마당을 쓸고 있던 스님이 그를 반겼다.

"어서 오십시오. 그간 별고 없으셨습니까?"

"나야 편안하네. 자네도 별일 없지?"

"예, 석산 스님께 연락을 드릴까요?"
"아닐세. 수도하는 도중이 아니면 내가 그냥 가지."
"그럼 저와 함께 가시죠. 이쪽으로 오십시오."
그들은 한참을 걸어가 어떤 방 앞에 섰다.
"석산 스님, 황룡문 장문인께서 오셨습니다."
안에서 기쁨이 담긴 목소리가 들려왔다.
"들어오시라 해라."
"예. 드시지요."
"고맙소."
방으로 들어선 이문학은 환한 표정으로 그를 맞는 스님에게 예를 갖추었다.
"안녕하셨습니까, 사부님?"
"오랜만이구나."
"긴히 의논드릴 일이 있어 왔습니다."
"어떤 일인데 그러나?"
"다름이 아니옵고……."
한참 옛 제자의 설명을 듣던 스님은 이 일이 자신의 손에서 해결될 수 없는 큰일이라는 것을 느꼈다.
"나 혼자서 어떻게 할 수 있는 일이 아니구나. 방장 스님과 의논을 해 봐야 결론이 나겠어. 따라오너라."
"예."

"수고스럽겠지만, 아까 내게 했던 말을 다시 해 주게."
"예."

한참 설명을 듣고 나서 방장인 공지대사(空知大使)는 놀라움을 감추지 못했다.

"아미타불…, 이건 놀라운 소식이군요. 이 장문께서는 모르시겠지만 우리는 벌써 아수혈교의 준동 상태를 10년 전부터 알고 있었습니다."

"10년 전부터요?"

"그렇소. 하지만 그들에게 손을 쓰지 못한 이유는 그들 총타의 위치를 알아낼 수 없었기 때문이오. 그런데 이런 일이 일어나다니, 분명히 3할이라고 하셨지요?"

"예, 강시는 3할 정도 완성되었다고 했습니다. 그러니까 거의 1천5백 구 정도 만들어졌다고 봐야 합니다. 그리고 시간이 흐를수록 그 수는 더욱 많아지겠지요. 가장 문제가 되는 것은 그 새로운 강시입니다. 최소한 보통 강시의 3배 이상의 힘을 가지고 있을 거라고 했습니다."

공지대사가 잠시 생각을 정리하는 듯하더니 입을 열었다.

"아미타불…, 이건 노납(老衲)이 혼자서 처리할 수 없고, 무림맹을 소집하여 각 문파의 장문인들과 의논을 해 봐야 할 것 같습니다. 만약 그들을 치게 된다면 그때 장문인께서도 좀 도와주십시오."

"미진한 힘이지만 손이 되는 대로 도움을 드릴 수 있었으면 좋겠습니다."

"감사하오. 그런데 이 기연이 우연일 수도 있지만, 기연을 가장한 함정일 수도 있습니다."

"예?"

"능비영이라는 인물에 대해서는 들어 본 적이 없으니……. 강시를 대량으로 제조하는 곳이라면 대비 또한 만만치 않을 터! 그런 곳에서 상대에게 들켰는데도 어떻게 빠져나왔는지 이상하지 않소? 웬만한 고수로는 힘든 일이오."

공지대사의 입에서 흘러나오는 말을 듣던 황룡문주는 갑자기 입을 다물었다. 그동안 고뇌하는 흔적이 역력했으므로 두 노승은 그가 생각을 정리하고 말문을 열기를 끈기 있게 기다렸다. 한참 동안 침묵을 지키던 황룡문주가 어렵사리 입을 열었다.

"한 가지 숨기고 있는 사실이 있습니다."

공지대사는 인자한 미소를 지었다.

"말해 보십시오."

"대사께서는 청월검법이란 것을 알고 계신지요?"

공지대사는 가벼운 탄성을 질렀다.

"청월검법! 그것은 청성파의 진산지보인데, 어찌 그것을 모르겠소?"

"놀랍게도 그는 청월검법을 익히고 있었습니다."

"험……, 청월검법을 익힌 고수라면 그 지옥에서 탈출하는 것이 불가능하지는 않았겠지요."

"예, 저의 제자의 말로는 그가 마지막에 이런 말을 했다고 합니다. '사망시독(死亡屍毒)만 아니었어도 이 꼴은 안 됐을 텐데'라고 말입니다. 그의 동지 네 명도 사망시독에 당한 것 같습니다."

석산대사는 흠칫 했다.

"사망시독?"

"예, 사부님. 저주받은 수라혈시마공(修羅血屍魔功)의 부산물 말입니다. 저의 제자와 얘기를 나누면서 끊임없이 독혈을 토해 내더니 나중에 자신의 친구에게 자신과 동지들의 소식을 전해 달라고 부탁하면서 건네준 비급이 청월검법이었습니다."

공지대사는 호기심 어린 목소리로 물었다.

"그래서 비급은 황룡문에 있소이까?"

"아닙니다. 그의 친구에게 전해 줬습니다. 대신에 그가 보는 것은 허락했으므로 제자가 그 비급을 완전히 외웠습니다. 이리 오기 전에 제자에게 기억나는 것을 모두 써 놓으라고 시켰습니다."

"하지만 이 사실을 청성파에서 알면 그들이 가만있지 않을 텐데요."

"저도 그 점이 걱정이라 망설였던 겁니다."

한참을 생각하던 공지대사가 제안했다.

"시주께서는 사본을 하나 더 만들어 청성파에 주는 것이 어떻겠습니까?"

옆에서 듣고 있던 석산대사가 고개를 끄덕였다.

"방장스님의 말씀이 맞습니다. 청성파에도 한 부를 준다면 그들도 시비를 걸지는 않을 겁니다."

"저도 그 점을 생각해 보지 않은 것은 아니나, 원체 이름 높은 비급이다 보니 욕심이 앞서서……. 죄송합니다, 사부님. 그렇게 하겠습니다. 대신 중재를 부탁드리겠습니다."

"이르다 뿐이겠소? 청성파도 완전히 잃었다고 생각했던 비급을 힘 안 들이고 찾는 것이니 그들도 찬성할 겁니다."

뛰는 놈 위에 나는 놈,
그리고 거기에 밟히는 기는 놈

무림맹. 무림맹이라고 해 봐야 그렇게 대단한 문파는 아니다. 무림맹의 맹주가 한 명 있고, 무림맹 내에 각 명문대파(名門大派)의 지부와 각 지부에 고수들이 파견 나와 있는 정도의 형식적인 문파다.

무림맹주의 임기는 10년이며 연임이 가능했다. 맹주로 취임한 명문대파의 제자는 그의 일가(一家) 고수들을 이용해 무림을 이끌어 간다. 맹주라고 해 봐야 그렇게 큰 힘을 가지고 있는 것은 아니다. 무림맹주 단독으로 일을 처리한다고 하면 한 개 문파 정도의 인원도 동원할 수 없기 때문이다.

무림맹은 사파(邪派)의 발호를 정파의 힘을 모아 막자는 의도로 만들어졌으므로 한 인물에게 막강한 권력을 주지는 않았다. 만약 잘못되어 한 사람에게 모든 힘이 집중한다면 오히려 더 좋지 않은 결과를 가져올 수도 있다는 생각 때문이었다.

무림맹의 소회의실. 회의실의 문 위에는 청룡실(靑龍室)이라는 간판이 걸려 있다. 기밀을 요하는 회의만 이곳에서 소집되며, 대규모 집회는 백호실(白虎室)에서 열린다. 이곳에는 네모난 넓은 탁자를 기준으로 맹주와 함께 9파1방의 장문인과 5대세가의 장문인, 그리고 요즘 대단한 세력을 떨치고 있는 5대 신진문파의 장문인들이 모여 있었다. 현 정파무림의 태두(泰斗)들이 모인 자리였지만 모르는 사람이라면 그들을 20대 후반에서 30대 후반 정도로 볼만큼 젊게 보였다. 모두 엄청난 내공의 소유자임이 그 용모를 통해 드러나고 있었다.

그들은 석산대사의 보고를 신중히 청취(聽取)한 다음 생각에 잠겼다. 이때 긴 침묵을 깨고 입을 연 것은 현 무림맹주인 무극검황(無極劍皇) 옥청학(玉靑鶴)이었다.

"아수혈교가 날뛰는 것은 알고 있었지만 저들이 그토록 대규모로 전력(戰力)을 키우고 있는 줄은 소림 장문께서 말씀해 주셔서 처음 알았소. 무슨 좋은 방법이 없겠소?"

패도적인 기상으로 유명한 제갈세가(諸葛世家)의 가주(家主)인 패검천령(覇劍天嶺) 제갈기(諸葛忌)가 의견을 제시했다.

"기습 공격을 하여 적을 먼저 치는 것이 좋을 것 같습니다."

그러나 공지대사(空知大使)가 고개를 저었다.

"아미타불, 아무리 기습 공격이라 해도 엄청난 방비를 하고 있는 적진에, 그것도 1천5백여 구의 강시가 있는 곳을 공격하려면 대단한 피해를 각오해야 할 것이외다."

두 개로 나뉜 개방(丐幫)을 대표해 참석한 북개방(北丐幫)의 만통신개 공수걸(孔收乞) 장문인이 거기에 동의를 표했다.

"맞습니다. 전번 혈교와의 정면 대결에서 그 강력한 마교조차도 세력의 4할을 상실했습니다. 마교가 회복하는 데 30년이 넘는 세월이 들었다는 것은 모두 다 알고 있는 사실입니다."

점창(點蒼)의 청허자(淸許子)는 딱하다는 듯이 입을 열었다.

"무량수불…, 하지만 선공을 하는 것 외에 딱히 좋은 방법이 없으니……."

이번엔 남궁세가(南宮世家)의 매화검(梅花劍) 이옥연(李玉然)이 말했다. 그녀는 남편이 죽은 후 어린 가주(家主)와 남궁세가를 이끌고 있는 강인하면서도 교활한 여자였다.

"그렇다면 이번에도 마교를 이용하는 것이 어떨까요? 그들에게 슬며시 정보를 흘리는 겁니다. 그러면 해묵은 감정도 있으니 전처럼 아수혈교와 사생결단(死生決斷)을 하겠죠."

그러자 무영문(無影門)의 옥화무제(玉花武帝) 매향옥(梅香玉)이 반론을 제기했다.

"그건 힘들어요. 우선은 시간이 없는 데다 마교도 전에 뜨거운 맛을 봤기에 강시를 상대로 싸우는 것이 얼마나 힘든지 잘 알아요. 그리고 마교는 핵심 고수들이 모두 총단 안에만 거주하기 때문에 정보 공작을 하기도 대단히 힘들어요."

개방의 만통신개 공수걸 장문인이 동의했다. 매향옥은 20대 정도의 아름다운 용모를 가진 할머니(?)였지만, 모두들 뒤에서 구미호(九尾狐)라고 쑤군거릴 정도로 속을 알 수 없는 뛰어난 인물이었기에 아무도 그녀의 말을 무시하지는 못했다.

"맞습니다. 십만대산은 요새 중의 요새, 마교로서도 참고 기다리면 무림맹과 아수혈교가 먼저 붙을 게 뻔한데 피해를 각오하고 아수혈교의 코털을 뽑을 이유가 없죠."

갑자기 생각난 듯이 맹주가 매향옥에게 물었다.
"그런데 전에 말했던 공작은 어떻게 되었습니까? 아수혈교가 마교를 먼저 공격할까요? 사파의 통일은 상당히 먹음직한 먹이일 텐데……."
"그것이 어찌된 일인지……. 아무리 생각해도 마교가 역공작을 하고 있는 것 같습니다."
"역공작이라뇨?"
"현재 각 명문대파의 전력에 대한 정보가 아수혈교 쪽으로 넘어가고 있어요. 그것도 대단히 상세하게……."
"어떻게 그럴 수 있다는 말이오? 마교는 예전부터 힘만을 존중해 온 단체! 잘못 안 것이 아니요?"
"아닙니다. 전에 혈교와의 충돌을 통해 그들도 깨달은 것이 있는지 정보망을 대폭적으로 확충해서, 지금은 본 무영문과 막상막하(莫上莫下)에 이르러 있습니다. 과소평가할 자들이 아닙니다."
맹주가 한숨을 쉬며 말했다.
"후우, 그렇다면 마교와 아수혈교를 충돌시키는 것은 힘들겠군."
청성(靑城)의 옥양자(玉陽子) 장문인이 맥빠진 어조로 말했다.
"무량수불…, 참으로 난감한 일이외다."
무당(武當)의 장노백(張盧栢) 장문인이 큰일이라는 듯이 쏟아 부었다.
"정말 큰일입니다. 아수혈교와 붙으려면 힘이 있어야 하는데 마교만큼이나 큰 힘을 지닌 단체가 본맹을 제외하고 어디 있어야지 말이죠."
제갈기(諸葛忌) 가주도 걱정스럽다는 듯 한숨을 내쉬었다.

"맞소이다. 그렇다고 우리가 붙으면 마교의 세력은 누가 견제합니까?"
그때 갑자기 매화검 이옥연 가주가 갑자기 생각난 듯 외쳤다.
"그만한 힘을 가진 단체가 하나 더 있어요."
그 말에 공지대사는 궁금해하며 물었다.
"아미타불…, 도대체 어디입니까?"
"황궁! 황궁이에요."
하지만 그녀의 말에 점창의 청허자(淸許子)는 회의적이었다.
"무량수불…, 시주의 말은 약간 모순이 있소이다. 황궁은 여태까지 무림의 일에 관여하지 않았소이다."
그런데 정보통인 옥화무제 매향옥 문주가 매화검 이옥연의 말에 음흉한 미소를 띠며 조심스럽게 찬성을 나타냈다.
"매화검 장문인의 말이 맞을지도 몰라요. 요즘 들어 황궁에서 황궁무고의 무학을 미끼로 대대적으로 무림인사들을 포섭하고 있다는 것은 지나가는 개도 다 아는 사실! 하지만 황궁은 아직까지 정보망이 별 볼일 없는 미련한 존재들이니 이용을 하는 것도 쉽겠지요."
"시주는 어째서 황궁이 정보에 약하다 하시오? 시주도 알다시피 황궁에는 금의위와 같은 정보에 능한 단체들이 있지 않소?"
"호호, 하지만 그들은 반역도나 황권 수호를 위해 존재하는 단체! 무림의 일에는 어두울 수밖에 없어요. 그들이 무림인들로 찬황흑풍단(贊皇黑風團)을 만들어 어디에 사용하고 있나요? 겨우 새외(塞外)의 떨거지들 청소하는 데밖에 사용하지 않는다는 것이 그걸 증명하고 있잖아요?"
매향옥의 말에 맹주도 찬성했다.

"확실히 찬황흑풍단은 그 지닌 힘에 비해 너무 시시한 일을 하는 것은 사실이요. 하지만 그들을 어떻게 이용한다는 말이오?"

"황궁은 무림의 일에는 간섭하지 않지만 황권의 보호를 위해서는 물불을 가리지 않죠. 황궁에 약간의 뇌물을 써서 동조자를 만든 다음에 '아수혈교가 황실을 넘보고 있다'는 소문을 퍼뜨리며 그와 함께 '그 증거로 10만 황군을 괴멸시키고 수도를 함락하기 위해 강시 5천 구를 대망산에서 제조 중이다' 하는 정보를 흘리는 거예요."

제갈기가 감탄하는 표정으로 그녀에게 찬사를 보내며 약간 우려하는 점을 말했다.

"그것 참 괜찮은 생각이오. 그러면 아마 황궁에서는 찬황흑풍단을 투입하여 그들을 괴멸하려 들 거요. 하지만 그러면 황실의 피해도 대단할 텐데……."

"그건 염려 없어요. 그들의 대망산의 방어 상황을 자세히 찬황흑풍단에 알려 주면 그들도 엄청난 피해를 고스란히 당하지는 않을 거예요."

이제 적당히 의견이 정리되자 종리세가(鍾里世家)의 가주 패도(覇刀) 종리영우(鍾里英宇)가 말했다.

"휴우, 이것으로 사건은 일단락되었군. 찬황흑풍단 얘기가 나왔으니 말인데, 점점 더 황궁에서 강한 제자들을 보내 달라고 재촉을 해대서 문제가 이만저만이 아니오. 고수를 키우는 것은 우리 문파를 위해서지 황궁을 위해서가 아니지 않소?"

제갈기도 고개를 끄덕였다. 그와 종리영우는 호형호제하는 사이로 혼사(婚事)까지 거론되고 있을 만큼 절친했다.

"맞습니다. 전에는 2류제자들을 보내도 만족하더니 요즘은 적전제자들을 보내 달라고 성화를 부려 난감합니다."

무당의 장노백(張盧栢) 장문인이 말했다.

"무슨 수를 내든지 해야지 원……. 맹주께서는 고견이 없으십니까?"

"본좌도 어떻게 할 수가 없구려. 날이면 날마다 뛰어난 제자들을 보내 달라고 성화라……. 1만 명이나 모았으면 되었지 더 모아서 뭘 하려고 하는 건지……."

맹주가 하소연을 하자 만통신개 공수걸도 우려했다.

"맞습니다. 지금에 이르러서는 찬황흑풍단의 힘이 거의 마교와 맞먹을 정도입니다."

그러자 매향옥은 공수걸의 말에 이의를 제기했다.

"아니에요, 아직 그 정도까지는 안 돼요."

발끈한 공수걸이 매향옥에게 따졌다. 정파의 2대 정보통 중 하나라고 자부하는 북개방의 방주가 공개적인 망신을 당한 것 같은 기분이 들었기 때문이다.

"무슨 근거로 그런 말씀을 하는 거요?"

"아무리 뛰어난 고수들을 받아들이고, 또 황궁무고의 무학을 더 가르쳐 막강한 고수들만을 거느린 집단이라고는 하지만 아직도 마교의 힘에는 못 미쳐요."

"황궁무고는 5백 년 이상 황궁의 무사들이 돌아다니며 모아들인 무공비급들이 모여 있는 장소! 그 무공을 익힌다면 범에 날개를 다는 격일 텐데……. 아무리 마교가 강하다 하나 그런 고수가 1만 명인 찬황흑풍단이 어찌?"

"마교는 1천 년 이상 수많은 무학들을 발전시켜 왔어요. 요 근래에 비밀리에 입수된 정보로는 1천 명에 가까운 고수가 새로 흡수된 것으로 파악되었습니다. 이번 고수들은 아마 아수혈교와의 충돌할 것에 대비해 키워진 자들이겠지요. 처음부터 상승무공을 가르친 인재들인 만큼 지금은 아니겠지만 그들이 밖으로 모습을 드러낼 10년 정도 후에는 대단한 힘이 될 거예요. 마교의 무공은 우리 명문정파들이 흉내 내지도 못할 만큼 속성으로 고수를 키워 낼 수 있어요."

"하지만 겨우 1천 명이 가세해서는 저들을 막아 내는 데는 역부족이라 생각되오. 거기다 그들은 아직 완성된 고수들이 아니지 않소?"

"마교의 진정한 저력이 어디에 있다고 생각하나요?"

"그거야 강력한 마공(魔功)을 지닌 2만의 고수에 있는 것이 아니겠소?"

"아니에요. 마교의 가장 강력한 저력은 은퇴한 거마(巨魔)들로 이루어진 원로원에 있어요. 원로원에는 최소한 5백 명의 전대(前代)의 노마(老魔)들이 소속되어 있어요. 사실상 그들의 힘은 마교 전체 힘의 3할에 해당해요."

이들의 말을 한참 듣고 있던 무당의 장노백이 끼어들었다.

"하지만 원로원의 고수들이 무림을 횡행한 적은 없지 않소? 노납도 원로원이라고는 이번에 처음 들어 보니 말이외다."

"아니요, 딱 한 번 있었어요. 과거 신검대협(神劍大俠) 구휘(區揮) 대협께서는 무림통일(武林統一)을 할 욕심이 없었지만, 그의 아들 구천(區天) 대협은 구휘 대협이 남긴 무학과 천하제일문(天下第一門)의 힘을 이용해 무림을 통일하려고 혈겁(血劫)을 일으켰죠. 초반에 그렇게 기세가 높았던 그가 마양에서 마교에게 대패해 죽음을 당했다는 것은 너무나 잘 알려진 사실이에요. 하지만 그때 마교가 천하제일문을 이길 수 있었던 것은 원로원의 막강한 고수들 때문이었다는 사실을 아는 사람은 거의 없죠. 실지 원로원을 뺀 상태에서의 마교의 힘은 천하제일문을 능가할 수 없었어요."

"호오, 그렇다면 마교와 정면 대결을 하려면 숨어 있는 3할의 힘을 언제나 생각해야겠군."

"아니오, 그럴 필요까지는 없죠. 그들은 은퇴한 고수들이기에 마교가 멸망할 위험에 처했을 때만 나타나요. 그러니 마교가 공격해 들어올 때는 그들을 볼 염려가 없어요."

"그것 참 다행이구료."

"그 원로원 때문에 마교의 1천 년 역사가 지켜진 것이죠. 그렇게 강대한 힘을 자랑하면서 1천 년의 역사를 가지고 있는 단체는 마교를 제외하고 없어요."

"그렇게 생각하면 그럴 수도 있군."

이들의 말을 한참 듣고 있던 맹주가 드디어 입을 열었다.

"잡담은 이만하고, 황궁에 올가미는 매 여협(女俠)께서 걸어 주시겠소?"

"그러죠."

마교 교주의 방, 그곳에 세 사람이 차를 앞에 두고 담소를 나누고 있었다. 찻잔을 올려놓은 탁자 위에는 낡은 책자 한 권과 간단한 다과가 있었다. 교주는 부교주를 향해 말문을 열었다.

"이번 일은 수고했네."

"뭘요, 별로 힘든 일도 아니었습니다."

"그래도 부교주님의 연기 실력이 대단하셨습니다. 부교주님께서 무림에 들어오신 것은 뛰어난 연극인이 한 명 중원에서 사라진 것과 같다고 할 수 있죠."

교주 앞에서 살짝 미소를 지어 가며 자신을 칭찬하는 왕자영의 모습이 부교주도 별로 싫지는 않았는지 만면에 웃음을 머금었다.

"껄껄… 무슨, 교주님 앞에서 과찬을……. 그 녀석 비급을 보고 좋아하는 꼴이라니, 겉으로 표현은 안 했지만 그 눈빛은, 킬킬. 그리고 두 번째로 복면을 하고 살기를 뿜었더니 덜덜 떨더군. 짜식, 그렇게 간이 작아서 나중에 무슨 일을 하려고……."

"그렇지만 내상과 독상으로 서서히 죽어가는 모습을, 고수의 눈을 속일 정도로 완벽하게 연기해 내기는 힘듭니다. 그리고 그녀석이 밖에서 불을 놓을 때 움막 안으로 구덩이를 파고 들어가서 숨어야 하는데, 그 녀석도 꽤 실력 있는 고수라서 그 이목을 속이고 땅속으로 숨어 드는 것도 보통 노릇이 아니죠."

"허허, 이거 교주님 앞에서 내 얼굴에 완전히 금칠을 하는군."

"덕분에 지금 무림맹은 벌집을 쑤셔 놓은 것 같습니다. 이 정도로 효과가 좋을 것이라고는 생각 못 했는데요."

교주가 궁금함을 나타내며 물었다.

"동정이 어떻던가?"

"각파의 장문인들이 비상소집되었다고 알고 있습니다."

"이로서 한바탕 혈풍이 불겠군."

"저희 삼비대가 만들어진 이후 최대의 걸작품입니다. 녀석들은 시간이 많지 않은 관계로 그렇게 깊게 조사를 할 수 없습니다. 저희들도 꽤 비싼 대가를 지불하고 얻은 정보니까, 그들도 쉽게 조사하기는 힘들 겁니다. 그리고 이번에 모인 것도 어떻게 우리들에게 올가미를 씌워 볼까 모의를 하는 것이 분명한데, 우리가 그 올가미에 걸릴지도 의문인 상태에서 시간을 끌다가는 강시들이 더욱 많이 만들어질 거고……. 아무리 쑥덕공론을 해 봐야 결론은 기습밖에는 없다는 것이 드러날 겁니다."

"자네도 수고했네. 그리고 그대도 참 수고했고."

교주가 두 사람을 치하하자 부교주가 포권했다.

"당연히 해야 할 일입니다. 앞으로도 부담 갖지 마시고 시켜 주십시오."

"정파에서 기습을 한다고 가정하고, 어느 정도의 피해를 입을 것 같은가?"

"확실히는 모르지만 현재 만들어진 강시들과 또 그곳의 진법, 그리고 거기에 포진하고 있는 뛰어난 고수들을 봐서는 알고 들어가더라도 상당한 피해는 각오해야 할 겁니다."

"더 이상 강시를 제조하는 곳은 발견하지 못했나?"

"예, 현재 중원에서 부녀자들이나 무림인사들을 상대로 납치 여부를 신중히 탐문하고 있습니다만 이렇다 할 꼬투리는 잡히지 않고 있습니다. 전에 말씀드렸던 다섯 곳은 휘하 고수들을 보내 조사해 본 결과 인신매매단임이 밝혀졌습니다."

"그 녀석들은 어떻게 처리했나?"

"생껍질을 홀랑 벗겨서 소금을 뿌린 후에 던져 뒀습니다."

"허허허, 꼴이 가관이었겠군."

"호호호… 혼자 보기 아까운 장면이었다고 하더군요. 그 외에도 계속 조사 중입니다."

"전에 듣기로 상당수의 부녀자들이 새외로 납치되어 나간다고 하지 않았나? 그것도 인신매매단인가?"

 "예! 아쉽게도 대규모 인신매매단이었습니다. 혹시나 아수혈교와 연관되어 있나 해서 잡히는 놈마다 철저하게 고문을 했지만 아수혈교는 관계가 없었습니다. 그 녀석들은 모두 혈도를 제압해 사막에 던져서 말려 죽였습니다. 사막과 같은 불모지에서 벌어진 전투라 혹시 몰라서 여기고 장로가 거느리는 천마혈검대를 보냈는데, 여 장로에게 들으니 사막을 건너면서 기막힌 고생을 했다고 그러더군요. 물이 떨어져 고생 중인데 운 좋게 마적단이 들이닥치는 바람에 그들에게서 물을 얻었다고 합니다."

 그 말을 듣고 부교주가 경악했다.

 "세상에! 천마혈검대까지 투입했단 말입니까? 교주께서는 너무 적들을 과대평가하는 게 아니신지요. 그 1백 명에 천도왕(天刀王)까지 합치면 그 힘이 파천(破天)에 이른다는 그들에게 과거 사파의 하늘이라던 사사천림(死邪天林)도 무너졌는데, 전면전도 아니고 그들을 출동시킨 것은 너무 과한 처사가 아닙니까? 잘못해서 사막에서 아사(餓死)할 수도 있는데, 무사히 귀환한 것은 천만다행입니다. 그래, 그 마적단 녀석들에게는 충분한 사례를 해 줬다고 그러던가?"

 "예, 몽땅 다 발바닥 가죽을 벗겨서 사막 한가운데 풀어 놨답니다. 살려서 보낸 것만 해도 어딥니까? 호호호, 나중에 태양에 바짝 말라 죽었다 하더라도 그건 그자들의 실력이 부족해서 죽은 것이지 우리 탓은 아니지요."

 그러자 교주가 거들었다.

 "만약 그들이 아수혈교였다면 기왕에 투입한 전력으로 전면전을 벌여야 하기에 천마혈검대를 투입한 것이니 자네는 너무 언짢게 생각하지 말게나."

"예."

왕자영이 상큼하게 미소 지으며 조심스럽게 교주에게 물었다.

"그런데 이번에 만든 올가미 말입니다. 겨우 이런 일을 하려고 사용한 밑밥으로는 너무 과한 것 아닙니까? 그냥 그럴듯한 무공비급 한 권 정도만 줬어도 충분하다고 생각합니다."

"아니야, 그 정도 경계를 뚫고 나올 정도의 고수라면 품속에서 청월검법 정도의 절전지비(絕傳之秘)는 꺼내 놔야 말이 되지."

"하긴 그렇군요. 하지만 나중에는 이 패도적인 무공을 익힌 자들이 많이 생길 것이니 그때가 큰일입니다. 청월검법의 위력은 대단하니 그에 대한 대비책을 세워야 합니다."

교주는 느긋한 표정이었다.

"청월검법은 본교 내에서 많은 연구를 거친 검법. 그것에 극성인 검법을 이미 개발했기에 그들에게 돌려준 것이네. 요 근래에 본좌가 부교주와 함께 벽마혼원공(壁魔混元功)을 만들었네. 이 무공은 청월검법의 극성이니 이것을 3성만 익혀도 9성의 청월검법을 막아 낼 수 있고, 4성 정도를 익히면 10성의 청월검법을 막아 낼 수 있네. 벽마혼원공은 그야말로 별 볼일 없는 무공이긴 하지만 6성 이상 익히면 타 무공도 일부 막아 낼 수 있는 방어 위주의 무공이라 할 수 있지."

교주는 품속에서 책 한 권을 꺼내어 왕자영에게 주면서 덧붙였다.

"이건 나중에 천마보고(天魔寶庫)에 갖다 두게."

왕자영 장로는 청월검법이라 쓰인 고서를 받아 들었다.

"예."

기는 놈의 결말

 수천 년 무림사에서는 피를 피로 씻는 복수와 복수가 이어졌다. 하지만 이것은 어디까지나 무림(武林)이라는 한정된 세계의 사람들끼리의 전쟁이었기에 관(官)에서는 관여하지 않았다. 아니 못했다고 보는 것이 옳을 것이다. 무림인들을 전부 없애 버리려면 1백만의 군사를 동원해도 불가능했기 때문이다.
 관에서 무림을 건드리지 않는 두 번째 이유는, 정파의 인물들에 한했지만, 외적의 침입이 있을 때 무림인들이 도와주기도 한다는 사실 때문이다. 그리고 사파의 인물들도 일정한 대가를 지불할 용의를 보이면 도움을 주었다. 그리고 각 문파들이 들어선 곳의 부근에는 산적 등이 얼씬도 하지 못했다. 자체적으로 각 문파의 체면이 있었기에 부근의 치안까지도 그들이 책임지기 때문이다.
 무엇보다 관에서 관심을 보였던 점은 군부(軍部)에서는 찾아보기 힘든 개개인의 능력이었다. 정파의 명가나 마교 출신 초절정고수들은 거의 만나기 힘들었지만 한 번씩 볼 수 있는 3류 정도의 무림인들이라도 그들이 보기에는 그 무공이 대단했던 것이다.

　이래서 관부는 장군부 직속으로 무림인들을 모아 강력한 무력 집단을 만들 계획을 세웠다. 부귀영화를 보장하며 사람을 끌어 모았지만 의외로 무림인들은 모이지 않았다. 모여든 무림인은 대부분 2류도 안 되는 인물들이었다.

　의아한 관부에서는 무림들에 대해 더욱 많은 조사를 했다. 최후에 나온 결론은 무림인들은 무공연마를 밥 먹기보다 좋아하며 부귀영화보다는 한 권의 비급을 위해 목숨을 바치는 인물들이라는 것이다. 그래서 오랜 시간 관부에서는 무림인들을 끌어들이기 위해 무림에 떠도는 각종 무공비급들을 수집했다. 그것이 쌓이고 쌓였고, 또 황궁 내에서 그 무공들을 익힌 자들이 독창적인 무공들을 개발하기도 해서 모인 것이 황궁무고였다.

　이 황궁무고를 미끼로 무림의 인사들을 끌어들인 결과 5천 명의 그런대로 만족할 만한 고수들의 집단을 만들 수 있었다. 이들로 구성된 기병대를 찬황흑풍단이라 불렀다. 초기에 황궁에서 끌어들일 수 있었던 무림인들은 거의 3류고수들이었지만 그래도 그들을 무장시켜 놓고 보니 대단한 힘을 발휘했다.

　찬황흑풍단에는 뛰어난 명마(名馬)들이 주어졌고, 개개인들을 위해 완벽한 무구(武具)들이 지급되었다. 장검, 방패, 창, 활과 화살, 각종 암기(暗器) 등등 자신이 원하는 무기들 이외에 두터운 갑옷과 투구, 그리고 말들을 보호하기 위한 갑옷까지 지급되었다. 원래 무림인들은 갑옷을 입지 않고, 설혹 입는다고 하더라도 중요 부위만을 가리는 가벼운 것을 입는다. 무게가 많이 나가면 경공술을 사용하는데 불리하기 때문이다. 하지만 찬황흑풍단은 기병대이기 때문에 마상(馬上) 전투를 하기에 각자의 무게는 큰 문제가 되지 않는다. 이렇듯 무장까지 잘 시켜 놓으니 이들은 기대 이상의 힘을 보여 주었다.

황궁에서는 새외의 이민족들을 평정하는 데 찬황흑풍단을 이용했다. 무공을 모르는 이민족들에게는 무공을 약간이라도 할 수 있는 그들이 대단한 존재였다. 찬황흑풍단은 처음 전투에서 대승을 거두며 그 엄청난 힘을 과시하여 황실을 놀라게 했다. 보통 10만 대군을 동원해야 할 정도의 사태에도 이들만 동원하면 충분했던 것이다.

10만의 군세(軍勢)를 동원하는 것과 5천의 군세를 동원하는 것은 엄청난 차이가 난다. 10만 정도의 군사력이라면 무조건 후방에서의 병참 지원을 받아야 하지만 5천 명 정도라면 노획물이나 민가에서의 징발, 또 현지 군대의 지원만으로도 충분히 활용이 가능하다.

아주 싼 값으로 이민족들을 평정하던 황궁에서는 재미를 붙여 찬황흑풍단의 규모를 더욱 키워 나갔고, 예전에는 3류 정도 수준이면 만족했으나 약간씩 등급을 올려 나중에는 양과 질을 충분히 갖춘 무적의 기병군단을 보유하게 되었다.

이렇게 찬황흑풍단은 점점 더 그 수를 늘려 갔고, 현재에 이르러 1만 명의 고수를 가지고 있었으며 5천 명씩 좌우 흑풍단으로 나눠 관리되고 있었다. 그들의 수장(首長)에는 찬황흑풍단의 그 무시무시한 힘 때문에 황제가 특별히 신임하는 무사만 임명되었다. 금의위와 마찬가지로 황제 직속의 단체였다.

황궁 내 은밀한 밀실에서 황제와 찬황흑풍단의 단주, 금의위의 수

장인 대영반이 모여 비밀회의를 하고 있었다. 이 회의는 대영반이 황제에게 특별히 간청하여 이루어진 것이었다. 하지만 당사자인 대영반은 아직 오지 않았고, 현재 밀실에서는 황제와 흑풍단의 단주만이 대화를 나누고 있다.

황제는 이런 저런 얘기를 먼저 나누다 문득 생각난 듯이 찬황흑풍단의 단주 옥영진 대장군에게 말했다.

"어찌하여 흑풍단의 인물들은 대부분이 정파의 인물들이오? 일부 사파의 인물들이 있다고 하지만 그 수가 너무나 적소. 본인이 알기로 사파의 거두라는 마교는 최강의 고수들을 많이 가지고 있다던데 어째서 마교의 인물들은 한 명도 없는가?"

옥영진 대장군은 나이 쉰을 헤아리는 고수로서, 황실의 친족이었다. 무예를 사랑했던 정평왕의 아들이며 청성파의 속가제자로 한때 무정검(無情劍)이라는 별호를 얻었던 검의 고수였다. 황제의 특명으로 찬황흑풍단의 단주에 임명되어 그 뛰어난 무공과 실력으로 찬황흑풍단을 더욱 강력하게 만들어 낸 실력자였다.

"폐하, 그것이……. 흑풍단을 뽑는다는 전단을 각 문파에 발송하면 각 문파에서 뛰어난 기재들이 추천서를 가지고 찾아오나이다. 하지만 명문정파의 적전제자는 한 명도 오지 않는 것이 통례이옵고…, 마교의 경우 여태까지 한 명도 보내오지 않았사옵니다."

"이런 괘씸한! 이것은 짐에 대한 불충이 아닌가? 짐은 최강의 고수들을 보고 싶고, 또 거느리고 싶다."

"그런데 문제가 있사옵니다."

"어떤 문제인가?"

옥영진 대장군은 조심스럽게 말했다.

"폐하, 정파나 사파의 경우는 상관이 없지만, 마교의 경우는 철저한 약육강식의 논리가 지배하는 세계이옵니다. 그들에게 있어서 연공서열은 중요하지 않으며, 무공의 강약에 따라 서열이 정해진다 하옵니다. 만약 그들의 우두머리인 교주라 해도 더 강한 무공을 익힌 자가 있으면 그 자리에서 쫓겨난다 하옵니다."

"그래서?"

"마교의 인물을 받아들일 경우, 그들보다 더 강한 정파의 인물이 있어야 통제가 가능하옵니다. 만약 대단히 강한 자가 왔을 때 잘못하면 반란의 여지가……."

"흠…, 그럴 수도 있겠군. 어렸을 때부터 그런 방식의 교육만 받았다면……. 그럴 수도 있겠어."

"그러니 마교의 인물은 재고를 하심이 좋을 것이옵니다."

"하지만 경이 말했듯이 힘이 지배하는 단체라면, 그대의 무공이 강하면 문제없을 것이 아닌가?"

"그러하옵니다."

"그런데 왜 문제를 삼지?"

"폐하! 마교란 단체는 대단한 전통을 자랑하는 무림의 강자이옵니다. 그쪽에서 초고수(超高手)를 보내온다면 소신(小臣)도 이긴다는 보장을 할 수가 없사옵니다."

"그들이 그 정도로 강하다는 것인가?"

"폐하! 마교에는 사파의 4천왕이 모두 모여 있사옵니다. 그들의 개개인의 능력은 태산도 무너뜨린다고 전해지옵니다."

"흐음…, 그렇다면 정파의 인물들이라도 좀 더 강한 자들을 뽑아야 할 것이 아닌가?"

"그러려면 더욱더 향기로운 미끼가 있어야 하는데…, 사실 비급을 모으기 시작한 지가 3백 년 정도라 아직 명문정파의 무공에 비해 황궁의 무학이 떨어지옵니다. 그것이 문제지요."

"역대 황제들의 칙명으로 무공비급을 모으기 시작했는데도 아직 그렇게 양이 적단 말인가?"

"폐하, 송구스런 말씀입니다만, 양이 문제가 아니옵니다. 질(質)이 문제이옵니다."

"질(質)이라…, 그렇게도 황궁의 무학의 질이 떨어진다는 것인가? 그러면 어떻게 하면 좋겠소?"

"현재에는 황궁무학의 질도 그렇게 많이 떨어지는 것은 아니옵니다. 하지만 현재 황궁 3대 무공의 경우 소신을 비롯한 일부 지휘관들만이 익히고 있사옵니다. 그런데 이런 무학들을 공개해 버린다면 문제가 되옵니다. 더욱 뛰어난 무학들을 입수한 연후에 그것들을 공개해야 하옵니다. 하지만 그렇게 강한 무공들은 구하기가 너무나 힘들어……."

"변명은 하지 마시오. 전에 경이 말했던 무학이 몇 가지 있었는데 구했소? 그러니까 대단히 강력한 무공들인데 주인이 없기 때문에 구하기만 하면 된다고 하지 않았소? 뭐라고 했더라……."

"폐하, 북명신공과 거기서 파생되어 나온 뇌전신공, 화염신공이옵니다."

"그렇지, 바로 그것들이오. 그런데 북명이라 하면 저 요하의 동쪽, 그러니까 예전 고구려나 발해 같은 이민족의 국가들이 들어섰던 자리가 아니오?"

"그러하옵니다. 북명이란 바로 발해 지방을 이르는 말입니다."

"그렇다면 북명신공이면 오랑캐 동이(東夷)족이 만든 무공이란 말이오?"

"그러하옵니다."

"무공은 중원의 무공이 최고인데 어찌 그따위 오랑캐의 무공을 구하려고 하시오."

"아뢰옵기 황송하옵니다만 폐하, 북명신공은 정확하게 말하면 발해의 상승무공들을 모아 놓은 책이옵니다. 무림사상 가장 강하다고 칭송받는 구휘라고 하는 무림인이 만년에 이르러 이민족의 무공에 관심을 보이다가 발해 지방에서 대단한 무공들을 발견했사온데, 그것들을 모아서 만든 것이 북명신공이옵니다."

"그 무공이 그렇게 대단하다는 말인가?"

"북명신공은 남은 많은 무공들의 조각들을 모아서 만들었기에 체계가 없이 부분 부분으로 나누어져 있는 난해한 무공이옵니다. 이 신공(神功)은 대자연의 숨결을 흡수해 자신의 공력을 높이고, 초상승무예의 경지로 올라갈 수 있는 길을 알려 주는 참고서 같은 형식으로 만들어진 것으로, 초식보다는 무예를 익히는 데 필요한 마음가짐이나 조심할 점, 그리고 어떤 방식으로 무예를 익히는 것이 가장 좋은지 일부 기록되어 있다고 하옵니다. 많은 무림인이 북명신공을 익혔으나 너무나 난해하고, 초식조차 거의 없으며 상당히 파격적인 내용인 데다 설상가상으로 완전한 내용이 아니라 상당 부분이 상실된 채였기 때문에 너무나도 익히기가 어려워 이것을 익힌 자들은 거의 득을 보지 못했다 하옵니다. 그 때문에 북명신공에서 자신에게 유리한 점들을 뽑아내어 발전시켜 여러 무공이 발생했사옵니다. 그것들이 화염신공과 뇌전신공이옵니다. 구휘는 이 북명신공이란 비급을 만든 다음 수하들로부터 왜 자신의 능력을 더 보태 완벽한 비급으로 만들지 않느냐는 질문을 받자 이렇게 답했다고 합니다. '내가 여기에 토를 붙인다고 한다면 이 무공이 처음에 나타내고자 하는 바를 무심결에 없앨 수가 있다. 이것들은 다만 조각들일 뿐이지만 그 하나하나만으로도 너무나도 완벽해서 더 이상 보탤 말이나 뺄 말이 없다. 나조차도 이것을 완벽히 이해할 수가 없으니 언젠가 이것을 완벽히 연성할 수 있는 자가 나타난다면 그자는 아마 생사경의 고수일 것이다' 라고 말입니다."

"경이 말한 대로 그렇게 익히기 어렵다면 구해도 별 소용이 없을 것 아니오?"

"아니옵니다. 그 자체로는 그렇게 대단하지 않다고 하더라도 그 비급을 한번 보기 위해 모여드는 무림인들은 많을 것이옵니다. 아직도 북명신공은 대단히 매력적인 미끼이옵니다."

"흠…, 그런데 서론이 긴 걸 보니 구하지는 못한 모양이구려."

"황송하옵니다. 소신의 능력으로는 어디로 갔는지 도저히 알 수가 없었나이다."

"그렇다면 화염신공은? 화염신공이라는 것을 보니 양강(陽剛)의 무학인 모양이지?"

"그러하옵니다. 극양의 무공으로 북명신공처럼 대자연의 기를 흡수하는 대신 손쉬운 상대방의 공력을 흡수하며 강철도 녹인다는 화염장을 주 무기로 한다고 합니다. 여러 가지 장점이 있었으나, 너무 극양의 무공이라 배우기가 힘들고, 포획한 진기의 융합에도 문제점이 많은 약간 미완성의 무공이옵니다. 지옥염화단(地獄炎火團)의 절기였으나 그들이 갑자기 멸망하면서 그 비급이 사라졌사온데, 현재 조사한 바로는 아마 마교로 흡수된 것이 아닌가 추정하고 있사옵니다. 마교의 인물들이 흡성대법(吸成大法)이라는 무공을 사용하는데, 이것이 화염신공의 발전형으로 보이기 때문이옵니다."

"그렇다면 화염신공은 주인이 있구먼. 뇌전신공은 어떻소?"

"뇌전신공은 북명신공의 무예적인 요소를 한층 발전시킨 것으로 북명신공의 패도적인 파괴력을 이용하여 거기에 수많은 초식을 만들어 합해 더욱 정밀한 무공으로 발전시킨 것이옵니다. 과거 사파의 하늘이라 불렸던 사사천림(死邪天林)의 무공으로 사사천림의 갑작스런 멸망과 함께 사라졌사옵니다. 지금은 사사천림이 누구에게 멸망당했는지도 모르는 지경이라 더욱 깊이 있는 조사를 해 보아야 알 수 있을 것이라 생각되옵니다."

이때 대영반이 헐레벌떡 들어왔다. 그는 황제에게 인사를 드린 후 다급하게 입을 열었다.

"신(臣) 장무기(張武己) 아뢰옵니다. 신이 회의를 소집하기를 간한 것은 현재 무림의 상태가 심각하다는 첩보 때문이옵니다."

"심각하다니?"

"예, 사악한 무림의 한 문파가 황권을 노리는 대역죄를 범할 준비를 하고 있다는 것이옵니다."

"말해 보라!"

"예. 신이 입수한 정보에 따르면, 아수혈교라는 무림의 문파가 있사온데, 이들이 강시를 5천여 구나 제작 중이라고 하옵니다. 이 강시는 웬만한 도검으로는 상하게 할 수 없는지라 황궁의 하급 무사들로는 당해 낼 수가 없사옵니다. 이들이 이 강시를 제작하여 황궁으로 쳐들어올 준비를 하고 있다는 첩보가 입수되었사옵니다. 현재 3할 정도가 완성되었다고 하오니 더 이상 만들어지기 전에 근심을 없애 버리는 것이 좋겠나이다."

"대장군은 그래도 예전에 무림에 있었던 사람! 강시라는 것이 그렇게 대단한가? 겨우 5천 정도로 황권을 넘볼 수 있을까?"

"신 옥영진 아룁니다. 소신이 듣기로 강시란 것은 일단 죽은 사람을 각종 약물과 특이한 대법으로 제조하여 인성을 상실한 꼭두각시로 만드는 것이온데, 전체적인 힘은 어떨지 몰라도 도검이 들어가지 않고, 원래 죽은 사람이라 보통 방법으로는 다시 죽일 수 없다고 들었사옵니다. 만약 5천 구의 강시라 한다면 황궁을 충분히 넘볼 수 있을 것으로 생각되옵니다."

"그렇다면 큰일이구려. 속히 대장군이 흑풍단을 이끌고 황권이 존엄함을 보여 주시오. 언제쯤 그 악도들을 응징할 수 있겠소?"

"예, 현재 우흑풍단은 오랑캐를 치러 변경에 나가 있으니 그들이 돌아오는 대로 좌우 흑풍단을 출동시키겠나이다."

그러자 황제는 자신이 찬 보검을 끌러 대장군에게 주며 말했다.

"복마천신검(伏魔天神劍)을 앞세워 반역도를 응징하고 오라."

복마천신검은 10대 기병(奇兵) 중의 하나다. 명장(明匠)인 여진(呂眞)이 만들었다고 전해지는 보검으로 사악한 힘을 제압하는 신비한 힘이 있다고 전해진다. 강시 등 사악한 술법으로 만들어진 것들에 천적인 병기로 언제나 황제가 지니고 있었다. 대장군은 두 손으로 보검을 받으며 말했다.

"신 옥영진, 폐하의 명을 받들겠나이다."

"한시가 급한 것 같으니 경은 지금 당장 나가 보시오."

"예! 폐하. 만세 만세 만만세!"

그로부터 20일 후, 최대한의 속도로 돌아온 우흑풍단을 포함하여 찬황흑풍단 총군세 1만 325기(騎)가 출동했다. 대망산에서 20리 떨어진 지점에 대원수의 주력 부대가 속속 집결하기 시작했다. 막사 안에는 옥영진 대장군이 몇 명의 휘하 장수들과 지도를 펼쳐 놓고 의논을 하고 있었다. 이때 밖에서 한 젊은 장수가 들어오며 말했다.

"지천수 상장(上將)께서 도착하셨습니다."

"오! 빨리 들어오시라 해라."

지천수는 네 명의 휘하 장수들을 거느리고 안으로 들어왔다. 그는 정중히 포권하며 옥영진에게 말했다.

"대장군을 뵈오. 늦어서 죄송하오이다."

"아니오, 때맞춰 왔소. 이리 오시오."

"예."

"상장은 지금 군사들을 얼마나 거느리고 오셨소?"

"어림군 5만을 거느리고 왔소이다. 더 못 데리고 와서 죄송하오이다."

"그만하면 충분하오. 5만을 3개 대로 나누어 이쪽과 이쪽 그리고 이곳에 주둔하여 반역도들의 퇴로를 차단하여 주시오."

"알겠소이다."

"그리고 전양 장군은 황군 2만을 반으로 나누어 이곳과 이곳을 맡아 주시오. 절대로 반역도들이 밖으로 탈출해서는 안 되오."

옥영진이 막대기를 이용해서 지도의 요소요소를 짚으며 각 부대가 맡을 장소를 알려 주자, 전양 장군이 의문을 제기했다.

"이미 탈출했다면 어떻게 하면 좋겠소이까?"

"탈출한 적들은 생각할 필요 없소. 아마 적들도 이곳을 완전히 포기하지는 못할 터, 아마 소규모의 탈출, 또는 연락병이 탈출했을 수도 있기에 그에 대한 처리는 이미 해 뒀소. 지금 현재까지의 정보를 토대로 할 때 아직 적의 주력은 계속 남아 있음이 확실하오. 천령과 청남 일대의 향방군과 어림군 12만에게 비상 대기령이 떨어져 있고, 그들에게 모든 통행인과 수송 화물에 대해 검문을 엄중히 하라고 일러뒀으니 큰 문제는 없을 것이오. 연락용 비둘기나 매가 날아갈 것에 대해서도 대비해 뒀으니 제장들은 염려하지 마시오."

"대장군의 작전대로 찬황흑풍단만 반역도의 본거지로 돌격합니까?"

"그렇소. 창칼이 잘 통하지 않는 무리들이니 일반 정병들로는 무리인 것 같아 흑풍단만 쓰기로 했소. 그래도 안심이 안 되는 부분이 있으니 혹시 휘하의 부하들 중에서 신병이기(神兵異器)를 가진 자들이 있으면 그걸 좀 모아 주시오. 흑풍단에도 각종 신병이기를 가진 자들이 많으나 그래도 강시라고 하니 좀 걱정이 되는구려."

"알겠소이다. 그런데 공격은 언제 시작됩니까?"

"내일 새벽에 시작할 참이오. 그때까지 무기를 인도해 주면 고맙겠소. 그 명세서는 착실히 작성하여 전투가 끝난 후 되돌려 줄 수 있게 해 주시오. 만약 빌려 준 신병이기가 파괴되면 그에 따른 충분한 보상은 해 줄 것이오."

"알겠소이다. 그럼 이만 가 보겠습니다."

그날 새벽 여명을 이용하여 찬황흑풍단의 공격이 시작되었다. 수많은 고수들과 강시들 때문에 아무리 강대한 흑풍단이라고 해도 그 피해는 컸다. 흑풍단의 고수 2천여 명이 전사했고, 부상자는 부지기수였다. 그래도 이 정도로 끝난 것이 무쇠를 무 베듯 할 수 있는 신병이기 덕분이었다. 보통의 무기로 상대했다면 그 피해는 더욱 컸을 것이다. 특히나 푸른색의 옷을 입은 강시는 정말 엄청난 위력을 지니고 있었다. 일반의 강시들은 동작이 느렸지만 그들의 속도는 가히 환상적이었다. 흑풍단 피해의 3할은 그들 때문이었던 것이다. 그들의 수가 얼마 되지 않은 것이 불행 중 다행이었다.

　외곽을 완전히 포위하고 있던 7만의 군세 덕분에 적은 단 한 명도 도망가지 못하고 전멸을 당했다. 그리고 그 반도들이 가지고 있던 모든 서적이나 서류 등은 압수되었다. 적들이 불을 질러서 일부는 불타 버렸지만 책들은 불에 잘 타지 않기에—책이란 원래 속까지 완전히 재가 되려면 상당한 시간이 필요하다—겉 부분은 탔을망정 대부분을 압수할 수 있었다. 그 모든 책들은 황궁무고로 보내졌고, 황궁의 각 무사들에 의해 그들의 무공이나 술법 등이 분석, 연구되었다.

한 명이라도 더 많은 고수를

"교주님! 예상 밖의 사건이 발생했습니다."
적미염 왕자영이 방에서 쉬고 있던 교주에게 긴급 면담을 청했다.
"무슨 일인가?"
"아수혈교와 황궁이 격돌했습니다."
"황궁이?"
"예! 찬황흑풍단이 대망산을 공격하여 모든 강시들과 그곳에 있던 고수들을 진멸(鎭滅)했다 합니다."
"찬황흑풍단이라면 무림의 고수를 골라 뽑아, 거기에 황궁무고의 무공을 더 가르쳐 무공이 대단한 경지라 들었다. 그 강대한 힘은 태산을 무너뜨린다 하더니 사실인 모양이군."
"그런데 그게……."
"뭔가? 말해 보게."

"찬황흑풍단도 엄청난 피해를 당했다고 합니다. 전사자가 2천 명 정도이고, 부상자가 6천 명을 넘어간다고 합니다."

"그럴 수가! 찬황흑풍단은 무림인들과 달리 중갑주(重鉀冑)를 입을 뿐더러 말에게까지 갑옷을 입힌다고 들었는데, 그렇게 피해가 클 수가 있나?"

"정보로는 이미 만들어져 있던 강시 2천여 구, 50여 구의 신형 강시, 그리고 수비 무사들이 천여 명, 그중에도 대단한 고수들이 몇 있었는데 그들에게 입은 타격이라고 합니다."

"하기야 황궁의 무리들은 내공보다는 외공에 치중하는 무리들! 그래도 찬황흑풍단은 일반 무사들과는 달리 내공을 쌓은 자들일 텐데."

"무림인들을 상대로 했을 때는 그들도 그 정도의 피해를 입지는 않았을 겁니다. 무림인들은 칼을 맞으면 피를 흘리는 사람들이니까요. 문제는 웬만한 상승고수가 아니면 죽일 수 없는 강시들 때문이죠. 그나마도 피해가 그 정도에서 끝난 것은 두터운 갑주와 방패 덕분이라고 합니다."

이제 중요한 대화는 다 끝났다고 생각했는지 교주는 왕자영의 그 가느다란 허리를 살며시 잡고는 품속에 끌어안으며 말했다.

"하여튼 일이 재미있게 되어가는군. 어떻게 된 것이 붕어 미끼를 썼는데 잉어가 잡히나?"

"아이…, 교주님도. 아마 무림맹에서 아직 무림의 사정에 어두운 황궁에 올가미를 씌운 것 같습니다."

"무림맹도 꽤 하는군, 클클클."

"이번의 사건으로 생각한 것인데, 차후에 있을 충돌에 대비하여 고수들을 많이 확보해야 할 것 같습니다. 그러니 각종 무공에 뛰어난 성취를 보이는 녀석들만 골라서 특별히 교육시켜 다음 세대의 고수들을 길러야 하겠습니다. 이번의 사건을 통해 고수들의 필요성이 더욱 증대되었습니다."

교주는 느긋하게 왕자영의 옷을 벗기며 말했다. 왕자영도 그런 교주가 싫지는 않은지 교주가 편하도록 자세를 잡아 주고 있었다.

"좋아, 좋아. 그대가 알아서 하게나."

"예, 지금 투입되어 있는 묵향에 관한 말씀인데…, 흐흠…, 일급 살수로서 스물세 명을 완벽하게 없앴지만 아직도 무공면에서는 미숙합니다. 그 녀석이 임무를 성공적으로 수행한 것은 무공보다는 머리를 잘 굴렸다고 봐야 합니다. 그래서 아직도 임무가 없을 때는 무공을 익히고 있는데, 아이… 이러지 마세요. 말을 못 하겠잖아요……. 으으음…, 그는 검에 능하니 뽑아서 교육시켰으면 합니다."

교주는 도저히 나이에 어울리지 않는 화려한 왕자영의 육체를 바라보면서 말했다.

"하기야, 나이도 얼마 되지 않은 녀석인데도 상층부에서도 녀석의 이름을 기억하는 자들이 많을 정도로 암살 실력과 검술이 뛰어나니……. 하지만 이미 본좌가 알아서 하라고 한 이상 그대 마음대로 하면 될 것 아닌가?"

"나머지는 수련생이라 상관없사오나 묵향의 경우 살수로서 내총관의 휘하에 있는지라 제가 그냥 데려가는 것보다는 교주님께서 말씀해 주시면 서로 간에 입장이 편할 것입니다."

"알겠네. 내총관에게 말해 두지."

"감사합니다, 교주님."

이제 교주는 더 이상 말할 것도 없다는 듯 완벽한 나신이 되어 버린 그녀를 가볍게 안아 들고 침상을 향해 걸음을 옮겼다.

 묵향이 일곱 번째로 만난 교관은 상당히 노련한 사람이었다. 그는 전혀 살수 같아 보이지 않았다. 완벽한 살수란 전혀 살수처럼 보이지 않는다. 누가 살수로 보이는 사람과 같이 있겠는가. 진정한 살수는 살인을 하는 그 순간에도 살기를 드러내지 않는다.
 여태까지 그를 지도했던 교관들은 모두 다 전직 아니면 현직 살수들이었다. 살수들 중에서 나이가 많이 들어 현역으로 뛰기 어려운 사람들은 후배들을 가르치는 데 투입된다. 하지만 이번 교관만큼 완벽한 살수라고 생각해 본 사람은 없었다.
 생강은 오래 묵은 것일수록 맵다는 속담이 있다. 그것은 오랜 연륜과 경험에서 오는 숙련미(熟練美)라고 할까. 나이가 들수록 그 진수를 뿜어내는 것이다. 그래서 보통 교관들은 현재의 실력 있는 살수보다는 오랜 살수 생활을 하고 은퇴한 고수들이다. 그럼으로써 그들 자신이 얻은 경험과 지식을 후배들에게 가르쳐 주기를 원했던 것이다.
 새로운 교관은 40대 초반으로 보였으며 그런대로 잘생긴 얼굴의 남자였다. 그의 얼굴에는 상흔이 깊지는 않아 눈이 상하지는 않았지만 왼쪽 눈 위에서 코 쪽으로 난 긴 검상이 있었다.
 "본인은 환사검(幻邪劍) 유백(柳伯)이라 한다. 이제부터 너를 가르칠 것이다."
 "유 선배께서는 살수십니까?"
 "그건 왜 묻는가?"
 "도저히 살수 같지 않아서 그럽니다."
 "클클클, 나도 예전에는 살수였던 적이 있다. 하지만 지금은 검술

교관이지. 나는 이제부터 자네만을 가르칠 것이네. 그 시간이 얼마나 걸릴지는 자네도, 나도 몰라. 어느 정도 상부에서 원하는 정도까지 내가 지도할 것이야. 위에서도 많은 고심을 한 듯하지만 드디어 자네를 살수로서 소모시키기보다는 무사로 쓰기로 합의를 본 모양이야. 자네도 알다시피 살수란 상대를 죽이기는 쉽지만 상대를 죽이고 난 다음에 탈출하기가 정말 힘들거든……."

"알겠습니다."

"검술을 익히면서 끊임없이 내공의 수련은 계속해야 하네. 하지만 본인이 느낀 바로는 내공이 최고로 중요한 것은 아니야. 문제는 깨달음이지. 어떤 경지에 다다르면 내공은 자연적으로 얻어진다네. 거꾸로 얘기하면 어떤 경지에 오르기 위해서는 일정한 내공이 뒷받침되어야 한다는 말도 성립이 되지만……. 자네는 어떻게 생각하나?"

"저는 선배님이 말씀하신 첫 번째 생각에 찬성합니다."

"실지 명문 검파의 젊은이들이 보통 타파의 젊은이들보다 더욱 빠른 내공의 진보를 보이지. 자네도 무림에 나가 봐서 알겠지만 새파랗게 젊은 녀석이 나이 많은 고수를 격패시키는 것을 왕왕 봤을 것이네. 그것은 깨달음이 빨랐다는 것이지 실지 내공수련을 그 젊은 녀석이 노인보다 더 많이 했다는 것은 현실적으로 불가능해. 내공의 경지를 1갑자, 2갑자 등으로 표시하는 것은 밀실에 박혀 60년 혹은 120년 동안 내공만 닦았다는 것이 아냐. 하나의 주기(週期)를 나타내는 것이지. 그 주기를 넘었느냐 못 넘었느냐에 따라 그의 실력이 결정되는 것. 그 한 주기를 넘음에 따라 최소한 열 배 이상의 힘이 생기지. 그리고 내공이란 음(陰)에도 양(陽)에도 치우치지 않게 익혀야 해. 한쪽으로 치우치게 익히면 단기간에 고수가 될 수는 있겠지만 그것 다 헛거야. 높은 경지로 올라갈수록 힘들어지지. 나중에는 생명까지 위험해져. 그러니 너무 한쪽으로 치우치는 건 익히지 않는 게 몸에 좋지. 내공이 계속 쌓이다 보면 그렇게 무리하게 내공을 연마하지 않아도 극양, 극음의 무공을 할 수 있어. 물론 두 가지 다 할 수 있지. 구태여 모험을 하면서 처음부터 말도 안 되는 내공을 쌓을 필요는 없는 거야. 참, 듣자하니 자네는 검을 잘 다룬다고 그러던데……"

그러면서 유백은 자신의 허리에 찬 검을 뽑았다. 그의 검은 검집 밖으로 나오자 투명한 옥빛을 띠는 것으로 보아 보검(寶劍)임이 확실했다. 그의 검은 일반 강호의 무리들이 사용하는 패검(覇劍 : 얇고 긴, 그러면서 앞부분의 날은 잘 발달되어 있지만 양쪽의 검날은 무뎌서 베기보다는 찌르기에 유리한 검)과 비슷하게 생겼지만 다른 점이 있다면 양쪽의 날이 대단히 날카로워 베기도 가능하다는 점이었다.

"검(劍)이란 원래 베기보다는 찌르는 것에 중점을 두는 무기지. 그렇다고 베기를 전혀 하지 않는 것은 아니지만, 찌르기를 더욱 중요시하는 무기야. 강호인들이 가지고 다니는 패검은 군인들이 사용하는 검과 달리 가볍고 가늘며 길다는 점이 다르지. 그 때문에 적의 베거나 찌르기를 막을 때 날카로운 날이 서 있다면 칼날만 상하고 어쩌면 상대방 무기의 압력 때문에 검이 부서질 수도 있기에 날을 날카롭게 세우지 않지. 하지만 보검의 경우 그 강도(强度)가 뛰어나므로 날을 날카롭게 세워도 무방하지. 그에 비해 도(刀)는 한쪽에만 날이 있고 날을 직선이 아닌 반월형으로 만들어 찌르기보다는 적을 베는 데 전문적으로 사용한다. 물론 찌르기를 못하는 것은 아냐. 도의 경우 날이 없는 두터운 부분 덕분에 적의 강력한 일격에도 부서질 염려가 없지. 어떤 이들은 자신의 힘을 이용해서 적을 공격하기 편하도록 아주 무거운 도를 사용하는 사람들도 있어. 심한 놈들은 60근(약 36킬로그램)에 가까운 걸 사용하지. 자네의 무기를 한번 볼까?"

묵향은 그의 검을 반 정도만 뽑아서 유백에게 보여 줬다. 예의상 윗사람에게 무기를 보일 때 검을 완전히 뽑으면 안 된다. 윗사람이 받아들고 완전히 뽑는다면 몰라도 그렇지 않으면 3할에서 5할 정도만 뽑아야 한다.

묵향과 같은 살수는 1차 훈련이 끝나면 자신의 취향에 맞는 검을 제작한다. 나중에 취향이 바뀌면 새로운 무기를 만들어 바꾸기도 한다. 어떤 살수는 상대에게 더욱 큰 타격을 주기 위해서 검의 날을 완전히 톱니와 같이 만들어, 베기보다는 상대의 살을 찢어 내도록 만드는 경우도 있다. 이런 검에 찔리면 검이 뽑힐 때 엄청난 고통을 준다. 그리고 내부의 장기(臟器)를 톱니가 끌고 나옴으로 인해 더욱 큰 타격을 준다. 물론 피부를 베었을 때도 이점이 있다. 피부를 베면 일직선으로 베이는 것이 아니라 완전히 뜯고 지나가기 때문에 나중에 치료하기가 힘들고 출혈이 심하다.

살수가 각종 기형적인 무기들을 사용하는 이유는 어떤 틀에 얽매이지 않고 상대를 확실히 저세상에 보내야 하기 때문일 것이다. 묵향의 애검 묵혼은 반월형의 검으로 검신의 길이는 2척 3촌(약 70센티미터), 손잡이 길이 1척으로 칼날받이도 없는 기형검이다. 검신의 손잡이 가까운 곳에 '墨魂(묵혼)'이란 글자가 음각이 되어 있었다. 검을 찬찬히 보던 유백이 입을 열었다.

"누가 살수 아니랄까 봐 자네도 상당히 특이한 검을 애용하는군. 묵혼검이라. 하지만 검신이 검지는 않군?"

"지금은 좀 더 좋은 오철(烏鐵 : 검은색이 나는 합금으로 정강보다는 강도가 뛰어남)같은 검은색이 나는 강한 금속으로 검을 만들어 주겠지만 이걸 만들 당시만 하더라도 제 직위가 낮아 백련정강(百鍊精剛 : 백 번이나 연마한 정순한 강철로 된 검, 대단히 튼튼함)으로 만들었으니 그렇죠."

"왜 이런 검을 만들었나? 전체 길이는 보통 검과 마찬가지지만 손잡이가 너무 길어 들고 다니기에 불편할 것 같은데. 지금도 허리 뒷부분에 비스듬하게 걸리는 게 고작이잖아? 이래서는 너무 눈에 띄지."

"하지만 그 이점도 많습니다. 손잡이의 뒷부분을 잡으면 이 검의 길이는 3척이 되고 짧게 잡으면 2척 3촌이죠. 저는 검을 사용하면서 계속 잡는 위치를 변화시키므로 상대방이 저와의 간격을 잡기가 어렵습니다. 유 선배님도 알다시피 짧은 검은 속도가 빠르고, 긴 검은 속도는 떨어지지만 장거리 공격이 가능하다는 각각의 상반된 장점을 가지고 있죠. 그리고 검의 날을 날카롭게 세운 것은 베기도 가능하게 하기 위해서죠. 여태까지 제 공격은 거의 모두 다 암습이었기에 적의 무기와 부딪친 적은 없습니다."

"흠, 자네도 이 검을 만든다고 상당한 잔머리를 굴렸군. 하지만 절정의 검술은 겨우 간격을 헛갈리게 해서 얻을 수 있는 것이 아냐. 적을 단 한 번에 죽이지 못하면 내가 죽는다는 일격필살(一擊必殺)의 각오가 없이 너는 죽고 나는 무슨 짓을 해서라도 살아야겠다는 생각을 지닌다면 도저히 절정의 경지로 들어서지 못한다네……. 살 구멍을 찾으면서 휘두르는 검은 도저히 그 날카로움이 나타나지 못하지. 정면 대결을 할 때, 가장 상대하기 어려운 적수는 최악의 경우 같이 죽겠다는 양패구상의 검법을 구사하는 녀석이지. 아예 실력이 떨어지는 놈이라면 몰라도 비슷하다면 이기기 어렵고, 설혹 실력이 약간 떨어지더라도 그 녀석을 해치우려면 부상은 각오하고 싸워야지, 안 그러면 오히려 자기 목숨을 날린다네. 병법에도 이르지 않았던가, 죽고자 하는 자는 살 것이라고…….”

"후배 명심하겠습니다. 하지만 정든 녀석이라 버리고 새 걸로 바꿀 수는 없습니다.”

"그건 자네 마음대로 하고, 여태까지 몇 가지 검법을 익혔나?”

"열두 가지를 익혔습니다. 하지만 실전에서는 한 번도 검술을 써 보지 못했습니다. 만약 검술을 사용하면 들통나기 때문에 최악의 경우라 하더라도 검술을 사용하지 말고 그냥 죽으란 지시를 받았습니다.”

"흠, 원래 검법이란 것은 각종 공격과 방어의 초식을 모아 놓은 것. 일단 공격과 방어의 개념을 자세히 이해하면 초식이란 그렇게 중요한 것이 아니지……. 그렇다고 초식이 전혀 필요 없다는 것은 아닐세. 나는 자네한테 스무 가지 검법을 가르칠 예정이네. 하지만 이 검법 자체를 사용해선 안 돼. 초식의 일부분만을 이용해야 해. 이 검법들은 모두 여러 정파의 검법들이야. 초식 전체를 펼치지 않고 초식의 일부만을 이용하여 상대와 겨룬다면, 어지간한 실력자가 아니라면 그 근원을 알아내기는 힘들지. 초식이 완전히 펼쳐지지 않고 일부만 사용되기 때문에 그에 대한 대비를 하기도 어려워. 자네는 아직 잘 모르겠지만 무적의 검법이란 존재하지 않아. 어떤 검법이라도 그 천적(天敵)인 검법이 있기 마련……. 그 때문에 명문 무가에서는 최후에 사용하는 한두 가지 검법은 꼭 숨겨 두지. 그것들은 생사의 갈림길이 아닌 한 사용되지 않아. 그 검법이 알려지면 그에 대한 대항 초식이 만들어진다는 점을 알기 때문이지. 하지만 이렇게 초식을 잘라서 사용하는 것에 익숙해지면 그런 것을 걱정할 필요는 없어. 하지만 일반 초식을 익히는 것보다 잘라서 사용하는 것이 더욱 힘들다네. 본인도 이것을 깨닫는 데 오랜 세월이 걸렸지. 그리고 이렇게 사용하면 살수에게는 또 한 가지 이점이 생기지. 여러 파의 검법을 조각내서 이용하면 상대는 흉수를 알아내기가 아주 힘들어. 그리고 전문가가 보더라도 시체의 상처를 보고 그 흉수를 알기는 힘들지. 혹시 알아낸다 하더라도 여러 가지 검법이 어우러져 있으니 확실히 알아낼 재간이 없지. 어떤 경우에는 이간질시키려고 일부러 초식 전체를 사용하는 경우도 있지만 그런 특이한 경우를 제외하고는 이렇게 잘라서 사용하게나.

우선 자네는 감각이 더욱 예민해지도록 수련해야 하네. 시각이야 모든 이들이 타고난 것이고, 청각을 예민하게 다지는 것이 중요하지. 소리만으로 부근의 모든 상황을 이해할 수 있는 경지가 되어야 해. 나머지 감각들도 차례로 개발해 가자구. 살수이니만큼 감각은 꽤 잘 발달되어 있을 테니 자네에게는 그만큼 득이라는 점을 감사히 여기고. 검술을 수련하면서 명심해야 할 점은 검술을 잘한다는 것과 살인을 잘한다는 것은 완전히 별개라는 것을 이해해야 해. 수많은 고수들이 암습에 의해 저세상에 갔지……. 눈앞의 적보다는 등 뒤의 적이 무서운 거라네. 그러니 수련하는 도중에 나는 자네를 틈만 나면 암습할 생각이야. 그 점 잊지 말고 대비하도록 하게."

"알겠습니다."

"참, 자네 여자를 아는가?"

"예?"

갑작스런 질문에 묵향이 어리둥절한 표정을 짓자 그는 다시 물었다.

"여자와 성합(性合)을 해 본 적이 있느냔 말이다."

"아직 없습니다."

묵향은 얼굴을 약간 붉히며 답했다.

"그렇다면 너는 내공수련도 두 가지 중에서 선택할 수 있구나. 여태까지 자네가 배운 것을 사용해도 상관없고, 또 하나는 그것을 약간 변형한 방법인데…, 일종의 동자공(童子功)을 혼합하는 방법이지. 후자의 방법이 훨씬 더 빠른 성취를 볼 수 있으나 단점이 있다면 여자와 한 번이라도 잠자리를 함께하면 동자공 자체가 파괴된다는 점이야. 선택은 자네한테 달려 있어."

"선배님의 생각으로는 어느 쪽이 더 좋습니까?"

"약간의 문제는 있지만 빠른 성취를 원한다면 동자공이 좋아. 하지만 무림이란 곳이 원래 정면 대결보다는 암습과 술수가 난무하는 곳이라 잘못해서 미약 종류에 당한다면 모든 게 끝장이지. 선택은 자네가 해야 해."

"그럼 여태까지 해 오던 방법을 쓰겠습니다. 괜히 동자공을 익히다가 적의 술수에 걸려 모든 걸 잃을 수는 없거든요."

"그럼 이제 시작해 보세나……."

유백의 교육은 지독했다. 면벽수련을 통해 아침저녁으로 청각을 단련했고, 또 내공을 닦았다. 그 외의 시간에는 검법과 암기술, 경신술을 익혔다. 가장 힘든 것은 언제 닥칠지 모르는 암습이었다. 서로 얘기를 잘 나누다가도 유백은 한 번씩 검을 뽑아 기습을 했고, 묵향은 아슬아슬하게 날아드는 그의 검과 표창을 막으면서 식은땀을 흘려야 했다. 하지만 이것도 세월이 가면서 익숙해져 적당히 막아 낼 수 있게끔 되었다. 하지만 유백은 점점 더 공격에 쏟는 공력을 늘려 갔으므로 묵향으로서는 힘들기는 매한가지였다.

절정(絶頂)의 세계로

유백은 대단한 실력의 검사였으며 각종 검술에 대한 지식이 해박했다. 그는 수련 도중 틈틈이 묵향에게 무림에서 사용되는 여러 가지 무공들에 대해 얘기해 줬고, 그 대처 방법도 일러 줬다. 그와 함께 한 지 5년이 지난 어느 날 유백은 묵향에게 말했다.

"자네는 내 나이가 얼마나 되어 보이나?"

"40대 후반 정도가 아닌지요?"

"아닐세, 내 나이 벌써 일흔이 넘었지. 자네는 올해 나이가 어떻게 되나?"

'맙소사……. 세상사에 해박한 지식을 가진 것도 당연한 이치군.'

묵향은 잠깐 생각하다가 대답했다.

"스물일곱입니다."

"그런가…, 좋을 때군. 자네도 벌써 결혼하고 아이 몇은 거느리고 있을 나이인데 검술을 익힌답시고 세월을 보내고 있었군. 나도 참 오랜 시간 그놈의 검을 다룬다고 허송세월을 보냈지. 내 이미 은퇴를 했어야 하는데……. 아직도 무슨 미련이 있다고 여기에 매달려 있는지 모르겠군. 아마 자네를 가르치는 것을 마지막으로 은퇴하게 될 것 같아. 참! 자네는 내공을 수련한 사람의 육체가 완전히 삭아지는 나이가 얼마 정도라고 생각하나?"

"정확히는 모르겠습니다."

"60세야. 60세가 모든 것의 분수령이지. 60세가 되기 전에 극마, 그러니까 정파에서 말하는 화경에 들어 환골탈태하지 못한다면 그다음부터는 급속도로 근력이 떨어지지. 만약 극마에 들지 못하면 열을 익혀 넷 이상의 성취를 얻기도 힘들지. 거기에 약간이라도 수련을 게을리 하면 셋 정도씩 퇴보하는 거야. 때문에 60세가 넘어서 화경에 들기는 하늘의 별 따기보다 어렵다네.

나도 극마 근처에도 가 보지 못했어. 여태까지 극마에 들어간 사람 중에 살아 있는 사람은 고작 네 명 정도……. 내공을 익히는 속도에서 본교를 따라갈 집단은 없지만 이상하게도 최고의 경지까지 도달하는 사람이 드문데, 아마 내가 생각하기에 수련 방법이 잘못된 것 같아. 나도 요 근래에야 그런 생각이 들었지. 이런 생각을 할 수 있었던 것도 아마 내가 살수 생활을 오래해서 그럴 거야. 살수란 원래 본교의 초식을 사용할 수 없기 때문이지."

"그래서 좀 진보가 있던가요?"

"별로……. 나이가 너무 많아서 그런지, 예순이 넘으니까 내공은 상관없지만, 근골(筋骨)이 외관상으로 표시는 안 나지만 삭아 들어가는 것이 느껴질 정도더군. 외관이야 내공의 힘으로 노화를 막는다든지 아니면 주안술을 사용해서 젊음을 유지하는 자들도 있어. 하지만 근골의 쇠퇴는 어떻게 할 수가 없지.

　내 친구 중에도 흡성대법을 익혀 엄청나게 내공을 쌓은 자도 있지만 끝내는 극마 근처에도 못 가더군. 오히려 흡수한 이종진기가 방해물이 되어 일찍 죽었어. 상대에게 흡수한 공력은 어떻게 해도 완벽한 자신의 것이 될 수는 없어. 오죽하면 본교의 상층부에 들어가는 고수들은 흡성대법을 익히지 않았겠어? 그러니 이런 말 하기는 뭐 하지만, 무공의 자네도 정도(正道)를 걷게나. 속성으로 되는 것은 아무것도 없어."

　"유 선배님은 다종(多種)의 무기를 사용하는 자들을 어떻게 생각하십니까? 제 동료 중에서 살인을 저지를 때마다 무기를 바꾸는 녀석이 있거든요. 그 녀석은 권술(拳術), 장술(掌術), 검술(劍術), 창술(槍術), 봉술(棒術), 편술(鞭術) 등 못 하는 게 없죠. 저도 부러울 정돕니다. 그러니 큰 문제만 없다면, 선배님께서 그것도 가르쳐 주십시오. 벌써 선배님께 검술 교육만 받은 지 5년이 지나서 약간 지겨운 면도……."

　"헛소리!"

　유백은 큰 소리로 묵향을 꾸짖은 후 말을 이었다.

　"무술은 모두 함께 통하는 것이야. 모든 무술은 손이 기본이지. 검술이나 창술이나 모두 다 손의 길이가 약간 더 늘어난 것이라 생각하면 돼! 쓸데없이 이것저것 익히면 거기에 시간이 낭비되어 한 가지에 대성을 할 수 없어. 지금 정파무림에서 가장 강대한 세력을 떨치는 문파가 어디냐? 소림이냐?"

　"아닙니다. 소림이 예전에는 이름을 크게 떨쳤지만 요즘은 무당이 더 이름이 높죠."

"소림은 72종 무예라 하여 수많은 무예를 가지고 있다. 그리고 그것을 기본으로 하고 있고……. 각종 무기를 다루는 것을 초반부터 배워 쓸데없이 시간을 낭비하고 있지. 그에 비해 무당의 경우 오로지 검! 검이 아니냐? 무당의 고수들이 어느 정도 검술에만 미쳐 있는가 하면, 손으로 바위도 깨지 못한다구. 아예 그런 무공 자체가 없어. 어떻게 피와 살로 이루어진 손으로 바위에 구멍을 낼 수 있느냐는 의문을 가진 무당의 고인들도 많다구. 그렇지만 그들의 손에 검이 잡혔을 때 무당의 고수들을 만만히 볼 수 있는 사람은 거의 없어. 너도 그들과 같이 한 우물을 파야 한다. 검을 이용해 자신이 가진 모든 힘을 마지막 한 방울까지 뽑아낼 수 있어야 해. 알겠느냐?"

"명심하겠습니다. 그런데 선배님, 상당히 궁금한 점이 있는데…, 대답을 해 주실 수 있는지요?"

"뭔가?"

"선배님은 대단한 실력을 가지고 계신데, 그 얼굴의 상흔(傷痕)은 어떻게 생긴 겁니까?"

그러자 유백은 무심결에 상흔을 만지면서 말했다.

"이건… 내가 53번째 목표를 없앨 때 생긴 거지. 물론 그 목표는 저 세상으로 보냈어. 그 뒤에 탈출하다가 생겼어. 상대는 자네가 알지 모르겠네만, 환상검수(幻像劍手)라고 들어 봤나?"

"예, 청성파가 배출한 대단한 검의 고수라고 들었습니다."

"그 녀석이 53번째 목표물의 호위 무사였어. 암습하기 전에 딴 방향으로 유인했다고 생각했는데, 어찌된 셈인지 돌아와서는 나를 이 모양으로 만들었지. 몇 번 검을 섞어 보니 분하지만 나보다 고수더군. 본교의 초식을 사용한다 하더라도 이길 수 없었어. 그래서 싸우는 도중에 암기를 기습적으로 발사했는데 그게 그 녀석의 허벅지에 맞았지. 서로 내공의 차이가 크지 않은 덕분에 내 암기는 녀석의 호신강기를 뚫고 박혔어. 하지만 내가 보니 전력으로 던졌는데도 반 치 정도도 못 뚫은 것 같더군. 암기 끝에 독물을 발라 뒀기에 녀석이 독물 때문에 동작이 둔화된 것을 이용해 도망치는 데는 성공했어. 너도 알지 모르지만 고수를 만났을 때는 무조건 한 개의 암기만을 쏴야 해. 여러 개를 쏘면 그중 하나가 맞더라도 호신강기를 뚫지는 못해. 한 개의 암기에 내력을 최대한 실어 쏘아야 운 좋으면 상대의 호신강기를 뚫을 수 있지. 쓸데없는 말을 주절주절 하고 있었군. 그럼 다시 시작해 볼까?"

이런 식으로 매일 무공을 익히는 나날이 반복되었다. 유백은 자신이 아는 모든 것을 묵향에게 알려 주기 위해 최선을 다했다. 유백으로서도 묵향이 자신이 최후로 키워 내는 제자이기 때문에 애착이 더 갔는지도 모른다. 그리고 그가 알려 준 모든 것을 최선을 다해 수련하고 또 수련해 자신의 것으로 만들어 가는 것을 보고, 가르치는 보람을 더욱 느끼고 있는지도 몰랐다. 묵향 또한 살수 생활을 하면서 느꼈던 의문점들을 유백의 답변을 통해서 이해하면서 점점 더 높은 경지로 올라서고 있었다.

묵향이 서른 살이 된 지 두 달 정도가 지난 어느 날 유백은 묵향의 검술이 이제 완벽하게 초식을 잘라서 사용하는 데 무리가 없음을 보고 잠시 쉬는 시간에 말했다.

"네 녀석의 검술은 이제 거의 완성되어 가는구나."

그 말을 듣고 묵향은 빙긋이 웃으면서 정중히 포권했다.

"감사합니다."

"하지만 아직도 멀었어. 검술의 완성은 무초식에 있다. 초식을 계속 자르고 잘라 가다 보면 나중에는 완전히 초식이 없는 지경까지 이르지. 쓸데없이 초식을 사용하는 것은 공력의 낭비야. 내가 한 가지 검법의 시범을 보일 테니 이것이 무슨 검법인지 맞춰 보거라."

"예."

유백은 검을 잡고 일어섰다. 그는 검을 잡고 약간 자세를 잡더니 개문식(開門式 : 어떤 무공을 행할 때 그 이름을 상대가 알 수 있도록 하는 독특한 자세. 모든 무공은 이것을 행한 후 시작함)도 하지 않고 초식을 운용하기 시작했다. 그의 몸이 검 빛에 뒤덮이면서 사방으로 살벌한 검기가 뻗어 나왔다. 그때 문득 전방으로 붉은빛 반월형의 검강(劍剛) 수십 개가 튀어나가며 10장 밖의 담장에 부딪치며 굉음을 냈다.

콰쾅…….

먼지가 가라앉은 후 보니 흙과 돌로 다져서 쌓은 담장의 한가운데에 커다란 구멍이 뚫려 있었다. 놀란 얼굴로 보고 있는 묵향을 바라보며 엷은 미소를 띠고 있던 유백이 물었다.

"어떤 검법이냐?"

"히히, 제가 속을 줄 아십니까? 그건 검법이 아닙니다. 본교가 자랑하는 수라월강도법(修羅月剛刀法)을 검으로 펼치신 게 아닙니까?"

"클클… 자식, 눈썰미는 제법이군. 이 도법을 익힌 적이 있느냐?"

"없습니다."

"그럼 이걸 배워 보자. 나도 아직 9성밖에 익히지 못해 제 위력은 나오지 못하지만 그런대로 쓸 만한 도법이지. 그 외에 천강혈룡검법

〈天降血龍劍法〉도 가르쳐 주마. 둘 다 9성 이상 익히면 강기를 검에서 뿜어내어 적을 공격할 수 있다는 이점을 가지고 있다. 하지만 내력의 소모가 엄청나지. 너도 생각해 봐라. 이 두 무공을 조각내 사용하여 검강 한 가닥만 뿜어낼 수 있다면 대단한 것이 아니겠냐? 나는 성공하지 못했지만 너는 해낼 수 있을 거라 생각한다. 나는 그것을 알아내기에는 너무 나이가 많아…….

우선 알아 둬야 할 것은 검강의 모양이다. 도법에서 뿜어 나오는 강기는 대부분 반월형이지. 그리고 검법에서 뿜어 나오는 검기는 대부분 막대 모양이야. 천강혈룡검법에서 혈룡이란 명칭이 붙은 것도 붉은 용과 같은 모양의 둥글고 긴 강기가 뻗쳐 나오기 때문이다. 그 이유를 알겠느냐?"

"혹시 도는 휘두르면서, 검은 찌르면서 강기가 뿜어지기 때문이 아닙니까?"

"크하하하, 맞아. 바로 그거야. 그 때문에 모양이 그렇게 되지. 너도 살수니까 잘 알겠지만 사람이란 동물은 별로 강하지 못하다. 단 하나! 단 하나의 치명상이면 된다. 두 개도 필요 없어. 적에게 단 하나의 치명상만 주면 돼. 뭣 때문에 그렇게 많은 상처를 입히려고 내력을 소모한단 말이냐. 그리고 내가 듣기로는 일단 강기를 뿜어내는 요령을 익히면 거의 무적에 가까운 경지에 들어선다고 했다. 꼭 내가 언급한 두 가지 무공을 거치지 않아도 강기를 뿜어낼 수 있지. 정파에는 현문(泫門)이라는 단체가 있다. 들어 봤느냐?"

"저, 무당 같은 도가 계통을 보고 현문이라 하지 않는지요?"

"맞아. 현문에서 최고로 치는 무공이 강기다. 강기를 뿜어낼 수 있는 경지에 이르면 손(手), 검(劍), 도(刀), 막대기, 풀줄기 어디서든지 강기를 뽑아내어 상대를 공격할 수 있다고 했다. 물론 검이나 도를 이용하는 것이 풀줄기를 이용하는 것 보다는 강기를 뿜어내기 쉬울 것이다. 검 자체가 가지는 예기(銳氣)가 있기에 아마 풀줄기를 이용하는 것보다는 공력이 적게 들겠지만 그래도 마찬가지지. 때문에 절정에 오른 고수일수록 검의 좋고 나쁨을 따지지 않는다는 얘기가 있지 않겠냐? 현문에서는 강기 자체를 이해하여 그것을 뽑어내지만 본교의 무공은 그와 다르다. 일종의 초식을 만들어 강제로 강기를 뽑아내기 때문에 그 위력에 비해 내공의 소모가 너무 심해.

아무리 본교의 공력이 타 파에 비해 강하다고 하지만, 그런 초식을 몇 번 쓰고 나서 공력이 고갈될 정도라면 아예 안 쓰는 게 낫지. 그러니 네 녀석도 그따위 무공에 연연하지 말고 우선 강기에 대해 이해해 보거라. 아무것도 모르는 상태에서 강기를 뽑어내는 헛고생을 하는 것보다는 천강혈룡검법과 수라월강도법을 가르쳐 줄 테니 이 두 가지 무공에서 강기를 뽑어내는 데 따르는 차이점을 생각해 보고, 또 조각조각 잘라 보아라. 이 두 가지를 수련하다 보면 남들보다는 빨리 이해할 수 있겠지. 나도 원래 검만을 쓰지만 수라월강도법을 배운 이유는 두 가지를 비교해 볼 욕심 때문이었다. 하지만 나의 늙은 머리로는 도저히 더 이상 깊이 들어가기가 힘들구나. 너는 아직 젊으니 내가 꿈꾸었던 것을 이뤄 내기를 바란다."

"알겠습니다."

또다시 피와 살을 말리는 수행이 재개되었다. 어떤 목표가 생기고 또 그 목표를 이룰 구체적인 방법이 대강이라도 나왔기 때문에 묵향은 다른 생각 없이 그 목표를 향해 정신없이 달려갔다. 하지만 1년, 2년 세월은 흘러갔지만 강기에 대해서는 도저히 감을 잡기 힘들었다.

그는 어느덧 천강혈룡검법(天降血龍劍法)과 수라월강도법(修羅月剛刀法)을 9성까지 익혔지만 그나마 강기를 익히기 위한 자료로 익히고 있는 이 두 가지 무공도 10성까지 익히기 어려웠다. 9성까지는 그런대로 빨리 익혔지만 9성에서 10성으로 진입하기는 너무나 힘들었다. 왜 자신이 본 최고의 고수인 유백이 두 가지 무공을 9성까지밖에 익히지 못했는지 이해할 수 있었다. 그가 너무 밤낮으로 애쓰는 것을 본 유백이 보다 못해 옆에서 참견을 했다.

"9성에서 밖으로 뿜어져 나오는 것은 진정한 강기가 아니다. 그것은 일종의 검기가 약간 응축된 형태라고나 할까? 실지 강기란 못 부수는 것이 없는 순수한 파괴의 정점(頂點)이라 할 수 있지. 9성에서 벽을 향해 발사한 강기는 담벼락을 파괴하지만 아마 엄청난 힘을 가진 진짜 강기는 벽에 큰 구멍을 뚫는 대신 작은 구멍 수십 개를 뚫을 거야.

너도 알잖냐? 주먹으로 공력을 모아 벽을 칠 때 권풍에 밀려 큰 구멍이 뚫리지만 일정한 힘을 넘어서면 오히려 작은 구멍이 뚫리지. 대신 더욱 깊게 깊게 파고든다. 그걸 생각하면 이건 강기가 아냐. 그냥 검기의 발전형이라고 봐야지. 너무 조급해할 것 없다. 너는 아직 내공이 달려 10성의 경지로 들어서지 못하는 것뿐이야. 좀 더 시간을 두고 차분히 수련을 하고 명상을 해라. 그러면 다른 방법이 생길 거야."

"알겠습니다. 가르치심 감사합니다. 그런데 유 선배님, 선배님께서는 제게 너무 잘해 주시는군요. 그 점 제가 죽는다 해도 잊지 못할 겁니다."

"컬컬, 아마 나도 늙어서 그런가 봐. 옛날에는 엄하게 제자를 다스렸는데 세월이 흐르다 보니 그게 아니란 생각이 들더군. 엄하게 할 놈이 있고 부드럽게 할 놈이 있어. 너는 후자에 속해서 그런 것뿐이야.

그리고 나 자신도 네가 마지막 제자라 생각하니 약간 더 감상적이 되어가는 것 같구나…….”

어느덧 묵향의 나이도 서른일곱이 되었다. 그는 아침에 명상을 하며 문득 유백을 만난 것은 자신이 얻은 최고의 행운이란 생각을 했다. 그는 자신이 죽었다 깨어나도 얻을 수 없을 만큼 막대한 지식의 소유자였다. 그는 무인이며 또한 다양한 취미를 가지고 있었다. 점심과 저녁때 묵향과 대련하는 시간이나, 묵향을 암습하는 시간을 제외하면 유백은 오전 중에 수련을 끝내고 여러 가지 일을 했다.

지금 묵향과 유백이 거처하는 곳 부근에는 갖가지 나무들이 심어졌고, 유백은 그중에서 매화를 특히나 좋아했다. 그리고 틈틈이 꽃들도 가꿨고, 쉰이 넘어 시작했다는 수묵화(水墨畵)도 그렸다. 그리고 밤에는 퉁소나 금(琴)도 탔다. 그러면서 틈틈이 묵향에게 그것들을 가르쳤다. 그의 말에 따르면 무인이란 무식한 칼잡이가 되어서는 안 된다는 것이었다. 그리고 경서도 약간은 가르쳐 줬는데, 유백 자신의 지식이 짧아서 그런지 그렇게 깊이 가르치지는 않았다. 그 외에 자신이 알고 있는 몇 가지 진법들도 틈틈이 교육을 시켰다. 그러던 어느 날 묵향은 의문을 가지고 유백에게 물었다.

“진법이란 것이 제가 보기에는 별 볼일 없는 것 같은데, 이런 걸 배울 필요가 있나요?”

묵향의 질문에 유백은 아연한 표정을 지었다.

“이런……. 내가 이런 놈을 잡고 가르치고 있었다니……. 이 무식한 놈아! 모르면 잠자코 들어. 진법이란 원래 가장 간단한 천(天), 지(地), 인(人)을 뜻하는 삼재진(三才陣)으로 시작되어 더욱 복잡하게 발전되어 나가는 거다. 만약 한 사람을 공격하는 데 무턱대고 셋이서 공격하는 것보다 어떤 일정한 규칙을 정해 공격하면 같은 편에게 방해를 받지 않고 더욱 효과적으로 한 사람을 밀어붙일 수 있지. 이렇게 최소한의 힘으로 최대한의 효과를 보기 위해 여러 가지로 발전된 것이 진법이야. 이 진법을 부수는 데도 방법이 있어. 하나는 생문(生門)을 찾아 뚫고 나가는 방법인데……. 이건 진법을 알고 있다면 어느 정도 실력이 되는 사람은 누구나 할 수 있지. 그렇기 때문에 내가 알고 있는 진법을 될 수 있는 한 많이 가르쳐 주려고 하는 거야. 하지만 너처럼 무식한 녀석은 두 가지를 선택할 수 있지."

"뭡니까? 아주 효과적인 방법이 있나요?"

"아주 간단하지. 들어가서 죽는 거야. 진법을 깰 실력이 못 되면 죽어야지…, 암! 진법에 자신도 없는 놈이 진 안에 왜 들어가?"

"그럼 또 다른 방법은요?"

"무공이 극강(極剛)의 경지에 이르면 대부분의 진에서, 설령 사문(死門)에 들어가도 살아나올 수 있지. 눈에 보이는 놈은 모조리 죽이는 거야. 하지만 그 정도의 고수가 되기는 힘들지. 아마 웬만한 진법은 그냥 파괴하려면 무림에서 20대 고수 안에 들어가야 가능할 거다."

"……."

"극마의 경지에 들어서면 마의 극한에서 뿜어 나오는 힘에 의지해 모든 것을 파괴할 수 있지. 진법을 이루고 있는 웬만한 녀석들은 모두 저세상에 보낼 수 있다는 말이야. 아무리 진법이 강하다 해도 그 진법 자체도 사람이 만든 것이지. 예를 들어 일곱 명이 소북두진(小北斗陣)을 구성할 수 있는데, 그 북두진은 일곱 명이 서로 도와 한 명 또는 다수의 적을 한 번에 공격하고 방어하는 것을 주 목적으로 만들어진 거야. 만약 상대가 공격하면 한 명이나 또는 세 명 정도가 방어하고 나머지는 모두 공격, 상대가 방어에 열중하면 모두가 다 공격. 뭐 이런 건데…, 이때 방어하는 사람과 공격하는 사람이 일정한 법칙에 따라 동료의 움직임을 방해하지 않고, 어떤 면에서는 서로 도와 일종의 상승 효과까지 얻기 때문에 아주 강한 힘을 내지.

물론 상대가 이 일곱 명을 한 번에 저세상으로 보낼 수 있을 정도의 실력자라면 얘기가 달라지지. 일곱 명 다 죽을 수밖에……. 하지만 그 정도 실력이 안 된다고 해도 어떤 녀석이 공격하고 어떤 녀석이 방어할지 또 그들의 움직임이 어떨지 알고 있다면 그들을 공격해서 진법을 짜서 움직이는 걸 방해하거나 아니면 그 진법을 역이용해서 공격할 수도 있는 거야. 알겠냐? 이 무식한 놈아!"

"예…, 그런데 '무식한 놈'이란 건 좀 심한 말이 아닙니까?"

유백은 묵향의 머리를 쥐어박으면서 말했다.

"갈(喝)! 말도 안 되는 푸념하지 말고 열심히 익혀."

묵향의 나이 마흔이 되었을 때, 아침에 명상에 잠겨 있다가 어떤 생각이 번쩍 떠오름을 느꼈다. 그와 동시에 엄청난 충격을 받고 피를 토했다. 이것을 옆에서 보고 있던 유백이 만면에 웃음을 머금고 외쳤다.

"대성을 축하하네! 이제 깨달았나?"

"예, 선배님. 조금 더 명상을 하고 보여 드리겠습니다."

하지만 그 명상은 상당히 오랫동안 계속되었다. 보통 이런 식으로 깨달음을 얻고 그 엄청난 충격에 피를 토하는 일은 정파에서는 종종 있는 일이지만 마교에서는 거의 없다. 하지만 유백은 마도의 무공에 한계를 느끼고 정파 쪽 무공에도 상당한 관심을 가지고 있어서 그에 대해 주워들은 것이 많았기에 그렇게 외쳤던 것이다. 묵향의 명상은 다음 날 아침까지 이어졌다. 묵향은 명상을 끝낸 후 애검 묵혼을 가지고 언제나 유백과 비무를 하던 뜰에 섰다.

"제가 깨달은 것입니다. 봐 주시기 바랍니다."

그는 간단하게 유백에게 예를 취한 후 천천히 검을 뽑았다. 검을 뽑아 비스듬히 들고 있는데, 검에서 붉은빛 광채가 나기 시작했다. 그걸 보고 유백은 숨을 죽였다. 붉은 광채는 점점 커지면서 사방으로 퍼졌다. 얼마 지나지 않아 반 장(半丈) 정도 떨어진 거리까지 붉은 사슬 같기도 하고 뇌전(雷電) 같기도 한 것이 뻗어나갔다. 그때 나지막한 기합 소리가 들리며 검이 위에서 아래로 허공을 베고 나갔다. 그러자 검에서 반월형의 붉은색 강기가 순간적으로 앞으로 나가며 벽에 세로로 길게 구멍을 뚫었다. 다시 한 번 기합 소리가 들리며 이번에는 앞으로 찌르기를 하자 붉은색 끈 같은 것이 앞으로 뻗으며 벽에 작은 구멍을 하나 뚫었다. 그것을 본 유백은 외쳤다.

"정말 대단하군! 이것이 검강이란 것인가? 노부가 한평생을 살아오면서 진짜 검강을 보기는 이번이 처음이야. 드디어 자네는 대단한 고수가 되었군."

"글쎄요, 아직도 얼떨떨한 기분입니다. 그렇게도 검강이 되지 않더니……. 심지어는 초식으로도 만들기 어려웠는데, 어제 아침에 문득 길을 잘못 들었다는 생각이 들더니 갑자기 강기가 뭔지 깨달아지더군요. 검강을 뿜어내는 방법은 말로 표현을 할 수 없지만 정말 그 순간은 대단히 평안하고 기분이 좋았습니다."

"껄껄, 이제 자네는 나보다도 더 고수가 되었어. 이제 나도 자네를 두고 은퇴할 수 있겠어."

"아직 선배님께 배울 게 많습니다. 은퇴는 좀 더 미루는 것이 어떻습니까?"

"그럴까……. 무공에 대해서는 자네에게 가르칠 것이 없지만 다른 건 아직도 내가 낫지. 정도 많이 들었으니… 술 한잔 푸짐하게 내면 내 마음을 바꿀 수도 있지……."

"알겠습니다. 잠시만 기다리십시오."

묵향은 최고로 속도를 내어 경공술을 펼쳐 술통을 들고 왔다. 묵향과 유백은 술잔을 나누며 여태까지 하지 못했던 여러 가지 대화를 나누었다. 유백은 여태까지 묵향을 까마득한 후배로, 묵향이 도저히 넘지 못할 어떤 선을 긋고 그를 대했지만 오늘은 달랐다. 아니, 무공을 보여 준 후에는 대접이 완전히 달라졌다. 그는 묵향을 자신의 오랜 친구처럼 허물없이 대했다. 그만큼 묵향의 성취를 인정해 주었던 것이다.

"성취가 이토록 빠르니 언젠가는 자네가 본교의 오랜 숙원을 이룩할 수 있을지 모르겠군."

"오랜 숙원이라뇨?"

"원래 무공이란 그 깊이가 끝이 없어서 익히면 익힐수록 자신의 한계를 느끼게 만들지. 검술의 한계를 느끼고 자신의 손가락을 자르는 자도 있을 정도로 어떤 한 가지에 깊게 파고든다는 것은 어려운 것이야. 하지만 자네는 그래서는 안 돼. 왜 쓸데없이 자신의 육체를 학대하나? 지금 안 되면 나중에는 될 거야. 만약 자네가 안 되면 자네 제자는 해낼 거고……. 자신이 익힌 모든 것을 후대에 알려 주면 되지. 하기야 가만히 생각해 보니 그렇게 생각하지 않았던 선배도 있군……."

"그 사람이 누굽니까?"

"옛날, 오랜 옛날 발해라는 이민족이 건설한 국가가 있었다네. 자네 혹시 아나?"

"예, 들어 본 적은 있습니다. 하지만 아주 간단하게 배웠지요. 위대한 우리 한족도 아니고 겨우 변방의 오랑캐에게 멸망한 걸 보면 별 볼일 없는 국가였던 것 같습니다. 그 전에 세워졌던 고구려 같은 경우 아주 대단했다고 얼핏 들었지만요."

"아니야, 자네가 잘못 안 거야. 발해란 국가는 대단한 국가지. 다른 건 모르겠지만 무공에서는 대단한 나라야."

"대단하다니요? 무공이 대단한 국가가 겨우 변방 오랑캐에게 무너진단 말입니까?"

"자네 혹시 신검대협 구휘란 사람을 아나?"

"예, 들은 적이 있습니다. 누구도 올라가지 못했던 현경까지 올라간 고수가 아닙니까?"

"맞아, 현경이라 함은 본교에서 말하는 탈마(脫魔)와 같은 경지. 그 누구도 올라가 보지 못한 곳이지. 탈마에 이르면 완전히 마(魔)에서 벗어난다고 전해지네. 누구도 올라가 보지 못했으니 잘 모르지만 극마에 이른 사람은 좀 있으니 그들을 보면 짐작할 수 있어. 극마의 경지 가까이만 가도 자신이 밖으로 뿜어내는 마기의 양을 조절할 수가 있지. 자네도 우리끼리 있으니 잘 모르겠지만 진짜 마도의 인물들을 만나 보면 이해할 걸세. 우리야 살수니까 처음부터 마기를 밖으로 나타내지 않기 위해 특별한 교육을 받거나 아니면 아예 마공을 익히지 않지만 나머지는 그런 훈련을 받지 않거든. 참, 그런데 얘기가 잠시 샛길로 빠졌군……. 어디까지 얘기하다가 이리 왔지?"

"구휘에 대해……."

"그래 구휘가 만년에 무공을 여러 가지로 연구하다가 옛 발해의 무공들을 긁어모았다네. 그것들을 모아서 북명신공(北冥神功)이라 이름 붙였지. 원래 북명(北冥)이란 것은 발해가 속해 있던 지방을 말하는 거야."

"그 구휘가 신공이란 말을 붙일 정도로 대단한 무공입니까?"

"그렇지. 너무 대단해서 아무도 알아보기 힘들 정도야."

"무슨 말씀인지……."

"원체 오래된 것이고, 또 국가까지 멸망해서 없어진 상태에서 여기저기서 닳아빠진 양피지 등에 기록한 것들을 모은 것이기에 상당히 많은 부분이 사라졌지만, 들리는 말에 의하면 이 신공은 대자연의 숨결을 흡수해 자신의 공력을 높이고 초상승의 무예 경지로 올라갈 수 있는 참고서 같은 형식으로 만들어진 것이라네. 초식보다는 무예를 익히는 데 필요한 마음가짐이나 조심할 점, 그리고 어떤 방식으로 무예를 익히는 것이 가장 좋은지 기록되어 있다고 하더군. 많은 무림인이 북명신공을 익혔으나 너무나 난해하고, 초식조차 거의 없으며 상당히 파격적인 내용인 데다 설상가상으로 완전한 내용이 아니라 상당 부분이 상실된 채였기 때문에 제대로 익힌 사람은 한 명도 없다네."

"아무도 못 익힌다면 그건 휴지나 다름없잖습니까?"

"아니지. 이 북명신공에서 파생된 무공이 몇 개 있는데, 자네도 들어 봤을 거야. 흡성대법, 화염신공, 뇌전신공이 그것들이라네. 흡성대법은 그렇게 대단한 것이 못 되지. 초기에 이게 개발되었을 때는 많은 사람들이 익혔었는데, 뒤탈이 큰 탓에 요즘은 거의 안 익혀. 이 흡성대법은 화염신공에서 분화되어 나왔지. 화염신공 또한 대단한 무공이지만 많은 문제점을 안고 있어, 이게 본교로 흘러든 후 흡성대법으로 발전했네. 하지만 발전형인데도 흡성대법은 화염신공보다 못해.
　너무나도 진기의 흡수와 그 관리에만 매달리다 보니 본래의 공격력이 없어진 거야. 그 때문에 단순히 그냥 내공 흡수 쪽으로만 더욱 발전된 거야. 그리고 뇌전신공(雷電神功)이 있는데 그 파괴력은 엄청나다고 그러더군. 하지만 익히기가 대단히 힘든 무공이야. 이건 북명신공의 파괴력만을 발전시킨 무공인데, 엄청난 내공이 뒷받침되지 못하면 익히기가 힘들고 또한 내력 소모가 심해서 거의 안 익히지. 이것도 본교에 있는데, 상층부 고수들은 익힌다는 소문이 들리더군."
　"상층부 고수들이 익힌다면 대단한 무공이겠군요."
　"아니야, 모두 북명신공의 발전형……. 말이 발전형이지 내가 보기에는 퇴보형이야. 그러니 자네는 이제부터라도 열심히 발해의 문자를 익히게나. 내 그에 대한 서적을 구해 줄 테니 익히라구. 북명신공은 본교에 보관되어 있어. 아주 상층부 고수들만이 그 책을 볼 수 있다고 하더군."
　"그런데 볼 수 있을지 없을지도 모를 책 때문에 글을 새로 익힌다는 건 좀 우습군요."
　"헛소리하지 말고 익혀. 그리고 자네 다음에 무림에 나가면 여자를 조심하게나. 여자는 무공을 익히는 데 있어 천적이야. 시간을 좀먹지. 나중에 나처럼 나이가 들어서 여자를 탐해도 늦지 않는다구."
　"히히, 선배님의 나이가 여든이 넘으셨는데, 아직도 여자 생각을 하십니까?"
　"헛소리하지 말고 조심해. 그리고 혹시나 외부에 나갈 때 적이다 싶으면 무조건 뜸들이지 말고 해치우라구. 괜히 시간 끌다가 자네의 실력이 탄로 나면 상대도 조심하게 되니까, 처음부터 강공으로 나가는 게 최고지. 그리고 증거는 절대 남기지 말라구. 자네의 살인 장면을 본 사람은 모두 죽여 버려. 알겠나? 이건 네 스승으로서 내리는 명령이다."

"명심하겠습니다."

"나는 쓸데없이 손속에 인정을 두다가 죽은 사람들을 많이 알고 있어. 그러니 자네도 자네보다 고수에게 죽는다면 별문제지만 자네보다 하수에게 죽는다는 건 내 체면이 용서하지 못해."

고수의 출현

 그로부터 3년간 묵향은 별일 없이 평안한 생활을 했다. 그는 그동안 끊임없이 강기를 수련했고, 드디어는 완전히 강기를 이해하게 되었다. 그는 적수공권(赤手空拳)으로도 강기를 뿜어낼 수 있게 되었다. 그리고 발해의 문자도 틈틈이 익혔다. 그러면서도 시간을 내어 유백으로부터 여러 가지 잡기들을 배워 자신의 교양을 채워 나갔다. 끊임없이 무식한 놈이라는 말을 들으며…….
 그러던 어느 날 그에게 한 사람이 찾아왔다. 그는 상당한 고수로서 10장 내에 다가오기 전까지 기척을 알아챌 수 없었다. 그는 정중히 유백에게 인사했다.
 "안녕하셨습니까, 유백 어르신?"
 "오… 자네가 웬일인가? 이봐! 향아, 이 어르신은 장양(張楊)이란 분이다. 인사해라."

"안녕하십니까? 후배, 묵향이라 합니다."

"상당한 고수로군. 유 선배님, 확실히 후배 교육시키는 실력은 대단하십니다. 아마 이번이 마지막 제자겠군요. 그런데 왜 한 명만 교육시키십니까? 여러 명을 가르치시면 본교로서도 더욱 이익일 텐데……."

"글쎄, 나는 이 녀석만 교육시키라는 지시를 받았네. 나도 나이가 있으니 봐준 거겠지. 덕분에 편하게 교육시켰어. 그런데 어쩐 일인가?"

"찾아뵌 것은 다름이 아니라 묵향에게 볼일이 있어섭니다."

"묵향에게?"

"예. 이것 받게나."

장양은 묵향에게 편지를 내밀었다. 서신에는 낙양에 있는 분타에 가서 일을 도와주라고 쓰여 있었다. 그리고 부분타주로 임명한다는 말과 함께 서신 안에는 부분타주의 명패와 부임 서류가 들어 있었다. 장양은 옆에서 힐끗 부분타주의 명패를 보더니 축하해 줬다.

"묵 형제, 축하하네. 자네 출세가 빠르구먼, 벌써 부분타주라니. 그것도 낙양은 상당히 중요한 곳이라 꽤 많은 교도(教徒)들이 있는 곳이라네. 요즘 들어서 그곳에 고수들이 계속 파견되고 있어. 무슨 일이 벌어질지도 모르니 조심하게나."

"감사합니다."

"그럼 언제 떠나려나?"

"오늘은 시간이 많이 지났으니 출발 준비를 하고 내일 떠나려고 합니다. 언제 출발하라는 지시가 없는 걸 보니 화급을 요하는 것 같지는 않군요."

"그럼, 위에는 그렇게 전해 두겠네. 수고하게나. 그리고 선배님도 안녕히 계십시오."
 그날 묵향은 여행 준비를 간단히 마치고 늦은 시각까지 유백과 술을 마시며 이별의 아쉬움을 달랬다. 다음 날 새벽 그는 부임지를 향해 출발했다.

 묵향은 최대한 빠른 속도로 낙양 쪽으로 가고 있었다. 지나가면서 그는 될 수 있으면 시비에 휘말리지 않도록 노력했다. 그가 검을 뽑은 것은 시시한 산적 다섯 명이 길을 막았을 때뿐이었다. 그는 유백의 가르침대로 단칼에 그들의 목을 잘라 죽이고 유유히 갈 길을 재촉했다.
 그가 행로에 오른 지도 벌써 13일이 지나가고 있었다. 그날 저녁 그는 약간 이른 시간이기는 했지만 계속 길을 간다면 노숙을 할 게 뻔했으므로 여관을 잡아 투숙하고 운기조식에 들어갔다. 저녁시간이 되자 묵향은 1층에 있는 식당으로 향했다. 식당은 많은 사람들로 붐비고 있었다. 쭉 둘러봤지만 자리가 보이지 않아 위로 올라갔다가 나중에 내려올까 하는 생각을 했지만, 사람들이 많으면 주워듣는 것도 있을 거라는 생각에 점원을 불렀다.
 "부르셨습니까요, 나리."
 "자리가 있나?"
 "보시다시피 자리가 없는뎁쇼. 합석이라도 상관없습니까요?"
 "부탁하네."
 점원은 이곳저곳을 기웃거리며 손님들에게 의사를 묻더니 곧 묵향이 있는 곳으로 왔다.
 "이쪽으로 오십시오, 나리."
 묵향이 간 자리에는 나이 많은 남자 한 명과 젊은 남자 한 명이 앉아 있었다. 본능적으로 묵향은 그 젊은이가 여자임을 알아챘다. 둘 다 패검을 차고 있는 것으로 보아 무림인인 것이 확실했다. 묵향 또한 짧은 검을 차고 있기에 점원은 무림인들끼리 앉게 한 것 같았다. 보통 사람들은 칼을 차고 있는 무림인들과 합석하는 것을 별로 좋아하지 않기 때문이다.

그들은 묵향이 다가오자 묵향을 힐끗 쳐다봤다. 그들의 눈은 묵향이 비스듬히 허리 뒤쪽으로 차고 있는 검에 순간적으로 머물렀다가 다시 묵향을 바라봤다. 묵향의 검은 일반적으로 사용하는 도(刀)와 비슷한 모양으로 변해 있었다. 묵향이 강기를 익히자 유백이 묵혼의 손잡이를 줄이는 것이 어떻겠느냐고 조언하여 여섯 치 정도로 짧게 만들었다. 그러니 그의 반월형으로 휘어진 검집을 보고 약간 짧은 도를 사용하는 사람으로 생각한 것이다. 이런 모양의 도를 사용하는 사람 중에 유명한 도객이 없었으므로 그들은 내심 긴장을 풀었다. 묵향은 그들의 눈길이 자신에게 향하자 포권을 하며 인사를 건넸다.

"자리를 내주셔서 감사합니다."

그러자 나이 많은 남자가 답례를 했다.

"뭘요, 사해가 동포라 했으니 어려울 때 도와야지요. 앉으시오."

"예. 이봐, 오리탕하고 만두 약간, 그리고 죽엽청을 주게나."

"예, 나리."

묵향은 그의 앞에 놓인 녹차를 마시며 주변에서 나누는 대화에 귀를 기울였다. 하지만 대부분 오가는 대화는 그에게 쓸모없는 것이었다. 이때 나이 많은 사람이 물었다.

"젊은이는 어디로 가는가?"

"예, 천양으로 갑니다."

"오오…, 천양에는 어쩐 일로 가는가?"

"예, 천일루(泉溢樓)에 들를까 해서요."

"호오, 이번이 무림에 초출이신 모양이군."

"하하, 몇 번 무림에 나온 적은 있는데, 그때마다 시간이 여의치 않아 무림초출은 꼭 들른다는 천일루에 가 보지 못했습니다. 이번에는 시간이 여유가 있어 한번 가 보려고 합니다."

"그리로 가는 길이면 노부와 같이 갑시다. 길동무도 될 것이고……. 저 아이도 이번이 초출이라 그곳에 가서 노부가 한턱내려고 하는데, 젊은이의 의향은 어떻소?"

"좋지요. 저는 묵향이라 합니다. 선배께서는 성함이 어떻게 되시는지?"

"묵향? 특이한 이름이군. 노부는…, 그냥 노백(老伯)이라 부르구려. 그리고 저 아이는 무령(武玲)이라 부른다네."

묵향은 이 40대 초반 혹은 30대 후반 정도로 보이는 사람이 자신의 신분을 감추기 위해 둘러댄다는 것을 눈치 챘다. 노백이라 함은 일가를 이룬 우두머리를 말함이니 무림의 선배임은 확실하고……. 또 저 젊은이의 이름이 령(玲)이니 여인임이 분명했다. 노백은 그 기도로 볼 때 상당한 고수임이 확실했으므로 약간 꺼림칙한 면도 있었으나, 그는 자신도 신분을 알려 줄 필요가 없기에 이들과 그냥 어울리기로 하고 이것저것 쓸데없는 말들을 나누기 시작했다.

"할아버지, 이 근처에 천령산이 경치가 좋으니 그쪽으로 둘러서 구경하고 가요."

"자네는 어떤가? 시간이 나겠나?"

"저도 이 근처에는 와 본 적 없으니 선배님의 뜻에 따르겠습니다."

"알겠네. 그런데 자네의 사문(師門)이 어떻게 되나?"

"하하, 그건 밝힐 수 없습니다. 선배님도 안 밝히시는데, 후배 또한 밝힐 필요가 없지 않을까요?"

"밝히기 싫다면 어쩔 수 없지만……. 대단하군."

"뭐가 대단하다는 거예요? 할아버지."

"소협의 스승이 누구신지는 모르겠지만 이 정도의 기재를 배출하다니, 대단한 명문인 것 같아서 하는 말이야."

그러자 무령은 깜짝 놀란 듯이 한번 자세히 묵향을 보더니 입을 열었다.

"저는 잘 모르겠는데요? 할아버지께서 그렇게 칭찬하시기는 이번이 처음이네요."

"아마 자네가 무림의 후기지수들 중에서는 최고인 것 같군……. 노부의 생각으로는 노부도 이기기 힘들 정도야. 소협은 나이가 어떻게 되나?"

"소협이랄 것도 없습니다. 이제 마흔셋입니다."

"이런, 내가 착각을 해도 유분수지……. 미안하구만. 자네 얼굴을 보니 이제 갓 스물을 넘겼을 정도라 생각해서 실수를 했네. 주안술을 익혔나?"

묵향은 주안술을 익힌 적은 없지만 공력이 높은 데다 산골에서 적막하게 생활하다 보니 감정에 치우칠 일이 거의 없어 아주 젊게 보인 것이다. 하지만 묵향은 자신의 실력이 너무 상대에게 노출된다는 생각이 들어 그의 말에 맞장구를 쳤다.

"예, 젊었을 때부터 주안술을 익혔고, 산골에서 적막하게 생활하다 보니 그렇게 나이를 많이 먹어 보이지 않은 것 같습니다."

"흠…, 주안술이란 것이 대단한 무공이긴 하지만 너무 그것에 빠져 들지는 말게나. 외모로는 젊게 보이지만 실지로는 공력의 소모가 따르고, 또 자신도 근골이 늙어가는 것을 잊어버릴 수도 있으니 될 수 있으면 사용하지 않는 게 좋지."

"약간의 공력 소모야 뭐 어쩔 수 없는 것 아니겠습니까?"

"그래, 자식은 있나?"

"없습니다. 동자공을 익힌 덕분에 결혼은 꿈도 못 꾸죠."

묵향이 천연덕스럽게 거짓말을 하자 노백이 약간 안쓰럽다는 듯이 말했다.

"동자공은 정말 익힐 게 못 되는데, 자네 같은 젊은이가 후손이 끊기다니 정말 안타까운 노릇이군."

그러자 옆에서 듣고 있던 무령이 궁금하다는 듯 물었다.

"할아버지 동자공이 뭐예요? 대단한 무공인가요?"

노백은 세상 물정 모르는 젊은 손녀에게 동자공을 설명해 주려고 생각해 보니 막막해서 약간 얼굴을 붉혔다.

"동자공은 공력 상승이 큰 심법이지만 약점이 많아 대부분의 사람들이 잘 익히지 않는단다."

"약점이 뭔데요?"

손녀의 궁금증에 할 말이 없어진 노백은 벌컥 화를 내면서 대화를 마무리 지었다.

"그건 험험…, 나중에 자연히 알게 될 테니 지금 여기서 묻지 마라. 소협과 얘기하고 있는데 왜 자꾸 끼어드느냐?"

"흥……."

노백의 퉁명스러운 대답을 듣자 무령은 낮게 콧방귀를 뀌면서 외면

했다. 아마 단단히 토라진 모양이었다.

"자네는 동자공 때문에 그렇게 나이가 적게 들어 보이는 모양이군. 하지만 동자공이 깨지면 대단히 위험하니 언제나 조심하는 게 좋을 걸세."

"예."

묵향은 노백과 함께 술과 음식을 들면서 이런저런 얘기를 나누다가 자리에서 일어났다.

다음 날 아침 여관을 나선 일행은 이곳저곳을 기웃거리며 구경했다. 노백은 동행이 된 지 3일 후 무령이 자신의 손녀라는 것을 밝혔다. 강호에는 갖가지 거친 일들이 많기에 변장을 하고 여행을 한다는 말이었다. 하지만 묵향으로서는 그 말을 액면 그대로 받아들일 수는 없었다. 노백은 상당한 수준의 고수였고, 또 손녀인 무령 역시 그런대로 실력이 있어 자신의 몸 정도는 지킬 수 있는 수준이었기 때문이다. 아마 자신들의 정체를 숨기고 여행을 하는 사람들인 것 같았다.

그들과의 동행한 지 15일이 지나 일행은 천일루에 도착했다. 천일루는 3층이나 되는 거대한 주루(酒樓)로, 강변에 세워져 있었으며 주변의 경관이 빼어났다. 역시나 이곳에는 무기를 휴대한 강호인들이 많았는데, 대부분이 선배인 듯한 사람이 같이 와서 초출을 축하해 주고 여러 가지 주의 사항이나 강호의 정세 등을 일러 주며 술을 권하고 있었다. 일행은 3층에는 자리가 없어 2층에 자리를 잡았다. 2층에서 보는 주변의 경치도 대단히 아름다웠다. 그들은 몇 가지 안주와 술을 시키고는 둘러앉았다.

"이곳은 정말 경치가 아름다워요, 할아버지."

"아무렴. 그러니 이곳에 강호인들 말고도 많은 일반인들이 경치 구경을 하러 오는 거란다."

이런저런 얘기를 주고받는데 갑자기 옆의 탁자에서 시비가 붙었다. 옆의 탁자에서 세 명의 남자와 두 명의 여자가 술을 마시고 있었는데 그 옆쪽에 앉았던 남자가 시비를 건 것이다.

"호오…, 이게 누구신가, 여기서 유명한 한서삼귀(寒暑三鬼) 나으리들을 뵙다니. 너희들 같은 사파 놈들이 어딘 줄 알고 여기로 굴러 왔냐?"

묵향이 고개를 돌려 보니 저쪽 탁자에 앉아 있는 자들은 여덟 명으로 이쪽보다 개개인의 무공이 강한 것이 확실했다. 다섯 명의 남녀가 여덟 명의 남자들에게 모욕을 당하는 것을 보면서 묵향은 처음엔 모른 척하려고 생각을 했으나, 사파의 마음은 사파가 안다고 외면하기는 힘들었다. 그래서 그는 자신이 직접 참여하는 대신에 앞에 앉은 노백에게 부탁하기로 마음을 먹었다.

"노백 선배, 저들을 좀 도와주실 수는 없겠습니까?"

"흠흠, 내 도와주기 어려운 것은 아니나……. 좀 사정이 있어 나서기가 힘드네. 저따위 녀석들이 정파라고 깝죽거리다니, 세상이 말세로군."

"그래도 선배께서 밖으로 드러나지 않게 도와줄 순 있잖습니까?"

"힘들어. 세 녀석은 표 안 나게 제압할 수 있지만 저 다섯 명은 얘기가 다르지. 저들은 자칭 무산5웅(巫山五雄)이라고 하는 녀석들인데, 모두 상당한 무공 실력을 자랑하기 때문에 행패가 심해도 누구 하나 나서서 저들을 벌할 사람이 없는 형편이야. 노부도 저들과 맞붙는다면 2백 초가 넘어야 결판이 날 텐데……. 거기다 저들이 아무리 문파에서 따돌림을 받는 녀석들이라 하지만 저들을 죽이면 무당파에서 묵인을 할지 그것도 미지수고. 현재 9파1방 중에서 가장 강한 세력은 무당이니 아무도 무당과 원수를 맺으려고 하는 사람은 없어. 그러니 자연 저 녀석들이 더 설치는 거겠지. 노부로서도 어떻게 할 수가 없군."

　잠시 묵향은 생각에 잠겼다. 이대로 모른 체 넘길 수는 없었다. 따끔한 맛을 보여 놔야지 사파에 대한 정파의 푸대접이 약간은 식을 것 같았기 때문이다. 그래서 그는 시비를 거는 녀석들 중의 한 명에게 말을 건넸다.

　"어이, 형씨."

　새파란 녀석이 불러대는 것을 보고 무산5웅 중의 한 명이 가당치도 않다는 표정으로 그를 쳐다봤다.

　"나를 불렀냐?"

　"그렇소. 너무하는 것이 아니오? 근처에 많은 손님들이 있는데 조용히 해 주시는 게 어떻겠소?"

　"이런 빌어먹을 녀석이…, 헛소리하지 말고 어르신들 하는 일을 구경이나 하거라."

　"그들이 무슨 잘못을 저질렀다고 그러시오. 그냥 조용히 있는 사람들에게 시비를 걸 필요가 있소?"

　"무슨 헛소리, 모르면 닥치고나 있어. 이 녀석들은 냄새나는 사파의 녀석들이란 말이다. 이런 자식들이 옆에 앉아 있으면 구린내가 나서 음식이 목구멍으로 내려가질 않는다구. 네 녀석은 그런 것 신경 쓰지 말고, 닥치고 앞에 놓인 음식이나 퍼 먹고 꺼져."

　"흠, 나도 사파니 참견을 안 할 수가 없어서 그러오."

　"흐흐흐, 그래? 그렇다면 네 녀석도 이곳에서 꺼져 줘야겠군."

　묵향이 사파라는 말을 하자 앞에 앉은 노백과 무령의 표정이 약간 바뀌었다. 그것을 묵향은 놓치지 않고 봤다. 아마 그들도 사파에 대해 약간의 선입관을 가지고 있는 모양이었다.

"할 수 없군. 실력 행사를 하고 싶지는 않았는데······."

"뭐? 네 녀석이 실력 행사? 흐흐흐, 죽으려고 환장을 했군."

그들은 각자 가지고 있는 무기들을 뽑았다. 그걸 보면서 묵향은 주위를 향해 외쳤다.

"여기 이 녀석들과 상관없는 사람들은 잠시 자리를 비켜 주시오. 공연히 목숨을 날리지 말고. 만약 셋을 셀 때까지 남아 있는 자들이 있다면 같은 패거리로 생각하고 공격하겠소. 혹시 사파의 분들이 여기 있다면 같이 물러나시오. 동도를 저세상으로 보내기는 싫소. 잠시만 자리를 비켜 주시오."

그의 내공이 실린 묵직한 음성이 흘러나오자 대부분의 사람들이 주섬주섬 일어났다. 네 개의 탁자에 사람들이 아직 남아 있었는데, 무산5웅과 그 옆 자리에 앉은 여섯 명의 남자들, 그리고 사파인 당사자들, 묵향의 동행이었다. 무산5웅은 그의 내력이 실린 목소리를 듣고 움찔하는 것 같았지만 다수를 믿는지 그렇게 신경을 쓰는 것 같지는 않았다. 아직도 상관없는 자들이 남아 있었으므로 묵향은 그들에게 충고했다.

"노백 선배님과 무령 소저도 잠시 나가 주십시오. 같이 싸울 게 아니라면 적과 아군을 구분하는 것이 좋겠습니다. 그리고 저쪽 다섯 분도 나가 주시오. 당신들이 있어 봤자 걸리적거리기만 할 뿐이오."

그가 한 말이 거슬렸는지 다섯 명의 흑도인들은 묵향을 노려보더니 밖으로 나갔다. 그리고 노백과 무령도 밖으로 나갔다. 무산5웅 패거리들도 상대의 숫자가 줄어드는 것이므로 묵향과 같이 있던 두 사람이 나갈 때까지 손을 쓰지 않고 기다렸다. 그들이 나가자 열네 명의 거한들은 묵향을 향해 몸을 날렸다. 그와 동시에 묵혼이 뽑혔다. 묵향은 노백에게 들은 말도 있고 또 유백의 당부도 있었기에 처음부터 강공(强攻)으로 나갈 생각이었다. 묵향이 검을 뽑자마자 주위로 달려들던 거한들의 몸이 강기의 회오리 속에 말려 들어갔다. 그중 한 명이 다급하게 소리를 질렀다.

"이럴 수가… 모두들 조심해라, 검……."

챙챙챙.

그의 말은 더 이상 이어지지 않고 병기가 부딪치는 소음 속에서 끊어졌다. 그리고는 거의 동시에 열네 명의 몸이 토막이 났다. 사방에는 두 토막이 난 그들의 무기와 몸체들이 어지럽게 흩어졌다. 그들의 눈은 하나같이 경악과 불신의 빛을 띠고 있었다. 죽어 가면서도 도저히 자신들의 죽음을 믿지 못하는 듯했다.

묵향은 천천히 검을 검집에 집어넣고 밖으로 몸을 날려 마구간으로 가서 자신의 말을 타고 낙양으로 달려갔다. 더 이상 이곳에 남아 있어 봤자 좋을 것이 없었다. 재수 없으면 관원들이 뒤쫓을 수도 있었다. 원래 대부분의 경우 관원들이 무림의 일에는 관여하지 않지만, 무림인이 묵향을 고발하면 귀찮은 사태가 벌어지기 때문이었다. 그리고 지체하면 할수록 그의 얼굴을 더 많은 사람들이 기억하게 되어 무당파와 시비가 붙을 가능성도 있었다.

2층이 조용하자 자리를 떠났던 사람들이 하나 둘씩 올라왔다. 그들이 본 것은 열네 구의 시체였다. 시체는 아주 깨끗하게 뼈째로 토막이 나 그들을 벤 사람의 실력을 대변해 주고 있었다. 손님의 상당수가 무림인이었기 때문에 그들은 시체와 무기 조각들을 보면서 이들이 어떤 무공에 의해 주살되었는지 각자 추리하기 시작했다. 그중에는 노백과 무령도 있었다. 노백은 토막 난 시체의 잘린 부분을 주의 깊게 보면서 손녀에게 입을 열었다.

"정말 대단한 실력이군. 아주 깨끗이 잘렸어. 여기를 봐라. 그 녀석의 섬세하면서도 비범한 솜씨가 보이지 않냐?"

그러자 손녀는 역겹다는 듯 얼굴을 찡그리며 대꾸했다.

"무슨 말을 그렇게 하세요? 내가 보기에는 정말 끔찍해요. 할아버지, 무기들이 이 정도로 토막이 나 있는 걸로 봐서 보도를 사용한 것이 아닐까요?"

노백은 잘려진 무기 조각을 들고 손녀에게 보이면서 말했다.

"그런 것 같지도 않구나. 이 잘려진 귀두도(鬼頭刀)를 봐라. 아주 두껍고 큼직한 게 아마 30근은 족히 나가는 중병(重兵)일 거야. 여기를 봐라, 아주 깨끗하게 잘려 나갔잖아. 이건 일격에 두부 썰듯 잘랐다는 말이지. 거기다 도신(刀身)이 은은한 보라색을 띤 걸 보니 합금으로 만든 것 같은데……. 거기다 저 철봉을 봐라. 저것도 합금으로 만든 거야. 약간 검붉은 색을 내잖냐? 저것도 일격에 토막이 났어. 이것들을 그 녀석이 가지고 있는 얄팍한 도(刀)로는 아무리 보도라 해도 일격에 이것들을 토막 내긴 힘들다. 이건 무공에 의해, 그러니까 십중팔구 강기에 의해 끊어져 나갔다고 봐야 할 거야. 거기에 모든 녀석들이 모두 일검에 죽었어. 어떤 상승도법의 초식을 사용한 것이 아냐. 그냥 벤 거야. 그러면서도 도강을 뿜어냈다면 이건 대단한 고수다. 사람과 무기는 토막이 났으되 누(樓)의 기둥이나 벽에는 이상이 없을 정도로 강기를 잘 제어한다면, 혹시 그 녀석이 말로는 사파라고 했지만 현문의 제자인지도 모르겠구나. 현문의 제자들만이 이 정도의 강기를 수련할 수 있지. 나도 꽤 안목이 높다고 자신하며 그 녀석을 상당히 높게 평가했다고 생각했는데, 지금 보니 노부가 오히려 과소평가했구나."

"그렇다고 꼭 현문의 제자일 가능성은 없잖아요. 혈마(血魔)는 사파인데도 강기를 사용하잖아요?"

"그렇군, 혈마의 제자일 수도 있겠어. 하지만 혈마가 직접 한다고 해도 이 정도로 깨끗하게는 처리하기 힘들 걸. 직접 구석에서 구경을 해두는 건데……. 노부의 생각이 짧았어. 그 녀석이 이길 거라고 생각은 했지만 이렇게 빨리, 그리고 상승의 무공을 사용해서 끝을 낼 거라고는 생각을 못했다."

"그런데 할아버지, 강기라는 게 그렇게도 대단한 거예요?"

"아무렴, 강기를 뿜어낼 수 있는 고수는 몇 되지 않아. 설마 했는데 이 녀석은 벌써 화경에 들어간 고수로구나. 화경에 들어 삼화취정(三化聚頂) 오기조원(五氣造元)의 경지에 들지 않고서는 절대로 임의로 강기를 만들어 낼 수 없단다. 그렇지 않고 검법에 의해 강기를 만들 수도 있는데, 청성파의 청월검법이라든지 남해파가 자랑하는 청룡천승검법(靑龍天昇劍法) 같이 억지로 강기를 만드는 검법과는 차원이 다르지. 그건 내공만 많이 쌓으면 시전이 가능하지만 내력의 소모가 심해 별로 경제적인 검술이 아니다. 반면 정반칠식(正反七式)같은 경우 내력의 소모가 심하다는 단점을 해결한 뛰어난 검법이지만 아주 정밀한 공격이 가능한 대신 위력이 제한적이라 적에게 큰 타격을 입히기가 힘들어."

"혹시 이게 정반칠식이 아닌가요?"

"그건 아니다. 현재 이들의 모양을 보아하니 거의 2초의 검법에 절단 낮어. 앞쪽의 무리들을 먼저 벤 다음에 순간적으로 뒤로 돌아서서 뒤쪽의 나머지들을 베어 버린 거지. 초식도 뭐도, 아무것도 아냐. 그리고 정반칠식에는 이 정도로 강한 위력은 없어. 이 정도의 합금강으로 만들어진 무기들을 토막 내는 게 어디 쉬운 일인 줄 아냐? 믿어지지 않는다면 네 검을 뽑아서 내가 들고 있는 도를 한번 쳐 봐라."

그러면서 노백은 자신이 들고 있던 귀두도를 옆으로 들어 올려 손녀가 치기 쉽게 만들어 주었다. 손녀는 얄팍한 2척 반 길이의 검을 뽑았는데, 싸늘한 예기를 뿜어내는 것이 평범한 검은 아닌 것 같았다. 손녀는 모진 기합 소리와 함께 귀두도의 토막을 내려쳤다.

"얍!"

챙!

무령의 검과 부딪친 귀두도의 토막에서는 불꽃이 튀면서 약간의 흠집이 생겼다. 이걸로 보아 소녀의 검이 상당한 보검이라는 것을 알 수 있었다. 소녀는 손이 얼얼해질 정도로 힘껏 내려쳤는데도 약간의 흠집만이 만들어진 것을 유심히 보더니 말했다.

"할아버지 말씀대로 정말 단단하군요."

"아무렴, 내 전에도 말했지만 이들도 보통 잡졸들이 아냐. 무산5웅이란 녀석들하고 저쪽에 뻗어 있는 세 녀석은 상당한 고수라서 노부도 그들 전부를 제압하려면 5백 초는 걸린다구. 그런데 문제는……. 과연 이 일을 무당에서 어떻게 처리할지 그것이 문제로구나. 피바람이 불지 않았으면 좋겠는데……. 너도 이걸 보고 하늘 위에 하늘이 있다는 점을 명심하여, 까불지만 말고 무공연마에 힘쓰도록 해라."

부임(赴任)

　묵향은 낙양에 들어섰다. 낙양은 오랜 옛날 수도였던 도시로, 지금도 이 근방의 교통, 상업, 문화, 군사의 중심지이며 황제가 거하는 중경(中京)으로 가는 동쪽 관문이다. 낙양에는 정북원수부(正北元帥府)가 자리 잡고 있으며, 정북원수부 휘하의 20만 정병(精兵)을 이용해 낙양 외곽 수비와 몽고족들에 대한 국경 수비를 담당하고 있었다. 그리고 중경에 있는 네 명의 왕 중 한 명인 영양왕(英揚王)의 별장이 있는 아름다운 도시였다.
　묵향은 우선 낙양성을 구경하고 분타로 가기로 작심하고 성 안으로 들어갔다. 남문을 통해 들어가니 성문을 지키는 수비병들이 보였다. 수비병의 복장은 그가 늘 보았던, 각 관청에 소속되어 민생 치안을 담당하며 유사시에나 출동하는 향방군(鄕防軍 : 지방군)과 달리 전투를 전담하는 어림군(御臨軍 : 중앙군)이라 그런지 눈초리가 매서웠고, 잘 발달된 근육이 상당한 훈련을 받은 정병들임을 무언중에 나타내고 있었다.

어림군은 향방군과는 달리 각 장군들이 지휘하며, 순전히 전투를 위해 존재하는 군대다. 이들은 국경을 위시하여 각 지방의 중요 거점, 수도 외곽을 방위하기 위해서 주둔한다. 어림군은 황제가 통솔하는 중앙 정부의 명령만을 받으며 그 수는 112만에 달한다. 어림군 안에는 10만 정도의 직업 군인들로 이루어진 군대와 5만 정도의 외인군(外人軍 : 용병)이 있으며 그들의 전투력은 통상의 어림군보다 강했다.

어림군은 각 지방의 가장 중요한 군사적 요충지들이나 변경의 요새에 주둔한다. 그 외에 이이제이(以夷除夷)의 원칙에 따라, 교묘한 외교 정책으로 국경을 접한 오랑캐들을 적절히 다스려 그들이 연합하지 않고 서로 다투도록 만들어, 오랑캐들의 세력이 강대해지는 것을 억제하고 있었다.

어림군의 최고 계급은 원수, 대장군, 상장군, 장군의 네 계급으로 구분되며 다섯 명의 원수가 각각 20만 명씩의 어림군을 지휘하고 있었다. 하지만 직접적인 대규모 전쟁이 벌어지면 그 지역의 향방군과 대비군(對備軍 : 각 관청에 소속되며 농한기에만 군사 훈련을 받으며 전쟁이 벌어지면 출동하는 예비군), 타 지역에서 온 지원군을 통괄 지휘하게 되므로 어떤 때는 1백만에 가까운 군세를 한 명의 원수가 지휘하기도 한다.

대원수(大元帥)란 직책도 있긴 하기만 통합된 작전을 위해 전시(戰時)에나 직분이 생기고 전쟁이 끝난 다음에는 거의 유명무실해진다. 그가 늙어서 은퇴하면 후임자를 뽑지 않기에 평상시에 대원수란 직위는 존재하지 않는다. 황제가 아닌 다른 사람에게 군권(軍權)을 집중하면 그만큼 위험성이 커지기 때문이다.

그는 낙양성을 구경하고 성에서 나와 서쪽으로 길을 잡았다. 낙양의 서쪽 외곽에 천령원(天領院)이라는 큰 장원이 있다. 이 천령원은 부근에 상당한 면적의 토지를 보유하고 있었으며 모든 농토를 소작농에게 대여하고 있었다. 천령원의 주인인 방(龐) 대인은 그런대로 소작농에게 후한 편이라 부근의 주민들에게 평이 좋았다. 그리고 방 대인은 엄청난 자금력으로 주변 상권의 3할을 잡고 있었으며, 많은 장인(匠人)들을 고용해 여러 가지 상품을 만들어 짭짤한 재미를 보고 있는 위인이었다. 근래에는 천령표국(天領鏢局)까지 만들어 부근의 물품이나 군수물자 수송 사업에도 참여해 상당한 재미를 보고 있었다. 그러면서도 뒷구멍으로는 전장이나 도박장, 주루 등을 만들어 고리대금업 따위의 불법적인 사업을 하여 막대한 돈을 긁어모았다.

묵향은 천령원을 향해 천천히 말을 몰며 다가갔다. 그가 다가서자 정문을 지키던 호위 무사가 그를 제지했다.

"멈추십시오. 무슨 일이 있어서 오셨습니까?"

호위 무사의 눈초리나 분위기와는 달리 그의 말은 상당히 정중했다. 아마 손님 접대에 대해서 상당히 훈련을 받은 친구인 모양이다. 묵향은 호위 무사에게 말했다.

"방 대인을 뵈오려고 왔습니다."

"사전에 약속이 있으십니까?"

"예, 대산(大山)에서 왔다고 하시면 아실 겁니다."

무사는 '대산'이라는 말을 듣고 허겁지겁 안으로 통보를 했다. 대산이라 하면 마교의 본타가 있는 십만대산이 아니겠는가? 봉우리가 10만 개나 되는 것은 아니지만 많은 봉우리를 가진 절정의 산악에 마교가 뿌리를 내렸고, 십만대산이라 하면 웬만한 멍청이가 아니면 '마교'를 뜻한다는 것을 알고 있다. 험악한 산세와 그 산세를 이용하여 만들어진 요새들에 힘입어 그 오랜 마교의 전통이 지켜져 내려왔던 것이다.

안으로 들어갔던 무사는 달려 나와서 묵향에게 말했다.

"고삐를 이리 주시고 안으로 드십시오. 어서 오십시오, 방 대인께서 기다리고 계셨습니다."

그는 서둘러 안에 있는 하인을 불러 묵향을 안내하라고 하고, 또 다른 하인을 불러 말을 마구간으로 끌고 가서 정성껏 돌보라고 지시했다. 묵향은 그가 하인에게 호들갑을 떠는 것을 보다 못해 말했다.

"그 말은 내가 아끼는 애마도 아니고 그냥 길을 떠나기 위해 구입한 말이야. 그러니 그렇게 신경 쓸 필요는 없네. 말에 있는 짐은 나중에 내 방으로 보내 주게나. 그럼 수고하게……."

"알겠습니다, 대인."

방 대인은 들어서는 묵향을 상당히 반겼다.

"어서 오시게. 기다리고 있었네."

"안녕하십니까? 소생은 묵향이라 합니다. 주위를 물리쳐 주실 수 있겠는지요?"

그의 말을 듣자 방 대인은 말했다.

"취월아, 차를 빨리 가져오너라. 잠시만 기다리시게나. 차를 내온 후에 같이 얘기를 나누기로 하지."

묵향과 방 대인은 차가 나올 때까지 여행에서 있었던 일이나 쓸데없는 한담으로 시간을 보냈다. 하녀가 차를 가져오자 그는 하녀에게 일렀다.

"손님과 조용히 할 말이 있으니 주위에 아무도 얼씬거리지 못하게 해라."

"예, 나으리."

취월이 나가자 묵향이 입을 열었다.

"총단에서 왔습니다. 여기 영패와 부임 서류가 있습니다."

방 대인은 묵향이 내미는 서류와 영패를 보고 난 후 그에게 말문을 열었다.

"이번에 본타에서는 한 가지 사업을 새로이 시작했다네. 표국(鏢局)을 개설했는데 본교의 상층부에서도 상당한 관심을 보이고 계시는 중요한 사업이지. 자네는 혹시 표국 사업에 대해 아는 게 있나?"

"표국에 대해서, 아니 일체의 상행위에 대해 아는 바가 없습니다. 제가 아는 것은 검술뿐이죠."

"호, 자네의 말을 듣고 보니 힘이 나는군. 표물 운송 사업이란 게 원래가 신용을 우선시하는 것이다 보니, 우선 맡은 물건을 안전하고 신속하게 원하는 장소로 보내 줘야 한단 말일세. 그런데 곳곳의 깊은 산중에는 도적들도 많고, 거기에다가 이곳은 변방이기 때문에 치안이 상대적으로 약한 지역이라, 이번에 총단에 좀 실력 있는 고수들을 보내 달라고 했지. 얼마 전에도 30여 명 정도 도착했는데, 영 내 마음에는 차지 않더군. 그래 자네 나이는 어떻게 되나? 그리고 그전에 한 일은 뭐고?"

"이제 마흔셋입니다. 살수로서 흑살대(黑殺隊)에서 일하다가 20년 전에 검수로 뽑혀 계속 교육을 받았습니다. 20년 만에 세상에 나왔으니 세상사에 어두운 편이라 잘 부탁드립니다."

흑살대라는 말이 나오자 거드름을 약간 피우던 방 대인의 안색이 확 변했다. 흑살대라면 내총관 직속의 암살대다. 뛰어난 인재들만이 소속되어 있었고, 능력이 엄청나다는 소문을 약간이나마 듣고 있었던 것이다.

"흐…, 흑살대라고 했나?"

"그렇습니다."

"흑살대에서 무슨 일을 했나?"

"1급 살수로서 3년 정도 일했습니다."

"1급 살수……."

그는 손수건을 꺼내어 이마에 흐르는 땀을 닦았다. 그런 후 찻잔을 들어 목을 축이더니 말을 이었다.

"20년 전에 1급 살수셨다면…, 대단하시군요. 허허…, 몰라 뵙고 실수를 저질렀으니 용서해 주십시오."

방 대인은 묵향에게서 그렇게 대단한 기도가 느껴지지 않자 총단에서 보내온 하급 무사나 아니면 행정 쪽에 뛰어난 인물인 줄 알고 수하를 다루듯 거드름을 피우다가 묵향의 신상 내력을 알고 난 후에는 가슴이 철렁 내려앉았다. 표물의 안전한 운송을 위해 고수를 원하긴 했지만 너무 강한 고수가 온 것이다. 20년 전에 1급 살수였다면, 끅! 그 뒤는 생각 안 해 봐도 알 만하다. 마교란 본래 무공의 고하에 따라 순위가 매겨지는 단체다. 그렇기에 그는 더욱 조바심을 하는 것이다.

하지만 불행 중 다행인 것은 이자가 상행위에는 거의 백치나 다름없는 순수 무골(武骨)이라는 점이다. 아마 그 때문에 그에게 부분타주의 직위를 맡겨 이곳으로 보낸 모양이다. 그리고 총단에서 직접 온 인물인 만큼 자신에 대한 감시자의 임무도 약간은 띠고 있을 거라는 생각에 방 대인은 이 평범한 옷을 입고 검은색 반월형의 도를 차고 있는 녀석을 식은땀이 날 만큼 조심에 조심을 해서 대하기 시작했다. 나중에 총단으로 돌아간다면 자신의 바로 윗자리도 아닌 한참 윗자리에 포진할 것이 뻔한 이 녀석에게 잘 대해 주고 좋은 인상을 주면 나중에 자신의 꿈인 총단으로의 승진에 보탬이 될지도 모르고, 또 다음에 유력한 후원자가 되어 줄 것이라는 계산도 작용했다.

"표국은 요 근래에 시작해서 꽤 장사가 잘되는 관계로 여기저기에 새로 분점(分店)들을 만들었습니다. 그곳에 흩어져 있는 많은 고수들에 대한 통제도 문제고, 또 제가 벌여 놓은 많은 일들도 있어 직접적으로 표국을 운영할 수도 없습니다. 이번에 총단과 분타들에서 50여 명의 고수들이 새로이 배치되어 왔지만 그래도 역부족이죠. 아무래도 대규모의 표물 운송에는 힘이 부쳐 뛰어난 분을 보내 달라고 부탁했습지요. 그런데 이렇게 높으신 분이 오셔서……."

"그렇게 말씀하실 필요 없습니다. 저는 엄연히 부분타주로 왔습니다. 저에게 하대를 하십시오. 그런 식으로 말씀을 하시면 껄끄럽습니다. 그리고 수하들도 이상하게 생각할 거구요. 그냥 수하들에게는 고수를 한 명 초빙해 왔다고 말하고, 그러니까… 제 이름은 유향(柳香)이라고 수하들에게 소개하시죠."

"이거 원…, 그런데 자네가 이번에 온 것을 모든 사람에게 비밀로 붙여야 하나?"

"그렇게 해 주십시오. 방 대인 같은 경우 믿을 수 있으나 그 나머지는……. 특히 대인의 가족들에게도 비밀로 해 주십시오. 그리고 무공이 있으니 수하들에게 의심받지 않고 움직이려면 표두(鏢頭)로 행세를 하는 게 좋겠군요. 그래야 표물 운송에도 참가할 수 있을 것 같구요. 그리고 지금 이곳에 있는 본교의 고수들은 얼마나 됩니까?"

"분타 자체의 인원이 1천여 명 되네. 그리고 각 분타나 총단에서 파견 나온 고수들이 1백여 명 있지. 그중에서 50여 명은 요 근래에 도착한 고수들이네. 그들은 곳곳에 배치되어 일을 하고 있지. 전방, 기방, 전당포 등 안 하는 일이 거의 없네. 합법적인 사업도 많고 불법적인 사업도 많은데, 특히 불법적인 사업의 경우 무력이 많이 필요하네. 지금 낙양 상권의 3할을 잡고 있는데, 표국 업무가 정상화되면 그 비율은 더욱 늘어날 거야. 표국의 신용이 올라가면 변방으로 보내는 병참금의 수송에 관여하면 더욱 큰 돈을 벌 수 있지. 일반 군수 물자들은 대부분 군의 수송부에서 관할하지만 병참금은 돈에 눈이 뒤집힌 산적들이 덤벼들 가능성이 있어 표국을 이용하지."

"낙양에 이곳 말고 표국을 운영하는 사람이 있습니까?"

"표국 다섯 개가 더 있네. 그중 세 곳은 작지만 두 곳은 상당히 크지. 어차피 그들과 경쟁을 할 수밖에 없어. 그렇지만 실지 외부에서 표물을 거의 위탁받지 않더라도 낙양분타에서 돌리는 물자가 엄청나기 때문에 그것만 해도 상당하지. 그 외에 변방에서 말이나 양, 모피 등 많은 물자들을 수입해 올 생각인데, 그쪽의 통로가 개척되면 변방으로 가는 무역로가 열려 막대한 이익을 줄 것으로 생각하네. 그 외에도 인력과 돈만 있으면 정당한 방법으로도 많은 돈을 벌어들일 수 있네."

"집안의 하인들은 어떻습니까? 본교의 인원들인가요?"

"아닐세. 지금 원체 사업을 확장해 놔서, 그 정도 여력이 없어. 기밀이 중요하기는 하지만. 아주 중요한 곳에 출입하는 자들과 밀정으로 심어 놓은 자들만 본교의 인물들이지."

"그렇다면 저에 대한 비밀을 철저히 유지해 주십시오. 암수에 걸려 목숨을 잃기는 싫습니다. 아무리 고수라도 암수에 걸리면 자신의 실력을 발휘해 보지도 못하고 가는 것이 정석이니까요. 그리고 대인께서 알아두셔야 할 점이 있는데…, 저는 동자공을 익혀 여색을 가까이 하지 못합니다. 만약 어느 날 갑자기 제가 여자를 청한다면 그건 가짜라고 보면 옳겠죠. 그리고 또 대인이 저에게 여자를 붙여 준다면 그 또한 대인이 가짜라고…….."

"알겠네, 조심하는 것이 좋겠지. 그런데 가족에게도 안 되나?"

"예, 많은 사람이 알수록 비밀이 샐 가능성이 더욱 높아집니다."

"할 수 없군. 그런데 미리 양해를 구해 두겠는데, 자식들 중에 몇 명이 아주 버릇이 고약한 놈들이 있으니… 그 때문에 실례를 범할 수도 있기에 하는 말일세."

"그 정도는 상관없습니다. 상대를 안 하면 되니까요. 그리고 제 방은 좀 작은 걸로 해서 안채와 떨어진 곳이 좋겠는데……. 괜찮은 곳이 있습니까?"

"흠, 표사 중에 한 명이 쓰던 집이 있는데 낡기는 했지만 수리를 하면 쓸 만할 거야. 하지만 너무 집이 작아서……."

방 대인은 묵향의 눈치를 봤다. 그로서는 묵향의 취향을 가늠하기 힘들었던 것이다.

"작아도 상관없습니다. 그리고 밥을 지어 줄 하녀는 제가 구해서 쓸 테니 걱정하지 마십시오. 그럼 오늘은 물러가겠습니다."

인연의 시작

묵향이 머무르게 된 집은 작은 방이 세 개, 부엌이 한 개, 천장에 다락이 한 개 있는 자그마한 초가집이었다. 묵향은 우선 하인들이 머무르는 작은 방을 하나 차지하고 앉아서 집의 수리부터 시작했다. 그가 수리를 하기 위해 나온 인부들에게 지시를 한 지 나흘 만에 집은 깨끗이 수리되었다. 방 한 개를 욕실로 만들고 천장이나 벽을 수리하는 작업이었기에 별로 시간이 걸리지 않았던 것이다. 방 대인이 하녀를 한 명 주겠다고 했지만 식사는 표국에서 했으므로 목욕하고 잠만 자는 집에 하녀를 둘 필요는 없었다.

그는 여기저기 돌아다니며 표두로서 물품이 안전하게 운송되도록 노력했다. 시간이 지나자 얼마 되지 않던 인원들이 3백 명 정도로 늘어났고, 표국은 각종 화물이 출입함에 따라 쉴 사이 없이 돌아가기 시작했다.

묵향은 바쁜 와중에서도 수행을 게을리 하지 않았다. 정 시간이 없으면 잘 시간을 줄여서라도 운기조식을 했다. 그는 여러 가지 무공을 익히고 있었는데, 요즘 그가 힘쓰고 있는 것은 어검술(御劍術)이었다. 어검술이란 글자 그대로 칼(劍)을 다스리는(御) 기법이다. 강기와는 달리 어검술은 진기를 이용하여 검이 가진 모든 힘을 밖으로 끌어내도록 만드는 기술이다. 그렇기에 어검술을 사용하면 보통의 강철 검으로 신검(神劍)과 같은 파괴력을 낼 수 있다. 그의 어검술은 아직 초보적인 단계다. 검강을 뿜어내기 직전 검에 붉은빛의 강기가 뇌전이 흐르는 것같이 되는 것을 보고 이것이 어검술이 아닐까 하는 막연한 기대 속에서 수련을 하고 있는 것이다. 하지만 파고들면 파고들수록 이게 아니라는 것을 깨닫게 되었다. 도대체 어떻게 돌아가는 노릇인지 궁금증만 쌓여서 머리가 아플 지경이었다.

그날도 묵향은 검과 씨름을 하다가 골치가 아파짐을 느끼고 밖으로 나왔다. 여러 가지로 심경이 복잡할 때는 바람을 쐬면서 걷는 게 상책이다. 집구석에 들어앉아 머리를 싸매고 있는다고 해결될 문제가 아닌 것이다. 그는 여기저기 기웃거리며 돌아보다가 한 계집아이가 만두를 훔치는 것을 봤다. 그 아이는 만두를 가지고 얼마 가지도 못해 잡혀서 뭇매를 맞기 시작했다. 그것을 보다 못한 묵향이 끼어들었다.

"아직 어린앤데 너무 심한 게 아니오?"

묵향은 코피를 흘리고 있는, 때가 꼬질꼬질 묻은 옷을 입은 비쩍 마른 열두 살가량의 소녀를 안쓰럽다는 듯이 바라보았다.

"심한 게 아니오. 얘는 맞아야 해. 어디 가서든 일해서 벌어먹을 생각은 하지 않고 도둑질부터 하려고 드니……."

주인은 그러면서 또다시 그 아이의 머리를 쥐어박았다. 아이는 그냥 포기한 듯 맞고만 있었다. 그 반항하지도 않는, 아니 반항할 기운도 없는 그 아이를 보고 묵향의 마음이 움직였다. 묵향은 또다시 쥐어박으려는 가게 주인의 손을 잡았다.

"아이를 놓아 주시오."

묵향이 잡은 손에 힘을 약간 더 주자 사내는 바로 손을 놓았다. 그러자 묵향도 주인의 손을 놨는데 그 손에는 붉게 손자국이 찍혀 있었다. 묵향은 소녀를 보고 물었다.

"왜 훔쳤니? 일을 해서 벌 수는 없었나?"

"저는 너무 어려서 아무 일도 시켜 주지 않아요."

아이는 힘없이 대답했다. 묵향이 바라보니 아이는 그렇게 맞았는데도 눈물 한 방울 흘리지 않고 있었다.

"너 요리 잘하냐?"

"예? 못 해요."

"할 수 없지. 날 따라 오너라."

아이가 주춤주춤 망설이자 묵향이 말했다.

"일자리를 주려는 거다. 일을 하고 싶냐?"

그 말을 듣자 아이는 조르르 따라왔다. 묵향은 천천히 걸으면서 아이에게 물었다.

"이름이 뭐냐?"

"소연(蘇衍)이요."

"좋은 이름이구나. 식구는 있냐?"

"집에 아픈 엄마가 있어요."

"아버지는?"

"재작년에 돌아가셨어요."

"너희 집이 어디냐?"

"그건 왜 물어요?"

"너에게 일을 시키려면 너의 어머님께 허락을 받아야 될 것이 아니냐."

"응…, 그럼 따라오세요."

소연이의 집은 낙양 구석의 빈민가에 있었다. 다 쓰러져 가는 작은 집으로 소연이는 묵향을 안내했다. 묵향은 망설이지 않고 방으로 들어갔다. 방 안에는 창을 넘어 들어온 하수구 냄새 때문인지 악취가 진동하고 있었고, 방구석에는 다 떨어져 걸레가 된 이불을 덮고 있는 여인이 있었다.

소연이 어머니의 병세가 심각한 것처럼 보였기에 묵향은 소연이의 어머니를 안고는 급히 의생(醫生)을 찾아 갔다. 가마 따위를 부를 수도 있겠지만 사람이 안고 가는 것이 환자에게 충격이 적게 가기 때문에 그냥 여인을 안고 갔다. 의생의 말로는 여인의 병은 과로와 영양실조가 원인이었다. 그는 의원 부근에 자리를 잡고 그 여인이 적당히 회복될 때까지 기다렸다가 가마를 불러 자신의 집으로 데리고 갔다.

그다음부터 묵향의 기묘한 동거 생활이 시작되었다. 그 여인은 한 달가량 영양 있는 음식과 탕약을 먹으며 몸을 조리하자 자리에서 일어났다. 묵향은 그 여인을 가정부로 고용하고 한 달에 한 번 이상 충분하고도 남을 정도의 돈을 가져다주었으므로 집은 작은 편이었지만 모녀에게는 상당히 풍족한 삶이 시작되었다.

여인은 어려운 생활 때문인지 음식 솜씨가 형편없었지만 묵향과 소연이가 열심히 먹어 대는 동안 어느덧 차차 나아졌다. 그리고 소연이는 점점 표정이 밝아졌다. 그는 소연이와 함께 집 앞에 작은 정원을 만들고 꽃씨를 뿌렸다. 그리고 소연이에게 자신이 아는 한도 내에서 글이나 그림, 음악 등을 가르쳤다. 소연이가 곧잘 했으므로 바쁜 와중에서도 소연이를 가르치는 것은 묵향의 조그마한 기쁨이었다.

어느 날 밖에서 놀다가 들어온 소연이가 마루에 앉아 멍하니 생각에 잠겨 있는 묵향에게 물었다.

"아저씨, 아저씨도 무술을 해요?"

"뭐?"

퍼뜩 정신이 든 묵향이 되물었다.

"아저씨도 무술을 할 줄 아느냐고요."

"왜 그러니?"

"오늘 거리에서 칼싸움을 하는데, 사람이 하늘로 새처럼 붕붕 날았어요. 아저씨도 날 줄 알아요? 아저씨도 칼 차고 있잖아요? 가르쳐 줘요."

아마 소연이는 근처 마을에 놀러 갔던 모양이었다. 묵향이 거주하고 있는 곳은 소연이가 살던 낙양성에서 좀 떨어진 곳이다. 그래서 심심하면 아이들과 어울려 놀기 위해 가까운 마을로 갔다. 이번에는 아마 무림인들이 싸우는 걸 보고 놀란 모양이다. 소연이의 말도 안 되는 질문에 그는 빙그레 미소를 지으며 말했다.

"아니, 아저씨는 하늘을 날 줄 몰라."

"아저씨는 약해요?"

"응, 약하지. 그러니까 이렇게 작은 집에서 살고 있잖아. 내가 강하면 많은… 많은 사람들을 데리고 이만큼 큰 집에서 살겠지."

묵향이 과장스럽게 손짓을 하며 말하자 소연이는 이해한 모양이다. 묵향은 여러 가지 이야기를 나눈 후 까불다가 잠든 소연이를 보며 생각에 잠겼다.

'소연이에게 무공을 가르쳐 주는 것이 좋을까? 쓸데없이 피비린내 나는 무림의 세계에 발을 들이밀게 할 필요는 없지 않을까?'

이리 저리 생각하다가 아무리 여자 애라도 약간의 호신술을 알고 있는 것이 좋을 것 같다는 생각을 했다.

"소연이도 무술을 배우고 싶냐?"
"예."
"그럼 가르쳐 주기로 하지. 내가 잘 모르니까 그렇게 대단한 건 못 가르쳐 준다. 그렇지만 무술을 배우면 심신을 닦는 데 많은 도움이 되니 한번 배워 보렴."
"예, 그러면 아저씨가 내 사부가 되는 거예요?"
"아니, 그냥 배우는 거지 사부는 무슨……. 나는 제자를 받을 생각은 없어. 우선 심법부터 배우는 게 좋다. 이건 태허무령심법(太虛無靈心法)이란 것으로 정통적인 도가의 내공수련 심법이지. 이걸 꾸준히 익히면 무병장수할 뿐 아니라 몸과 마음이 예뻐진단다."
"아저씨도 그걸 익혔어요?"
"익히지 않았다면 어떻게 너에게 가르치겠냐?"
"하지만 아저씨의 모습은 예쁜 게 아니잖아요?"
"음, 그러니까 내 말은… 실수했구나. 예쁜 게 아니라 튼튼해지는 것이다. 이건 우연히 내가 배운 것인데—마교에서 훔쳐 배웠다고는 죽어도 못 가르쳐 주지—여태까지 내가 익히던 것보다는 더 뛰어난 심법이지. 이것에도 약간의 문제가 있어서 내가 좀 수정을 해서 만든 것이니 다른 이들에게 말해서는 안 된다. 알겠냐?"

"예."

"그리고 이걸 익히면 아침에 일어났을 때와 자기 전에 2각에서 4각(30분에서 한 시간) 정도 매일 수련해야 한다. 할 수 있겠냐?"

"예."

"이걸 익히기 시작한 다음에는 다른 심법은 익히지 말고 언제나 이것만을 익혀야 한다. 안 그러면 내공이 정순(靜純)하지 못해서 높은 경지에 이르지 못한단다."

"예, 그런데 내공은 뭐고, 정순하다는 건 또 뭐예요?"

"내공이란 건 몸속에 쌓이는 형태가 없는 힘인데, 이걸 이용해서 네가 말한 대로 날아다니는 거란다. 너도 날아다니는 걸 봤다면서?"

"예, 그게 내공을 이용해서 날아가는 거예요?"

"그렇지, 정순하다는 건 맑고 순수하다는 말이야. 내공이란 건 정순해야지 그렇지 않으면 나중에 네가 말한 대로 날아다닐 수 없어. 알겠니?"

"예."

"도가의 심법은 마음을 편안히 다스리는 데 그 모든 요결이 있지. 그 때문에 심마(心魔)에 빠지지 않고……."

"심마가 뭐예요?"

"그러니까, 에… 심마란 여러 가지 잡념을 말하는 거야. 오욕칠정(五慾七情)에—이런 말을 해서 알아듣나?—아니, 심마란 나쁜 거란다. 이게 생기면 아주 나쁜 일을 당하게 되니까 그냥 그렇게 알고 있거라."

"예……."

묵향은 소연이에게 약간씩 무공을 가르쳤다. 그는 소연이에게 위험

부담이 대단히 큰 마교의 심법을 가르치기보다는 도가 계통의 것을 가르치기로 작정했다. 그리고 현문의 내공심법을 익히면 사술(邪術)에 걸리지 않는다. 심신을 맑게 해 주기 때문이다. 그래서 묵향은 자신이 사랑하는 이 작고 귀여운 소녀에게 사술에 걸리지 않게 해 주는 현문의 심법을 가르치기로 작정한 것이다.

정통 마교의 고수들과는 달리 살수 등 특수한 계층에 종사하는 마교의 고수들은 다른 사파나 정파의 무공을 폭넓게 익힐 수 있다. 그 무공의 장단점을 알아야 기습에 유리하기 때문이다. 이 무공들은 마교가 한 번씩 정파와 충돌을 벌이면서 습득하거나 훔쳐 낸 것들이다.

어떤 면에서 보면 소림이나 각 문파들보다 더 많은 정파의 무공을 보유하고 있는 곳이 마교라고 볼 수도 있다. 마교의 본거지인 십만대산은 자타가 공인하는 천험(天險)의 요새였고, 그 덕분에 한 번도 본거지를 습격당한 적이 없다. 그리고 관부에서도 손을 못 쓰기 때문에 그 결과 수많은 무공들을 소장하게 된 것이다. 그에 비해 정파의 무리들은 황궁의 압력에 못 이겨 많은 수의 무공서적들을 넘겼다. 다만 각 문파의 최고 무공은 약탈하지 않는 한 압력을 가한다고 뺏을 수 있는 성질의 것이 아니었다.

소연이에게 무공을 가르치기 시작한 이후 묵향은 매일 밤 소연이의 방에서 두세 시진을 보냈다. 묵향이 처음 소연이가 잠든 방에 들어왔을 때 소연이의 어머니는 약간 놀랐다. 방에 들어온 묵향이 다짜고짜 소연이의 옷을 벗기기 시작했기 때문이었다. 그녀는 묵향의 손을 잡으며 말했다.

"나으리, 어째서 이러십니까?"

"왜 그러시오?"

"소연이에게 무슨 짓을 하려고 그러십니까?"

"그게 아니오. 나는 다만 안마를 해 줄 뿐이오. 지금 아이에게 무공을 약간 가르쳐 주고 있는데, 밤에 안마를 해 주면 좀 더 빨리 익힐 수 있소."

"그렇습니까?"

그녀는 반신반의하며 물러섰다. 그러자 묵향은 속옷만 남긴 채 옷을 다 벗기고 천천히 내력을 쏟아 소연이의 혈도를 뚫어나갔다. 거의 두 시진 동안 안마를 한 묵향은 아직도 자지 않고 옆에서 지켜보고 있는 그녀에게 말했다.

"다른 사람들에게는 비밀로 해 주시오."

"꼭 비밀로 해야 합니까, 나으리?"

"그럼 내가 맨날 안마한다고 온 마을에 떠들 것이오?"

"알겠습니다, 나으리."

대강의 내용을 안 그녀는 손쉽게 허락했다. 하지만 묵향이 말하지 않은 것이 몇 가지 있으니, 낮에 무공을 익히거나 심법을 익힐 때는 내력이 강제적으로 혈도를 돌아 천천히 내공이 쌓이지만 밤이 되어 잠이 들면 그 내력은 멈춰 원상으로 돌아가기 시작한다. 그렇기에 밤에 내공의 고수가 혈도를 타고 강제적으로 내력을 돌려 주면 낮에 익히는 것의 두 배 이상의 효과를 거둘 수 있다.

모든 사부(師父)들이 제자에게 이걸 해 주지 못하는 이유는 이 작업은 먼저 시술자가 2갑자 이상 되는 내력이 있어야 한다는 기본 조건이 있었기 때문이다. 만약 그 정도에 이르지도 못했는데 이러한 방법을 시도하다간 시술자의 몸이 견디질 못하고, 또 진기의 유도에 실패하면 상대방도 심한 내상을 입을 수 있다. 그리고 2갑자에 이른다 하더라도 매일 몇 시진씩 이런 시술을 해 대면 내력의 소모를 감당하지 못하고 자칫 진원지기(眞原之氣)를 상할 수 있기 때문이다.

그런데 두 시진에 걸친 이 인타유기혈공(引他誘氣穴功)을 땀 한 방울 안 흘리고 했기에 그녀는 그가 단순한 안마를 한 것이라 생각한 것이다. 다음 날 딸이 아주 상쾌한 기분으로 깨어나서 심법을 행하는 것을 보고 그녀는 묵향을 완전히 믿었고 더 이상의 의문은 제기하지 않았다.

살육전(殺戮戰)

 묵향은 소연이에게 내공을 주로 가르치고 검술이나 권술 등은 일부러 조금만 가르쳤다. 그는 소연이가 무림에 들어가지 않고 그냥 쓸 만한 남자를 만나 아들딸 낳고 행복하게 살기를 바랐던 것이다. 이렇게 평화스러운 나날이 계속되던 어느 날 갑작스럽게 방 대인이 그를 호출했다.
 "큰일 났네."
 "무슨 일입니까?"
 "황량산 쪽에서 오던 표물이 산적에게 강탈당했어. 이번의 표물은 군자금을 수송하는 것이라서 본교의 고수를 다섯 명이나 넣었는데⋯⋯. 이 일을 어찌하면 좋겠나? 자그마치 은자 10만 냥(은 3,125킬로그램)이라구."
 "누가 손을 댔는지는 알고 계십니까?"

"군자금을 건드릴 정도로 간 큰 도적들은 그렇게 많지 않네. 자네는 온 지 오래되지 않아서 잘 모르겠지만 산적에게 표물을 털렸을 때는 국주가 직접 충분한 예물을 가지고 가서 사정하면 표물을 돌려주는 게 원칙이지. 돌려주지 않는 집단이 있으면 모든 표국의 공동 적이 되어 멸망하기 때문이야. 그런데 이번의 적은 쉽게 돌려주지 않을 것 같아서 문제일세. 보통 산적은 표사들을 잘 죽이지 않아. 아니, 표사는 죽인다 하더라도 짐꾼을 죽이지는 않는다네. 그런데 이번에는 모두 다 죽었어. 호위 무사 열 명과 짐꾼 서른 명까지 몽땅 다 죽였다고. 이걸 보면 아마 적은 완전히 증거를 없애 모든 짐을 꿀꺽할 심산인 모양이야. 이런 일은 거의 일어나지 않다 보니 자네를 불렀네."

"우선 조사를 하십시오. 상대가 누군지 알아보고 저에게 통보해 주십시오. 그러면 제가 본교의 고수 스무 명 정도를 이끌고 예물을 가지고 가서 한번 접촉을 해 보고 안 되면 모두 다 없애 버린 후 물건을 찾아오면 됩니다. 그것도 귀찮으시면 통보 없이 다 없애 버리죠."

한 달 후 방 대인은 도적들의 거처를 알아냈다. 황량산에서 좀 떨어진 대설산에 똬리를 틀고 있는 산적들의 소행이었다.

"대설산 산적들의 짓임이 밝혀졌네."

"흠…, 아무리 하급이라 해도 본교의 무사 다섯 명이 함께 갔는데 겨우 산적들에게 모두 피살되었다는 건 이상하군요."

"대설산의 산채는 이 부근에서는 제법 큰 규모로 2백 명 정도의 도적들이 있지. 관군이 토벌 작전을 벌인다 하더라도 쉽게 전멸시키기는 어려울 정도의 규모야. 거기다가 외부에서 고수 몇 명을 영입하여 같이 해치운 것 같네."

"그렇다면 그 고수들은 어디 있습니까?"

"조사한 바에 따르면 세 명은 아직 산채에 남아 있고, 세 명은 자신의 몫을 챙겨 떠났네."

"그렇다면 총타에 통보하여 그 세 녀석을 추적하여 없애 버리라고 하십시오. 저는 스무 명 정도 데리고 산채의 녀석들을 저세상으로 보내 주고 오겠습니다. 본교의 고수들 중에 대설산의 지리를 알고 있는 자를 한두 명 포함시켜 주십시오."

"알겠네."

"준비가 되는 대로 떠나겠습니다."

"예물을 가지고 가겠는가?"

"아뇨, 그냥 기습을 하는 편이 좋겠습니다. 그러는 게 피해가 적을 것 같군요."

"알겠네, 부탁하네."

묵향은 스무 명의 고수를 데리고 길을 떠났다. 일행은 길을 나선 지 12일 만에 대설산에 도착할 수 있었다. 묵향은 대설산 가까운 마을의 객잔에 말들을 매어 놓고 도보로 대설산에 접근해 갔다. 산을 올라가자 과연 산채가 있었다. 그의 수하들은 모두 쓸 만한 고수들이었기에 묵향은 길을 따라가지 않고 수풀을 헤치며 올라갔다. 그 때문에 산적들에게 발각되지 않고 산채 가까운 곳 까지 접근할 수 있었다. 그는 산채에서 4백 장(약 1.2킬로미터) 정도 떨어진 곳까지 접근하여 수하들에게 말했다.

"모두 건량(乾糧)을 먹고 좀 쉬어라. 기습은 묘시(卯時 : 새벽 5시) 초에 하기로 하지."

"존명!"

지시를 내린 후 묵향은 건포(乾脯)를 뜯으며 요기를 하고 휴식을 취했다. 드디어 묘시 초가 되자 그는 수하들과 함께 산채에 바싹 접근한 후 지시했다.

"내가 들어가서 공격을 시작하면 도망치는 놈들이 생길 거다. 너희들은 사방에 잠복해 있다가 도망가는 놈들은 한 놈도 남기지 말고 없애 버려라."

"존명."

그는 묵혼을 빼 들고 산채로 뛰어들었다. 묵향은 처음부터 인정사정없이 공격을 전개했다. 묵혼을 휘두를 때마다 산적의 몸뚱이가 토막이 나며 떨어져 나갔다. 그가 순식간에 40여 명을 해치웠을 때 통나무집 안에서 네 명이 뛰어 나왔다. 그들은 모두 상당한 고수였지만 가죽을 기워서 만든 옷을 입은 자의 무공이 제일 떨어졌다. 아마 그가 이 산채의 주인인 듯했다. 그 두목이 외쳤다.

"너는 웬 놈이냐?"

"……."

하지만 묵향은 그의 말은 들은 척도 안 하고 근처에 모여드는 산적들을 토막 내고 있었다. 그걸 본 두목은 옆의 세 명에게 말했다.

"형님들, 빨리 저 녀석을 없애 주시오."

"알겠네."

그 세 명이 묵향 근처로 뛰어드는 순간 묵향은 강기를 일으켰다. 순간적으로 2장 내에 있던 공력이 약한 산적 몇 명이 강기의 회오리에 휩쓸리면서 몸 앞부분의 옷가지와 함께 피부가 찢어지는 것이 보였다. 모진 기합 소리와 함께 묵향 부근에 모여 있던 산적들과 세 명의 무림인들이 토막이 나기 시작했다. 이번에는 그렇게 급한 일도 없었기에, 묵향은 무기를 몸통과 함께 베지 않고 놔둔 상태에서 상대의 몸에만 구멍을 내거나 잘라 나갔다. 적에게 입은 피해가 큰 이상 이 녀석들의 무기를 팔아서라도 약간은 보충을 할 작정이었다.

내부에서 난리가 나자 망루 위에 있던 녀석들이 묵향을 향해 화살을 퍼부었다. 묵향은 경공술과 신법을 사용해서 빠른 속도로 움직이며 산적들을 베고 있었으므로 묵향 쪽으로 날아온 화살은 거의 없었다. 설혹 날아온다 하더라도 그가 먼저 눈치를 채고 칼로 막았다. 그러던 중 우연히 화살 한 대가 묵향의 등에 맞았으나 묵향의 호신강기에 막혀 헛되이 옷에나 구멍을 뚫을까 피부를 뚫고 들어가지 못했다. 시간이 좀 지나자 산채 밖에서 대기 중이던 부하들이 암기를 날려 망루에 있던 산적들을 모두 해치웠다.

1각(15분) 정도의 시간이 흐르자 산채 안에는 살아 있는 자들은 한 명도 없었다. 묵향의 손에 죽은 인원만 140여 명이 넘었다. 그리고 나머지 묵향의 악마 같은 살겁을 보고 반쯤 정신이 나가서 비명을 지르며 탈출을 시도한 60여 명도 모두 밖에서 대기하던 부하들에게 살해되었다. 살인의 축제가 끝난 후 묵향은 산채 밖에서 대기하고 있는 부하들에게 말했다.

"혹시 살아 있는 놈이 있으면 확실히 숨통을 끊어라. 한 놈도 살아나가서는 안 된다. 시체 밑에 숨은 녀석도 있을 것이다. 하나하나 확인해라. 밖에서부터 하나하나 확실히 처치해라. 죽었다 하더라도 몸뚱이가 두 토막이 나지 않은 시체는 확실히 두 토막을 내 버려라."

"존명."

밖에서 부하들이 산적의 시체들을 토막치고 있는 동안 묵향은 오두막 안으로 들어갔다. 이곳 산채에는 열두 채의 통나무집이 있었다. 묵향은 한 채 한 채 확실히 뒤져갔다. 다섯 번째 통나무집에 들어갔을 때 침대 위에는 벌거벗은 계집이 이불로 몸을 감싸고 앉아 있었다. 묵향은 천천히 다가가서 여자의 몸을 두 토막 내어 버렸다. 침대 밑까지 착실하게 뒤져서 살아남은 사람이 없다는 것을 확인한 후 묵향은 다음 통나무집으로 들어갔다. 통나무집 안에는 열네 명이 구석에 웅크리고 있었다. 반은 벌거벗다시피 한 열세 명의 계집들과 산적 두목이었다. 두목은 칼을 계집들에게 겨누고 발악했다.

"더 이상 가까이 다가오면 이년들을 없애 버리겠다."

그 모양을 보고 묵향의 얼굴에는 짙은 살기를 띤 미소가 떠올랐다. 그는 천천히 다가서며 말했다.

"안 그래도 죽여 버릴 계집들이니 마음대로 하시게나."

인질을 잡고 위협하는데도 상대가 아무런 반응이 없자 두목은 당황했다. 납치한 여자를 구출하기 위해서도 아니라면 도대체 이 녀석은 뭣 때문에 온 것인가? 그때 갑자기 한 가지 생각이 떠올랐다.

"천령표국의 부탁을 받고 오셨소?"

"잘 아는군. 네 녀석이 훔친 걸 숨기기 위해 짐꾼까지 모두 다 죽였듯이 나 또한 예물을 주고 부탁하는 순서가 빠졌다는 것을 숨기기 위해 이곳에 있는 모든 사람을 다 죽여야 해. 안 그러면 주변의 표국들에게 비웃음을 살 게 뻔하니까. 이제 소문은 이렇게 날 걸세. 천령표국에서 값비싼 예물을 올리고 자네에게 은자를 돌려달라고 간청했지만 네 녀석이 거절해서 할 수 없이 산채를 토벌한 후 은자를 찾아왔다고······."

묵향은 천천히 검을 들어 올렸다. 그의 얼굴과 분위기를 읽은 두목은 자신이 도저히 죽음에서 벗어날 수 없다는 것을 알았다. 그리고 옆에 있는 이 계집들 역시…….

"안 돼."

그의 비명은 순간적으로 끊어졌다. 왜냐하면 허파에서 분리된 머리통은 더 이상 비명을 지를 수 없기 때문이다. 두목을 없애 버린 후 묵향은 나머지 계집들도 모두 다 죽였다. 알량한 자비심으로 계집들을 놓아 보낼 수는 없었다. 만에 하나 이들 중에 산적 패거리가 끼어 있을 수도 있기 때문이다. 혹시나 탈주자가 있을까 하여 묵향의 패거리는 날이 밝을 때가지 주변을 계속 감시했다.

아침이 되어 주위가 밝아지자 그들은 시체를 하나하나 뒤지며 혹시나 살아 있는 놈이 있는지 확인을 했다. 완벽히 처리되었다는 것을 확인하고 산적들이 여태까지 약탈해서 모아 둔 모든 물건들을 밖으로 꺼내기 시작했다. 점심때가 가까워지자 표국에서 짐꾼들과 표사들이 도착했다. 묵향은 그들에게 모든 짐을 맡긴 후 산채를 불태웠다. 그러면서도 혹시나 숨은 놈이 있는지 감시의 눈길을 쉬지 않았다. 산채가 불바다가 된 후 일행은 떠났다. 하지만 묵향은 수하 다섯 명을 데리고 가다가 다시 돌아와 기척을 숨기고 천천히 산채에 접근해서 기다렸다.

그날 저녁때가 되어 사방에 어둠이 깔리기 시작하자 벌거벗은 여자 하나를 베었던 그 통나무집이 있던 곳의 잿더미가 들썩거렸다. 좀 지나자 안에서 머리통 하나가 약간 나오더니 조심스럽게 사방을 살폈다. 밖에서는 아무런 움직임이 보이지 않았다. 잠시 후 보따리 하나가 밖으로 내던져지더니 한 거한이 안에서 기어 올라왔다. 거한은 한숨을 쉬면서 나직이 말했다.

"정말 대단한 악귀들이군. 내가 10년에 걸쳐 이룩해 놓은 모든 것을 하룻밤 사이에 없애 버렸어. 먼저 큰형님께 찾아가 이 녀석들의 잔악상을 알리고 천령표국에 복수를 해야겠어."

 그는 두리번거리며 사방을 살펴보다가 아무런 이상이 없자 안심했다. 그가 투덜거리면서 고개를 숙여 보따리를 주워들고 막 걸음을 옮겨 놓으려고 하는데, 갑자기 눈앞에 한 사람이 서 있었다. 그는 자신의 눈을 의심했다. 방금 전까지 아무도 없었는데 고개를 숙였다 들자 사람이 서 있는 것이다. 그 순간 그의 등에서 식은땀이 흘러내렸다.

 '이 녀석은 어디서 나온 거지?'

 하지만 그의 생각은 오랜 시간 이어지지 못했다. 눈앞이 번쩍하는 느낌과 동시에 의식이 사라지기 시작했다.

 묵향은 그 괴한이 쓰러지자 남겨 놓은 보따리를 살펴봤다. 그 안에는 금과 보석이 들어 있었다. 묵향은 낮은 목소리로 수하들에게 명령했다.

 "저자의 몸을 뒤져서 돈이 될 만한 건 모두 챙겨라. 그리고 자네는 저 보따리를 들어라. 검은 어떤가? 돈이 좀 될 것 같아?"

 검을 약간 뽑아 살펴보던 사나이가 말했다.

 "보도는 아니지만 상당히 좋은 도입니다. 꽤 비쌀 것 같은데요."

 "좋아. 이제 철수하자."

 "존명!"

 사무실에서 이번에 약탈한 물품 내역에 대해 총관이 낭독하는 것을 묵향과 방 대인은 듣고 있었다. 묵향은 계산은 질색이었지만, 자신이 가져온 것을 방 대인에게 인수인계를 해야 했기 때문에 동석하고 있는 것이다.

살육전(殺戮戰)

"이번에 되찾은 금액은 다음과 같습니다. 은화 8만 5천 냥, 금화 50냥, 금화 10냥에 맞먹는 금괴 열두 덩어리 그러니까 금화 120냥, 진주목걸이 두 개 합쳐 은화 1천1백냥, 보석이 붙은 금반지 아홉 개 합쳐 은화 1천2백 냥, 보석이 붙은 금목걸이 두 개가 합계 은화 1천150냥, 그 외의 각종 패물을 몽땅 합하면 은화 8천430냥, 산적들의 무기 중 보검 한 자루 은화 5백 냥, 상급의 도(刀) 한 자루가 은화 40냥, 상급의 검 두 자루 합계 은화 1백 냥, 그러니까… 여기까지가 은화 10만 920냥입니다."

"그 외에는?"

"그리고… 나머지 모든 무기류를 합해 계산하면 대략 1만 2천350냥, 시가 50냥인 상급 비단이 60필 그러니까 3천 냥, 시가 384문인 비단이 120필 그러니까 은화 4천608냥, 시가 25냥인 하급 비단이 1백 필 그러니까 2천5백 냥, 시가 12냥인 고급 무명이 240필 그러니까 2천880냥, 시가 10냥인 무명이 120필 그러니까 1천2백 냥, 시가 8냥 정도의 하급 무명이 150필 그러니까 1천2백 냥, 그리고 쌀이 3백 석이니까 1만 1천520냥, 그 외 잡곡이나 육류 등 나머지 잡다한 것들을 몽땅 긁어모아서 대충 4천750냥, 그리고 전체 산채에서 뒤져서 긁어모은 잔돈이 8만 3천456냥, 그래서 합하면 12만 7천464냥! 그러니까 은화 663냥하고 168냥……. 그러니까 앞의 것과 뒤에 것을 합하면 총 긁어 들인 것이 은화 10만 1천583냥하고 168냥입니다."

총관의 계산을 듣고 있던 묵향은 약간 안심이 되었다.

"휴, 그런대로 본전치기는 하신 것 같군요. 축하드립니다, 방 대인."

"아니야! 관부와 군부에 무마하기 위해 사용한 뇌물들, 산채의 위치를 파악하는 데 들어간 비용, 그리고 지금 세 명이 각기 은화 5천 냥씩 들고 도망간 모양인데, 이들을 추적하는 데 들어갈 비용을 생각하면 이건 본전치기도 못 돼! 만약 놈들을 빨리 잡아서 은화의 일부를 회수한다면 모르겠지만 그렇지 못하면 상당히 밑지는 장사가 될 거야. 이보게, 유 표두!"

"예!"

"그자들은 은자 5천 냥씩 가지고 갔으니 아마도 말이나 나귀 등속에 짐을 싣고 있을 거야. 그놈들이 전장(錢場)에서 은표로 바꾸기 전에 잡아내야 해. 수하들에게 지시는 해 놨나?"

"예, 산채에서 없어진 은자를 파악하고 바로 지시를 했습니다. 전장부터 시작해서 거액의 은자를 바꾼 자들을 추적해 나갈 것입니다. 그 외에도 묵직한 물건을 실은 자들을 포착하여 수색하라고 일렀습니다. 은자 5천 냥이면 50관이나 되는 무게니까 쉽게 꼬리가 잡힐 것입니다."

"안 그럴지도 몰라. 어쩌면 어디 산속 깊이 묻어 두고 돌아다닐지도 모르니까 말이야. 그렇게 되면 난감해지는 거지."

그렇게 묵향에게 대꾸한 방 대인이 총관에게 지시했다.

"빨리 돈을 만들어 오늘 내로 수송을 시작해라. 몽땅 다 팔아 버리고 빨리 팔리지 않는 물건에 대해서는 그 액수만큼 전장―물론 자신이 경영하는―에 가서 돈을 대출받아 와라. 그 외에 무기 종류는 표국과 호위 무사들에게 배급하고 쓸모없는 것들은 대장간에 팔아 버려. 자, 빨리빨리 움직여라!"

방 대인은 다시 묵향에게 정중히 말했다.

"이번에는 유 표두가 직접 열 명 정도를 이끌고 호위를 해 주게나. 시간이 걸리기는 했지만 그래도 원수부(元帥府)에는 협조를 얻어 놨으니 별 문제는 없을 걸세. 그리고 총관에게 물어보면 좋은 술 스무 통을 줄 테니 그것도 같이 가져다주게나. 표물을 전하고 미안하다고 하면서 그걸 주라고."

"알겠습니다, 그럼!"

이 사건 이후 천령표국의 신용도는 더욱 높아졌다. 천령표국은 표물을 빼앗겼지만, 예물을 가지고 산채로 갔는데도 찾을 수 없었던 것을 완전히 산적들을 토벌하면서까지 되찾아 와서 운송해 줬던 것이다. 그 외에 운송이 두 달 이상이나 지체된 것에 대해 의뢰자에게 약소한 예물을 올리며 정중히 사과함으로써 모든 문제를 마무리 지었다. 여기까지가 강호에 퍼진 소문이었다.

하지만 실제로 산적한테 예물은 주지도 않았고, 순전히 기습적인 살육전이었는데다 위약금(약속을 어겼을 때의 비용으로 표물 운송 대금으로 받은 금액의 두 배로 변상해야 함)을 내지 않기 위해 여기저기 20만 냥(은화 약 1천40냥)에 가까운 액수를 뇌물로 뿌린 것은 알려지지 않았다. 하지만 시간이야 약간 지체되었다 하더라도 대규모 운송을 깨끗하게 마무리 지었다는 점을 높이 사서 표물 의뢰가 쏟아지기 시작해 두 달도 안 되어 이때 입은 손해를 만회했다.

묵향이 낙양에 도착한 지 3년이 지나자 그도 표물 운송에 대해 상당히 많은 것들을 배우고 익힐 수 있었다. 천령표국의 경우 소극적으로 산적에 대해 방어만 한 것이 아니라, 그 사건 이 후에는 일부 고수들을 동원해 산적의 본거지들을 소탕해 들어갔기 때문에 지금에 이르러서는 낙양 부근에 산적을 구경하기 힘들었다.

산적을 소탕함으로써 생기는 수익도 상당해서 북쪽에 대규모 산적들은 자취를 감추었고, 소수로 이루어진 가난한 산적들은 아직 남아 있었지만 이들의 힘으로는 표사들을 해치우고 표국의 표물을 뺏는다는 것은 꿈도 꿀 수 없는 일이었다. 낙양분타의 표국 사업이 정상궤도에 오르자 방대한 양의 물품을 운송, 저장하는 능력을 바탕으로 낙양의 상권을 점차 잠식해 들어가 3년이 지난 지금에 이르러서는 상권의 6할을 주무르게 되었다.

묵향은 자신이 할 일이 거의 없어지자 무공수련에 전념하기 시작했다. 거의 밤낮을 가리지 않는 수련으로 소연도 묵향의 얼굴을 거의 못 볼 지경이었다. 물론 소연의 어머니는 묵향이 소연이가 잠든 후 안마를 해 주러 올 때 오랫동안 볼 수 있었지만 소연이는 그 사실을 알 수 없었다.

소연이는 표사들의 귀여움을 독차지하는 열여섯 살의 건강하며 아름답고 귀여운 아가씨로 성장해 갔다. 거친 표사들이 소연이를 보고 아씨라고 존칭을 쓰며 공대하는 데는 물론 묵향이 거의 자신의 수양딸처럼 보살펴 주고 있다는 사실이 크게 작용했다. 열다섯 살의 생일 때 묵향이 선물한 조랑말을 타고 소연이는 열심히 이곳저곳을 돌아다녔다. 표사들이 앞다투어 무술을 가르쳐 주는 바람에 요즘 들어서는 소연이의 말에 따르면 자신의 몸은 스스로 지킬 수 있는 수준으로 올라서고 있었다. 물론 묵향이 봤을 때는 어린애 장난 같았지만…….

영전

 그렇게 평화스런 하루하루가 지나가던 여름의 어느 날 문득 방 대인이 수련실에서 무공수련을 하고 있는 묵향을 불렀다. 묵향이 서둘러 가 보니 방 대인은 흑의(黑衣)를 입은 중년인과 함께 차를 마시고 있었다. 그 중년인은 상당한 고수로 은근한 마기를 풍기고 있는 걸로 보아 아마 총단에서 온 인물인 모양이었다.
 "대인(大人)의 부르심을 받고 왔습니다."
 묵향이 의례적인 인사를 하자 대인은 기겁을 한 듯이 놀라 도리어 인사를 했다.
 "대인의 승진을 축하드립니다. 어서 앉으십시오."
 어리둥절해서 묵향이 자리에 앉자, 흑의를 입은 중년인이 고개를 숙였다.
 "안녕하셨습니까? 총단에서 연락을 가지고 왔습니다. 이번에 성취하신 공적에 대해 총단에서 대단히 만족해하고 계십니다. 이것을 읽어 보시지요."

서신을 뜯어 보니 그 안에는 총단으로 돌아오라는 명령과 함께 천랑대(千狼隊)의 백인대장(百人隊長)으로 임명한다는 임명장과 그 명패가 함께 들어 있었다. 천랑대라면 몇 년 전 진급한 마교 서열 12위 천리독행(千里獨行) 철극광(鐵極光)이 지휘하는 단체다. 묵향이 오랜 시간 수련과 또 외부 일로 나가 있다고 거의 30여 년을 처박혀 있는 동안에 많은 사람들이 교체되었다. 많은 노고수들이 죽기도 했고, 은퇴하기도 했기에 벌어진 결과였다. 정확히는 6년 전 천랑대의 대주가 된 철영(鐵營)은 천 리 길을 혼자 달릴 수 있다 하여 외호가 천리독행이었다. 그는 자를 극광(極光)이라 붙였을 정도로 경공술의 달인이다.

천랑대는 엄청난 1천여 명의 고수들로 이루어져 있다. 그 안에는 십인대장과 백인대장의 직책이 있다. 천랑대는 마교가 자랑하는 다섯 개의 강력한 무력 단체 중의 하나인 만큼 그 안에 소속된다는 것은 대단한 영광이며 그 권한과 힘도 막강하다. 그중에서도 백인대장으로 발령을 받았으니 분타주보다도 그 서열은 까마득히 높은 것이다. 앞의 두 사람이 묵향에게 존대를 하는 것은 당연했다.

"언제까지 총단에 가면 되나?"

"여러 가지 정리할 것도 있으실 테니 두 달 이내로 오시면 됩니다."

그의 대답을 듣고 묵향은 편지를 품속에 갈무리하고 일어섰다.

"그럼 총단에서 보기로 하세나."

"알겠습니다."

"그리고, 방 타주."

"예."

"지금 돈이 여유가 좀 있나?"

"뭘 하시려고 그러십니까?"

"지금 내가 돌봐 주는 모녀를 독립시키려고 하는데, 어떻게 하는 것이 좋겠나? 그리고 돈은 얼마나 들까?"

"모녀에게 가장 안전한 방법은 땅을 많이 사 주고, 그 땅을 소작에 붙이는 겁니다. 소작료를 받아서 생활하면 되죠. 지금 있는 곳도 괜찮지만 마음에 안 드시면 치안이 좋은 곳에 한 채 새로 장만하면 될 겁니다. 별로 돈도 안 들구요."

"그렇게 하기로 하세. 자네가 알아봐 주겠나?"

"알겠습니다. 맡겨만 주십시오."

묵향은 천천히 집으로 돌아갔다. 집에 가 보니 소연은 망아지를 타고 밖에 놀러가고 없었다. 작은 집에 살기는 하지만 풍족한 살림이었다. 소연은 자신이 원하는 것이 있으면 늦게 집으로 돌아오는 묵향에게 매달려 귓속말로 소곤소곤 부탁하곤 했다. 부탁하다 엄마에게 들키면 잔소리를 듣기 때문에 애교를 부리며 귓속말을 하면 그녀의 소원은 어김없이 이루어졌다. 그 외에도 묵향은 길거리를 돌아다니다가 마음에 드는 물건이 있으면 사서 표사를 시켜 집으로 보내 줬으므로 소연은 초가집에 살았지만 걸치고 있는 옷은 대갓집 아가씨에 뒤떨어지지 않았다.

소연이 해질녘이 되어 돌아오자 셋은 방에 모여 식사를 했다. 소연의 어머니와 묵향이 같이 산 지 3년이 흘러 둘의 사이는 밤에 잠자리를 같이하지 않는다는 것과 언제나 '나으리'로 부른다는 것만 빼면 거의 부부와 마찬가지였다. 오래간만에 식사를 하면서 모녀와 같이 늦게까지 정담을 나눈 묵향은 잠자러 가는 소연에게 말했다.

"내일은 모두 함께 갈 데가 있으니까 밖으로 나가지 마라."

그러자 소연이는 조금 과장되게 우는 소리를 하며 애교스런 투정을 했다.

"이잉, 친구들하고 약속을 했는데……."

"어쩔 수 없어. 내일 함께 가 볼 데가 있으니 밖에 나가지 마라."

묵향이 드물게도 엄하게 말하자 소연은 군말 없이 수긍할 수밖에 없었다. 어쨌든 이 집의 가장은 묵향이니까…….

다음 날 점심때가 가까워서 표국에서 표사가 뛰어왔다. 그는 두툼한 봉투와 궤짝 하나를 묵향에게 전하고 묵향과 모녀를 데리고 새로 생긴 넓은 농토를 보여 주며 소작농들과 인사를 하도록 주선해 줬다. 그런 후 그들은 낙양 시내로 들어갔다. 넷은 식당에서 늦은 점심 식사를 한 후 표사의 안내로 한 기와집으로 갔다. 기와집은 그리 크지 않았지만 잘 가꾸어진 정원이 있는 아담하고 운치 있는 집이었다. 그리고 하녀도 하나 있었다. 그녀는 방 대인이 급히 구해서 보내 준 믿을 수 있는 하녀였다. 기와집 안을 구경하던 소연이 묵향에게 물었다.

"이게 이제부터 우리 집이에요?"

"그럼, 네가 좋은 방을 골라라. 이제 너도 다 컸으니 어머니와 한 방을 쓸 수는 없지 않겠냐?"

"와아!"

소연은 환성을 지르며 방을 고르려고 뛰어 들어갔다. 소연이 들어가고 나자 묵향은 소연의 어머니에게 두툼한 봉투를 주며 나지막이 말했다.

"이것은 집문서와 땅문서요. 잘 보관하도록 하시오."

"예, 나으리."

"옛 집에서 물건들을 가져다가 쓰든지 아니면 새로 장만해서 가구와 집기들을 들여다 놓으시오. 소작 준 땅에서 나오는 돈만 해도 충분히 살고도 남을 거요. 그리고 소연이 시집도 보내야 하니 약간씩 저축도 해 두는 것이 좋겠소."

"예, 나으리. 그런데 어제부터 나으리의 안색이 평상시와 다른 것 같습니다. 몸이 좀 안 좋으십니까?"

"아니오. 방은 적절히 분배해서 당신이 사용하면 될 것이고, 집 뒤편에 작은 마구간이 있으니 거기에 조랑말을 넣어 두면 되오."

묵향은 작은 상자와 돈이 들어 있는 주머니를 건네주며 덧붙였다.

"이 주머니에 들어 있는 돈이면 충분히 올해 수확할 때까지 쓸 수 있을 거요. 그리고 이 상자에는 금화 세 개가 들어 있소. 이건 잘 보관해 뒀다가 소연이 결혼식 때 보태 쓰시오."

금화 세 개는 엄청난 금액이다. 그것은 은자 60냥이니 보통 한 식구가 1년 생활하는 데 들어가는 비용이 은화 다섯 냥이 넘지 않는 것을 생각하면 엄청난 액수인 것이다. 소연이 어미로서는 평생에 만져 보기는커녕 구경도 하기 힘든 거금이었기 때문에 묵향의 말을 듣고 경악하는 것은 당연한 일이었다.

"나으리, 갑자기 왜 이러십니까?"

"나는 내일 길을 떠나오. 아마 다시는 만나기 힘들 거요. 물론 죽으러 가는 길은 아니오. 다만 외인들과 단절된 곳, 그래서 당신네 모녀들과는 같이 갈 수가 없소. 여러 가지로 준비를 한 것이니 이 정도면 아마 노후를 편안하게 보낼 수 있을 거요. 당신과 소연이는 이곳에 계속 있으시오. 표국에서 초가집에 있는 물건들을 모두 이리로 보내 줄 거요. 그럼 안녕히 계시오."

"나으리…, 흐흑."

"소연이를 잠시 불러 주시겠소? 작별 인사를 하고 싶소."

잠시 후 소연이와 그녀의 어머니가 같이 나왔다. 그녀의 어머니는 계속 눈물을 훔치고 있었다.

"소연아, 이번에 오랫동안 여행을 해야 할 것 같구나. 몇 달 정도 걸릴 것 같으니 어머님 말씀 잘 듣고 얌전히 지내야 한다. 알겠지?"

"예."

묵향은 원체 자주 며칠, 또는 몇 주일씩 산적 사냥을 한답시고 돌아다녔으므로, 소연이는 그가 오랜 여행을 한다는 말을 곧이곧대로 받아들이고는 떠나는 묵향을 향해 방긋 웃으며 손을 흔들어 인사를 했다. 묵향도 같이 손을 흔들어 답을 하며 표국으로 돌아왔다. 표국에서 묵향은 여행에 필요한 돈과 말을 방 대인에게 받은 후 곧바로 길을 떠났다.

비무

 총단에 돌아온 후에는 단조로운 일상들이 그를 기다리고 있었다. 원래가 마교의 주력(主力)이 되는 5대 단체의 구성원들이 하는 일은 언제나 같다. 훈련, 훈련, 훈련……. 그것이 혼자만의 수련이든 그렇지 않으면 집단으로 모여 진을 펼쳐 적을 상대하는 것이든 연속되는 훈련이다. 마교에서 위로 올라가려면 남보다 강한 무공을 지녀야 하기에 모든 이들이 그것을 참고 견디는 것이다. 하루에 한 번씩 열 명이 펼치는 십절마검진(十絶魔劍陣), 일주일에 세 번씩 1백 명이 펼치는 백랑검진(百狼劍陣), 일주일에 한 번씩 1천 명이 모여 펼치는 천랑검진(千狼劍陣)을 연습한다.
 언제나 혼자서 무공을 수련해 왔던 묵향은 처음에는 배울 것이 너무나도 많았다. 하지만 하루 이틀 지나면서 모든 것을 이해하자 그다음부터는 심드렁해졌다. 너무 시시했던 것이다. 아예 이따위 시시한 검진 연습할 시간에 혼자서 수련을 좀 더 하는 것이 나으리라는 생각도 들었다. 하지만 유사시에 총력을 내기 위해서는 필요 없는 훈련이라 하더라도 꾸준히 받아 두어야 했다. 그리고 잘할 수 있다고 자신이 빠지고 나면 자신이 이끌어야 할 1백 명의 대원들은 천랑검진에서 누굴 지휘자로 움직여야 할지 답이 나오지 않으니 어쩔 수 없었다.

그러던 어느 날 그는 부장(副長)을 불러 지시했다.

"다음부터는 자네가 본대를 이끌어 검진을 펼치도록 하게나. 그리고 평상시의 훈련도 자네가 이끌어 줬으면 좋겠어."

그러자 그는 난색을 표하며 반대했다.

"하지만 대장, 그건 규칙에 어긋납니다. 제게 모든 지시를 받던 아이들이 실제 큰 전투가 벌어지면 대장과 손발이 맞지 않을 수도 있습니다."

"괜찮아. 그때도 자네가 지휘하고 나는 뒤로 빠지면 되니까."

"하지만……."

"쓸데없는 말 하지 말고 자네가 해. 나는 이번에 떠오른 몇 가지 생각 때문에 머리가 터질 지경이니까!"

"알겠습니다, 지시대로 이행하겠습니다."

하지만 그의 얄팍한 수단은 바로 들통이 났다. 모두 같은 복장이기에 표가 나지 않을 것이라고 생각했지만 천리독행(千里獨行) 철극광(鐵極光)의 예리한 눈이 그것을 알아챘기 때문이다. 그는 훈련이 끝나자마자 묵향을 호출했다. 묵향은 천리독행 근처에 가기도 전에 그가 머리끝까지 화가 치밀어 있다는 사실을 알아챘다. 그래서 묵향은 조심스럽게 인사했다.

"대주(隊主)를 뵈옵니다."

대주는 주위에 있는 수하들을 의식해서인지 극도로 화를 억누르며 말문을 열었다.

"네 녀석은 뭘 하고 있었나?"

"예?"

"정해진 훈련 시간에 뭘 하고 있었냔 말이다."

"수련하고 있었습니다."

"검진의 훈련보다도 중요한 일인가?"

"……."

"빨리 대답하라!"

"그렇습니다."

"흥, 그렇다면 네놈의 그 알량한 수련이 어느 정도인지 노부가 심사해 주겠다. 따라오라."

천리독행은 대천랑 검진이 펼쳐졌던 연무장으로 향했다. 묵향과 수하들도 그 뒤를 따라갈 수밖에 없었다.

'저 영감이 화가 단단히 난 모양이군. 어떻게 하지?'

연무장의 중간쯤에서 천리독행은 천천히 검을 뽑으며 싸늘하게 외쳤다.

"자, 빨리 검을 뽑아라."

"삼가 묵향이 대주께 비무를 청합니다."

"헛소리하지 말고 검이나 빨리 뽑아!"

천리독행은 독이 오를 대로 올랐는지 묵향의 의례적인 절차에 따른 인사에도 신경질적인 반응을 보이며 말했다. 묵향은 천천히 묵혼을 뽑았다.

"자! 어디 네 녀석이 익히고 있는 검초가 어느 정도 위력이 있는 것인지 한번 노부에게 보여 봐라. 그런대로 위력이 있는 거라면 노부가 용서해 주지."

용서해 준다는 말을 듣고 묵향은 더 이상 망설이지 않고 진기를 끌어올렸다. 그러자 검이 용트림하듯 웅웅거리면서 주위에 푸르스름한 안개 같은 것이 퍼져 나가기 시작했다. 그걸 보고 천리독행이 경악해서 외쳤다.

"맙소사, 검기인가? 아니 이것은 눈에 보일 정도의 유형(有形)의 것이니 검강! 검강이로구나."

이미 검강은 1장(약 3미터) 밖으로까지 천천히 뻗어 나가고 있었고, 그 푸르스름한 안개에 가려져 묵향의 모습은 희미하게밖에 보이지 않았다. 자신의 근처까지 그 강기가 다가오자 천리독행은 놀라고 있을 수만도 없었다. 뭔가 좀 이상하다는 느낌이 들었지만 그래도 내친걸음이니 어쩔 수 없었다. 그는 검을 들어 진기를 돋우어 뻗어 나오는 검강을 후려쳤다. 불꽃이 번쩍거리며 힘들게 검강의 일부를 잘라 내는 데 성공했지만 곧 그것들은 다시 합쳐졌고 계속 밖으로 뻗어 나오고 있었다. 그러자 천리독행은 훌쩍 2장 뒤로 도약해서 물러선 다음 모진 기합성과 함께 검초를 펼쳤다.

"이얍!"

그가 펼친 검초는 천강혈룡 검법의 일초인 유운혈룡(流雲血龍)! 그것도 10성의 공력으로 펼쳐지며 붉은 혈룡 10여 마리가 묵향이 만들어 낸 강기들과 부딪쳤다. 강기들이 부딪치며 엄청난 굉음이 울려 퍼지고 강기의 회오리가 일어났지만 끝내 천리독행의 혈룡들은 두터운 푸른 강기의 막을 뚫고 들어가지 못했다.

독이 오른 천리독행은 더욱 진기를 끌어올려 강기를 발사했다. 이번에는 전번보다 더욱 큰 혈룡들이 날아갔다. 그러자 갑자기 푸른 강기의 막 속에서 묵향이 앞으로 달려 나오며 묵혼검으로 혈룡을 쳐 냈다. 이때 묵혼검은 푸른빛을 내고 있었는데, 그 검신은 두께가 5치(약 15센티미터) 정도 되는 푸른 기운이 이글거리며 뿜어 나오고 있었다. 뚫지 못하는 것이 없다는 붉은 강기들이 이글거리는 묵혼검과 부딪치자 폭음을 일으키며 튕겨나갔다. 그 모습을 보면서 천리독행은 눈을 더욱 크게 부릅떴다. 그러면서 힘 빠진 말이 새어 나왔다.

"어검술(御劍術)까지……."

검강이란 검에서 유형의 강기를 응축시켜서 만들어 내는 것. 그것의 위력은 검기나 검풍에 비해 더욱 강력하다. 이 검강을 막을 수 있는 방법은 같은 검강이나 아니면 어검술을 쓰는 것이다. 어검술이란 검을 완전히 다스릴 수 있는 사람만이 펼칠 수 있는 기술로 자신의 진기를 이용하여 검이 가진 모든 능력을 뽑아내는 기술이다. 그렇기에 일반 철검을 가지고도 강철을 두부 자르듯 할 수 있다는 전설적인 무예다.

어검술보다는 약간 질이 떨어지지만 어기충검술(御氣充劍術)이 있다. 이것은 기를 다스려(御氣) 검(劍)에 기를 충만히(充) 채워 상대를 공격하는 기술(術)로 어검술과 같은 이글거리는 광택은 없지만 시술자의 경지에 따라 여러 광택이 나며 그 위력은 어검술보다 떨어진다. 어검술을 펼치면 그 무엇도 자르지 못할 것이 없는 상태가 되는데, 이때 우수한 보검이나 신검이라면 어기충검술 정도로도 어검술을 막을 수 있다. 하지만 상대도 보검으로 어검술을 펼친다면 막기 힘들다. 그 이유는 어검술이 검이 가진 기운을 끌어내는 것이기에 보검일수록 위력이 강해지기 때문이다.

어검술에 더욱 능숙해지면 진기를 사용해 어검술을 펼친 검을 어검술을 유지한 채 날려 1백 장 밖의 고수들도 마음대로 공격할 수 있는데, 이것을 이기어검술(以氣御劍術)이라 불렸고 검술에서도 최고의 위치를 차지한다. 이것은 심검(心劍)과 함께 검술의 최상승 경지였다. 일반 무림인들이 진기를 다스려(御氣) 검을 움직여(動劍) 사람을 해치는 어기동검술(御氣動劍術)과는 그 파괴력에서 차원이 다르다. 같은 어검술이나 검강이 아니면 이기어검으로 날아오는 검을 막을 수 없다. 하지만 검강은 상대의 검과 맞부딪칠 뿐, 지속적인 힘이 없기에 실질적으로는 어검술이 아니면 어검술을 막을 수 없다는 말이 된다.

만약 어검술을 이길 수 있는 것이 있다면 한 가지, 심검(心劍)뿐인데 이것은 전설에나 나오는 최고의 기술로 어검술보다 위 단계의 무공이다. 이것 또한 검강의 한 갈래이므로 막대한 내력이 필요하지만, 어검술은 검의 능력을 최대한 짜내는 것이므로 진기의 소모가 훨씬 적다.

묵향은 천리독행이 경악하건 말건 그대로 어검술로 천리독행을 향해 직선으로 찔러 들어갔다. 이제 천리독행이 할 수 있는 행위는 두 가지뿐이었다. 달려드는 검을 막든지 아니면 마주 찔러 들어가 상대와 동귀어진(同歸御盡)하는 방법뿐이다. 하지만 신검(神劍)이 아닌 다음에야 어검술로서 들어오는 검을 막는다는 것은 불가능하다. 그래서 천리독행은 이를 악물고 마주 찔러 들어갔다. 묵향은 천리독행의 검이 들어오는 것을 보고 급히 몸을 틀면서 순간적으로 몸의 탄력을 이용해 상대의 하체를 향해 베어 나갔다. 그러자 천리독행도 순간적으로 몸을 옆으로 틀어 묵향의 단전을 찔러 갔다.

근접전이 시작되자 일초 일초가 모두 동귀어진의 초식이었다. 천리독행이 묵향의 어검술을 상대로 이만큼이라도 버틸 수 있었던 것은 그의 무시무시한 경신법 덕분이었다. 만약 그의 신법(身法)이 조금이라도 느렸다면 그는 벌써 패배를 자인했을 것이다. 하지만 천리독행은 입으로 말은 안 했어도 벌써 자신이 패했다는 것을 뼛속 깊이 느끼고 있었다. 식은땀을 흘리며 호흡이 가쁜 자신에 비해 묵향은 담담하게 일초 일초 그를 향한 공격에 정신을 집중하고 있었던 것이다.

근접전이 시작되고 30초가 지나자 묵향은 뒤로 도약해서 4장여를 떨어져 나와 검을 아래로 내려가게 잡고 포권하며 말했다.

"대주의 검술은 정말이지 대단합니다. 소인 많은 것을 깨달았습니다. 가르침을 주셔서 감사합니다. 이제 소인을 용서해 주실 수 없겠는지요?"

천리독행은 더 이상 근접전이 진행되면 둘 중 한 사람은 크게 다치거나 목숨을 잃으리라는 것과 또 그 사람이 십중팔구는 자신이 되리라는 걸 알고 있었다. 묵향의 몸은 어검술을 사용해서 검이 빛나는 와중에도 초식에 따른 예정된 움직임이 아닌 천리독행의 움직임에 따라 믿을 수 없을 정도로 유연하면서도 재빠르게 움직이며 천리독행의 혼을 빼 놨던 것이다. 그런데 상대가 이렇게 숙이고 나오자 천리독행은 자신의 체면을 살려 주면서 묵향이 물러났다는 것을 알아챘다. 그래서 그도 마지못해 검을 천천히 검집에 넣으며 그에 대해 답례를 했다.

"험험…, 자네의 검술이 이 정도로 진전을 봤는지는 노부가 몰랐군. 내 밑에 있을 정도의 실력이 아니라는 걸 노부가 미리 알아채지 못해 미안하구만. 이제부터는 모든 훈련에 참가할 필요가 없네."

"대주, 신경을 써 주셔서 감사합니다."

"이만 가자……."

그 말과 함께 천리독행은 수하들을 이끌고 자신의 숙소로 돌아갔다. 천리독행은 이 비무의 결과가 오늘 중으로 교주에게 알려질 것이라는 걸 알고 있었다. 마교 내에는 수많은 교주의 눈과 귀가 숨어 있다. 이들의 보고가 교주의 귀로 들어간다면 묵향은 어쩌면 자신보다 더 높은 위치로 올라갈지도 모른다. 그렇기에 그는 최대한 부드러운 어조로써 양보했던 것이다. 사이가 안 좋은 상태에서 나중에 묵향이 그의 윗자리로 승진한다면 그것만큼 골치 아픈 것도 없으니까…….

그 사건이 있고 2주일이 지나 묵향은 교주의 부름을 받았다.

"교주님을 뵈옵니다."

"오, 요즘 열심히 수련을 하고 있다는 말은 들었네. 이번에 자네를 부른 것은 한 가지 일을 맡기기 위해서야."

"하명만 하십시오."

"흠, 자네가 설명해 주게나."

그러자 교주의 옆에 서 있던 적미살소(赤眉殺笑) 혁무상(赫武相)이 말을 시작했다. 혁무상 장로는 과거 적미염 왕자영이 은퇴한 후 등용된 인물이었다. 묘한 우연으로 이 둘 다 적혈수라마공을 연성했기에 눈썹 끝이 붉은색이라는 공통점을 가지고 있었다. 어쨌든 상대를 어떻게 요리할까 하는 속마음을 드러내는 듯한 그의 살기 띤 미소 덕에 적미살소라는 명호를 얻은 혁무상은 마교가 낳은 최고의 두뇌라는 칭송을 받고 있었다.

"자네도 낙양에서 일을 해 봐서 잘 알고 있겠지만 본교에서는 요즘 들어 은밀하게 세력 확장을 꾀하고 있네. 쓸데없는 분타들을 많이 만드는 것이 아니라 여러 사업을 확장 중에 있어. 그중에서도 낙양을 시작으로 꽤 효과가 좋았기에 세 개의 표국을 더 열었네. 그리고 각종 사업체들도 여러 사람의 이름으로 시작하고 있지. 그런데 아주 우연한 기회에 우리들이 하는 사업장과 제령문(諸슈門)이 충돌했어. 제령문의 경우 2백여 명의 식솔을 거느리는 작은 방파지만 그 문주가 대단한 사람이지. 자네는 강호 사정에 어두워 잘 모르겠지만 3황5제에 들어가는 뇌전검황(雷電劍皇)이 이끄는 문파지. 아마 좀 더 시간이 지난다면 그 문파에서 그 부근에 뿌리를 내리려는 본교의 의도를 알아챌 가능성이 높아. 그래서 자네에게 부탁하는 거네."

"뇌전검황을 없애란 말씀입니까?"

"그렇지. 수단과 방법을 가리지 말고 그자를 한 달 내로 없애 버려. 문주가 없어지면 그들의 세력이 꺾일 거야. 그 문파에는 스무 명 정도의 대단한 고수들이 있다고 하지만 문주가 없어지면 우두머리가 없으니 한풀 죽겠지."

"하지만 그 정도의 고수를 암살하면 뒷감당을 하기가……."

"자네는 그런 걱정은 할 필요가 없어. 정파의 초고수들 가운데 파악하기 쉬운 위치에 있는 사람은 몇 안 돼. 그렇기에 본교의 위상을 높이기 위해서라도 그자를 없앨 필요가 있다구. 실로 무림은 너무나도 넓은 곳, 3황5제에 필적하는 고수가 숨어 지내고 있다고 해도 알기는 어렵지. 그들에 대한 경고 차원에서라도 이번의 임무는 꼭 성사되어야 해. 알겠나?"

"존명!"

"자네의 퇴로를 지원하기 위해서 본교의 고수 네 명을 붙여 주겠네. 그들을 데리고 가게나."

"필요 없습니다. 속하 혼자 가도 충분합니다. 그럼 이만 물러가겠습니다."

기이한 만남

그날 저녁 묵향은 조용히 총단을 떠났다. 시간은 충분히 남아 있었기에 그는 천천히 제령문이 있는 산서로 향했다. 검은색 일색의 옷차림에 테가 짧고 경사가 급해 눈 아래까지 내려오는 삿갓을 쓴 그는 약간 눈에 띄는 옷차림새였지만, 옷 자체가 과거 낙양에 있을 때 소연의 어머니가 만들어 준 것이라서 많이 낡은 데다가 묵혼도 아무런 치장이 없는 싸구려 검으로 보이는지라 주위 사람들은 그를 방랑하는 비렁뱅이 무사쯤으로 생각해 별로 신경을 쓰지 않았다. 거기에 묵향은 산과 들을 통과하며 야숙(野宿)을 하면서 거의 직선으로 나가고 있었기에 사람들과 만날 일도 없었다.

그러던 어느 날 황량한 벌판에서 저녁거리로 토끼 두 마리를 잡아 불에 굽고 있을 때였다. 멀리서 오솔길을 따라 말 네 필이 다가오는 것이 보였다. 묵향에게 다가온 그들 중 한 사람이 말을 건넸다.

"안녕하시오?"

"안녕하시오?"

"혹시 이 근처에서 이런 사람을 못 봤소?"

그러면서 그는 품속에서 종이 두루마리를 꺼냈다. 그 두루마리에는 그런대로 준수한 얼굴이 그려져 있었다. 그리고 그 밑에는 현상금 은화 40냥이라고 쓰여 있었다.

"모르는 사람이오. 대체 그 사람이 뭐 하는 사람이오?"

"뭐긴 범법자지. 이제 날도 저물어 가니 이곳에서 함께 야숙을 해도 상관없겠소?"

"좋을 대로 하시구려."

"고맙소."

그러자 일행이 모두 말에서 내렸는데, 그중 한 명은 상당히 덩치가 좋은 거한이었고 또 한 명은 여자였다. 묵향에게 말을 건넨 사람은 일행 중 가장 나이가 많은 사람인 모양이다. 그들은 서둘러 주변에 흩어져 사냥을 해 토끼 세 마리를 잡더니 불에 구우면서 말안장에서 만두와 빵, 술을 꺼냈다. 그리고는 놋쇠 주전자에 물을 붓고 불에 묻어 차를 끓이기 위해 물을 데우기 시작했다. 먼저 묵향의 고기가 다 익었으므로 묵향은 그들에게 예의상 같이 먹기를 권했다. 그러자 나이 많은 사람은 토끼 한 마리를 들고 가면서 제법 큰 만두 한 덩어리와 술을 권했다. 모두 식사를 시작하면서 그 나이 많은 사람의 얘기를 들었다.

"우리가 찾는 사람의 이름은 잘 모르오. 하지만 대단히 뛰어난 고수라고 그러더군요. 천일루에서 열네 명의 고수를 죽인 살인귀(殺人鬼)인데, 그때 죽은 사람 가운데 무산5웅(巫山五雄)이 끼어있다고 하더군요. 그리고 이때 죽은 사람 가운데 한 명이 강호초출인 태진문주의 아들이었던 게 화근이라……. 그 장문인이 무당파 장문인과 공동으로 현상금을 내걸었다고 들었소.”

묵향은 토끼 고기를 우물거리며 그의 말을 듣다가 다 씹은 고기를 꿀꺽 삼키고는 물었다.

“그렇지만 너무 막연하지 않소? 당신들도 현상금 사냥을 하는 사람들인 모양인데, 그 정도 정보만 가지고 상대를 찾기는 어려울 것 같군요.”

그러자 그 사내는 싱긋이 웃으면서 말했다.

“그래서 우리들도 그때 목격자들을 만나 자세하게 물어봤소. 상대의 이름은 모르지만 그자가 검은 옷을 즐겨 입고, 또 검은색 검을 차고…….”

그러다가 그 나이 많은 사내가 입을 다물었다. 생각하면 생각할수록 자신과 얘기를 나누고 있는 상대방의 인상착의가 지금 입으로 지껄이고 있는 현상범과 비슷했기 때문이다. 사내가 말을 끊자 잠시 침묵이 흘렀다. 마치 침묵이란 것을 양손에 움켜쥘 수 있을 것 같이 피부에 느껴지는 긴장감이 흘렀다. 묵향은 천천히 그들이 준 술을 마시고는 말문을 열었다.

“알려 줘서 고맙소. 워낙 오래전의 일이라 깜빡 잊고 있었구려. 앞으로는 검은색 옷도 입지 못하게 생겼군. 꽤 정이 든 옷인데…….”

그러자 네 명은 튕기듯이 일어나 병기를 뽑은 다음 묵향의 공격에 대비했다. 그 모양을 보면서 묵향이 빙긋 웃었다.

“내가 그대들을 죽이고자 마음먹었다면 벌써 골백번도 더 죽였을 거요. 지금이라도 그대들을 죽이는 것은 쉬운 일이니 이리 앉으시오. 나에게 무기를 겨눈 자를 살려 준 적은 없지만 그대들은 나에게 만두와 술을 권한 사람들이니 내 이번은 용서해 주고 싶소."

 가만히 앉아서 추호의 동요도 보이지 않고 말하는 묵향의 기도에 잠시 그들은 압도되었다. 하지만 그중 덩치 큰 사내가 큼직한 귀두도(鬼頭刀)를 들고 앞으로 달려 나갔다. 그때 나이 많은 사람이 사내를 손으로 제지하며 외쳤다.

 "막내! 멈춰라. 도저히 우리가 손쓸 수 없는 상대다."

 그러자 옆에 있던 여자가 아연한 표정을 지었다.

 "대형(大兄), 저자가 그렇게 강하다는 거예요?"

 나이 많은 사내는 그 물음에 답하는 대신 묵향에게 정중히 포권을 했다.

 "목숨을 살려 주셔서 감사하오. 우리는 지금 물러서겠지만 당신도 그렇게 많은 현상금이 걸려 있으니 조심을 하셔야 할 거외다."

 "클클, 겨우 은화 40냥에 눈이 먼 자들이라면 그렇게 대단한 실력자는 없을 거요. 대신 그대들에게 한 가지 정보를 주지."

 "뭡니까?"

 "나는 지금 뇌전검황을 만나러 가는 길인데 같이 가는 게 어떻겠소? 만약 내가 그자에게 패한다면 내 목을 들고 가 손쉽게 돈을 벌 수 있을 거요."

 그러자 네 명은 경악하며 외쳤다.

 "뇌전검황! 그대는 뇌전검황이 어느 정도의 실력자인지 알고 찾아간다는 거요?"

 "나는 무림에 거의 나오지 않기에 이번에 그 명호는 처음 들었소. 실례가 안 된다면 그대들이 안내를 해 주지 않겠소? 혼자서 찾아갈 수도 있지만 그대들의 안내를 받는 것보다는 시간이 많이 걸리겠지. 피차 밑지는 장사는 아닌 것 같은데?"

나이 많은 사내는 잠시 생각하더니 대답했다.

"좋소, 같이 갑시다."

그렇게 해서 묵향은 그들과 기묘한 여행을 시작했다. 그 나이 많은 사내의 이름은 정량(玎良)이라 했고, 나머지는 현상금 사냥을 하면서 만난 동지들로 서로 형제의 의리를 맺고는 여태까지 같이 지내 오고 있다고 했다. 그중에서 민옥(玟玉)이라는 젊은이는 입담이 좋아서 여행에서 동행들이 피곤하지 않게 하는 재주가 있었다. 얘기를 나누며 웃고 떠들다 보면 어느새 다음 목적지까지 와 있었다. 서로 중요한 것들은 숨기고 있겠지만 같이 얘기를 나누다 보니 상당히 친해졌다.

여행을 시작한 지 25일이 지나 목적지에 도착했다. 묵향은 당당하게 문을 지키는 호위 무사에게 물었다.

"검황을 만나 뵙고 싶소. 안내를 하든지 아니면 연락을 해 주시겠소?"

"나으리께서는 지금 문의 일에서 은퇴를 하고 총관 나리에게 대소사를 일임하고 계십니다. 볼일이 있으시다면 총관님을 뵙는 게 낫지요."

"이 일은 노가주(老家主)가 아니면 안 되오."

"나으리께서는 저곳의 초가(草家)에서 지내십니다. 시중드는 몇 사람만을 거느리고 계시는데, 가시더라도 만나 뵙기는 어려울 겁니다."

"알려 줘서 고맙소."

묵향 일행은 말을 달려 산을 오르기 시작했다. 묵향은 산길을 지나가다가 갑자기 멈춰 서며 소리쳤다.

"모습을 나타내라!"

그러자 갑자기 네 명의 흑의 복면인이 모습을 드러냈다. 갑자기 나타난 그들을 보고 동행들은 경악하며 출수 준비를 했다. 하지만 그에 아랑곳하지 않고 묵향은 흑의 복면인들에게 물었다.

"누가 보내서 왔느냐?"

그러자 그중 하나가 대답했다.

"혁무상 장로께서 보내셨습니다. 대장(隊長)을 지원하라는 분부셨습니다."

"돌아가라."

"그렇게 말씀하셔도 할 수 없습니다. 속하들은 돌아갈 수 없습니다."

"흠…, 할 수 없군. 너희들은 나를 따라오되 결코 내 지시가 없이는 손을 써서는 안 된다. 약속할 수 있느냐?"

"명에 따르겠습니다."

"좋다, 따라오라!"

묵향의 동행들은 따라오기 시작한 네 명의 복면인들이 극도로 훈련된 고수들이라는 사실을 깨닫고 농담도 집어 치우고 묵묵히 길을 가기 시작했다. 기척이 없이 따라오는 그들의 움직임으로 봤을 때 정상적인 무림인은 아님을 사냥개의 감각으로 알아챘던 것이다. 묵향이나 그 흑의 복면인들도 말이 없었으므로 초가에 도착할 때까지 모두 조용히 길을 재촉했다. 초가에 도착했을 때는 저녁때가 다 되어 시장기가 느껴지기 시작할 무렵이었다.

초가에는 이제 갓 서른을 넘어선 듯한 준수한 젊은이가 정원의 매화나무를 손질하고 있었고, 그 옆에는 청의 동자(靑依童子)가 시중을 들고 있었다. 그들이 다가오는 것을 보고 있던 젊은이는 반갑게 말을 걸었다.

"어서들 오시게나. 식사는 했나? 애야, 빨리 가서 문향주 위로 모든 고수들을 불러오너라. 급한 일이라 일러라."

"예."

답을 하더니 동자는 쪼르르 경신술을 써서 달려 내려갔다. 순간 흑의인들이 꿈틀했지만 묵향의 말없는 제지를 받고 동자가 멀어지는 모습을 그냥 지켜봤다.

"령(鈴)아! 손님들이 오셨으니 차를 내오거라. 모두 이리 오시게나."

검황은 손님들을 안내해서 마루 한쪽에 자리를 만들어 주었다. 하지만 흑의 복면인들은 그냥 마당에 서 있을 뿐 다가오지 않았다. 그것을 보고 있던 묵향이 젊은이에게 말했다.

"저들에게는 신경 쓰지 마십시오."

"그럼 신경 쓰지 않기로 함세. 자네는 이리 와서 나하고 얘기 좀 하지 않겠나?"

"예, 그러죠."

복면인들을 제외한 모든 사람들은 령이라 불리는 홍의 소녀(紅依少女)가 가져오는 차와 간단한 음식을 먼저 들었다. 묵향이 차 마시는 것을 물끄러미 보던 젊은이가 물었다.

"차 마시는 모양을 보니 완전한 야인(野人)이 분명하군. 예절 교육이라곤 받지 않은 모양이네 그려."

"저는 태어나서 지금껏 그런 교육은 거의 받지 않았습니다. 근래에 마지막 사부를 만나 여러 가지를 배웠지만 오랫동안 그렇게 지내다 보니 습관이 되어 고치기가 어렵군요."

"고치기가 어려운 것이 아니라 고치지 않은 거겠지."

"하하, 그거나 그거나 비슷한 거죠. 저는 세세한 사항에 얽매이기는 싫습니다."

"자네는 보아하니 천하를 탐할 인물로는 보이지 않는데, 어찌하여……."

"의리 때문이지 다른 이유는 없습니다. 언젠가는……."

"차 맛이 어떤가?"

"좋군요. 하지만 저는 아직도 차 맛을 이해하지는 못합니다. 그냥 입맛에 맞다 안 맞다만 느낄 뿐 그 외에는 모르겠습니다."

"입에 맞는다니 다행이군. 자네들은 아직 식사를 하지 않았나?"

"예."

"그럼 령아, 음식과 술을 준비해라."

"예."

"산속이라 별로 찬은 없으니 이해해 주시게나."

"별말씀을요."

모두 젊은이와 묵향이 주고받는 말에 신경을 곤두세우고 있었다. 처음에는 뇌전검황이 아닌 웬 젊은이와 정겹게 대화를 나누는 묵향을 보고 의아해했지만 지금까지 엿들은 대화로 그 젊은이의 정체를 짐작할 수 있었다. 놀랍게도 정도무림을 떠받치는 세 개의 기둥 중 하나인 뇌전검황은 갓 서른 정도밖에 안 되어 보이는 젊은이였다. 하기야 화경에 이르면 반로환동하여 젊어진다고 했으니 그럴 만하다는 생각을 하며 그들은 묵묵히 둘 사이에 오가는 대화를 엿듣기에 정신이 없었다.

어쨌든 그 젊은이가 이쪽에 호의를 가지고 있음이 분명했다. 하지만 그 태도는 언제 달라질지 모르는 노릇이고, 묵향은 이 젊은이를 해

치러 왔으니 앞으로 어떻게 사정이 바뀔지도 모르는 것이다. 그들은 뇌전검황으로 추측이 되는 젊은이의 환대에 의아해했지만 그냥 잠자코 있으면서 마음속으로 대비만 하고 있었다. 그들에게는 밑으로 연락을 하러 달려간 청의 동자에 대한 걱정도 있었다. 그 녀석이 많은 고수들을 거느리고 오면 일이 복잡하게 되는 것이다. 하지만 묵향이 잠자코 있으니 어찌할 도리가 없는 것이다.

이런저런 얘기를 주고받으면서 그들은 홍의 소녀가 가져오는 음식들을 들었다. 모두 술과 음식을 들면서 얘기를 나누는 가운데에도 흑의 복면인들은 그냥 한군데에 서 있을 뿐 자리에 끼어들지 않았다.

식사가 거의 끝날 즈음에 밑에서 열다섯 명 정도의 고수들이 최대한 빠른 속도로 경공을 펼쳐 올라왔다. 그들의 신법으로 보아 상당한 수련을 거친 자들임이 확실했다. 모두 우려하던 현실이 다가오자 바짝 긴장하면서 만일의 사태에 대비했다. 정량의 패거리는 직접 싸우러 온 자들이 아닌 만큼 긴장이 덜하기는 했지만 불문곡직(不問曲直) 달려든다면 자신들도 위험하므로 싸늘한 긴장감이 흐르기는 매한가지였다. 하지만 이들이 달려 들어오는데도 묵향의 표정에는 아무런 변화가 없었다. 그는 달려오는 고수들을 보며 상대편 젊은이에게 말했다.

"상당히 잘 단련된 아이들이군요."

"클클…, 다 허장성세(虛張聲勢)일 뿐 저들 중에서 쓸 만한 녀석은 몇 안 되네."

달려온 제자들 중에 하나가 이 젊은이에게 공손하게 포권했다. 오히려 제자라고 인사를 건네는 쪽이 인사를 받는 젊은이보다 더 나이가 많아 보였기에 약간 부자연스럽게 느껴질 정도였다. 하지만 이것으로 그들은 모두 다 확신하게 되었다. 그 젊은이의 정체를.

"부르셨습니까, 아버님?"

"오냐, 너희들은 거기 앉아 이 늙은이가 나누는 얘기를 듣고 있거라. 많은 도움이 될 듯하여 내 부른 것이다."

"예."

그러더니 그들은 그 젊은이 뒤편에 자리를 잡고 앉았다. 그들이 앉을 자리가 충분하지 않았기에 홍의 소녀가 돗자리를 내와서 대부분은 마당에 자리를 잡았다. 그들에게도 차가 주어졌다.

"자네 무공 말고도 배운 것이 있나?"

"몇 가지 배웠죠. 모두 마지막 사부가 가르쳐 준 것인데, 음악과 수묵화를 좀 배웠습니다. 그리고 사부가 정원을 가꾸는 것을 좋아하셨기에 그것도 어깨 너머로 배웠습니다. 원체 재주가 없어서 별로 많은 것을 배우지는 못했습니다."

"음악을 한다구? 그럼 혹시 금(琴)을 탈 줄 아나?"

"조금."

"령아, 금을 가져오너라."

"예……."

홍의 소녀가 금을 가져오자 뇌전검황은 금을 넘겨주었다.

"별로 좋은 것은 아니지만 한 곡 들려주면 고맙겠군."

"그럼……."

묵향은 사양하지 않고 그에게서 금을 받아 들고는 줄을 고른 후 금을 타기 시작했다. 묵향은 금음에 약간의 내공을 불어넣어 운용했기에 듣는 이의 심금을 울리는 부분이 있었다. 이것은 마교의 음공(音功)의 일부를 모방한 것으로, 이런 방식으로 내공을 더욱 많이 주입한다면 듣는 이를 죽음에 이르게 만들 수도 있다. 묵향은 그걸 유백에게 배웠지만 음을 이용해서 사람을 죽이는 것은 있을 수 없는 일이라고 굳게 믿고 있었기에 사람의 심금을 울리는 조미료로 내공을 이용하고 있었다. 이때 옆에서 듣고 있던 청의 동자의 눈에서 눈물이 그렁그렁 맺히기 시작했고, 홍의 소녀는 참지 못하고 눈물을 주루룩 흘렸다. 그걸 본 묵향은 연주를 멈췄다.

"미천한 곡을 계속 들어 주셔서 감사합니다."

"음, 확실히 자네의 금을 타는 솜씨는 별 볼일이 없어. 하지만 그 오묘한 내공의 운용은 정말 대단한 경지로군. 령아가 눈물을 흘릴 지경이니……. 본격적으로 금을 배우면 음공만으로 독보적인 존재가 될 수 있겠군. 자네의 생각은 어떤가?"

"음악이란 소리를 이용해서 마음에 감동을 받으며 즐기기 위한 것이지 그걸로 사람을 죽이라는 건 아니라고 생각합니다. 사람을 죽이는 방법은 많고 많은데, 무엇 때문에 그런 방법을 택하겠습니까?"

"특이한 친구군. 내공이 강한 경우 음악을 사용하는 것도 대단한 득이 되지. 만통음제(萬通音帝)의 경우 그 살인음으로 얼마나 많은 사람들을 죽였나? 많은 사람을 별 수고도 없이 한 번에 죽이는 데는 그게 최고인 것 같더군."

"저는 좀 힘들더라도 음을 살인에 사용할 생각은 없습니다."

"자네는 검이란 뭣이라고 생각하나?"

"아니? 검을 아직도 모른단 말입니까?"

"……."

"지금 저들이 차고 있는 게 검이 아닙니까? 양쪽에 날을 가진 아름다운 살인 도구죠. 보통 길이는 2척 8촌 정도……."

"내가 그걸 묻는 게 아닌 줄은 자네도 잘 알 텐데……."

"그게 그거죠. 무공이란 무공인 것이고, 검은 검, 도는 도입니다. 왜 무공과 검을 혼동하십니까?"

"대단하군. 그 정도 경지에 이르렀다니……. 하지만 아직도 많은 멍청이들이 그걸 혼동하고 있지. 저기 있는 내 아들 녀석도 그걸 혼동하지. 검이란 아무것도 아냐. 그냥 손이 좀 더 길어진 정도에 불과하다고 할까? 오랜만에 자네와는 밤새워 얘기를 할 수 있을 것 같군. 자네는 어떤가?"

"좋죠."

비무의 결과

　묵향과 뇌전검황은 밤새워 얘기를 나눴다. 대부분은 무공에 대한 것이었지만 무공 외의 얘기도 많이 오갔다. 하지만 둘의 대화에 서로의 신상이나 주변 얘기는 일체 없었다. 그들은 술을 조금씩 마시며 동이 틀 때까지 얘기를 나눴다. 주변에 있는 모든 사람들이 그들의 대화에 귀를 기울였다. 그들의 대화는 대단히 높은 경지의 무공에 대한 것들이고, 그들이 이해하기는 너무나도 힘든 이야기가 대부분이었다. 하지만 뇌전검황과 묵향은 신이 나서 서로의 이론에 동조하기도 하고 반박하기도 하면서 계속 이야기를 나누었다.
　뇌전검황이 사는 곳에서 해지는 모습을 보기는 어렵지만 앞으로는 탁 트여 해뜨는 장관을 볼 수 있었다. 해가 떠오르자 모두 대화를 멈추고 그 장관을 넋이 나간 듯이 즐겼다. 해가 완전히 떠오르자 뇌전검황은 다시 물었다.

"자네는 좋은 검을 만들어 나가려면 어떤 마음가짐을 가지고 있어야 한다고 생각하나?"

갑자기 묵향의 표정이 약간 굳어졌다.

"그 질문의 대답은 하기 어렵습니다. 하지만 차선(次善)의 대답은 해 드릴 수 있죠. 모두 잊으면 됩니다. 완전히 잊으면 좋은 검이 만들어질 겁니다."

"모두 잊는다? 보통 사람으로서는 실행이 불가능한 대답이군. 그럼 최선의 답은 뭔가?"

"그건 제가 구상 중에 있는 검법의 서문(序文)이기에 알려 드릴 수 없습니다. 그 검법은 아무에게도 알려 줄 생각이 없거든요."

"다음에 받을 제자에게도 말인가?"

"저는 제자를 받을 생각은 없습니다. 그냥 무공의 끝이 어딘지 알고 싶을 뿐입니다. 계속 수련에 수련을 거듭하다가 늙어 죽을 생각입니다."

"대단한 친구군. 그렇다면 구상 중인 검법의 이름을 좀 알려 줄 수 있겠나? 참 궁금하군."

"무상검법(無上劍法)이라 지었습니다."

"대단히 광오한 명칭이군. 무상(無上)이라, 더 이상의 검법이 없다는 말이니……. 어떤 것인지 더욱 궁금하네 그려."

"좀 있다가 보시게 될 겁니다."

"그 무상검법은 몇 가지 초식으로 만들어진 것인가?"

"고정된 초식은 없습니다."

"초식이 없다구? 그렇다면 어찌 검법이랄 수 있나?"

"무초식의 초식을 내포하고 있습니다. 초식이 있다면 그걸 역이용한 대응 무공이 나오게 되어있죠. 하지만 초식이 없기에 그것이 무상이 될 수 있는 겁니다."

"그렇다면 그 검법은 어떤 형태로 되어 있나?"

"지금까지는 총 네 개의 장(章)으로 만들었습니다. 나중에 더 늘려 갈 생각입니다."

"그걸 간단히 알려 줄 수 있나?"

"어려울 것 없죠. 1장은 검기(劍氣), 2장은 검풍(劍風), 3장은 어검(御劍), 4장은 검강(劍剛)입니다. 실질적으로는 검을 이용했다 뿐이지 검법도 아닙니다. 하지만 그렇게 이름 붙이고 싶어서 불렀을 뿐입니다."

"전설적인 무공들이 모두 망라되어 있군. 더욱 구미가 당기는군. 자네도 여태껏 기다리느라 진이 빠졌을 테니……. 령아, 내 검을 다오."

그러자 홍의 소녀는 놀란 얼굴로 되물었다.

"검을 말씀입니까?"

"오냐."

홍의 소녀는 안으로 들어가더니 고색창연(古色蒼然)한 고검(古劍) 한 자루를 가지고 나와 뇌전검황에게 건넸다. 그러자 뇌전검황은 검을 천천히 뽑아 묵향에게 보여 주었다.

"이 녀석을 30여 년 전에 우연히 구해 아직도 애지중지하고 있다네. 아주 대단한 보검이야. 내 손에 들어온 것을 나는 아직도 감사한다네. 어떤가?"

"아주 훌륭한 검이군요. 검신이 곧은 것이 산악(山岳)의 기운을 담고 있으니 대단한 보검이라 생각됩니다. 그 검의 이름이 어떻게 되는지요?"

"패왕검(覇王劍)이라네. 일반적인 보검과 같은 예기가 없어 보통 검처럼 보여서, 나도 처음에는 이 녀석의 진면목을 알아보지 못했지. 하지만 날이 갈수록 마음에 드는 녀석이라 내가 그렇게 이름을 지었지. 자네의 검은 어떤 것인가?"

"제 것은 그냥 정강(精剛)으로 만든 보통 검입니다. 아주 오랜 세월 정이 들었기에 그냥 사용하고 있을 뿐이지 보검도 뭣도 아니죠. 하지만 아주 제 마음에 쏙 들게 잘 만들어진 검입니다."

묵향은 묵혼을 꺼내어 보이며 말했다.

"짧은 검을 좋아하는 모양이군."

"그렇지도 않습니다. 예전에는 검자루의 길이가 1척이나 되어 그걸로 사람의 눈을 현혹하길 즐겼지만, 지금은 그것도 귀찮아서 잘라 버려 보통 검보다 약간 긴 정도일 뿐이죠."

"1척이라, 대단하군. 확실히 자루가 1척이나 된다면 보통 고수가 아니고서는 간격을 잡기가 힘들지. 그럼 이제 자네의 실력을 보고 싶군. 이리 따라오게."

두 사람이 일어서자 모두 따라 일어섰다. 그걸 본 뇌전검황이 그들에게 말했다.

"여기에서 구경하는 게 좋겠군. 우리는 저 밑에서 비무를 할 테니까. 정(靜)아, 너는 만약에 이 아비가 죽더라도 복수할 생각을 말아라. 이것은 비무일 뿐 그 무엇도 아니다."

"명심하겠습니다, 아버님."

"서진(徐眞)아."

"예, 사부님."

"내가 죽으면 이 패왕은 네가 가졌으면 좋겠구나."

"하지만 그것은 사부님의 신물(信物)인데 어찌 제자가 감히."

"이건 장문인을 나타내는 신물이 아니다. 그냥 내가 애용하던 검일 뿐. 너는 아직 미숙하나 그 기상과 기운이 나의 젊은 시절을 생각나게 하기에 이걸 너에게 주고자 하는 것이다. 이걸 가지고 정이를 도와주도록 해라."

"예, 사부님."

뇌전검황은 천천히 묵향의 뒤를 따라 내려와 오두막 밑에 있던 밭 가운데 섰다. 밭은 평평하고 제법 널찍해 20장 정도의 넓은 비무장이 되어 주었다. 뇌전검황은 성큼성큼 걸어가 묵향과 7장 거리까지 떨어져서 천천히 검을 뽑았다.

"이제 시작해 보자구."

고수들의 강력한 무공은 거의 강기 계통을 사용하여 원거리에서 상대를 공격하기에 보통 약간 떨어진 거리에서 결투가 시작된다. 묵향도 검을 천천히 뽑아 정안으로 겨누어 자세를 잡으며 말했다.

"예의는 필요 없이 처음부터 살수(殺手)를 쓰기로 하죠."

실전이 아닌 비무에는 예의가 있다. 비무라는 말이 나오면 동년배끼리는 서로 3초를, 후배와 선배가 상대할 때는 선배가 3초를 양보한 다음에 본격적인 대결이 시작된다. 말과 동시에 묵향의 몸 주위로 푸른색 구름 같기도 하고 안개 같기도 한 것이 뻗어 나오기 시작했다. 그걸 본 뇌전검황은 놀랍다는 듯이 말했다.

"검강! 대단하군. 이런 식으로 검강을 만들어 자신을 보호하는 것은 본 적이 없네. 이것도 무상검법인가?"

"예, 지금 것은 4장 3절, 망강(網剛 : 강기의 사슬)이라는 것입니다. 수비에 효과적이죠."

그러자 뇌전검황은 앞으로 달려 나오며 우렁찬 목소리로 기합을 토했다.

"으얍!"

그와 동시에 강맹한 초식이 펼쳐졌고, 뇌전검황의 검에서 뿜어 나온 강기의 회오리가 곧장 묵향을 향해 엄청난 속도로 날아갔다. 곧이어 그것과 묵향의 푸르스름한 안개가 부딪치며 불꽃을 튕기며 큼직한 소음을 토해 냈다. 하지만 뇌전검황의 강기 세례에 밀려 약간 갈라지던 안개는 곧 원상태로 돌아갔다. 이걸 본 뇌전검황은 짐짓 신음성을 흘렸다.

"대단한 보호력이군. 뚫고 들어가기는 힘들겠어."

안개 저편에서 묵향의 말소리가 들렸다.

"노야(老也)의 능력이라면 그렇게 어렵지도 않을 겁니다. 괜히 투덜거리지 마십시오."

뇌전검황은 상대에게로 달려 나가 더욱 거리를 좁히면서 동시에 검을 앞으로 쭉 뻗으며 외쳤다.

"묵룡세(墨龍勢)!"

뇌전검황의 검에서 10여 가닥의 강력한 강기가 뇌전처럼 뿜어져 나오며 안개를 찢어 놓기 시작했다. 강기와 강기가 부딪쳐 엄청난 폭발이 일어나며 검강, 검기의 회오리가 생겼다. 검강의 얇고 가는 사슬이 두텁게 연결되어 있기에 강력한 검기라 하지만 뚫고 들어가기는 힘들었다. 하지만 어느 정도 강기의 사슬을 찢는 데 성공하자 뇌전검황은 묵향에게 더욱 접근했다. 그런 후 즉시 묵향에게 검을 찔러 넣으며 외쳤다.

"용신세(龍身勢)!"

패왕검은 웅웅거리는 검음과 함께 푸르스름한 빛을 띠면서 묵향을 향해 덮쳐 왔다. 수십 마리의 용들이 자신을 덮쳐 오는 환각이 일어날 정도로 푸른빛을 띤 패왕검이 묵향을 향해 순간적으로 10여 차례 전신 요혈을 찔러 왔다. 그와 동시에 엄청난 검기가 묵향의 전신을 덮쳐 왔다.

"3장 1절, 어검."

묵향이 낭랑한 목소리로 말함과 동시에 평범하던 묵혼검에서 푸른 빛이 쏟아져 나왔다. 그 상태로 묵향은 묵혼검을 들어 찔러 들어오는 패왕검의 검초를 막고 몸에서 약간씩 빗나가게 흘려 보냈다.

이때 맞부딪친 것은 아니었지만 묵향의 어검술과 뇌전검황의 막강한 검기가 슬쩍 스치며 엄청난 폭음과 함께 회오리가 일어났다. 상대의 강력함에 뇌전검황은 안 되겠다고 생각했는지 어느 순간 묵혼검과의 사이에서 일어나는 회오리와 같은 반탄력을 이용해 몸을 뒤로 날리며 검을 상대에게 겨눈 채 외쳤다.

"비룡세(飛龍勢)!"

빛이 나는 패왕검은 뇌전검황이 던진 것도 아닌데 스스로 그의 손을 떠나, 막 뇌전검황을 추격하려는 묵향을 향해 빛과 같은 속도로 찔러 들어갔다. 묵향은 패왕검을 옆으로 쳐 내며 뇌전검황을 따라가려고 했다. 하지만 묵혼검에 튕겨 나간 패왕검은 타원을 그리며 다시 묵향을 덮쳤다. 묵향은 그것을 보고 묵혼검을 던지며 나지막이 말했다.

"3장 2절, 이기어검."

화려한 빛을 내뿜고 있는 묵혼검은 주인의 손을 벗어난 후 어기동검술(御氣動劍術)에 따라 움직이고 있는 패왕검과 공중에서 부딪쳤다. 묵향은 묵혼이 자신의 손에서 떨어져 나간 그 순간 뇌전검황이 있는 곳으로 쏜살같이 달려들었다. 그러면서 상대를 향해 오른손을 들어 올리며 되뇌었다.

"4장 1절, 통강(通剛)."

묵향의 장심(掌心)에서 푸른색의 길쭉한 용과 같이 생긴 것이 뇌전검황을 향해 뻗어 나갔다. 그것을 본 뇌전검황은 대경해서 옆으로 피했다. 푸른 강기가 아슬아슬하게 뇌전검황의 옆을 통과해서 비켜 나가는 것을 보고 묵향은 이번에는 손을 수평으로 그으면서 말했다.

"4장 2절, 절강(絕剛)."

그러자 그의 손에서 푸른색의 반월형과 비슷한 물체가 뇌전검황이 피해 나간 위치를 향해 광범위하게 날아왔다. 그것을 본 뇌전검황은 재빨리 위로 몸을 날렸다. 뇌전검황의 신발 아래쪽으로 아슬아슬하게 그 반월형의 물체가 날아갔고, 그것이 밭 가장자리에 있던 나무들에 맞자 일순간 아무런 이상이 없었지만 곧 나무들의 밑동이 잘려서 쓰러졌다. 수십 그루가 잘려 나가는 걸로 보아 그것의 위력이 어느 정도인지 알 수 있었다.

뇌전검황이 반월형의 강기를 피한다고 위로 떠오르자 묵향은 기다렸다는 듯이 뇌전검황이 날아오르는 위치에 재빨리 양손을 뻗으면서 말했다.

"4장 1절, 통강."

그러자 이번에도 길쭉한 푸른색 용이 각각 그의 양손에서 뇌전검황이 있는 위치로 쏘아져 나갔다. 뇌전검황은 그걸 보고 외쳤다.

"좋군! 부룡장(浮龍掌)!"

뇌전검황은 재빨리 오른쪽 상방을 향해 장풍을 발사했고, 그 장풍의 반탄력에 의지해서 옆으로 떨어져 내리며 묵향의 공격을 피했다.

화경의 고수라면 능공허보를 펼칠 수 있다. 공중을 걸어 다닐 수 있다는 말이다. 하지만 아무것도 없는 공중에서 갑작스럽게 빠른 움직임은 불가능하므로 그런 동작이 필요할 때는 장법(掌法)을 써서 그 반동을 많이 이용한다. 뇌전검황은 땅에 착지하자마자 묵향을 향해 손가락을 뻗으며 외쳤다.

"탄령지(彈翎指)!"

뇌전검황의 열 손가락에서 각기 지풍이 뻗어 나오며 묵향을 덮쳤다. 그러자 묵향은 오른손을 들어 뇌전검황을 향하면서 말했다.

"2장 1절, 잠룡풍(潛龍風)."

묵향의 손에서는 아무런 반응도 없었는데 곧 뇌전검황의 손에서 뻗친 열 줄기의 지풍이 공중에서 산산조각 나며 굉음이 울렸다. 뇌전검황은 옆으로 피하면서 외쳤다.

"무형(無形)의 권풍(拳風)인가?"

"아닙니다, 그냥 검풍(劍風)일 뿐이죠."

그러자 뇌전검황은 대경해서 외쳤다.

"그럼 여태까지 사용한 모든 것이 장법(掌法)이나 권법(拳法)이 아니라 검법이란 말인가?"

"일정 실력을 벗어나면 한낱 풀뿌리도 검이 될 수 있는 것인데 왜 사람 몸속의 뼈는 검이 되지 못한다는 겁니까?"

"오호라, 묘(妙)하군 묘해."

그때 묵향은 저쪽에서 서로 아직도 패왕검과 싸우고 있는 묵혼을 불렀다. 뇌전검황과 묵향은 정신과 진기를 잘 조절해 사용했기에 두 검은 아직도 싸우며 서로의 주인에게 돌아가는 것을 견제하고 있었던 것이다. 묵혼검이 묵향이 있는 곳으로 날아오자 뒤따라서 패왕검도 다가왔다. 묵향은 묵혼을 쥐자마자 외쳤다.

"1장 1절, 탄(彈)!"

그와 동시에 묵향에게서 엄청난 기운이 밖으로 뿜어 나왔다. 거의 강풍과 같기도 했다. 그 강렬한 반탄력에 밀려 주위 3장 안의 밭에 심어져 있던 콩 줄기와 흙이 밖으로 튕겨져 나갔다. 뇌전검황이 그 힘을 막기 위해 앞으로 자세를 잡으며 버티자 곧바로 묵향의 음성이 들려왔다.

"1장 2절, 흡(吸)."

그와 동시에 뇌전검황은 엄청난 흡인력(吸引力)에 안 그래도 앞으로 쏠렸던 힘이 가세하자 순간적으로 중심을 잃고 묵향 쪽으로 다가갔다. 다시 묵향의 목소리가 들렸다.

"4장 1절, 통강."

뇌전검황은 그 뜻이 뭔지 알고 있었기에 그 말이 떨어짐과 동시에 위로 뛰어올랐다. 뇌전검황의 발밑으로 묵향이 내뿜은 강기가 지나가는 걸 느끼고 식은땀을 흘렸다. 비무가 아니었다면 이런 식으로 자신이 사용할 초식을 알려 주며 대결하지는 않는다. 만약 그걸 알려 주지 않고 구령과 실질적인 무공이 약간의 시간차를 두지만 않았어도 뇌전검황은 이미 저세상에 갔을 것이다.

뇌전검황이 정신을 차리지 못하며 수세에 몰리자 뇌전검황의 제어(制御)를 잃은 패왕검은 묵향의 옆에 떨어져 땅에 꽂혔다. 만약 뇌전검황이 이때 패왕검을 계속 사용하여 묵향을 밀어붙였으면 이 정도로 당하지는 않았을 것이다. 뇌전검황이 순간적으로 그런 생각을 하고 있을 때 묵향의 음성이 다시 들려왔다.

"1장 3절, 파(破)."

묵향의 위로 솟아오른 뇌전검황의 복부 쪽으로 엄청난 검기의 회오리가 몰아쳤다. 뇌전검황은 순간적으로 손을 아래로 쭉 그어 내리며 외쳤다.

"비룡파(飛龍破)!"

엄청난 굉음과 함께 뇌전검황이 뿜어낸 장풍과 묵향이 뿜어낸 검기가 부딪치면서 생긴 반탄력에 의해 몸이 더욱 높이 떠올랐다. 이때 뇌전검황의 애검 패왕검이 위로 떠올라 그의 손으로 돌아갔다. 뇌전검황은 검을 잡자마자 동시에 외쳤다.

"파룡세(破龍勢)!"

수십 가닥의 강기가 묵향의 머리 위에서 날아왔다. 하지만 묵향은 옆으로 피하는 대신 그냥 가만히 있었다. 뇌전검황은 이때 묵향의 목소리를 들었다.

"1장 4절, 방(防)."

뇌전검황은 묵향의 머리 위로 떨어져 내리던 수많은 검강들이 묵향 주위 반 장 정도 거리에서 더 이상 뚫고 들어가지 못하고 막히는 것을 보았다. 뇌전검황의 강기들은 묵향이 꼭 반원형의 보이지 않는 막을 친 것처럼 안으로 들어가지 못했다. 묵향의 주위에는 엄청난 양의 폭탄이 터지는 것처럼 강기들이 땅에 부딪치면서 일으키는 폭발로 자욱한 먼지가 솟아올랐다. 묵향은 뇌전검황의 일격을 받은 후 천천히 검을 뇌전검황 쪽으로 올리며 말했다.

"2장 2절, 파황풍(破荒風). 3장 2절, 이기어검."

그러자 묵혼이 묵향의 손에서 떨어져 나가며 맹렬한 기세로 뇌전검황을 향해 날아왔다. 뇌전검황은 묵향이 두 가지 초식을 사용한 것을 알았지만 새로운 초식은 그에게 아무런 느낌도 주지 않았다. 뇌전검황은 푸른빛을 발하며 덮쳐 오는 묵혼을 보며 잠시 생각에 잠겼다.

'2장은 검풍, 검기와 검풍은 검강과 달리 눈에 보이지 않는다. 검강이 가장 강하나 눈에 보이기에 막을 시간적 여유가 있고, 검기는 그 위력이 약하기에 내 호신강기를 뚫지 못한다. 하지만 검풍은 보이지도 않으면서 그 위력은 강기에 떨어진다고 하나 그래도 엄청나지……. 대신 검강보다 속도가 떨어진다는 데 약점이 있지. 이 녀석이 지금 뭘 하려는지 알겠다.'

생각이 정리되자 그는 지체 없이 몸을 오른편으로 꺾으며 왼손으로 장풍을 발사하며 그 반탄력으로 더욱 속도를 내어 사지(死地)라고 생각되는 지점에서 빠져나왔다. 이때 묵혼이 따라오며 그를 괴롭히자 그는 다시 묵혼을 향해 검을 던지며 외쳤다.

"비룡세!"

뇌전검황은 땅에 내려서면서 옆의 풀줄기를 뽑아 들고 또 외쳤다.

"묵룡세!"

뇌전검황이 휘두른 풀줄기에서 수십 가닥의 강기들이 묵향을 향해 날아갔다. 묵향은 그 강기를 피해 옆으로 몸을 날렸다. 그리고는 뇌전검황을 향해 오른손을 뻗었다.

"1장 5절, 박(縛)."

곧이어 왼손을 뻗었다.

"2장 2절, 파황풍."

뇌전검황은 묵향의 말을 듣고는 잠시 생각에 잠겼다.

'또다시 새로운 초식이 나왔군. 도대체 뭔지 모르지만 일단 피하고 보자.'

생각은 찰나. 뇌전검황은 옆으로 몸을 날렸다. 하지만 생각만 옆으로 몸을 날렸을 뿐 어떤 끈적끈적한 아교 같은 것에 몸이 완전히 갇힌 것처럼 더 이상 움직이지 않았다. 뇌전검황은 대경했다.

'이것이 1장 5절 박인 모양이군. 정말 사로잡힌 것처럼 움직이는 것이 불가능하군. 하지만 이제 곧 검풍이 닥칠 텐데……'

뇌전검황은 사력을 다해 외쳤다.

"풍룡세(風龍勢)!"

그와 동시에 뇌전검황이 가진 풀줄기에서 초식에 따라 엄청난 검기가 뿜어져 나왔고, 그 검기들이 주위를 가득 채우고 있던 기운과 부딪치며 폭발을 일으켰다. 그리고 뇌전검황은 잠시 몸이 자유스러워짐을 느꼈다. 이때를 이용해 뇌전검황은 옆으로 5장가량 도약해 움직인 다음 외쳤다.

"백룡세(白龍勢)!"

이걸 본 묵향이 나직이 말했다.

"대단하시군요. 박을 뚫을 수 있는 고수는 없을 거라고 생각했는데……"

하지만 묵향도 한가하게 말할 처지가 못 되었다. 1백 마리는 안 되겠지만 거의 그 정도는 될 것 같은 수많은 강기들이 뇌전검황의 몸에서 뿜어져 나와 사방으로 뻗어 나가면서 유선형으로 움직여 약속이나 한 듯이 묵향에게로 날아왔기 때문이다.

"대단한 초식입니다. 1장 4절, 방."

이들의 대결을 위에서 지켜보던 사람들은 모두 다 손에 땀을 쥐었다. 묵향과 뇌전검황이 뭐라고 말을 하는 것 같았지만 뇌전검황의 목소리와는 달리 묵향의 목소리는 들리지 않았다. 다만 뇌전검황이 외치는 목소리만 쩌렁쩌렁 계곡을 울리고 있었다. 이들의 대결은 정말 대단했다. 그들이 사용하는 대부분의 초식들이 강호에서는 찾아보기 힘든 높은 수준의 무학이었고, 서로의 검기와 검강이 부딪치며 튕겨 나오는 강기의 회오리에 주변의 숲과 땅이 초토화되고 있었기 때문이다. 그걸 보고 여정(呂靜)이 사제들에게 말했다.

"잘 봐 두거라. 아버님께서 목숨을 걸고 우리들에게 보여 주시는 보배와도 같은 무공들이다. 아버님도 대단하시지만 저 사람도 대단하군. 그렇게 생각하지 않나?"

"예, 사형. 사부님께서 저토록 고생하시는 상대는 처음 봅니다. 저자의 능력은 정말 대단하군요."

"무상검법이라길래 무슨 이름이 그렇게 대단한가 했더니 정말 보기 드문 검법입니다. 사부님의 10성에 이르는 창룡검법(漲龍劍法)에 저 정도로 대적할 수 있는 사람이 있다는 것이 기적입니다."

"하지만 창룡검법은 익히기가 너무나 힘든 검법이다. 초식의 대부분이 검기나 검강을 주축으로 상대를 공격하기에 엄청난 공력이 필요하기 때문이지. 그래서 대부분이 시작도 못 해 볼 정도고, 여태까지 그 검법을 10성까지 익히신 분은 본문에서 두 분밖에 없으셨어. 너무나도 난해한 검법인데 그걸 막아 내다니……. 저자의 검법도 대단하군."

말을 나누면서도 초가 주위에 모인 사람들의 눈은 두 사람의 움직임을 주시하고 있었다. 이들의 검법을 조금이라도 기억한다면 다음에 이 검법을 사용하는 사람들과 만났을 때 대단한 도움이 될 거라고 생각했기 때문이다. 하지만 그 둘의 검법은 일정한 틀을 가진 것이 아니라 강기의 발사를 주 무기로 하고 있었기에 근거리에서 정신없이 공격하여 강기를 발사하지 못하도록 막는 외에 뾰족한 수가 없음을 모두 느끼고 있었다. 이때 두 사람의 비무는 끝을 향해 나가고 있었다.
묵향의 공격을 피한 뇌전검황은 묵향의 3장 거리로 순간적으로 다가가며 외쳤다.
"뇌룡세(雷龍勢)!"
뇌전검황의 검에서는 번개와 같은 강기가 뻗어 나오며 사방을 뒤덮었다. 묵향이 시전하는 망강(網剛)과도 비슷했지만 다른 점이 있다면 좀 더 강기의 두께가 두껍고 강력하지만 안개와 같이 촘촘하지는 않고 빈틈이 많은, 그러니까 방어 위주의 망강보다는 근거리에 다수의 적을 공격하기 위한 초식인 모양이었다. 묵향은 뇌전과 같은 강기가 뇌전검황의 몸에서 뻗어 나오자 뒤로 후퇴하지 않고 뇌전검황의 몸으로 뛰어 들어갔다.
"4장 3절, 망강. 3장 1절, 어검."
묵혼에서 뻗어 나온 망강과 패왕검에서 뻗어 나온 뇌전과 같은 강기가 부딪치며 엄청난 소음과 반탄력을 뿜어냈다. 하지만 그에 아랑곳하지 않고 묵향은 더욱 접근해 들어가며 푸른색으로 이글거리는 묵혼으로 너무나 강해서 망강을 뚫고 들어오는 강기들을 잘라 내며 뇌전검황에게 접근했다. 그와 동시에 강기를 잘라 내기 위해 밑으로 내려갔던 검을 위로 쳐올렸다. 뇌전검황은 대경하며 외쳤다.
"묵룡세(墨龍勢)……."
하지만 뇌전검황의 초식은 이어지지 못했다. 묵향의 검은 너무나도 빨리 뇌전검황의 몸 쪽으로 파고들었다. 뇌전검황은 초식을 펼칠 시간이 없자 최대한 검에 기를 주입하여 묵혼을 막았다. 그와 묵혼과 패왕검이 부딪침과 동시에 묵향은 그 반탄력을 이용하여 뇌전검황의 다리를 베어 나갔다. 뇌전검황은 뒤로 물러나며 묵향의 목을 찔러 왔다.

묵향은 피하며 뇌전검황의 팔을 베어 나갔다.
 이런 식으로 물고 물리는 근접전이 펼쳐졌다. 이런 난투극이 벌어지면 뛰어난 감각과 시력, 순간적인 판단력, 빠른 검 놀림과 경공술이 필요하다. 이제 더 이상의 초식은 필요치 않았다. 하지만 뇌전검황은 초식을 사용하지 못함으로 인해서 어검술을 사용하는 묵향에 비해 상당한 불리함을 안고 있었다. 대신 뇌전검황의 패왕검은 보검 중의 보검이라 기를 주입한 상태만으로 묵향의 어검술을 막아 내고 있는 것이다. 만약 이 검이 묵혼과 같은 일반적인 정강으로 만든 검이었다면 벌써 검과 함께 몸이 두 토막이 났을 것이다.
 '이 상태로는 내가 불리해. 약간의 기회만 주어진다면 몸을 뒤로 빼면서 비룡세를 펼칠 수 있는데······.'
 그 약간의 기회는 주어지지 않았다. 그래서 뇌전검황은 왼손을 이용해서 허리에 차고 있는 검집을 뽑아냈다. 이 검집으로는 어검술을 막을 수 없지만 패왕검으로 어검술을 막고 있는 사이 이걸로 상대의 몸에 치명타를 가할 수 있기 때문이다. 놀랍게도 뇌전검황의 오른손과 왼손은 따로 놀기 시작했다. 오른손의 패왕검으로 묵혼을 막고 왼손에 쥔 칼집을 움직이며 외쳤다.
 "뇌룡세!"
 그와 동시에 칼집에서 번개와 같은 강기가 뻗어 나오기 시작하자 묵향은 급히 왼손을 앞으로 들이밀었다.
 "4장 4절, 수강(守剛)."
 그러자 묵향의 왼손이 팔뚝까지 푸른 강기에 뒤덮였다. 그리고 왼손을 강기가 뻗어 나오는 뇌전검황의 검집을 향해 내밀었다. 묵향의 손과 뇌전의 검강이 부딪치자 불꽃이 일어났다. 묵향은 더욱 손을 뻗어 검집을 움켜쥐었다. 검집이 잡히자 묵향은 나직이 말했다.
"2장 3절, 측파풍(側破風)."
 그와 동시에 묵향이 쥐고 있던 검집에서 검풍이 일어나며 뇌전검황을 강타했다. 순간적으로 검집을 쥐고 있던 손이 팔목까지 터져 나갔다. 뇌전검황은 엄청난 충격에서 중심을 잡으려고 노력했으나 허사였다. 검을 중심으로 측면으로 강렬하게 뻗은 검풍의 회오리가 뇌전검황의 왼손 손목까지 피 떡을 만들고도 모자라 호신강기를 파괴하면서 너무나 강렬한 타격을 입혔던 것이다. 뇌전검황이 비명을 지르며 뒤로 튕겨 나가자 묵향도 따라서 튀어 오르며 쫓아갔다. 뇌전검황이 회전하며 중심을 잡기도 전에 번쩍하며 묵혼이 푸른빛을 토해 냈다.
 그걸로 끝이었다. 쓰러진 뇌전검황의 옷은 아래에서 위로 완전히 찢어져 있었고, 바지는 동강이 나서 아래로 내려가 버려 성기(性器)까지 드러나 있었다. 자세히 보면 몸의 아래위로 붉은 선(線)이 그어져 있다는 것을 알 수 있을 뿐 그 외에는 거의 외상이 보이지 않았다. 뇌전검황이 쓰러지자 제자들이 아우성치며 위에서부터 달려 내려왔다. 그들은 검을 뽑아 묵향을 막으며 사부를 보호하려고 했다. 이때 뇌전검황이 그들을 제지하며 묵향에게 물었다.
 "대단한 실력이군, 젊은이. 자네가 봐주지 않았다면…, 나는 내 실력을 제대로 펼쳐 보기도 힘들었을 거야……. 자네의 이름을 알려 줄 수 있나?"
 "묵혼지주(墨魂之主)라 불러 주십시오."
 "이름을 알려 주기 싫다면 할 수 없지. 그렇다면 묵혼지주, 내 제자들을 해치지 말아 주게……."
 "알겠습니다."

묵향으로부터 만족할 만한 답을 얻자 뇌전검황은 제자들에게 말했다.

"내 유언은 알고 있을 거다. 만약 너희들 중에서 복수하고 싶은 자가 있다면 나 정도의 고수가 다섯 명이 모이기 전에는 꿈도 꾸지 마라. 맹세할 수 있느냐?"

"제자, 맹세하겠습니다."

"문파를 잘 다스려 나가기를 바란다. 정아, 네게 문파를 맡기니 부탁한다."

"명심하겠습니다, 아버님."

"현경(玄境)의 고수와 겨뤄 보다니 정말… 영광…, 큭!"

그러면서 뇌전검황의 몸은 세로로 두 토막이 났다. 뇌전검황은 심후한 내력으로 두 토막이 나려는 몸뚱이를 붙잡고 있었던 것이다. 하지만 그것도 잠시, 죽음 직전에 최대한 긁어모았던 내력이 고갈되자 몸이 두 토막 나면서 그는 세상을 떠났다. 뇌전검황이 처참한 모습으로 죽자 제자들 중에서 가장 성질이 팔팔한 곽삼(郭杉)이 검을 뽑아 들고 나서며 외쳤다.

"이런 죽일놈, 이렇게까지 할 필요가 없는데……."

그와 동시에 그는 묵향을 향해 검을 찔러 들어왔다. 곽삼의 움직임에 네 명의 제자가 동조하며 나섰다. 그들도 곽삼의 움직임에 맞춰 검을 뽑으며 묵향을 향해 공격을 가했다. 하지만 그들의 의욕만 앞섰을 뿐 묵향이 검을 휘두르자 검과 함께 토막이 나서 좌우로 쓰러졌다. 묵향에게 제자들이 죽임을 당하자 나머지 제자들도 이성을 잃고 검을 빼 들며 묵향을 향해 달려들었다. 이 모양을 지켜보던 여정(呂靜)이 서진(徐眞)에게 일렀다.

"너는 빨리 패왕검을 가지고 이곳을 벗어나서 사정을 동문들에게 알려라."

"하지만 대사형……."

"잔소리 말고 빨리 도망가라. 아버님을 격패시킨 현경의 고수다. 우리들이 덤빈다고 될 상대가 아니야. 이건 모두의 생사가 달린 일이다. 여민(呂敏)이를 나처럼 잘 도와주기 바란다. 빨리 가거라."

그러자 서진은 최대한 공력을 돋우어 산 아래로 도망쳤다. 그걸 본 묵향이 외쳤다.

"죽여라."

그러자 여태까지 묵묵히 위에서 지켜보던 흑의 복면인들 중에 두 명이 쏜살같이 쫓아 내려갔다. 서진이 도망간 지 얼마 지나지 않아 위에 올라왔던 모든 제자들은 죽임을 당했다. 마지막으로 죽은 것은 여정이었다. 그는 뇌전검황의 수제자답게 대단한 실력을 갖추고 있었지만 묵향과 같은 초고수를 상대하기에는 미숙했던 것이다. 묵향은 모두를 다 죽인 후 초가로 올라갔다. 그곳에는 청의 동자와 홍의 소녀가 떨며 서 있었다. 그것을 보고 묵향은 부드럽게 말했다.

"애야, 너도 노인의 제자냐?"

"아뇨, 사손(師孫)입니다."

청의 동자가 겁에 질렸으면서도 애써 당당히 말하는 모습을 보면서 묵향은 미소를 지었다.

"나중에 꽤 그럴듯한 녀석이 되겠군. 너는?"

그러자 홍의 소녀가 말했다.

"저는 시녑니다. 음식과 차를 장만해 드리죠."

묵향은 이번에는 정량의 패거리에게 말했다.

"미안하군, 내가 죽어 줬어야 자네들이 현상금을 타는데……."

그들은 식은땀을 흘리며 말했다.

"하늘을 몰라 뵙고 헛소리를 했습니다. 용서해 주십시오."

"그건 그렇고 이 일을 어쩐다……."

이때 밑에서 두 명의 흑의 복면인이 달려 올라왔다. 그들을 보고 묵향이 싸늘하게 외쳤다.

"어떻게 되었느냐?"

"죄송합니다, 도망쳤습니다. 대단한 실력자였습니다. 처음에 기습 당해 암기를 맞는 바람에 도저히 그를 없앨 수 없었습니다."

"그 정도 실력을 가지고 나를 돕겠다고 오다니, 멍청한 자식들! 이만 돌아가자."

"하지만 저들은?"

"닥쳐!"

묵향은 정량의 패거리를 향해 부드럽게 말했다.

"이번에는 내가 약속을 지키지 못해 자네들만 헛걸음을 했군. 하지만 나중에 혹시 기회가 있을지도 모르니 너무 낙심하지 말게. 미안하지만 혹시 시간이 나거든 나에게 현상금을 건 사실에 대해 문책을 하러 무당파와 태진문에 언젠가 들를 것이라고 전해 주게나. 지금은 시간이 없어 그냥 가지만, 나중에 다시 강호에 나오면 꼭 한 번 갈 테니까 말이야. 전해 줄 수 있겠나?"

"전해 드립죠."

"그럼 수고비로 이걸 받게. 은화 네 냥일세. 이 정도면 수고비로는 충분하겠지. 일부러 시간 내서 갈 필요는 없고, 시간이 얼마나 흐르든지 그 근처에 들를 일이 있거든 전해 주게나. 만약 내가 먼저 가도 그

녀석들이 재수 없어 그런 거니 자네들 탓은 하지 않을 걸세."
"명심합지요."
묵향은 청의 동자에게로 돌아서서 말했다.
"다음에 훌륭한 고수가 되면 만나자꾸나. 그럼 잘 있거라."
그리고는 흑의 복면인들을 바라보았다.
"돌아가자."
묵향의 모습이 사라지자마자 정량이 한숨을 쉬면서 그 동료들에게 말했다.
"휴, 아까 그 젊은이가 도망쳤으니 망정이지 안 그랬으면 여기서 목이 날아갈 뻔했군."
그러자 뚱뚱한 남자가 물었다.
"그는 그렇게 부드럽게 말했는데, 왜 대형은 그런 말씀을 하시오?"
"뇌전검황만 죽였다면 상관없었겠지만, 그 제자들까지 죽여 놨으니 완전히 입을 막기 위해서 다 죽여야 하는 거야. 하지만 한 명이 살아서 도망쳤으니, 한 명이 살아 있으나 일곱 명이 살아 있으나 매한가지지. 실지 우리들로서는 그에 대해 아는 게 거의 없으니까, 그러니까 목숨을 건진 거야. 빨리 떠나자. 혹시나 마음이 변해서 돌아올지도 모르니까."
그 말과 동시에 그들은 오두막을 떠났다.

서진(徐眞)은 추격자들을 기습해 격퇴하고 급히 산을 내려갔다. 그가 낭패한 몰골로 경공을 최대한 전개하여 달려오자 문을 지키는 무사들이 놀라서 물었다.
"공자님, 어쩐 일이십니까?"

"빨리 비상을 걸어라. 습격에 대비해, 빨리! 그리고 여민(呂敏) 사형은 돌아오셨냐?"

"예, 오늘 아침에 돌아오셨습니다. 금화당에 계실 겁니다."

그러자 서진은 금화당으로 달려갔다. 금화당은 각 동문들 중의 고수들이 기거하는 곳으로 제법 큼직한 방들이 많이 있는 집이다. 이들보다 실력이 떨어지는 자들이 은화당의 작은 방에서, 그보다 떨어지는 자들은 동화당의 큰 방에서 여러 명이 집단생활을 한다. 그는 금화당으로 뛰어 들어가 여민이 기거하는 방문을 급히 열었다. 여민은 몰래 밖으로 나가 마신 술기운 때문인지 아직도 술 냄새를 풍기며 자고 있었다. 그는 급히 여민을 흔들어 깨웠다.

"사형, 큰일 났습니다. 사부님께서 돌아가셨습니다."

그 말을 들은 여민은 술이 완전히 깬 듯 벌떡 일어나 눈을 둥그렇게 떴다.

"몸이 안 좋으시다는 말은 못 들었는데…, 모두 오두막에 있나?"

그러면서 그는 일어나 급히 옷을 입기 시작했다.

"그게 아닙니다. 비무에 져서 돌아가셨습니다."

"비무에 지셨다고? 상대는 누구냐?"

"묵혼지주라 칭하는 자입니다. 엄청난 고수였습니다. 사부님이 임종시에 '현경의 고수와 겨뤄서 영광'이라고 하셨습니다. 사부님은 어떤 일이 있어도 복수를 하지 말라는 유언을 남기셨습니다."

"복수를 하지 말라고? 어떻게 복수를 안 할 수 있단 말이냐!"

"모두 복수하겠다고 달려들었다가 죽었습니다. 그 한 명한테요. 상상하기도 힘든 고수입니다. 어쨌건 전설로만 듣던 현경의 고수입니다. 우선 그자가 이리로 쳐들어올 수도 있으니 대비부터 해야 합니다."

"형님은?"

"대사형도 돌아가셨습니다."

"형님까지? 음……."

여민은 침울한 표정으로 한탄했다.

"예, 대사형께서 사형을 장문인으로 임명한다는 유언을 남기셨습니다. 대사형이 돌아가시는 모습을 저는 보지 못했지만 대사형은 동문들과 묵혼지주의 싸움이 시작되자 저보고 떠나라고 하셨습니다. 사부님께서 물려주신 패왕검을 적에게 넘겨줄 수는 없다고 하시면서요."

"크흑…, 청량(晴梁) 있느냐?"

그러자 밖에서 답하는 소리가 들렸다.

"예."

"모든 동문들을 모아서 적의 내습에 대비하라고 일러라."

"모두 대비하고 있습니다. 몇 명 추려서 산 쪽으로 보냈는데 아무런 동정이 없다고 합니다."

"그렇다면 자네가 열 명 정도 이끌고 산에 올라가 동정을 살펴보시게."

"알겠습니다."

"그건 그렇고 아버님의 유언과 이 일이 일어난 사정을 말해 봐라."

"예, 어제 일이었습니다……."

서진은 여민에게 모든 경과를 보고했다. 그의 말이 끝나자 여민이 말했다.

"아버님이 목숨을 걸고 싶을 정도로 높은 현경의 경지까지 올라간 고수다. 너는 바깥일에는 신경 쓰지 말고 기억나는 대로 아버님과 그 자가 나눈 대화를 기록해라. 아버님이 본문의 무공에 한계가 있다고 언제나 말씀하셨는데, 그 대화가 그 돌파구를 제공할 가능성도 있다."
"알겠습니다."
 두 시진 정도가 지나자 산 위로 올라갔던 정찰조가 돌아왔다. 그들은 차마 시체를 들고 올 생각은 못하고 문파로 돌아오고 있던 홍의 소녀 미령(美鈴)과 청의 동자 이숙(李淑)만을 데려왔다. 그들의 이야기도 서진이 한 말과 일치했다. 여민은 미령과 이숙에게도 그들이 주고받은 대화를 기록하라고 일렀다. 미령과 이숙이 자신의 방으로 가는 것을 보며 청량에게 말했다.
 "자네는 빨리 가서 장의사와 의생들을 모셔 오게나. 모든 시신들이 그렇게 토막이 나 있다면 어쨌건 살들을 붙이고 꿰매야 할 것 아닌가? 그래야 어머님도 마지막으로 가시는 아버님의 시신을 한 번이라도 뵐 수 있을 테니까 말일세. 자네가 수고해 주게나."
 "알겠습니다. 다녀오겠습니다."

고속 승진

묵향은 마교로 돌아온 다음 상세한 보고를 올렸다. 교주는 묵향보다도 그를 수행했던 네 명의 고수들이 보고한 것을 읽어 보고는 떨떠름한 표정으로 묵향을 맞이했다.
"교주님을 뵈옵니다."
"이번 임무의 성과는 잘 받아 보았다. 그런데 왜 암살을 하지 않고, 정면 대결을 택했나? 이겼으니 다행이지만 졌다면 본좌는 우수한 고수를 한 명 잃을 뻔하지 않았나?"
"송구스런 말이지만 그 정도의 고수와 만난 이상 죽더라도 한번 검을 섞어 보고 싶었습니다. 덕분에 배운 것도 많습니다."
"클클, 그따위 말을 하다니……. 제법 간이 큰 녀석이군. 네 녀석은 본좌와 대결을 해서 이길 자신은 있느냐?"
"기회만 주어진다면……."

"크하하하, 광오한 녀석이군. 3황 중 한 명을 죽일 만한 실력이라면 그 정도의 배짱은 있어야 하겠지. 그래 네 녀석이 원하는 것은 교주의 자리냐?"

"아닙니다. 저는 무공을 더욱 익히고 싶습니다. 저는 오래전부터 혼자였고, 또 많은 수하들을 이끌 자신도 없습니다."

"흠, 독보천하(獨步天下)는 가능하지만 무림제패(武林制覇)는 불가능한 친구로군. 너는 무림을 제패해 보고 싶은 생각은 없느냐?"

"제 한 몸 다스리기도 힘든데 어찌 무림 전체를 손에 넣겠습니까? 그리고 그런 일을 하고 싶지도 않습니다."

"내 아들은 무공이 너만큼 뛰어나지 못하다. 너는 나이도 어리지만 본좌와 겨룰 수 있을 정도의 무공을 쌓았다. 너에게 교주의 직위를 이어 주려 하는데, 너의 생각은 어떠냐?"

"싫습니다. 교주의 직책은 해야 할 일이 너무 많아 무공을 쌓을 시간이 없습니다."

"크흐흐흐, 세상을 살다 보니 별 녀석도 다 있군. 유백에게 들으니 너의 무공의 주(主)는 마공이 아니라 정파의 무공이라고 하더군. 네가 생각하기에는 어떤가?"

"마공이 주축이 아닌 것은 사실이지만 정파의 무공도 주축이 아닙니다. 둘 다 섞여 있다고 봐야지요. 살수란 흔적을 남기지 않아야 하기에 여러 가지 정파의 무공을 익혔을 뿐, 마공보다 뛰어나다는 생각으로 익힌 것은 아닙니다."

"그것 또한 유백에게서 들었다. 이번에 부교주와 의논을 해 본 결과 너를 부교주로 임명하고자 하는데 어떠냐?"

"충분히 자유 시간을 주신다면 좋습니다."

"물론 시간은 충분히 주어질 것이다. 대신 본교의 원칙상 부교주는 수하를 거느리지 못한다. 대신 다섯 명 정도의 독립 호위대를 거느리지. 잡다한 일이 없는 만큼 자네에게는 아주 괜찮은 직위인 것 같은데?"

"그렇다면 좋습니다."

"호위는 어떻게 하겠나? 자네가 지명할 사람이 있나?"

"교주님이 뽑아서 주십시오. 대신 마기(魔氣)를 풍기지 않는 사람이면 좋겠습니다."

"나중에 보내 주겠네. 숙소는……."

"말씀 중에 죄송하지만 교주님, 제 숙소는 좀 한적한 곳에 작은 초가집 하나만 세우고 거기서 밥해 줄 사람 하나만 있으면 좋겠습니다. 번잡한 곳에 숙소를 잡으면 신경이 집중되지 않아서 그렇습니다."

"그건 자네 좋을 대로 하게나. 위치를 알려 주면 내총관이 알아서 해 줄 거야. 그럼 모든 게 끝났으니 이만 돌아가 보게나. 부교주로 정식 임명되는 것은 한 달 후에 할 것이네. 그때 임명식에 사용할 검을 골라 보게. 천마보고에 쓸 만한 검들이 몇 개 있으니 그중에서 하나를 선택하게나. 호위 무사들에게 말해 놓을 테니 들어가서 고르게."

묵향은 묵혼을 가리키며 교주에게 말했다.

"저는 이걸로도 충분합니다."

"아니야, 본교의 부교주가 정강으로 만든 보통 검을 사용한다면 모든 이들이 비웃지."

"하지만 저는 이런 모양의 검에 익숙해져서 다른 것은 사용하고 싶지 않습니다."

"흠, 그렇다면 내가 지시해서 새로 하나 만들어 주지. 시간은 걸리겠지만 내 무량(武樑)에게 일러둘 테니 그에게 말하면 만들어 줄 거야."

"신경 써 주셔서 감사합니다."

"피곤할 테니 이만 물러가 보게나."

묵향은 교주에게 인사를 한 후 유백에게 가서 얘기를 나눴다. 본타에서 정이 많이 든 사람은 유백 한 사람뿐이었고, 또 묵향을 그만큼 아껴 준 사람도 그뿐이었다. 유백은 묵향을 진심으로 반갑게 맞이했다. 유백은 묵향이 부교주가 되어 오랜만에 돌아온 것을 축하하기 위해 밤새도록 술을 마셨다. 그 도중에 유백은 묵향에게 조언하는 것을 잊지 않았다.

"자네는 본교 내 격리된 곳에서 생활해서 잘 모르겠지만, 마교 내에는 여러 개의 무공비급을 보관하는 장소가 있어. 서열 1백 위 이상급이 들어갈 수 있는 장소가 천마보고지. 그 안에는 여러 가지 초상승마공과 정파에서 탈취한 상승의 무공들이 들어 있어. 그리고 마존무고(魔尊武庫)에는 2천 위 이상급의 고수들이 들어갈 수 있지. 그 외에 네 곳 천동무고(天東武庫), 지서무고(地西武庫), 현남무고(玄南武庫), 황북무고(黃北武庫)에는 모두 똑같은 책들이 들어 있는데, 이곳은 그 외의 하급 고수들이 사용하는 마공들이 있지.

왜 네 곳으로 만들어 놨느냐 하면 그중에 한 곳이 소실될 우려도 있고, 또 많은 사람들이 이용하다 보니 한 곳에 같은 비급 네 권을 놔두는 것보다는 네 곳에 나누어 보관하는 것이 좋을 것 같아서 그렇게 만든 거야. 자네의 경우 모든 곳에 다 들어갈 수 있으니 마음에 드는 새로운 무학들을 연구할 수 있을 거야. 그중에서도 마존무고에 들어 있는 북명신공은 꼭 한 번 살펴보게나. 북명신공은 교주의 허락이 있어야 볼 수 있는 세 가지 무공 중의 하나지. 나머지 두 가지는 교주가 허락하지 않겠지만 북명신공은 아마 관람을 허락할 거야. 나중에 밑져 봐야 본전이니 한번 청해 보도록 하게나."

"예."

유백은 술 한 잔을 입에 털어 넣으며 말을 이었다.

"마교의 고수들이라면 흑미륵마공(黑彌勒魔功)을 꼭 익히지. 이것에 대해 들어 봤나?"

"아뇨."

"금강불괴(金剛不壞)란 말은?"

"들어 봤습니다."

"금강불괴란 것은 소림사가 만든 금강불괴신공에서 유래된 것인데 신체를 강철과 같이 단단하게 만들 수 있는 무공이지. 그와 비슷한 것으로 고목신공(枯木神功)이란 것도 있지. 이것은 사람의 신체를 나무와 같이 딱딱하게 만들어 웬만한 도검으로는 상처를 입지 않도록 해 주는 무공이야. 마교에서도 그에 대비하는 무학들을 만들었는데, 그 중 하나가 흑미륵마공이네. 이 마공을 운용하면 어지간한 타격에는 상처를 입지 않지. 몸의 껍질만을 튼튼히 만들어 주는 금강불괴와는 달리 혈관과 혈도(穴道), 뼈까지 강철처럼 단단하게 만들어 주어 웬만한 타격에서는 치명상을 입지 않게 막아 준다네. 이건 꼭 익히면 좋을 거야."

"명심하겠습니다."

"그리고 자네의 경우 원체 강기를 잘 다뤄 별 문제는 없겠지만 적수공권에서는 소수마공(素手魔功)만 한 것이 없지. 아니면 혈수마공(血手魔功)이나. 소수마공은 극음, 혈수마공은 극양의 마공이야. 그 마공을 운용한 팔은 희거나 붉은 광택을 발하며 도검이 불침하고, 그 뿜어 나오는 한기나 열기에 적이 치명상을 입는다고 전해지지. 아주 근거리의 적을 공격하는 데는 최적의 무공일세. 일부 초고수들은 그중 하나나 아니면 둘 다 익히고 있을 거야. 자네도 익혀 두는 게 좋을 걸세."

"명심하겠습니다."

"그 외에도 수많은 무학들이 있지. 교주의 경우 자전마공을 극성까지 익히고 있는데, 왜 자네도 봤잖아? 교주의 얼굴이 자색을 띠어 기괴하게 보이는 걸……."

"예."

"자전마공은 그 위력이 엄청나다고 들었어. 그것 또한 상당히 배우기 어려운 극양의 마공이지. 조금 익혀서는 효과를 보기 힘들지만 8성 이상 익히면 그 위력이 대단한 마공이야. 물론 자네의 경우는 좀 힘들 거야, 큭큭……."

갑자기 유백이 웃자 묵향은 이상한 기분이 들었다. 이렇게 소리죽여 웃을 필요는 없기 때문이다.

"왜 그렇게 웃으십니까?"

"하하, 자네는 여자를 멀리하는 인물인데……. 자전마공을 익히는 데는 여자가 필수거든."

"필수라뇨?"

"너무나 강력한 양강(陽剛)의 무학이라 그 양기(陽氣)를 주체할 수가 없지. 끊임없이 욕정이 일어나게 돼. 하루에도 여러 번씩 정사(情事)를 치르지 않으면 그 욕화를 다스릴 방법이 없지. 그러면서 자연스레 여자의 음기(陰氣)를 흡수하여 균형을 잡는 거야. 그렇지 않으면 혈맥이 터져서 죽는다네. 이제 알겠나? 킬킬……."

그 말을 들은 묵향은 약간 얼굴을 붉히며 퉁명스레 대꾸했다.

"그래도 제가 익히지 못할 거는 없잖아요?"

"자네는 동자공(童子功)을 익힌다고 헛소문을 내 나중에 있을 사태에 대비하는데, 그걸 익히면 여태까지의 노력은 말짱 헛거지."

"아, 그 점까지는 생각을 못 했습니다. 죄송합니다."

"그 외에 무형마공(無形魔功)도 익혀 둘 만하지. 유마권(柔魔拳), 마영지(魔影指), 마음장(魔陰掌)의 세 가지가 있는데 모두 무형(無形), 무성(無聲)이라 상대가 방어하기 대단히 까다로워. 대체적으로 위력이 좀 떨어진다는 단점이 있지만 그래도 기습에는 최고지. 거기에 10성까지 익히면 상대의 내장만 가루로 만들 수도 있다고 하더군."

"하지만 저는 이미 그것과 비슷하게 펼칠 수 있는데요?"

"그래도 한번 봐 두는 게 좋아. 자네가 펼치는 수법과 어떤 방식이 다른지 알아 두는 것도 도움이 되지."

"알겠습니다."

"흑살마장(黑殺魔掌)도 한번 봐 두게나. 익히는 걸 권하지는 않지만, 엄청난 위력을 지닌 마공으로 그 장법에 격중되면 살이 검게 급속도로 썩어 들어가기에 붙은 명칭이지. 약간의 상처라도 입으면 그 부분부터 썩기 시작해서 조금이라도 방심하면 그걸로 끝이야. 거기에 이걸 극성으로 익히면 강기의 형태로 발사할 수 있지. 너무나 악랄한 마공이고 또 익히기도 까다롭지만 그래도 위력은 대단하다네. 그걸 극성으로 익힌 사람은 탈퇴한 부교주인 암흑마교 교주, 흑살마제 장인걸뿐이야. 9성 이상 익히기가 대단히 힘든 마공이지. 다음에 이 사람을 만나면 아주 조심해야 해. 알겠나?"

"예, 마음에 새겨 두겠습니다."

밤새도록 술을 마시며 얘기를 나눈 묵향은 다음 날 일찌감치 무량을 찾아갔다. 무량은 천마창(天魔廠)이라 불리는 고수들을 위한 무기 제작소를 책임지는 뛰어난 장인이다. 그가 만든 이름 있는 마병(魔兵)들이 많았고, 서열 5백 위 안에 들어가는 인물들은 그에게 직접 부탁해서 병기들을 만들어 사용했다.

천마창은 마교 주력 부대의 무기 생산 장소로 이름이 높은 곳이었다. 그들 외의 일반 마도의 무리들은 마전창(魔戰廠)이라는 곳에서 생산하는 무기를 사용했다. 그가 도착하자 무량이 반갑게 맞이했다. 무량은 50세는 넘어 보이는 나이든 장인으로 잘생기지는 않았지만 우락부락한 표정에 굵은 호랑이 수염이 뻗쳐 있는 당당한 노인이었다.

"어서 오십시오, 교주님께 통보는 받았습니다."

묵향은 묵혼을 허리에서 풀어 무량에게 주며 말했다.

"이 모양대로 만들어 줄 수 있겠나? 가볍고 날카롭게……."

"예, 교주님께서 현철(玄鐵)을 보내 주셨습니다. 그런데 그걸 사용하면 현철 자체의 무게가 있는지라 가볍게는 안 되는뎁쇼?"

"그렇다면 최대한 검신을 얇게 만들어 주게나."

"현철 자체가 너무나 강해서 얇게 만들기는 하겠지만 그렇게 얇게는 힘들 겁니다. 시간이 좀 걸려도 상관없습니까?"

"상관없어. 내 살아생전에 못 써도 상관없으니 천천히 자네 마음껏 만들게."

무량은 묵혼검의 손잡이 부분을 자세히 보더니 말했다.

"손잡이 이쪽을 자르셨군요. 손잡이 길이는 이 정도로 해 드릴까요? 그리고 검집도 아주 수수하고, 칼날받이도 없군요."

"칼날받이는 만들지 말고, 손잡이는 정확히 그 정도, 그리고 검신의 길이도 그대로 해 주게."

"그렇다면 검의 이름은?"

"이것과 같이 「墨魂(묵혼)」이라고 음각으로 검신에 파 주게나."

"그러시다면 이 검을 파기할 생각이십니까? 검날이 아주 깨끗한데요? 오래 사용하신 것 같은데도 검날에 손상이 없는 걸 보니 대단히 아껴서 사용하신 것 같군요. 같은 이름, 같은 모양의 검을 두 자루나 가지실 필요가 있을까요?"

"파기할 생각이네. 검은 한 자루면 충분해. 너무 많아도 필요 없어."

"알겠습니다. 잠시만 기다리십시오."

그러더니 무량은 들어가서 묵직한 현철 한 덩어리를 가져오더니 묵향에게 내 주었다.

"여기에 진원지기(眞原之氣)를 약간만 불어넣으십시오."

약간 의아하게 생각한 묵향이 물었다. 진원지기란 거저 생기는 것이 아니다. 일가 피붙이에게도 나눠 주는 것을 꺼릴 정도로 무림인에게는 생명과도 같은 것이기 때문이다.

"진원지기를? 왜 그래야 하나?"

"진원지기는 각 무인의 품성을 나타내죠. 그걸 불어넣어 검을 만들면 그 주인의 마음에 꼭 드는 녀석이 나옵니다. 지독한 마인(魔人)일수록 엄청난 마검(魔劍)이 만들어지니 부교주님 마음에 쏙 드는 마검이 만들어질 겁니다."

"알겠네."

묵향은 씁쓸하게 미소 지으며 진원지기를 현철 덩어리에 불어넣었다. 그 모습을 보며 무량이 다시 물었다.

"묵혼검은 짧고 얇기 때문에 만드는데 현철이 그렇게 많이 들어가지 않아 남는 게 있을 겁니다. 그걸로 뭘 만들어 드릴까요? 표창을 몇 개 만들어 드릴까요?"

"아닐세, 묵혼검과 비슷하게 생긴 얇고 작은 단검을 하나 만들어 주게나. 야숙할 때 사슴이라도 잡으면 썰어 먹는 데 쓰게."

"알겠습니다. 그럼…….''

묵향을 힐끗 쳐다본 후 무량이 말을 이었다.

"평상시 밖에 나가실 때도 그 차림 그대로 나가십니까?"

"왜, 내 모양이 어때서?"

"보아하니, 암기를 사용하지 않으시는 것 같아서요."

"나는 암기를 안 써. 단도도 없어서 큰 사슴을 잡으면 묵혼으로 썰어서 구워 먹었는데, 검으로 하자니 귀찮아서 그러네."

"세상에 검으로 사슴 고기를 써시다니……. 알겠습니다. 신경 써서 단도 하나를 만들어 드리죠."

"고맙네. 나중에 완성되면 연락을 주게나."

"빨리 만들기는 힘들 겁니다. 한 반 년 정도 기다리셔야 할 것 같습니다. 그동안은 이 녀석을 사용해 주십시오."

그러면서 묵혼을 다시 묵향에게 건네줬다. 묵향은 그 묵혼을 허리에 찼다.

"알겠네. 그럼 수고하게나."

그 후 묵향은 여태 봐 뒀던 마교 총단 건물에서 많이 떨어진 산중턱 으슥한 곳에 작은 집을 한 채 만들도록 지시했다. 작은 방 두 개, 목욕탕 한 개, 부엌 한 개가 딸린 작은 집으로 전에 소연이 모녀와 함께 살던 집과 거의 같은 구조였다.

집이 완성되자 묵향은 계속 그곳에서 묵었다. 한 번씩 유백이 놀러 오는 외에 묵향의 집에 찾아오는 이는 없었다. 그는 다른 사람들이 말하는 정상적인 단계를 거치지 않은, 벼락출세를 한 장본인인 데다 살수 출신이라 거의 아는 사람이 없었기 때문이다. 거기에다 일종의 비밀 병기 같은 성격도 띠고 있어서 그가 부교주의 직위에 올랐다는 사실을 아는 사람도 거의 없었다.

사군자(四君子) 결성

 묵향은 부교주 임명 때 그의 독립 호위대 네 명을 만날 수 있었다. 그의 임명식에 참가한 인물은 채 30명이 되지 않았다. 이때 묵향은 부교주임을 나타내는 살아 있는 듯한 용이 그려진 작은 옥패를 받았다. 원래는 이때 교주가 주는 무기도 받아야 하지만 아직 완성되지 않았기에 그건 묵혼검으로 대신했다.
 그의 호위들은 남자 셋에 여자 하나였는데, 묵향의 요구대로 마기를 풍기지 않는 고수들이었다. 그걸로 봐서 이들은 정통 마공을 익힌 자들이 아닌 것만은 확실했다. 아마도 살수나 첩자 계통의 여러 분야에서 일하던 인물들인 모양이다. 교주는 그들을 옥련(玉蓮), 환수(幻壽), 마식(馬殖), 진춘(辰椿)이라 소개했다. 묵향은 별 관심이 없이 그들을 이끌고 초옥으로 가면서 물었다.
 "자네들의 명호는 있나?"

진춘이 모두를 대표해서 답했다.

"없습니다. 정식으로 활동하지 않았기에 그런 것은 없습니다."

"그럼 자네들 전직을 물어봐도 괜찮나?"

"예, 저와 옥련은 얼마 전까지 비영대에 소속되어 있었습니다. 이제 은퇴한 것이지요."

그러자 마식이 말을 이었다.

"속하는 호법원에서 일하고 있었습니다."

끝으로 환수가 말했다.

"속하는 흑살대 소속이었습니다."

환수의 말을 들은 묵향이 반가워했다.

"나도 흑살대 소속이었네. 반갑군. 같은 살수를 만나다니……. 그런데 이름보다는 좀 다르게 부르는 게 어떻겠나?"

"명을 따르겠습니다."

"나는 자네들에게 강요할 생각은 없네. 그래도 네 명이니 사군자(四君子)로 정하는 게 어떻겠나? 매(梅), 난(蘭), 국(菊), 죽(竹)이라 하고, 자네들이 하나씩 정하게나."

"독립 호위대의 명칭은 그들의 주인이 정하는 것이 관례입니다. 교주님의 호위대는 십혈룡(什血龍)이라 불리며 붉은 옷에 각자의 서열이 써 있는 붉은 두건을 쓰고 있는 걸 아실 겁니다. 사군자라, 괜찮군요. 그런데 너무 마교 같지 않은 기분이 드는데요?"

"괜찮아, 아주 괜찮은 이름이라구. 딴 녀석이 시비를 걸면 나한테 끌고 오게나. 껍질을 벗겨 놓을 테니. 각자의 명칭은 어떻게 정하는 게 좋을까?"

그러자 유일한 여자인 옥련이 말했다.

"소녀는 난을 하겠습니다."

"그거 괜찮군."

묵향이 찬성하자 냉큼 마식이 말을 이었다.

"속하는 죽을 하죠. 나머지는 너무 남자 같지 않아서……."

그러자 이에 질세라 진춘이 말을 이었다.

"속하는 매를 하겠습니다. 나무라서 그래도 국보다는 나을 것 같군요."

묵향은 환수를 보며 말했다.

"자네가 국이라도 상관없겠나?"

"저는 아무래도 괜찮습니다."

"그럼 모두 정해졌군. 나는 이제부터 집에 가서 무공연마나 할 테니까 자네들도 돌아가서 쉬게나. 호위 따위는 필요 없으니, 무공연마를 하든 술을 마시든 뭘 하든 자네들 마음대로 하게나."

그러자 매가 말했다.

"그럴 수는 없습니다. 그래도 부교주님을 모시는 독립 호위들인데……."

"교내에서 무슨 일이 일어나겠나? 그럼 이렇게 하지. 내가 밖에 나갈 때만 호위해 주게나. 그리고 나한테 맡겨질 일이라면 대단한 고수들을 상대해야 할 가능성도 크니 자네들도 열심히 수련을 쌓아 두는 것이 좋을 거야. 처음으로 맡은 부하들이 내 눈앞에서 죽는 걸 보고 싶지는 않으니까."

"명심하겠습니다."

한 달 후 묵향은 사군자를 소환했다. 그들은 갑자기 무슨 일이 생겼나 궁금해하며 묵향에게 왔다. 그들을 보고 묵향이 말했다.

"지금 생각해 보니 잊은 게 있어서 불렀어. 자네들의 무공이 어느 정도인지 확인해 보고 싶네. 나를 따라오게나."

묵향은 그들을 거느리고 널찍한 장소로 이동했다. 그곳에서 묵향은 한 명씩 무기를 들고 나서라고 지시했다. 처음 무기를 들고 나선 것은 매였다.

"속하는 도(刀)를 사용하겠습니다."

"자네가 가진 모든 기량을 펼치게. 암기도 상관없어. 어떤 수단을 사용해도 좋으니 마음 쓰지 말고 공격해 보게나."

둘은 비무를 시작했다. 매의 무공은 상당히 뛰어난 편이었다. 하지만 독립 호위대에 끼일 정도로 대단한 실력은 아니었다. 둘은 열심히 비무를 했고, 묵향은 매와 70초식을 겨룬 다음 말했다.

"매! 정말 제법이군. 하지만 아직 미숙한 점이 많구나. 자네의 실력은 이제 알겠으니 이번에는 난의 실력을 알고 싶군."

그러자 난이 나섰다. 그녀의 무공은 매보다는 떨어졌지만 경공은 약간 뛰어났다. 그녀는 정통 검법과 더불어 뛰어난 암기술을 지니고 있었다. 그녀 다음으로 나선 사람은 죽이었다. 죽은 호법원 출신답게 사군자 중에서 가장 뛰어난 무공을 가지고 있었다. 국은 흑살대 출신답게 살기를 숨기는 실력이나 은잠술이나 살인에는 뛰어났지만 사군자 중에서는 무공이 가장 약했다. 하지만 그의 원칙을 벗어난 살인 검술은 상당한 경지에 올라 있었다.

비무를 마치고 잠시 생각을 정리한 묵향이 입을 열었다.

"자네들의 무공은 거의 비슷한 수준이야. 하지만 그중에서 죽이 가장 뛰어나니 자네가 수장(首長)이 되게나."

"감사합니다."

"그리고 자네들의 무공은 보통의 독립 호위대 수준보다 떨어지지. 그건 내가 무공을 기준으로 선발해 달라고 부탁한 것이 아니라 마기를 적게 풍기는 녀석들을 보내 달라고 부탁했기 때문이야. 그러니 이제부터라도 자네들의 부족한 무공을 내가 닦아 줘야겠어. 한 명씩 아침에 나한테 오게나. 2각 정도 대련을 하면서 무공을 가르쳐 주겠네. 나머지는 자네들끼리 알아서 수련을 하게나."

그러자 모두 감격하여 외쳤다. 이 정도 뛰어난 고수가 직접 지도해 주는 것은 정말 대단한 영광이며 생애에 한 번 만날까 말까한 기연이었기 때문이다.

"부교주님의 은혜에 감사드립니다."

우연한 해후

묵향은 사군자를 교육시키면서도 남은 시간은 모두 자신의 수련에 썼다. 하루하루 더욱 넓고도 깊은 무학의 길에 감탄을 하면서 끊임없는 수련을 해 나갔다.

그러던 어느 날 묵향은 더 이상 발전이 없는 것을 느끼고 자신의 수련 방법에 문제가 있는 것은 아닐까 하는 생각을 했다. 새벽 4시에 일어나면 한 시진 반 정도 운기조식을 하면서 하루를 시작하고, 사군자 중 하나가 도착할 때까지 마루에 앉아 명상을 했다. 사군자의 한 명과 2각 정도 대련을 하면서 지도를 해 주고 그가 가져온 음식으로 아침 식사를 했다. 식사를 끝낸 다음 휴식을 취하다가 10시가 되면 다시 폭포로 가서 4시진 동안 폭포 물을 맞으며 명상에 잠긴다. 6시에 저녁 식사를 한 후 이번에는 방 안에 앉아 조용히 자연의 소리에 귀 기울이며 명상에 잠기든지 아니면 경공수련을 하든지 또는 꽃밭을 가꾸든지, 그것도 아니면 무공비급을 읽었다. 이런 수련이 처음에는 상당히 도움이 되었다. 마교의 무공비급은 방대한 분량이었고 각종 무공이 있었다.

묵향이 수많은 무공비급을 가져다 보자 일시 마교의 수뇌부는 긴장했지만, 묵향이 그걸 익히는 것도 아니고 하루에도 수십 종류의 무공비급들을 보는 것을 보고 어떤 특이한 무공을 찾고 있다는 것을 알 수 있었다. 묵향은 자신이 알고 있는 방식이 아닌 색다른 방식의 무공이 있는지 궁금했던 것이다. 하지만 대부분의 무공은 거의 똑같은 내용을 가지고 조금씩 초식을 바꾼 것일 뿐 어떤 일정한 틀을 벗어나지 않았다.

어쩌다 한 번씩 특이한 내용을 담고 있는 것은 의외로 정파의 무공이었다. 정파의 무공들은 대단한 깊이를 담고 있는 것들이 제법 있었다. 하지만 그것도 한순간뿐이었고, 보고(寶庫) 구석에 쌓여 있던 혈교의 비급은 더욱 쓰레기였다. 간혹 파격적인 새로운 방식으로 접근해 꽤 쓸 만한 것들도 있었지만 사술(邪術)로서 사람을 현혹시키는 내용이 주류를 차지하고 있었다. 이따위 사술로써 현혹시키는 것은 내공이 낮은 사람에게는 통할지 몰라도 내공이 시술자보다 높거나 아니면 현문의 정순한 내공을 익힌 사람들에게는 통하지 않는다.

처음의 명상을 위주로 한 수련은 여러 가지 비급을 보면서 생겨난 의문점들이나 생각들을 정리하는 데는 도움이 많이 되었다. 하지만 세월이 흘러 더 살펴볼 비급이 없어지자 더 이상 도움이 되지 않았다. 그래서 수련 방법을 바꾸고자 했다. 하지만 뾰족한 좋은 수련 방법이 없었다. 자신이 이미 극마의 경지는 넘어선 이상 교내의 다른 고수들과 비무를 해 봐도 별 소용이 없었고, 또 교내의 여러 가지 수련 관문들도, 다른 사람들에게는 인간의 한계에 도전하는 것이었지만, 묵향에게는 어린애 장난과 같았기 때문이다. 그날 무공을 배우기 위해 찾아온 죽(竹)은 묵향이 골똘히 생각에 잠긴 것을 보고 한참을 기다리다가 도저히 묵향이 제정신으로 돌아오지 않자 살며시 물었다.

"부교주님, 왜 그러시는지요."

정신을 차린 묵향이 되물었다.

"뭐라구?"

"왜 그러시는지요?"

"자네 생각으로는 어떤 일이 불가능한 일일 것 같은가? 인간이 하기 힘든 일일수록 좋아. 새로운 수련 방법을 찾는데, 영 좋은 방법이 없군."

"불가능이라……. 십만대산 서쪽의 마신봉에 절벽이 있는데, 거길 올라가 보시면 어떠실지?"

"그건 나한테는 쉬운 거야."

"그렇다면, 장강(長江 : 양자강)을 걸어서 건너보시면?"

"그것도 괜찮은 생각이긴 한데, 양자강은 너무 멀어. 그리고 가려면 교주님의 허락이 있어야 한다구."

"그렇다면, 바위 부수기? 아니지……. 참! 여기서 남쪽으로 5리 정도 가면 소나무 숲이 있는데, 나뭇잎을 세어 보시죠."

"나뭇잎이라…, 좋은 생각이군. 어떻게 그런 생각을 했나?"

"전에 소림사에서 말썽꾸러기 고수가 한 명 나타났는데, 그를 금제하는 방법으로 써먹은 거라고 들었습니다. 1천 그루의 소나무 잎을 헤아린다면 밖으로 나와도 좋다구요."

"그래서 어떻게 되었나?"

"그곳에는 지형상 하루에 두 번씩 강한 바람이 부는데, 오후에 뜨거워진 공기가 골짜기 안으로 불어서 들어가고 저녁에는 차가워진 공기가 반대로 뿜어져 나오죠. 그 때문에 소나무 잎들이 흔들려서 많이 떨어지기 때문에 도저히 그것들을 셀 수는 없습니다. 결국 소나무 숲 안에서 늙어 죽었죠. 그 안에서 늙어 죽도록 수련을 한 걸 보면 그래도 신의는 대단한 사람인 모양입니다."

"정말 잘 생각해 줬어. 거기에는 소나무가 몇 그루나 있나?"

"가 보시면 아시겠지만 3천 그루 정도 있습니다. 대신 바람은 안 부니까 그자와 조건은 비슷할 겁니다."

"알겠네. 조언을 해 줘서 고맙군. 자, 그럼 수련을 시작해 볼까……."

묵향은 매일 소나무 잎을 헤아리러 숲에 갔다. 소나무 잎을 헤아려 보니 뛰어난 암산 실력과 시력, 그리고 경공술이 필요하다는 걸 즉시 알 수 있었다. 그는 하루하루 나뭇잎을 헤아려 나갔다. 처음에는 열 그루도 헤아릴 수 없었는데 차츰 요령이 생기면서 계속 그 숫자가 늘어 갔다.

아마도 무공의 끝이 이 안에 있지 않을까 하는 절망감까지 들 정도로 진척의 속도는 느렸다. 하지만 그래도 숫자상으로는 그날보다는 다음 날 헤아린 잎의 수가 하나라도 많았기에 그는 질릴 줄 모르고 잎을 헤아려 나갔다. 이윽고 겨울이 왔지만 소나무는 상록수(常綠樹)라 잎이 많이 남아 있어 겨울에도 그의 수련은 계속되었다. 소나무 잎을 헤아리기 시작한 이후 날만 밝으면 그는 소나무 숲으로 갔고, 그에게 무공을 배우러 사군자도 소나무 숲으로 왔다. 그러면서 사군자는 그날 먹을 음식을 가져왔다.

그날도 난이 식사를 가져와 묵향에게 전하면서 말했다.

"저어…, 부교주님."

"뭐냐?"

"실은 무량이 사죄할 것이 있다고 뵙기를 청하고 있습니다."

"그래? 거의 2년만이군. 알겠다, 지금 가 보지."

묵향이 마전창에 도착하자 무량이 묵향의 앞에 엎드려 사죄하며 말했다.

"부교주님, 용서해 주십시오."

당황한 묵향이 그를 일으키며 말했다.

"무슨 일인가?"

"저…, 실은 검을 만들 시간을 좀 더 주셨으면 해서 그렇습니다."

"왜? 잘 안 되고 있는가?"

"그게……."

"시간은 언제까지나 상관없다고 하지 않았나? 내가 죽은 후라도 괜찮다고 말했을 텐데."

"실은…, 다시 한 번 진기를 불어넣어 주시면 안 될까요?"

"왜 그러나? 검을 만드는 데 실패했는가?"

"예, 실패했습니다. 그것도 이만저만한 실패가 아니라…… 검을 만들기는 했는데, 아무래도 파기하고 다시 만들어야 할 것 같아서 실례를 무릅쓰고 부교주님을 뵙자고 청한 것입니다."

"검을 만들기는 만들었다고? 그럼 됐잖나. 그걸 주게. 본좌는 그렇게 좋은 검을 필요로 하지는 않네."

"하지만……."

"괜찮으니 주게."

무량은 마지못해 구석에 처박아 둔 검을 가져 왔다.

"이겁니다. 제 일생일대의 실패작(失敗作)이라……."

묵향은 검을 받아 들면서 미소 지었다.

"괜찮네. 겉모양은 그럴 듯한데……?"

묵향은 천천히 검을 뽑았다. 은은한 묵빛이 풍겨 나오는 2척 3촌의 얄팍한 검. 대단히 얇은 검신에 길이도 짧았고 적당히 휘어져 올라간 것이 현재 묵향이 차고 있는 묵혼검과 거의 유사한 생김새였다.

"아주 좋군. 내 마음에 꼭 들어. 그렇게 신경 쓰지 말게. 내가 보기에는 괜찮은데, 뭐가 마음에 안 든다는 건가?"

"저는 본교 역사에 남는 마검을 만들어 바치고자 했는데 이건, 이건…… 마검도 신검도 아닌 이상한 게 되어 버렸습니다."

"신검이나 마검이나 그 검이 그 검 아니겠나?"

"엄연히 다릅죠. 원래가 마인은 마검을 차야 하는 법. 그래야 마공(魔功)의 위력이 배가됩니다. 그런데 이따위 검으로는 강대한 마공을 펼치기 어렵습니다."

"그래? 그럼 한번 펼쳐 볼까?"

묵향이 진기를 끌어올리기 시작하자 묵혼검이 웅웅거리며 강렬한 마기가 검신에서 뿜어져 나오기 시작했다. 사람의 혼백을 앗아 버릴 것 같은 무시무시한 마기 앞에 내공이 약한 무량은 한 발자국씩 뒤로 물러났다. 이때 묵향이 묵직한 함성을 터트리며 하늘을 향해 초식을 전개했다.

"진파천월!"

그러자 하늘을 향해 엄청난 청색 검강들이 강렬한 마기를 뿜으며 날아올랐다. 그걸 보고 묵향은 웃으며 말했다.

"보게. 아주 좋지 않은가?"

"그럴 리가……. 이 검은 마와 정의 기운을 동시에 가지고 있군요. 소인의 생각이 짧았습니다. 왜 이런 엉터리가 만들어졌는지문 생각한다고 부교주님의 내공이 마와 정이 혼합된 것임을 미처 생각하지 못해서……. 이건 부교주님의 손에서만이 최고의 힘을 발휘할 수 있는 검이 될 것입니다."

그러자 묵향은 자신이 검대에 차고 있던 묵혼검을 끌러 무량에게 넘겨주며 말했다.

"이 녀석을 파기해 주게나."

묵향은 검대에 새로운 묵혼검을 묶으며 말했다.

"그런데 검집이 너무 호화로운 것 같군."

무량은 쑥스러운 듯 미소를 지었다.

"무림의 소눈깔들 중에서 그 검집이 그렇게 화려하다는 걸 알아볼 수 있는 자들은 흔치 않을 것이니 염려하지 마십시오."

"어쨌든 고맙네."

묵향이 돌아가려고 하자 무량은 황급히 비수를 한 자루 가져다주며 말했다.

"묵혼검과 짝으로 만든 비수입니다. 소인이 멋대로 이름을 붙였습니다. 묵영비(墨影匕)라고 합니다."

"좋은 이름이군. 잘 쓰겠네."

"이 비수는 써 보면 아시겠지만 사슴 가죽 벗기는 데나 쓰기에는 아까운 것이죠."

묵향은 미소 지으며 이 장인의 솜씨와 쏟아 준 정성에 찬사를 보내고 자신의 거처로 돌아갔다.

사군자의 말을 빌리면 '미친 짓'이라는 수련을 계속해 나가던 따뜻한 봄. 그날 묵향은 오랜만에 집에 들어가서 잠을 자려고 소나무 숲을 나섰다. 요즘 들어서는 거의 사흘에서 일주일 단위로 집에 갔다. 소나무 잎을 세지 않을 때는, 사군자와 비무할 때를 제외하고, 모든 시간을 어떻게 하면 하나라도 더 많은 잎을 셀 수 있을까 고민하는 데 사용했다. 집에 가까이 오자 누군가가 집 안에 있다는 것을 알 수 있었다.

'세 명이군. 제법 뛰어난 실력을 갖춘 자들이다. 그런데 풍겨 나오는 기로 봐서 본교의 인물들은 아닌 것 같군. 그렇다면 어떤 간 큰 녀석들이 본교에 들어왔지?'

이런저런 생각을 하며 묵향은 집으로 다가갔다. 그렇지만 그는 추호도 자신이 벌써 눈치 채고 있다는 것을 드러내지 않았다. 대신 마음속으로 그는 벌써 그에 대한 대비를 하고 있었고, 또 서서히 진기를 끌어 모았다. 그가 문을 열고 들어가자 그들 중 하나가 묵향의 목에 비수를 들이댔다. 하지만 살기(殺氣)가 느껴지지 않았기에 묵향은 반격을 하지 않았다. 혹시나 교주가 실력을 시험하기 위해 보낸 본교의 무사들이라면 죽이면 안 되기 때문이다. 비수는 묵향의 목에서 반 치 정도 되는 곳에서 멈췄고, 나지막한 남자의 위협 소리가 들렸다.

"조용히 해!"

그와 동시에 옆에 있던 또 다른 사람이 묵향의 허리에 찬 검을 빼앗았다. 묵향은 슬쩍 방을 둘러보았다. 그에게서 검을 빼앗은 남자의 호흡이 일정하지 않기에 상당한 부상을 당했다는 걸 알 수 있었다. 그리고 또 다른 한 명은 저쪽 구석에 누워 있었다. 가슴이 불룩이 솟아 있는 걸로 보아 그 사람은 여자인 모양이다.

'셋 다 부상을 당한 모양이군. 그렇다면 본교의 인물들은 아닌 모양인데? 지금 해치울까? 아니면 좀 있다가?'

묵향은 후자를 택했다. 이들은 언제나 해치울 수 있는 자들이다. 지금 해치우는 것보다 시간을 끌면서 이들의 정체를 파헤치는 게 더 좋겠다는 생각이 들자 묵향은 순순히 그들의 말을 들었다.

"여기는 어디냐? 마교의 영역을 벗어나려면 얼마나 더 가야 하지?"

"마교의 영역을 벗어나려면 30리는 더 가야 하죠."

그러자 칼을 빼앗았던 사람이 절망적이라는 듯 한숨을 쉬었다.

"사형, 어떻게 하면 좋죠?"

칼을 들이대고 있는 인물이 다시 싸늘한 어조로 물었다.

"너는 누군데 여기서 살고 있나?"

그러자 묵향은 겁에 질린 듯한 어조로 말했다.

"소인은 오랫동안 이곳에서 살았죠. 예전에는 마교에서 한자리 했는데 권력 다툼에 밀려서 이곳에 쫓겨난 분이 소인의 선친이시라 여기서 계속 살고 있습니다. 조금이라도 무술을 익히면 마교에 들어가려고요."

"그래?"

그 남자는 부싯돌을 한 번 부딪쳐 잠시 동안 일어나는 불꽃을 이용해서 묵향의 용모를 보더니 옆 사람에게 말했다.

"정말인 것 같군. 마기도 없고 도저히 무술을 잘 알 것 같은 모습이 아니군. 거기다 상당히 젊잖아. 너는 우리를 마교의 영역 밖으로 안내해 줄 수 있나?"

"소인도 목숨이 걸린 일이라. 헤헤…, 돈을 좀 주셔야 겠는데요."

"돈은 나중에 줄 수 있다. 은자 한 냥이면 되겠냐?"

"쓰는 김에 더 쓰시죠, 나으리."

"좋아, 다섯 냥 주마."

"좋습니다. 그런데 저쪽에 계신 분의 몸조리를 하고 나서 떠나는 것이 좋을 것 같습니다. 소인이 의술을 좀 알고 있으니 상처를 봐도 되겠는지요?"

그러자 그 사내는 비수를 치우며 말했다.

"좋다."

묵향은 등을 켜고 쓰러져 있는 사람에게 다가갔다. 그 여자는 상당한 외상과 함께 심각한 내상까지 입고 있었다.

'흑마장에 당했군. 이쪽 상처는 칼에 긁힌 상처인데… 별로 깊지는 않아. 그 외에 몇 대 더 먹었는데 가장 심하게 당한 건 유마권(柔魔拳)이야. 본교의 무형마공 중 무형의 권풍을 일으키는 유마권을 사용한 자의 수준이 그렇게 깊지 않았던 데다가 현문의 정순한 내공을 지니고 있어서 죽지는 않은 모양이야. 아마 자신도 모르는 사이에 맞았겠지. 내상이 심해서 빨리 치료하지 않으면 생명이 위험하겠어. 그런데 이 얼굴은 낯이 익군…, 누구더라? 꽤 오랫동안 현문의 정통 심법을 수련한 사람 중에서 내가 아는 사람은 없는데……'

묵향은 이런저런 생각을 하면서 그 여자의 옷을 벗기고 침을 찔렀다. 옷을 벗기고 보니 그렇게 심각한 외상은 많지 않았다. 묵향은 품속에서 금창약(禁瘡藥)을 꺼내어 발라 주고, 마교에서 내상을 치료하기 위해 복용하는 단환을 세 알 먹였다. 그리고 두 남자도 치료해 줬다. 검을 빼앗겼던 남자는 복부에 깊은 검상이 있었지만 치명적인 것은 아니었다. 그에게도 단환을 먹이고 함께 금창약을 발라 줬다. 무림인들이 가지고 다니는 필수품이 금창약이다. 그런데도 이들이 금창약을 가지고 있지 않은 걸 보면 일단 잡혀서 금창약 등을 빼앗기고 나서 탈출했음을 짐작할 수 있었다.

묵향으로서는 알 수 없는 점이 한 가지 있었다. 여자는 현문의 정통 심법을 익혔는데, 두 남자는 현문의 심법을 익히지 않았다는 것이다. 물론 내력은 두 남자가 여자보다 강했지만 그 정순은 여자가 더욱 뛰어났다. 아마도 이삼십 년이 지나면 여자가 두 남자들을 앞서갈 것이 분명했다. 왜 이들은 심법이 서로 다를까? 이것이 묵향의 의문 중 하나였다.

다음 날 아침 난이 수련을 하기 위해 묵향의 식사를 가지고 왔다. 묵향은 마루에서 명상을 하며 기다리다가 난에게서 음식물을 받아 들고 말했다.

"고마워, 영영! 집에 쌀과 반찬이 떨어졌는데, 사다 주지 않겠어? 나도 계속 얻어먹을 수만은 없잖아. 집에서 해 먹어야겠어. 그리고 금창약하고 내령마속환(內逞魔屬丸)이 떨어져서 그러니 한 서른 알 정도 가져다줘."

그러면서 묵향은 약간의 은자를 난에게 건넸다. 난은 묵향의 말이 평상시와는 다르다는 걸 알고 약간 당황하여 전음(傳音)을 보내왔다.

〈왜 그러십니까, 부교주님? 혹시 탈출한 무리들이 이곳에 왔나요?〉

〈다른 사람에게 말하지 말고 내가 지시한 걸 좀 가져다줘. 알아볼 게 있다.〉

"알겠습니다. 곧 가지고 올게요."

한 시진 반 정도 지나자 난은 세 명의 하인들을 시켜서 음식물들과 약품들을 묵향에게 가져다줬다.

"수고해 줘서 고마워. 잘 먹을게."

묵향은 하인들에게 동전 세 냥씩 수고료를 쥐어 줬다. 그러면서 난에게 전음을 보냈다.

〈다른 사람에게 알리지는 않았겠지?〉

〈알리고 말고 할 것도 없어요. 모두 이들이 부교주님 집에 있다는 걸 알아요. 그런데 부교주님이 그냥 계시니까 가만히 있는 거죠. 교주님께서도 알고 계십니다.〉

"나는 바빠서 오래 얘기를 나눌 수 없군. 잘 가."

〈이들은 누구냐?〉

"몸조심 하세요. 다음에 뵈요."

난은 하인들과 함께 천천히 멀어지면서 전음을 보내 왔다.

〈그들은 천지문(天地門)의 제자들입니다. 천지문과 본교가 충돌했고, 그들 중 3백여 명을 뇌옥에 가둬 두었는데, 그들의 일부가 탈출을 시도했어요. 모두 잡아들였는데 그중 세 명만이…….〉

〈나중에 매보고 지붕에 올라오라고 해. 물어볼 것이 있으니까.〉

'천지문이라…, 낙양에 있는 문파인데 어떻게 여기까지? 도대체 알 수가 없군. 매는 비영대 출신이니까 좀 더 많이 알고 있을지도 모르지.'

묵향이 그들을 치료하고 있을 때 지붕 위에 사람이 올라왔다는 걸 알 수 있었다. 매의 은잠술이 뛰어나서 다른 사람들이 눈치 채지 못하는 사이에 묵향은 매에게 전음을 보냈다.

〈이들은 누구냐?〉

〈천지문의 제자들입니다.〉

〈천지문의 제자들이 왜 본교에 있지?〉

〈두 달 전에 천지문과 본교 간에 다툼이 있었습니다. 천지문은 낙양에서도 알아주는 대문파입니다. 그렇다 해도 본교에 도전할 정도는 안 되는데, 본교의 비밀 분타를 건드린 게 화근이죠. 낙양에서 20리 정도 떨어진 지점에서 본교의 고수들과 충돌해서, 몽땅 다 잡아다가는 뇌옥에 넣어 뒀는데 이들이 도망친 겁니다. 감시를 엄밀히 했는데도 제법 실력이 있는 자들이라 그만……. 그래서 본교의 고수들이 출동해서 다시 다 잡아들였는데 이쪽으로 도망친 세 명만이 아직 잡히지 않았죠. 교주님께서도 왜 부교주님께서 이들을 그대로 두는지 궁금해하고 계십니다. 부교주님이 하시는 일이라 어쩌지 못하고 있지만 이 근처에 다섯 명의 고수들이 대기하고 있습니다. 부교주님께서는 어떻게 하실 생각이신지 하명해 주십시오.〉

〈너는 교주님께 내가 하는 일에 간섭하지 말아 달라고 부탁드려라. 이번에 사로잡은 천지문의 인물들은 어떻게 한다고 하던가?〉

〈아직 정해지지 않았습니다. 천지문도 고수의 3분지 1 정도를 상실했기 때문에 상당히 당황하는 모양입니다. 그들로서도 이렇게 될 줄은 알 수 없었겠죠. 비밀 분타는 노출되었기 때문에 팔아 버리고 새로운 곳으로 옮겼습니다. 이들을 천지문에 돌려주고 몸값을 받을 건지 아니면 모두 처형해 버릴 건지 결정되지 않은 상태입니다.〉

〈그렇다면 여지고 수석장로에게 이 일은 내가 처리할 생각이니 내 얼굴을 봐서 간섭하지 말라고 전해 주게. 천지문 녀석들이야 구워 먹든 삶아 먹든 내가 상관할 바 아니지만 아무래도 마음에 걸리는 게 있어서…….〉

과거 수석장로는 마천검귀 여절파였지만 그가 죽고 난 후 그의 아들인 천도왕(天刀王) 여지고(呂志高)가 진급하면서 그 자리를 이어받

앉다. 마교 내의 여(呂) 씨 가문은 대단히 뛰어난 무가(武家)였다.
〈알겠습니다. 그렇게 전해 두겠습니다.〉
〈부탁하네.〉
〈존명!〉
〈참, 천지문은 현문의 한 갈래인가?〉
〈아닙니다. 도가 계통이라기보다는 불가 계통이라고 보시는 것이 옳습니다. 천지문을 일으킨 시조가 소림사의 속가제자라고 들었습니다.〉
〈알겠네. 지시할 사항이 생길지도 모르니 하루에 한 번은 지붕 위로 오게나. 이제 그만 가 보게나.〉
그와 동시에 지붕 위에서 사람의 기척이 사라졌다.
묵향은 그들을 한 달 정도 치료하면서 여러 가지를 알아낼 수 있었다. 묵향이 낯익었던 여자의 이름도 알 수 있었다. 남자들은 여자를 소 사매(蘇師妹)라고 불렀고, 묵향에게 칼을 들이댔던 사람이 그들 중에서 가장 서열이 높은 모양인데 전 사형(田師兄)이라 불렸으며, 묵향에게서 칼을 빼앗았던 또 다른 남자는 임 사제(林師弟)라 불렸다.
'소 사매라. 그러면 성이 소(蘇) 씨군. 소 씨 여자 중에서 내가 알고 있는 사람이 있었던가? 소 씨라, 소 씨……. 그리고 현문의 정통……. 그렇군, 내가 왜 그 생각을 못했지?'
그걸 눈치 챈 다음부터 묵향은 이들에게 상당히 정성을 쏟았다. 한 달 정도가 지나자 그들의 상처가 거의 나았다. 그들은 묵향이 자신들을 성의껏 대해 주는 걸 알고 상당히 기뻐했고 속으로 의심하던 마음도 차츰 풀려 갔다. 이들이 회복되자 묵향은 이들을 모아 놓고 탈출할 방도에 대해서 설명을 했다.

"여기서 마교의 영역을 벗어나려면 어떻게 해도 최소 세 번 이상 마교의 눈길에 걸리게 됩니다. 아무리 숨어서 나간다 해도 어떻게 할 수 없죠. 변장을 하고 당당하게 나갈 수밖에 없어요."

"아무리 그래도 경비가 허술한 곳이 없습니까?"

"경비가 허술한 곳은 없어요. 탈출은 이쪽을 통해섭니다."

묵향은 붓을 들어 종이에 대강 그림을 그리면서 설명했다.

"여기서 이쪽을 통해서 나가면 다섯 번 보초에게 발각되게 되죠. 그리고 여기저기 매복하고 있는 사람들의 눈에도 띌 겁니다. 하지만 이 길은 사람들이 많이 다니는 곳이라서 내가 앞장서서 나가면, 나는 자주 이곳을 왕래했기 때문에 별로 의심받지 않을 겁니다. 그리고 변장을 잘 해야 해요."

그러자 전 사형이라 불린 사람이 의심에 가득 찬 눈초리로 묵향을 바라보며 말했다.

"당신이 말한 곳은 너무 눈에 잘 띄는 길이에요. 산길을 타고 갈 수는 없습니까?"

"산길에는 매복이 더 심하죠. 그리고 각종 진법들이나 기관 매복이 깔려 있습니다. 이곳은 마교의 총타가 위치한 곳입니다. 1천 년의 역사를 가진 마교가 아직 단 한 번도 총타를 적에게 내준 적이 없는 이유가 뭐겠습니까? 혹 산속이 총타의 내부보다 매복이나 함정들이 적다고 하더라도 수많은 첩자들이 저세상으로 떠날 정도로 강력해요. 이래도 죽고 저래도 죽을 거라면 좀 더 편하고 그러면서 가능성이 많은 쪽을 택하는 것이 좋을 거요."

소 사매가 묵향에게 물었다.

"그렇다면 이 길이 가장 안전하다는 말인가요?"

"그래요. 나는 이 길의 통행증을 가지고 있고 또 자주 왕래하기에 지키는 사람들과 안면이 많습니다. 모두 망태기를 지고 속에다가 약초 등을 집어넣어 시내에 내다 팔 약초를 캐 오는 길이라고 하면 되죠. 얼굴에 진흙을 묻히고 옷은 내가 줄 테니 그걸 입고 나가면 됩니다. 당신들이 입고 있는 그 옷을 입고 나가면 1리도 못 가서 잡혀 갈 게 뻔합니다."

그들은 어찌 되었던 묵향의 말을 들을 수밖에 없었기에 묵향을 따라나섰다. 허름한 옷과 망태기에는 약초를 몇 뿌리씩 넣고 그들은 길을 재촉했는데, 이미 묵향의 지시를 받은 보초들은 그들에게 아무런 제재도 하지 않았다. 묵향은 그들을 데리고 십만대산을 내려와서 말했다.

"십만대산을 기준으로 1백 리 안쪽은 마교의 영향권 안이오. 일단 1백 리만 벗어나면 그래도 안심할 수 있지요. 낮에는 쉬고 밤에는 걸어가면 괜찮을 겁니다. 헤헤…, 그런데 돈은 어떻게? 지금 계산하시겠습니까?"

"지금은 돈이 없습니다. 나중에 본문에 돌아간 다음 사람을 보내어 계산해 드리죠."

"제 칼도 돌려주시죠. 이제 위험은 벗어났는데, 제 칼까지 뺏어 가는 건 너무하시는 처사인데요."

임 사제라는 사람이 등에 진 봇짐을 풀어 검을 돌려주며 말했다.

"정말 좋은 검이더군요. 잘 썼습니다."

묵향은 검을 받아 허리에 차고는 싱긋 웃었다.

"아주 예의가 없는 친구들은 아니군."

묵향의 말투가 갑자기 바뀌자 그들은 안색이 변했다. 그리고 모두 진기를 끌어올려 방어 자세를 취했다. 묵향은 그들의 행동에 아랑곳하지 않고 외쳤다.
"난!"
그러자 난이 숲 속에서 섬전과 같은 속도로 뛰어나와 묵향의 앞에 부복했다. 그 전에 식량과 약재들을 가져다줬던 여자임을 알아본 그들의 얼굴이 점점 더 굳어지며 긴장하는 것을 알 수 있었다.
"내가 부탁한 걸 주게나."
"여기 있습니다."
묵향은 난에게서 건네 받은 작은 꾸러미를 소 사매라 불린 여자에게 내밀었다.
"갑자기 닥친 일이라 좋은 걸 준비할 수 없었다. 작지만 나의 성의로 알고 받아 주렴."
묵향이 부드럽게 말하자 소 사매라 불리는 여자는 망설이는 기색으로 그 꾸러미를 받아 들었다. 묵향은 꾸러미를 건넨 후 품속에서 주머니를 하나 꺼냈다. 그리고 그걸 전 사형이라 불리는 남자에게 건네주었다.
"이 안에 은자가 약간 들어 있다. 모두 무일푼일 테니 여비로 쓰게나."
묵향은 아주 먼 곳을 바라보는 듯 추억에 잠긴 시선으로 소 사매라는 여자를 바라보며 말했다.
"만나서 반가웠다. 몸조심하거라."
묵향은 돌아서서 걸어가기 시작했다. 이때 소 사매라는 여자가 그 꾸러미를 풀어 보자 그 안에는 예쁜 귀걸이 한 쌍과 작은 보석이 달려 있는 금목걸이가 들어 있었다. 그 여자는 그걸 보면서 한참 말이 없더니 급기야 뭔가 떠오른 듯 멀어져 가는 묵향을 향해 외쳤다.

"아저씨!"

그렇지만 묵향은 뒤도 돌아보지 않고 그들에게서 멀어져 갔다. 난이 궁금한 듯 묵향에게 물었다.

"누굽니까?"

"응, 내 양녀(養女)지. 낙양에 있을 때 거두었는데……. 천지문에 들어갔으리라고는 생각도 못 했군. 무림인이 되기를 원하지는 않았는데 말이야."

"그러면 아는 체라도 하시는 것이……."

"아니야, 나는 사파고 저 아이는 정파니 그 사실이 드러나지 않는 게 저 아이의 미래를 위해서도 좋을 거야. 그리고 내가 이렇게 젊은 얼굴을 하고 있는데 다른 두 명이 설마 의심하겠어? 그냥 내가 저 여자 애에게 흑심을 조금 품었나 하고 생각하겠지. 죽에게 연락해서 천지문에 도착할 때까지 저들이 모르게 호위해 주라고 하게나."

묵향이 집으로 돌아오자 국(菊)이 초조한 듯 기다리고 있다가 말했다.

"교주님께서 찾으십니다. 빨리 오시랍니다."

"알겠네."

묵향이 교주가 기다리고 있는 곳으로 가자 그곳에는 장로들과 능비계 부교주까지 앉아 있었다. 묵향이 다가가 교주에게 인사하자 교주는 약간 노기가 섞인 음성으로 말했다.

"묵향 부교주, 이번 일은 어떻게 설명하겠나? 왜 그들을 놓아줬지?"

"사정이 있어서 그렇습니다. 이번 일을 어떻게 처리하실 것인지 확정되어 있었습니까?"

"확정된 것은 아니지만 자네 혼자서 독단으로 처리할 정도로 가벼운 사항은 아니었어."

"감히 교주님께 청합니다. 천지문의 포로들을 돌려보내고 그들과 비밀리에 교섭을 하여 될 수 있으면 사이좋게 지내는 것이 어떻겠습니까?"

"갑자기 자네가 왜 그러나? 천지문이란 곳이 2천 명 정도의 제자들을 거느리는 제법 큰 방파라 하더라도 우리가 숙이고 들어갈 필요 없이 정예 고수들을 보내어 초토화를 시켜 버리는 것은 간단해. 왜 쓸데없이 그들과 협정을 맺느니 어쩌니 해서 시간을 낭비하나? 이번에 놓아 준 사람 중에 친분이 있는 사람이 있는가?"

"예."

교주는 탁자에 놓인 서한을 한동안 바라보더니 묵향에게 말했다.

"자네가 여자 애한테 그 정도로 빠질 줄은 몰랐군."

"제 양녀입니다."

"아무리 그래도 그렇지 10년도 전에 낙양에서 헤어졌고 또 핏줄도 아닌데, 자네가 그 정도로 위험을 감수하면서 그들을 놓아줄 필요가 있나? 그렇다면 사전에 나한테 상의라도 했어야지."

"죄송합니다."

교주는 들고 있던 서한을 탁자에 내려놓으며 말했다.

"흐유, 자네가 그렇게 정이 많은 사람인 줄은 몰랐군. 겨우 낙양에서 3년 정도 같이 있었고, 거기에 그 여자 애는 자네가 부리던 하녀의 자식이 아닌가? 집안이 좋은 것도 아니고, 그렇다고 자네의 무예를 전수받은 제자도 아니고……. 그런 비렁뱅이한테 상당한 재산까지 투자해서 독립시켜 줬으면 자네가 할 도리는 다한 것이 아닌가?"

"그래도 저의 양녀인지라…….."

"도대체 이해할 수가 없어. 자네가 저지른 일이니 자네가 수습하게나, 그럼. 혁무상 장로."

"예."

"자네가 묵향을 도와주게. 그리고 이번 일에 책임을 물어 묵향 자네는 이번 일을 수습하는 대로 5년간 근신할 것을 명하네."

"교주님의 은혜 감사드립니다."

"그만 물러가게나……. 쯧쯧, 모두들 물러가게."

교주는 능비계 부교주를 가리키며 말했다.

"자네는 남게나. 내 할 말이 있네……."

뒷수습

묵향이 교주가 묶고 있는 천마전(天魔殿)에서 나오자 사군자가 기다리고 있었다. 묵향은 그들과 집으로 걸어가며 궁금한 것을 물어봤다.

"죽(竹)은 떠났나?"

그의 질문에 난(蘭)이 대답했다.

"예, 그들이 모르게 호위해 주라고 전했습니다."

"매(梅), 자네는 비영대 출신이니까 여러 가지 정보 수집에 능할 거다. 너는 난과 국을 데리고 지금 낙양으로 출발해라. 그곳에서 소연이가 어떻게 해서 천지문에 들어가게 되었는지를 알아보게. 그리고 소연이의 어미는 어떻게 지내는지 등 세부 사항을 알아보도록 하게."

"존명."

"그리고 천지문의 문주가 어떤 사람인지 철저히 조사를 해 봐. 과연 믿을 수 있는 사람인지, 아닌지……. 한 달의 시간을 주겠다. 철저히 알아보도록!"

"존명!"

묵향은 품속에서 부교주를 나타내는 영패(令牌)를 꺼내 매에게 주며 말했다.

"될 수 있으면 최대한 빨리 알아내라. 그 일을 하는데 어떤 수단을 사용해도 상관없다. 내가 연락을 해 둘 테니까 너희들이 낙양에 도착하기 전에 낙양의 비밀 분타와 천령원의 방 대인이 사람을 풀어 조사를 시작할 거야. 자네들은 그 자료들을 검토해서 정확한 사실을 뽑아내라. 그리고 너희들이 도착하는 대로 그들을 지휘해서 더욱 확실한 정보를 나에게 보내주면 된다. 대략적인 자료는 비영대에 있을 테지만 내가 원하는 것은 비영대도 모르는 정확한 자료가 필요하다. 한 달은 짧은 시간이지만 죽자고 파헤치면 알아낼 수 있을 거야. 나는 한 달 후에 낙양에 갈 거다. 그때 나에게 그 정보를 알려 주도록!"

"존명."

"그리고 낙양으로 가고 있는 죽(竹)에게 연락해서 임무가 끝나도 본교로 복귀하지 말고 낙양에서 합류해서 자네들의 일을 도우라고 하게. 죽이 실질적인 수장이지만 이번 일은 정보 수집이니 임시로 매가 수장으로서 모두를 이끌도록 하라."

"존명."

"빨리 가 봐라."

수하들을 보낸 후 묵향은 혁무상 장로를 찾아갔다. 혁무상 장로는 교주가 묵향에게 전권을 위임했기 때문에 묵향의 의도를 물었다.

"교섭을 하러 사람을 언제 보낼까요?"

"교섭이 빠를 필요는 없네. 자네는 천지문의 문주가 누군지 아나?"

"예."

그러더니 옆에서 기다리고 있던 문사(文士) 차림을 한 중년의 사내에게 지시했다.

"천지문의 문주에 대한 자료를 가져와라. 그리고 천지문에 대한 다른 자료도 모두 가져와."

"예."

문사 차림의 사내는 곧 한 뭉치의 서류들을 가져왔다. 혁무상은 그 중에서 하나의 서류를 골라 묵향 앞에 펼쳤다.

"이자가 천지문의 문주인 대력도패(大力刀覇) 진양(振揚)입니다. 6척 1촌의 장신에 근육질 사내로서 대단히 뛰어난 무인입니다. 현재까지 드러나기로는 대단히 광명정대한 인물입니다. 가히 믿을 수 있는 사람이죠. 그런데 마교를 별로 좋아하지 않는다는 점이 문젭니다."

"마교를 좋아하지 않는 이유는?"

"그의 아버지가 마교의 고수와 싸우다가 치명상을 입고 거의 다섯 달 동안 치료를 받다가 끝내 회복되지 못하고 죽었습니다. 뭐 그냥 흔히 있는 일이죠. 낙양에 저희들이 세력권을 뿌리내리던 초기에 천지문과 약간의 충돌이 있었는데, 그 때문에 그는 마교를 별로 좋아하지 않습니다. 아니 별로 좋아하지 않는다기보다 증오한다고 봐야겠죠."

"흠…, 어쨌든 심지가 굳은 인물이라 그거지."

"예, 그렇지만 증오는 이성을 잃게 만들 수도 있으니 주의해야 합니다."

"천지문의 제자가 2천 명 정도라고 교주님이 말씀하셨는데, 그중에 쓸 만한 자들은 몇 명인가?"

"예, 5백 명 정도는 꽤 실력이 있습니다. 하지만 전번의 충돌로 인해 그중 3분의 1은 본교의 뇌옥 안에 있다고 봐야 하지요. 만약 화해 쪽으로 끌고 나가신다면 그들도 응해 올 겁니다. 진양 문주도 바보가 아닌 이상 한 번만 더 본교와 충돌하면 멸문의 가능성이 있다는 점을 알고 있을 테니까요."

"그들이 외부 세력을 끌어들일 가능성은?"

"최근의 정보에 의하면 진양은 무림맹에 원조를 청했고, 무림맹의 고수 2백 명이 천지문에 와 있습니다. 그런데 그들이 원체 잘난 척하며 거드름을 피워서 천지문의 수하들과 약간씩 충돌을 일으키고 있다는 점도 알아냈습니다. 무림맹의 용천익 당주가 그들을 이끌고 있는데, 그들의 행태에 진양까지도 별로 곱지 못한 시선을 보내고 있다고 하더군요."

"꽤 자세히 알고 있군."

"예. 저야 교내의 모든 정보를 책임지다 보니, 저의 맡은 바 일에 충실할 따름입니다."

"만약 한 치라도 그 정보가 잘못된 점이 드러난다면?"

"속하의 목을 치시죠."

"글쎄……."

그러면서 그는 의식하지 못하는 듯 묵혼의 손잡이를 쓰다듬었다. 그러자 혁무상 장로의 안색이 미세하게 바뀌고 기가 불안정해졌다. 그가 한껏 긴장했다는 것을 알고 묵향은 내심 만족했다. 그의 마지막 사부인 유백의 말에 따르면 한 번씩 이렇게 겁을 줄 필요가 있다고 했고 묵향은 그걸 실천한 것이다.

묵향의 검술 실력은 마교 내에서도 최강이라는 사실을 수뇌부에 있는 인물들은 모두 알고 있었다. 그가 뇌전검황을 죽였을 때부터 마교의 수뇌부들은 묵향이 탈마의 경지에 들어서 있다는 사실을 눈치 챘다. 그래서 일단 묵향이 해치우고자 마음을 먹는다면 교주도 그의 검을 피할 수 없다는 것을 말은 안 했지만 모두 알고 있었다. 그런 이유로 교주도 그에게 교주의 자리를 물려주려고 했던 것이다.

마교에서는 교주 앞 2장 안으로 검을 차고 접근하는 것은 금지된 사항이었다. 암습을 방지하기 위한 것이었는데, 그것에 예외가 인정된 최초의 인물이 묵향이다. 묵향은 거리에 상관없이, 그리고 검을 가지고 있건 그렇지 않건 교주의 목숨을 취할 수 있는 유일한 인물이었기 때문이다.

묵향은 능청스레 식은땀을 흘리고 있는 혁무상 장로에게 의아한 듯이 물었다.

"왜 그러는가?"

"예? 예, 갑자기 좀……."

묵향은 짐짓 자신의 손을 내려다보는 척하고는 능청을 떨었다.

"아하, 검을 쓰다듬는 건 오랜 습관이라……. 미안하네, 이거 무의식적으로……. 그렇게 긴장할 필요 없다네. 만약 자네를 없애려고 한다면 검 따위는 필요도 없으니까……."

그 말을 들은 혁무상의 안색이 더욱 시퍼레졌다. 묵향은 이제 화제를 돌릴 때라고 생각했다.

"본좌는 진양에게 서로 불가침 협정을 맺으려고 하는데, 어떻게 생각하는가?"

"그건 천지문으로서도 지키기 힘듭니다. 무림맹에서 협동하여 본교와 대적한다면 그들만 빠질 수는 없기 때문입니다. 만일 그렇게 된다면 마교와 연합하는 세력이라고 오해를 받을 테고 심한 경우 무림의 공적(共敵)으로 몰리게 되면 멸문당할 우려도 있으니까요."

"그래서 내가 원하는 건 그걸 피해 나가면서 평상시에는 평화적으로 지낼 수 있는 조건이 없느냐 이 말이네."

"그렇다면 협정 항목에 정파가 연대해서 사파를 공격한다면 그에 동참해도 된다는 게 있어야 합니다. 그 외에도 여러 가지 예외적인 사항들을 인정해 줘야 하기 때문에 불가침은 어렵고 조건부 불가침은 가능할 거라고 생각됩니다."

"그렇군."

"……."

"자네가 먼저 협정서의 초안을 잡아 주게나. 물론 천지문이 그 협정서를 타 문파에게도 공개할 수 있을 정도로 만들어 주게. 그렇지 않으면 쓸데없는 의심을 받게 되고 공연히 무림맹의 시선이 낙양 쪽으로 돌아가게 되지. 그러면 여태까지 본교에서 벌여 놓은 여러 가지 일이 들통 날지도 모르니까 말이야."

"명심하겠습니다."

"협정서는 언제까지 완성할 수 있겠나."

"여러 가지로 의논을 해 봐야 하니까 일주일은 걸릴 겁니다. 그런데 이런 식으로 일을 처리해도 될까요? 정파와 협정서를 나눈 적은 본교의 역사상 한 번도 없었습니다."

"괜찮아. 서로가 그런대로 편안하게 지내면 됐지 왜 쓸데없이 긴장을 고조시켜 피를 흘리나. 일단 피를 흘리면 완전히 뿌리를 뽑아서 더 이상 반항하지 못하게 만드는 게 좋지만 처음부터 아웅다웅할 필요는 없지."

10일 후 묵향은 총단에서 출발하여 낙양으로 향했다. 이번 길은 여러 명이 함께 했으므로 제법 숫자가 많았다. 혼자서 다니기 좋아하는 묵향으로서는 별로 마음에 들지 않았지만 교주의 명령이라 어쩔 수 없었다. 묵향은 사혈천신(蛇血天神) 호계악(胡戒惡) 차석장로와 고루혈마(枯僂血魔) 옥관패(玉冠覇) 외총관, 음희(淫嬉) 설약벽(薛若碧) 우외총관, 묵인겁마(墨刃劫魔) 초진걸(楚眞杰) 좌호법과 그가 거느리는 호법원의 고수 20명이 따라왔다.

묵향은 옥관패 외총관이 눈에 거슬렸다. 고루혈마라는 명호에 어울리게 추하게 생긴 비쩍 마른 곱추였는데, 안 그래도 별로 예쁜 구석이 없는데다 흑시마조(黑屍魔爪)를 극성까지 익혀 광택이 나는 검푸른 빛 손을 가지고 있어 더욱 혐오감을 느끼게 했다.

흑시마조는 마교가 자랑하는 최강의 조법으로 10성까지 익힌 사람은 극히 드물었다. 이걸 익히면 소수마공 계열과는 달리 손의 모양이 갈고리와 같이 비쩍 마르며 살이 빠지고 검푸른 빛을 띠게 된다. 그 모양이 아주 기괴하기에 파괴력은 좋으나 여자들은 절대로 익히지 않는다. 소수마공처럼 손이 희고 투명해져 너무나도 아름답게 만들어 주는 것도 있는데, 굳이 이런 걸 익힐 필요는 없기 때문이다.

흑시마조(黑屍魔爪)를 익힐 때 처음 시작은 소의 뇌에 손을 담그는 것으로 시작하여 2성이 넘으면 그때부터 시체를 이용하여 시독(屍毒)을 흡수하는 방법을 병행하게 된다. 강철과 같은 손가락에 긁히면 시독에 중독되어 죽고 마는 대단히 악랄한 마공이다.

이것과 유사한 정파의 무공으로는 구음백골조(九陰白骨爪)가 있는데, 그 익히는 방법도 상당히 유사하다. 정파가 자랑하는 구음진경이라는 비급에 이 무공이 실려 있는데, 구음백골조와 흑시마조는 유사

점 때문에 그에 대한 논쟁이 분분했다. 서로가 상대방이 베꼈다고 주장하고 있는데, 정파의 무공으로 보기에 구음백골조는 익히는 방법이나 또 그 사악함에 있어 타 정파 무공과 차이가 있기에 지금에 이르러서는 구음백골조가 흑시마조를 상당부분 본떠서 만들었다는 것이 지배적인 의견이 되어가고 있었다. 흑시마조는 마교에서 끊임없이 전해져 내려왔지만 구음진경의 경우 매우 뛰어난 비급임에도 불구하고 도중에 실전되어 버렸기 때문이기도 하다.

많은 사람들과 함께 쉬엄쉬엄 길을 간 결과 20일 만에 낙양에 도착할 수 있었다. 그가 길을 재촉하지 않은 이유는 사군자에게 한 달 후 도착할 것이라고 알렸기에 서두르지 않은 데다 음희 설약벽에게서 금(琴)을 배우는데 많은 시간을 투자했기 때문이다.

음희는 처음 음공(音功)을 사용해서 사람이 기쁨을 느끼며 죽어 가게 만들 수 있다는 뜻으로 자신이 명호를 음희(音僖)라 지었는데, 그녀의 아름다운 용모와 냉혹한 성격으로 수많은 사람들을 금음으로 즐거워하다 죽게 만드는 재간을 보고 모두 음란함을 즐긴다는 음희(淫嬉)로 바꿔 불렀다. 많은 사람들이 그렇게 부르다 보니 그녀 자신은 음희(音僖)라고 우겼지만 종내 음희(淫嬉)로 바뀌어 버린 웃지 못할 사연이 있는 여고수다.

낙양분타에 묵향이 도착하자 사군자가 지금까지 조사한 것들을 묵향에게 설명했다. 물론 묵향의 사생활인 소연 모녀에 관계된 자료는 발표하지 않았다. 매는 묵향에게 두터운 서류 뭉치를 건네며 말했다.

"대력도패 진양은 내공과 외공을 고루 익힌 뛰어난 고수로, 여태까지 약속을 어긴 적이 한 번도 없다는 것이 밝혀졌습니다. 그는 산적 토벌에 앞장서거나 여러 가지 어려움이 있을 때마다 돈을 아끼지 않고 주변의 주민들을 도와 꽤 인심을 얻고 있습니다. 그는 한 명의 부인과 두 명의 첩을 거느리고 있으며 정부(情婦)도 하나 있습니다. 그 정부는 서른두 살이며, 시어머니를 모시고 있는 미색이 출중한 과부인데, 그 때문인지 조심해서 만나고 있으며 정부와의 사이에 딸이 하나 있습니다. 시어머니도 그 사실을 알고 있으며, 그 시어머니가 죽고 나면 정식으로 받아들일 계획인 모양입니다. 그 외에 부인에게 두 명, 두 첩에게서 세 명 합해서 4남 2녀의 자식이 있습니다. 자식들을 아주 사랑하며 부인들과의 사이도 원만한 것으로 알려져 있고 저희들이 일주일간 주야로 감시했는데, 한 가지를 제외하고 소문대로인 것으로 판명되었습니다. 더 정확한 정보를 원하신다면 하인을 몇 명 납치해서 주리를 틀 수도 있겠지만 부교주님이 오시기를 기다렸습니다. 그리고 그 제자들의 행실도 대단히 좋다고 인정받고 있습니다."

"방금 한 가지를 제외하고라고 했는데 뭔가?"

그러자 매의 얼굴이 약간 붉어졌다. 마교의 인물들은 여색에 있어서 거의 극과 극을 달린다. 일부 여체를 필요로 하는 마공을 익힌 자들은 완전히 호색한으로서 수많은 여자들과 동침을 하지만 대부분의 마교인들은 마교 내의 빡빡한 훈련과 수련, 그리고 각종 임무로 여기저기 돌아다니다 보니 여색을 탐할 시간조차 얻기 힘든 경우가 많았다. 매도 후자의 경우로 그는 동자공을 익힌 것은 아니지만 본의 아니게(?) 아직도 동정(童貞)이었던 것이다.

"그렇게 중요한 것은 아니고 조금 변태적인 성향이 있습니다. 한 번에 두세 명의 부인과 함께 성교를 나눈다든지, 손발을 묶어 놓고 성교를 나누기도 하고……"

주변에서 듣고 있던 사람들이 킥킥거리자 매의 얼굴이 좀 더 붉어지며 말을 멈췄다.

"뭐, 좀 변태적인 짓을 한다고 해서 그렇게 나쁠 건 없지. 안 그래?"

그러자 호계악 차석장로가 웃으면서 묵향의 말에 맞장구를 쳤다.

"하하하, 그럼요. 자고로 침실에서까지 성인군자인 친구는 없다고 들었습니다, 하하하"

그의 말을 들은 모든 남자들이 키득거리며 저마다 한마디씩 거들었다. 이 와중에도 유일한 예외는 음희 설약벽이었다. 그녀는 명호와는 달리 얼굴이 벌게지면서 고개를 숙이고 있더니 그냥 놔두면 음담패설(淫談悖說)이 언제 끝날까 싶어 말문을 막기 위해 묵향에게 질문했다.

"얘기를 들어 보니 진양이란 자는 꽤나 정대한 인물인 모양인데, 부교주께서는 어떻게 하실 생각이신지요? 계획대로 그들과 협정을 맺으실 겁니까?"

묵향은 두터운 서류 뭉치를 들어 보이며 말했다.

"이걸 살펴보려면 시간이 좀 걸리니까 별일이 없다면 사흘 후에 찾아가기로 하지. 그동안 자네들은 쉬게나."

"알겠습니다."

그들이 진양의 침실을 화제로 삼아 히히덕거리며 물러가자 묵향은 매를 조용히 불렀다.

"소연 모녀의 일은 알아봤나?"

"예, 그 안에 적혀 있습니다."

"이걸 어느 세월에 읽는단 말인가? 무공비급도 아니고 시간 낭비야. 그래 지금 소연의 어미는 어디서 살고 있나? 예전의 그 집인가?"

"아닙니다. 지금은 천지문 근처에 있는 작은 집에서 살고 있습니다. 수소문을 해 본 결과 진양은 시간이 날 때마다 여기저기 돌아다니면서 재능이 있는 인재를 모아 들이는데, 우연히 낙양에서 그 아가씨를 만났다고 합니다. 처음에 그녀가 상당한 수준의 무공을 알고 있다는 걸 눈치 채고 몇 가지 시험을 해 보는 중에 내력(內力)은 상당한 수준인데 약간의 호신술 정도밖에 배우지 않았다는 걸 알고 그녀를 제자로 받아들였다고 하더군요. 타 문파의 무공을 익혔지만 그녀가 현문의 정통 심법을 익혔다는 걸 알고 진양은 따로 심법을 가르치지 않고 그걸 계속 익히기를 권했다고 합니다. 그녀는 지금 열네 살 위인 셋째 제자 장진(張璡)이라는 사람을 좋아하는 걸로 알고 있는데, 장진은 또 진양의 둘째 딸을 좋아해서 아마 결혼은 힘들 거라고 그러더군요."

"뭐, 그런 거야 내가 상관할 바가 아니지. 장진은 지금 어디에 있나? 뇌옥에 있나?"

"예, 같이 탈출한 모양인데 본교의 추적을 받고 뿔뿔이 흩어져 도망치다가 다시 붙잡혀 뇌옥으로 끌려갔다고 알고 있습니다."

"소연 어미는 건강하던가?"

"예, 정정하시더군요. 아주 지조 있고 말수가 적으며 언제나 아름다운 꽃밭을 가꾸는 중년 부인으로 주변에 좋은 인상을 주는 여자였습니다. 몇 번 청혼이 들어왔었는데 모두 거절했다고 들었습니다."

"멍청하기는…, 결혼을 하는 것이 좋을 텐데. 자네는 이만 나가 보게나."

묵향은 이틀 동안 천지문 주위를 배회했다. 소연의 어머니도 볼 수 있었는데, 그녀는 과거에 묵향이 그들과 지내며 마당에 심었던 것과 같은 화초들을 가꾸고 있었다. 묵향은 그녀가 꽃밭에 물주는 모습을 멀리서 한참 동안이나 바라보다가 소연이가 있는 곳으로 발길을 돌렸다. 천지문은 상당히 넓은 문파였고 또 그 주변에서 안을 살펴볼 수도 없어 묵향은 언덕 위에서 그냥 천지문을 내려다보며 시간을 보냈다.

언덕에 두 시진 정도 앉아 있는데, 어린 남자 애가 다가왔다. 아마도 열두 살쯤 되었을 거라고 생각되었다. 그 아이는 매우 개구쟁이인 모양으로 옷은 흙투성이에 여기저기 풀잎이 붙어 있었다. 그 애는 묵향에게 다가오더니 나무칼을 묵향에게 겨누며 장난스럽게 말했다.

"꼼짝 마. 너는 밀정이지."

묵향은 그 애의 행동을 보고는 빙그레 웃었다.

"아니라면?"

그 애는 고개를 갸웃거렸다.

"아니면 왜 여기서 천지문을 바라보고 있느냐?"

꽤 위엄 있는 말투를 쓰려고 노력을 하고 있었고, 그 아이의 의복이 상당히 좋은 걸로 미루어, 아마 아이의 아버지는 천지문에서 꽤 높은 직위를 차지하고 있는 모양이었다. 묵향은 갑자기 장난이 하고 싶어졌다.

"내가 천지문을 바라보고 있는 건 너를 납치하기 위해서인데, 마침 잘 만났군."

그러면서 묵향이 천천히 칼을 빼들자 그 애는 새파랗게 질리기 시작했다.

"무… 무, 무엄하다."

"무엄하고 자시고……."

그러면서 묵향은 그 애를 향해서 묵혼검을 찔렀다. 그러자 그 아이는 제법 침착하게 대응했다. 묵향의 검이 그렇게 빠르지 않았기에 여유가 생긴 모양이다.

'자식이 다시 간이 커졌군.'

아이는 초식을 펼쳐 묵향의 검을 비스듬히 쳐 내며 묵향의 허리를 베어 왔다. 제법 격식이 갖추어진 초식이었다. 그 애는 묵향의 허리에 목검이 격중되자 자신만만한 어조로 외쳤다.
"내가 이겼다!"
하지만 묵향은 이에 아랑곳하지 않고 튕겨진 묵혼검을 다시 돌려 그 애의 목 쪽으로 비스듬히 베어 내렸다. 그 아이는 묵향이 졌다는 내색도 하지 않고 자신의 목을 향해 베어 오자 놀란 모양이다.
"앗! 비겁하다, 내가 먼저 베었는데……."
그 아이의 검은 목검이었고 별로 힘도 없어서 묵향에게는 모기가 무는 정도의 타격도 주지 못했지만 묵혼검의 경우는 달랐다. 아무리 살살 베어도 그 애에게 치명적인 상처를 입힐 수 있는 것이다. 그 애는 놀라서 씨근거리며 묵향을 향해 도술(刀術)을 펼쳤다. 아이를 데리고 노는 것도 꽤 재미가 있었다. 그 아이를 가르친 사람은 상당한 수준인지 내공의 기초도 제법 잡혀 있었다. 아마도 일곱 살도 되지 않아서 심법을 가르치기 시작했을 거라고 묵향은 생각했다.
아이는 스물네 가지 초식을 쓰더니 밑천이 다 떨어졌는지 더 이상의 초식은 나오지 않았다. 하지만 응용력은 대단해서 여러 가지 변초(變招)로 묵향을 공격하거나 방어했다. 묵향은 그 아이의 초식만으로도 천지문의 도법이 어느 정도 위력을 가지고 있는지 짐작할 수 있었다. 천지문의 도법은 변화가 다양했고 상당히 많은 변초를 내포하여 상대의 허점을 찌르는 교묘한 초식이 많았다. 하지만 변화가 너무 심해 어떤 면에서는 가벼운 느낌이 들기도 했다. 도법이란 너무 가볍지도 무겁지도 않아야 한다. 항상 중도를 택해야 하는 것이다.
반 시진 정도 애를 데리고 놀자 그 아이는 힘이 빠져 헉헉거리기 시작했고 땀을 비 오듯 흘렸다. 묵향은 순간적으로 아이의 여섯 군데 혈도를 봉쇄해서 어깨에 메고 천지문에서 제일 가까운 음식점으로 갔다. 점소이를 불러 음식을 시키고 아이를 의자에 앉혀 다리를 제외하고 모든 혈도를 풀어 주었다.

"지금까지 고생했으니 음식을 먹어라. 너도 방금 내가 점혈하는 데 쓴 초식을 보고 내 실력을 짐작했겠지. 다른 건 몰라도 너 같은 아이는 1백 명이 와도 안 된단 말이야."

"먹기 싫어."

묵향은 일부러 인상을 쓰면서 위협조로 말했다.

"안 먹겠다면 끌고 가서 똥을 입속에 퍼 넣겠다."

그러자 아이는 혀를 빼서 묵향에게 내밀며 비웃듯이 말했다.

"아저씨는 비겁해요."

"그럼, 나는 아주 비겁하지."

"그리고 치사해요. 아이를 핍박하다니……."

"그럼, 아주 치사하지……. 그런데 이왕이면 격조 높게 비열하다고 하거라, 하하하"

아이의 표정이 순간 일그러졌다. 보통 사람들은 이런 말을 하면 얼굴이 벌게지며 성을 내는데, 이 양반은 한술 더 뜨기 때문이었다.

"못 할 줄 알아요? 아저씨는 비열해요."

"그럼, 그럼. 사양 말고 칭찬해."

아이는 더 이상 말하지 않고 입을 다물었다. 욕을 칭찬으로 듣고 있으니 더 떠들어 봐야 입만 아프기 때문이다. 음식이 나왔다. 제법 괜찮은 요리였고, 묵향은 천천히 술을 마시면서 아이의 얼굴을 노려봤다. 아이는 입속에 똥을 넣겠다는 말도 안 되는 위협에 대해, 절대로 똥은 먹을 수 없다는 듯 음식을 먹기 시작했다. 허리를 곧게 펴고 천천히 꼭꼭 씹어서 음식을 먹는 모습을 보고 묵향은 꽤 교육을 잘 받은 아이라는 것을 알 수 있었다.
"맛이 괜찮니?"
그러자 아이의 시큰둥한 목소리.
"아뇨, 맛없어요."
묵향은 싱긋 웃으며 일부러 소리를 낮춰서 위협하듯 말했다.
"그럼 똥은 어떨까?"
그러자 아이는 잠시 얼어붙는 것 같더니 억지로 웃었다.
"예… 예, 이거 아주 맛있어요. 둘이 먹다 하나가 죽어도 모르겠는데요."
적당히 음식을 먹고 나서 묵향은 아이의 다리 혈도를 풀어 주었다.
"오늘 아주 즐거웠다. 너도 그렇지?"
그러자 혈도가 풀린 아이는 저만큼 도망가더니 소리쳤다.
"이 나쁜 녀석아, 나중에 두고 보자."
"하하하, 그래, 나중에 보자."
그 아이는 천지문을 향해서 달려갔다. 묵향도 이곳에 남아서 천지문과 시비를 벌일 만큼 바보는 아니므로 혼자서 키득거리며 분타로 돌아갔다.

다음 날 아침 식사를 마친 후 담소를 나누며 휴식을 취하다가 모두 천지문으로 갔다. 묵향 일행이 도착하자 천지문의 위병들은 경계의 눈초리로 그들을 바라봤다. 매는 가볍게 말에서 뛰어내려 바짝 긴장하고 있는 위사(衛士)에게 다가가 말했다.

"우리는 천마신교(天魔神敎)에서 왔소. 문주를 뵙고 상의할 일이 있소. 안에 기별해 주시오."

그러자 위사 중 한 명이 안으로 달려 들어갔다. 1각 정도 지나자 그 위사는 또 다른 중년인을 데리고 나왔다. 그 중년인은 묵향 일행에게 정중히 포권하며 말했다.

"문주께서는 귀교와는 말할 필요가 없다고 돌아가라고 하십니다."

그러자 매가 말했다.

"그러면 뇌옥에 갇혀 있는 귀 문하 3백여 명의 목이 떨어져 나가도 상관없소?"

"그대들은 우리에게 협박을 하러 찾아온 겁니까?"

"아니오. 몇 가지 협상을 할 게 있어서 찾아왔소. 먼저 문주를 만나게 해 주시오."

"기다리십시오."

2각 정도를 기다리자 그 중년인이 다시 나왔다.

"들어오십시오."

묵향이 말에서 내려 걸어 들어가자 나머지도 하는 수 없이 말에서 내렸다. 묵향의 뒤에서 지시하는 목소리가 들렸다.

"너희들은 이곳에 남아 말을 돌보고 있어라."

묵향 일행은 문 앞에 열 명의 무사들을 남겨 두고 중년인을 따라 들어갔다. 묵향 일행이 기다리는 중에 준비했는지 넓은 마당에는 널찍한 탁자 두 개와 의자 여섯 개가 놓여 있었다. 탁자의 너비로 봤을 때 충분히 열 개 이상의 의자를 놓을 수도 있는데도 한쪽에 세 명씩 앉을 수 있도록 의자의 수를 제한해 놓은 것은 상대의 우두머리가 누군지 알아보려는 의도가 있다는 것을 은연중에 드러내고 있었다.

저쪽의 의자에는 아무도 앉아 있지 않고 1백여 명의 고수가 검을 허리에 찬 채로 서 있는 것으로 보아 문주는 아직 나오지 않은 것 같았다. 묵향은 이쪽에 할당된 세 개의 의자 중에 가운데 의자에 털썩 앉아 문주가 나오기를 기다렸다.

1각 정도 더 기다리자 문주가 나왔고, 그 뒤에는 크고 두꺼운 도(刀)를 가진 젊은이가 뒤따랐다. 과연 보고대로 6척이 넘는 큰 키에 다부진 근육을 가지고 있는 부리부리한 눈매의 소유자였다. 그는 중간의 의자에 어떻게 보면 문약한 서생같이 그다지 근육이 발달하지도 않은 새파랗게 젊은 인물이 느긋하게 앉아 있는 것을 보고 약간 놀란 듯했다.

자리에 앉기 전에 묵향 일행을 둘러본 진 문주는 대부분 위사들이 40대 정도의 용모며 상당히 젊어 보이는 사람들이 많고 또 왼편에 앉은 깡마른 곱추의 손이 검푸른 광택을 내는 것을 보고 점점 더 긴장하기 시작했다. 그런 다음 묵향의 뒤쪽에 서 있는 여자의 손이 투명할 정도로 새하얗고도 너무나도 아름다운 것을 보고 내색은 안 했지만 경악했다.

'이들은 마교의 최고 정예다. 저 검푸른 광택의 말라비틀어진 손에 말라깽이 곱추라면 마교 서열 13위 외총관 고루혈마 옥관패가 틀림없어. 그리고 저 서생 같은 자 뒤의 사이한 아름다움을 뽐내는 계집은 소수마공을 극성까지 익혔고 금음(琴音)으로 사람을 웃으며 죽게 만든다는 음희 설약벽 우외총관이다. 대부분 평생가도 저들 중 한 명의 얼굴 보기가 힘들다고 들었는데, 이 둘이 한꺼번에 나타나다니……. 소문대로라면 저 둘만으로도 본문을 멸문시킬 수 있을 거야.'

이때 시끌시끌한 소리가 들리기 시작하더니 30대 중반 정도로 보이는 젊은이가 나왔다. 아주 깨끗한 고급 옷을 입은 걸로 보아 제법 신분이 높은 것 같았다. 허리에 찬 패검은 그가 천지문의 인물이 아니라는 것을 보여 주고 있었다. 그자는 문주의 오른쪽 비어 있는 의자에 앉더니 거만하게 말했다.

"천마신교에서 여기 무슨 일이오?"

그러자 곱추인 옥관패가 비웃음을 흘리며 입을 열었다.

"네 녀석은 여기서 입을 열 위치가 못 돼. 우리는 네 녀석이 아니라 문주하고 얘기하기 위해서 총타에서 이곳까지 왔단 말이다."

거들먹거리던 그 젊은이는 곱추를 째려봤다. 하지만 그의 시선이 곱추의 손에 닿자 일순간 말을 잊을 정도였다. 이윽고 정신을 차린 그가 말했다.

"귀하는 고루혈마 옥관패 어르신이 아니십니까?"

"알면서 왜 묻나?"

"이런 구석진 곳에 어떻게 천마신교 서열 13위의 나으리가 오셨는지 이해할 수가 없어서 그럽니다."

그러자 곱추는 느긋한 어조로 대답했다.

"본좌보다 더 높은 분도 와 계신데 내가 못 올 것도 없지."

그 말을 들은 그 젊은이는 이제 정신을 차려 마교측 인물들을 자세히 살펴봤다. 마교의 인물들 중에서 외부에 드러난 고수는 그렇게 많지 않다. 여태까지 고작해야 고루혈마 옥관패 외총관과 그 수하인 좌외총관 천진악과 우외총관 설약벽이 밖으로 드러난 최고의 고수들이다. 그런데 그중 두 명이 이곳에 있고 그나마도 음희 설약벽은 앉지도 못하고 서 있는 걸 보고 그는 도무지 지금 돌아가는 사태를 짐작할 수 없었다.

'이 정도 고수들이 이 구석진 곳에 왜 왔지? 솔직히 저 뒤쪽에 서 있는 인물들에게서 뿜어져 나오는 강렬한 마기로 보아 모두 보통 고수들이 아니야. 앞의 세 명은 빼고 저기 서 있는 자들의 반만 동원해도 이따위 시골 문파쯤 잿더미로 만드는 건 식은 죽 먹기겠군. 맹에서 파견된 우리들까지 포함해서……. 그런데 이해할 수가 없는 건 중간에 앉은 젊은 녀석이군. 도무지 마기를 느낄 수가 없어. 무림인이라는 사실 자체를 믿지 못하겠어. 어쩌면 마교의 핵심 인물인 혁무상인가? 혁무상이 마교의 두뇌라고 들었는데…….'

그가 잠시 할 말을 잊은 사이에 설약벽이 부드러운 어조로 말했다.

"대력도패 진양 문주님, 이번에 저희들은 귀 문파와 협상을 하기 위해 왔습니다. 본교는 귀 문파와 조건부 불가침 협정을 맺고자 합니다."

그러자 오른편에 앉은 젊은이가 말했다.

"문주님 속아서는 안 됩니다. 저들은 계략을 통해 이 문파를 통째로 먹으려고 하는 겁니다."

설약벽은 그 젊은이에게 차가운 시선을 던졌다.

"이 협정은 천지문과 본교의 일입니다. 협정을 맺을 것인지는 천지문의 문주님이 결정하실 일이지 무림맹의 용천익 당주 따위가 끼어들 일이 아니에요. 문주님, 이 협정이 맺어지면 물론 귀 문파의 잡혀 있는 3백여 명의 포로들을 돌려드릴 겁니다. 이것이 그 협정서입니다."

밑져 봐야 본전이므로 진양은 그 협정서를 읽기 시작했다.

"일(一), 이 협정서는 상대방이 해제를 원하거나 상대 문파의 수장이 바뀌기 전까지 유효하다. 만약 한쪽의 수장이 바뀌면 다시 협정서를 작성, 협의해야 한다.

이(二), 천마신교와 천지문은 서로의 영역을 침범하지 않아야 하고, 설혹 실수로 상대의 영역을 침범하면 무력보다는 상호 토의를 통해 원만히 처리함을 원칙으로 한다. 아울러 천마신교는 천지문 문파를 기준으로 20리 안에는 절대로 침범할 수 없다.

삼(三), 만약 피치 못할 사정으로 이 협정서를 위반해야 할 일이 발생하면, 협정을 해제하기 한 달 전 상대방에게 통보해야 한다. 예외로 천지문은 정파의 모든 문파가 서로 합동하여 천마신교를 침입할 때 통지의 의무를 이행하지 않아도 된다. 예외의 경우 타 문파들의 압력에 의한 행동이 되므로 아직 협정서는 유효하게 된다. 따라서 천마신교는 공격해 들어오는 천지문의 제자들은 공격할 수 있으나 절대 천지문을 공격할 수는 없다.

사(四), 만약 천지문에서 2백 리 내에서 천마신교가 정파 계열의 문파와 충돌했을 때 천지문에서 중재를 요청하면 최대한 무력행사를 자제해야 하며, 중재 요청과 동시에 한 달간 천마신교는 절대로 무력행사를 하지 않는다.

오(五), 천마신교를 위협하는 세력이 천지문 20리 내에 존재할 때, 천마신교는 그들을 임의로 공격할 수 없고 반드시 천지문의 허락을 얻어야 공격이 가능하다.

육(六), 천지문은 꼭 천마신교가 타 문파와 충돌을 일으켰을 때 도와줄 필요가 없다. 하지만 천마신교는 천지문에서 지원을 요청하면 도와주어야 하고 만약 돕지 못한다면 천마신교에 서신 도착 후 한 달 이내에 돕지 못하는 사유를 적어 천지문에 통보해 주어야 한다.

칠(七), 위의 여섯 가지 내용은 협정서가 유효한 한 지켜져야 한다."

협정서를 찬찬히 읽은 진양은 왼쪽에 앉은 40대 초반 정도로 보이는 중년인에게 그 협정서를 넘겨주었다.

"제가 읽어 보니 일방적으로 천마신교에게 불리한 조항들이 많소. 귀하들의 진심을 알고 싶소."

"우리들의 진심은 그것입니다. 첫째항을 둔 이유는 본교에서 진양 문주님을 믿을 수 있지만 문주님의 후계자까지 믿을 수는 없기 때문입니다. 이건 귀 문파도 마찬가지일 것입니다. 저희 교주님께서도 20년 안에 소교주님께 모든 권한을 넘기실 겁니다. 귀 문파도 소교주님을 못 믿기는 마찬가지가 아닙니까?"

"그렇소."

"이번에 생긴 일도 서로가 잘 상의해서 넘길 수 있는 일인데도 귀 문파는 수상한 점이 있다고 무턱대고 본교의 비밀 분타를 공격해 왔습니다."

"그건…, 원체 수상한 점이 한두 가지가 아니었고, 우리들은 그걸 산적들의 소굴로 판단하고 공격을 했소. 공격해 들어간 제자들은 행방불명이 되었고 일주일 전에서야 그중 세 명이 돌아왔소. 그 아이들의 말을 듣고는 귀교와 충돌했다는 사실을 알게 되었소."

"이번 일은 교주님의 허락 하에 진행되는 것입니다. 될 수 있으면 본교는 귀 문파와 충돌이 생기지 않기를 바라고 있습니다. 만약 이걸 거절하신다면 저희들은 지금 귀 문파를 멸문시킬 수밖에 없습니다. 이점을 충분히 고려해 주십시오."

진양은 힐끗 무림맹에서 파견 나온 용천익 당주를 보더니 말했다.

"본인은 이 협정서의 일곱 가지 내용을 수락하오."

여태까지 말이 없던 묵향이 자신의 앞에 놓여 있는 협정서에 서명하고 인장을 찍었다.

"그렇다면 본교와 천지문은 조건부 불가침 협정을 맺은 것이오. 그 협정서에 인장을 찍어 이리 주시오."

진양이 서명하고 인장을 찍은 후 그 협정서를 묵향에게 넘겨주자 묵향도 자신이 서명하고 인장을 찍은 협정서를 넘겨줬다. 옆에서 협정서 교환이 끝나자 설약벽이 말했다.

"건네받으신 협정서에 다시 자신의 서명과 인장을 찍어 주십시오. 협정서는 각 문파에 따로 보관되며 협정이 유효한 한은 무한한 가치를 지니게 될 것입니다."

진양 등은 넘겨받은 협정서에 써 있는 서명을 보고 경악했다. 용천익 당주는 서명을 보더니 얼굴을 들어 묵향을 멍청히 바라봤다. 그도 그럴 것이 그 서명은 이렇게 쓰여 있었다.

「천마신교 교주 대리, 천마신교 부교주 묵향」

'겨우 이런 문파에 2만의 정예 고수를 가지고 있고, 또 10만 사파를 영도한다는 마교의 부교주가 오다니……. 도저히 이해할 수가 없군.'

진양이 이런 생각을 하고 있을 때 용천익 당주는 약간 다른 생각을 하고 있었다.

'마교에 새로운 부교주가 임명되었다는 것은 대단한 정보다. 만약 저자가 진짜 부교주라면 최소한 극마의 경지를 넘어선 자야. 빨리 본 맹에 연락을 해야겠군.'

서로가 각기 머리를 굴리는 사이 묵향은 벌써 자신이 보관할 협정서에 서명하고 인장을 찍은 후 그 협정서를 설약벽에게 건넸다. 그러고 나서 느긋하게 주위를 둘러보던 묵향이 갑자기 자리에서 벌떡 일어섰다. 묵향이 갑자기 일어서자 모두 순간적으로 긴장했다. 이때 묵향이 건물의 오른쪽 얕은 토담을 향해서 외쳤다.

"이봐, 이리 나와. 맛있는 거 사 줄게."

그러자 토담 안에서 한 개구쟁이가 얼굴을 내밀었다.

"이젠 안 속아, 이 비열한 녀석아."

그러자 갑자기 진양과 진양의 왼편에 앉은 40대 초반 사내의 얼굴이 동시에 홍당무가 되었고, 주변에 있던 천지문의 고수들은 웃음을 참느라고 곤욕스런 표정이었다. 모두의 우려와는 달리 묵향은 웃으면서 말했다.

"하하, 어제 둘이 먹다가 하나가 죽어도 모를 정도로 맛있다고 해 놓고는……."

"헛소리하지 마! 우리 할아버지한테 일러서 네 녀석을 죽여 버릴 거야."

"어제는 두고 보자고 하더니, 고작 한다는 짓이 할아버지를 찾는 거냐, 꼬맹아?"

"난 꼬맹이가 아니야. 그럼, 그럼… 나중에 내가 직접 너를 죽여 버릴 거야."

그 말을 듣고 묵향은 비웃는 표정을 노골적으로 드러냈다.

"흥! 나중에? 나중에 언제?"

아이는 한참 망설이는 것 같았다.

"10년 후에 두고 보자."

"하! 10년 후라."

그와 동시에 약간 묵향의 신형이 움직이는 것 같더니 그 순간 묵향은 제자리에 서 있었다. 다른 점이 있다면 그 소년을 잡고 있다는 점뿐이었다. 주변의 인물들은 묵향의 신법이 빠름에 경악했다. 거의 찰나의 시간에 5장 거리에 있는 아이를 잡고는 다시 돌아왔기 때문이다. 묵향은 아이한테 짐짓 화났다는 태도로 말했다.

"할아버지 잘못 했어요 하고 빌어라. 다시는 이러지 않겠다고."

"그렇게는 못 해! 놔, 이 자식아."

그러자 묵향은 가소롭다는 듯이 코웃음을 쳤다. 묵향의 말투는 상대를 한껏 깔보는 게 확연했다.

"흥! 그럼 내가 말을 하도록 만들어 주마! 좋게 말할 때 빌어!"

아이는 고집스런 얼굴로 고개를 흔들 뿐이었다.

"안 해! 못 해! 놔, 이 자식아!"

"못된 녀석! 네 녀석이 비명을 지르고 잘못했다고 벌벌 떨게 만들어 주지."

"흥! 내가 그럴 줄 알고."

아이가 고집스레 입을 다물자 묵향은 짐짓 화가 났다는 듯 순간적으로 아이의 혈도 64곳을 점했다. 그리고 아이의 몸 곳곳을 만지자 뼈가 부서지는지 우두득거리는 소리가 들렸다. 처음에는 애와 장난을 치는 줄 알고 모두 재미있어 했지만 사태가 진전될수록 진양과 그 왼쪽에 앉은 사내의 얼굴이 굳어지더니 급기야 제지하고 나섰다.

"이럴 수가 있소?"

그런데 언제 다가왔는지 설약벽이 진양의 손을 잡고 말렸다. 진양은 그 손길을 뿌리치려 했지만 도저히 그럴 수 없었다. 그는 식은땀을 흘리며 입술이 터지도록 입을 꽉 다물고 신음하고 있는 손자를 보고 괴성을 지르며 달려가려 했다. 하지만 그의 괴성은 나오지 못했고 몸은 앞으로 나갈 수 없었다. 그는 이 순간 요사스런 아름다움을 풍기는 미녀가 자신으로서는 도저히 도달하기조차 힘든 경지에까지 올라선 고수임을 절실히 느낄 수 있었다.

'협정을 맺은 지 얼마나 되었다고 어린애를 저렇게 괴롭히다니……. 세상에, 어린애한테 분근착골(粉筋鑿骨)의 고문을 행하다니 저 자식은 사람도 아니다.'

그의 눈에서는 피눈물이 쏟아졌다. 그로서는 어쩔 수가 없었다. 그의 수하들도 문주와 부문주 그리고 부문주의 아들이 사로잡혀 있기에 칼을 빼들고 달려들지 못하고 숨을 죽여 사태를 지켜볼 수밖에 없었다. 그리고 무림맹에서 파견된 용천익 당주도 자신의 1장 앞에서 노려보고 있는 고루혈마 옥관패의 위세에 질려 식은땀을 흘리며 꼼짝도 하지 못하고 있었으니 그들의 수하는 두말할 나위도 없었다.

"빨리 비명을 질러 이 자식아. 비명을 지르지 않으면 이번에는 뼈다귀를 부숴 버릴 거야."

묵향은 갖은 욕설을 퍼부으며 그 아이를 위협했고, 그 아이는 그에 질 수 없다는 듯이 입 한 번 열지 않고 묵향의 고문을 견뎠다. 2각이 지나자 아이는 차츰 혈색이 돌아왔다. 아이의 몸속에서 들려오던 우드득거리는 소리는 멈춘 지 오래였다. 또다시 1각 여가 지나자 아이는 정신을 차렸다. 이제 모든 고통이 끝난 것이다. 그러자 묵향이 이번에는 부드러운 음성으로 나직이 말했다.

"내가 진기를 유도할 테니 운기조식을 해라."

묵향은 아이의 머리 위에 손을 올리고 운기조식을 도왔다. 좌중에 있는 사람들은 그의 방식에 어안이 벙벙할 뿐이었다.

'이상하군. 운기조식을 돕는다면 등에 장심을 붙이고 진기를 불어넣어 주는 것인데 저 녀석은 왜 머리 위에 손을 올리고 있는 거지.'

시간이 지나자 아이의 얼굴은 더욱 평안해졌다. 운기조식을 시작한 지 2각 정도가 지나자 묵향은 손을 떼고는 아이를 일으켜 주었다.

"정말 용감하게 견뎠다. 내가 협정서가 조인된 기념으로 너에게 준 선물이다. 방금 네가 익힌 심법은 현문의 태허무령심법이다. 이미 정파에서는 실전된 무공으로 마음을 편안하게 해 주며, 모든 사마(邪魔)가 마음속에 들어오지 못하게 막아 준다. 너는 매일 한 시진씩 이 심법을 행해야 하고 그 어떤 다른 심법도 익히면 안 돼. 진기가 정순하지 못하면 태허무령심법으로 쌓은 내력은 별로 힘을 쓰지 못해. 이것은 내력이 쌓이는 속도는 느리지만 일단 경지에 이르면 대단한 진전을 보이는 것이 장점이지. 내가 임의로 너의 근골의 형태를 바꿔 환골탈태한 것과 비슷한 모양으로 만들어 놓았다. 이렇게 하면 더욱 빨리 무공을 익힐 수 있지. 나중에 시간이 지나면 자연적으로 진짜를 맛볼 거다. 이 방법은 대단한 효과가 있지만 그 고통이 너무나 지독해 도저히 인간으로서 참을 수가 없지. 단 한 번이라도 비명을 지르면 기가 흩어져 그때까지의 고생은 모두 물거품이 되고 거기다 다시는 이 방법을 쓸 수가 없다. 네가 참아 낸 것이 대견하구나."

그러면서 묵향은 그 아이의 머리를 쓰다듬어 줬다. 그리고 아직도 어벙벙한 상태에 있는 좌중을 훑어 보고 진양에게 포권했다.

"그럼 안녕히……. 저 아이는 나중에 천지문을 이끌어 나갈 최고의 고수가 될 것입니다. 잘 키우시기 바랍니다."

그는 아이에게 미소 지으며 부드럽게 말했다.

"꼬마야! 다음에 만났을 때는 그따위 엉터리 도법이 아닌 좀 더 좋은 솜씨를 보여 주기 바란다."

그런 다음 외쳤다.

"돌아가자."

모두들 묵향을 따라 걸어가기 시작하는데, 미소를 머금은 설약벽이 진양에게 인사를 했다.

"손자 분의 성취에 축하드립니다. 저 무공은 진골축근마공(珍骨縮筋魔功)으로 극마의 경지에 이르러야만 시전이 가능한 대단히 높은 경지의 무공입니다. 본교의 모든 젊은이들이 저 수법을 받아 보기를 원하지만 실지로 받은 사람은 거의 없어요. 부교주님께서 손자 분이 마음에 드신 모양입니다. 저 수법을 받는 도중에 아이에게 충격을 주면 안 되기에 다급한 상황이라 손을 썼습니다. 용서해 주십시오. 그리고 뇌옥에 갇힌 천지문의 제자들은 본교의 제자들이 호위해서 안전하게 보내 드리겠습니다. 그럼."

설약벽은 경신술을 사용해 순간적으로 말이 기다리고 있는 문 쪽으로 몸을 날렸다. 천지문의 중인들은 그녀의 그 비쾌한 경신술을 보고 찬탄을 아끼지 않았다.

"정말 대단한 신법이군."

"음희는 냉혹하고 지독한 손속에 음란한 계집이라고 들었는데 소문이란 게 얼마나 믿을 게 못 되는지 오늘에야 알겠군."

현상범은 싫다

 묵향은 천지문을 벗어나자 말을 달리기 시작했다. 그러자 급히 호계악 차석장로가 쫓아왔다.
 "부교주님, 어디로 가십니까? 교주님께서는 이 일이 끝나는 대로 근신하시라고……."
 "일이 아직 안 끝났어. 매, 국!"
 "예!"
 "너희들은 호 장로를 모시고 교로 돌아가라. 그리고 옥 외총관."
 "예."
 "설 우외총관을 좀 빌립시다."
 "예?"
 "어디 좀 다녀올 데가 있는데, 여태까지 금을 배우던 것이 있으니 며칠 더 빌립시다. 그리고 교주님께는 일이 끝나는 대로 돌아갈 거라고 전해 주시오."

"시간이 얼마나 걸리시는지?"

"두 달 내로 돌아갈 거요."

"제발 부교주님! 그러시면 저희들 목이 위태롭습니다. 좀 더 줄여 주십시오."

"그럼 한 달 반! 더 이상은 안 돼."

"알겠습니다. 그럼 그때 오실 거라고 교주님께 아뢰겠습니다."

묵향은 설악벽에게 금을 배우며 천천히 길을 갔다. 뒤따르던 설악벽이 궁금하다는 듯이 물었다.

"어디로 가십니까?"

"응, 묵은 빚을 받으러."

"빚이라구요?"

"그래."

"어디에 빚이 있으십니까?"

"무당파와 태진문! 그 녀석들이 간 크게도 본좌의 목에 현상금을 걸었지. 많이 걸면 본좌도 묵인해 주려고 했는데, 겨우 은자 40냥 정도……. 날 뭘로 보고……."

"그래서 어떻게 하려고 하십니까?"

"그 두 문파 장문인 녀석들 다리뼈를 부숴 놔야겠어."

"그러시면 안 됩니다. 그러면 혈풍이 불게 된다니까요."

"상관없어, 혈풍 따위 불어도……. 내가 천마신교에 관계되어 있다는 걸 아는 사람은 없어. 너희들은 근처까지 따라와서 내가 그 두 문파를 완전히 초토화시키는 걸 구경이나 하라구."

난과 죽, 그리고 설약벽은 무당파에 도착하는 그 순간까지 묵향을 설득하려 했지만 묵향의 고집을 꺾을 수가 없었다. 최후에는 설약벽이 결심한 듯이 외쳤다.

"만약 뒤집어엎으려면 아예 무당파를 멸문시켜 증인을 완전히 없애 버려야 합니다. 그러려면 조금만 기다리십시오. 근처 분타들에 연락하겠습니다."

"그럴 필요 없어. 상대는 군대가 아니야. 활이나 쇠뇌 따위로 공격하지 않고 방패도 쓰지 않지. 나 혼자서도 충분해."

묵향은 문 앞에서 보초를 서고 있는 무당파의 제자 다섯 명을 향해 걸어갔다. 그러더니 차갑게 말했다.

"장문인을 불러다오."

"뭐라고? 웬 미친놈이……."

제자들은 검을 반도 뽑기 전에 네 명은 기절하고 한 명은 묵향에게 목을 잡혔다. 묵향은 혈도를 짚는 수고를 생략하고 한 방씩 주먹떡을 선사했고, 늑골이 부서지고 오장육부가 진동하는 충격에 모두 기절한 것이다. 묵향이 서서히 손아귀의 힘을 가하자 점점 목이 졸리는 걸 느낀 무당파의 제자는 기절초풍해서 검을 뽑을 엄두도 못 내고 부들부들 떨며 종내는 검을 아래로 떨어뜨리고 말았다.

"장문인에게 안내해."

묵향은 그자의 목을 그러쥔 상태로 무당파 안으로 들어갔다. 나머지 셋은 묵향이 하는 짓을 보며 경악해서 그냥 멍청히 바라볼 뿐이었다. 한 괴한에게 동문 제자가 목이 잡힌 채 엉거주춤 들어오자 모두 검을 뽑아 들고 외쳤다.

"웬 놈이냐."

"게 섰거라."

"겁도 없군."

저마다 한마디씩 했지만 묵향은 단 한 가지만을 원할 뿐이었다.

"장문인을 불러 와라. 과거 빚진 걸 받으러 왔다고 하면 알 거다."

반 시진 정도를 기다리고 있자니 한 도인이 여러 명의 도인들을 거느리고 다가왔다. 그는 묵향의 앞에서 간단히 포권하며 말했다.

"시주께서는 본좌에게 무슨 빚이 있다고 찾아오셨소?"

묵향은 이제 장문인을 만났기에 더 이상 그 제자를 잡고 있을 필요를 못 느끼고 주변에 칼을 뽑아 든 채 모여 있는 제자들에게 던졌다. 갑자기 동문을 자신들에게 던지자 그들은 앞으로 겨눴던 칼을 황급히 내리며 날아오는 동문을 받아 안전한 곳으로 데리고 갔다. 묵향이 그냥 목만 잡고 있었는데도 그의 목에는 묵향의 손자국이 벌겋게 찍혀 있었다.

"왜 왔느냐고? 나를 보고 싶었으니까 내 목에 현상금을 걸었을 게 아닌가?"

묵향의 싸늘한 대답을 듣고 장문인은 경악했다.

'바로 그 검귀로구나. 뇌전검황이 고혼이 된 걸로 미루어 보아 오늘은 길(吉)보다는 흉(凶)이 많겠구나. 모든 제자가 달려든다면 죽일 수는 있겠지만 그래도 그 피해가 어느 정도일지 짐작이 가지 않으니……. 그렇다고 은거하신 사숙조(師叔祖) 어르신을 부를 수도 없고…….'

장문인은 먼 산을 가만히 보고 있더니 제자들에게 명했다.

"모두 물러서라."

이때 장문인의 왼편에 서 있던 젊은이가 장문인을 말렸다.

"장문인께서는 참으십시오. 제가 해 보죠."

그리고는 묵향의 앞으로 나섰다.

"그대는 누군가?"

"나는 황룡문의 부문주다."

"자네와는 별 상관없는 일인 것 같은데……. 또 황룡문과 원수지기는 싫으니 비키게나."

"황룡문을 알고 있다면 여기서 물러서 주시오."

"제기랄! 황룡문은 어디에 있지? 나는 시간이 별로 없어. 황룡문까지 잿더미로 만들 시간은 없다구. 빌어먹을, 빨리 비켜!"

그 말에 아랑곳하지 않고 그자는 허리에 찬 검을 뽑았다. 그에게서 풍겨오는 기운을 읽으며 묵향도 천천히 묵혼검을 뽑았다.

"제법이군."

그 젊은이는 묵향의 빈정거림에 약간 화가 났는지 기를 있는 대로 끌어올렸다. 그는 옷이 한껏 부풀어 오르자 곧바로 공격해 왔다.

"직교단월(直交斷月)!"

그와 동시에 10여 개의 반월형의 푸른 검강들이 묵향을 향해 뻗어 나갔다. 순간 묵향의 몸이 앞으로 튕겨 들어왔다. 그때 묵혼검은 검게 빛나며 검푸른 빛과 같은 것이 검신 주위에 다섯 치 두께나 되게 타오르듯 흘러나오고 있었다.

묵향은 묵혼검을 이용해서 푸른 검강들을 파괴하며 앞으로 다가서더니 곧바로 젊은이의 오른쪽 허리에서 왼쪽 어깨 위 방향으로 베어 올렸다. 그 젊은이는 경악해서 최대한 빠른 속도로 몸을 뒤로 빼며 묵혼검을 자신의 검으로 막았다. 하지만 묵혼검은 그 젊은이의 검을 두 토막 내며 위로 올라갔다. 다행히 그 젊은이의 몸은 묵혼검의 사정권에서 조금 벗어나 있었다. 묵혼검이 짧기에 얻어진 요행이었다. 하지만 묵혼검의 앞쪽으로 흘러나온 어검술의 강기에 휘말려 젊은이의 호신강기는 완전히 박살 났고, 그의 옷과 함께 오른쪽 허리에서 왼쪽 어깨까지 살덩어리가 찢어져 나갔다. 다행히 상처가 깊지 않았기에 내장까지 흘러내릴 정도는 아니었다.

주변의 무당과 제자들이 황급히 그를 부축하자 그는 고개를 숙이며 피를 토했다. 아마 호신강기가 무너지면서 상당한 내상을 입은 모양이었다. 그렇지만 아무리 요행이라도 그 젊은이의 호신강기가 강력했기에 이 정도에서 끝난 것이지 그렇지 않았다면 어검술에서 뻗어 나온 강기의 회오리에 말려 두 토막이 났을 것이다. 그걸 본 묵향은 혀를 끌끌 차면서 말했다.

"쯧쯧, 겨우 청월검법(靑月劍法) 따위를 믿고 나를 상대하려고 했다니……. 그 검법을 10성까지 익힌다고 고생했지만 내가 보기에는 다른 사람 대신 목숨을 걸고 나설 정도는 아닌 것 같군. 이보시오, 장문인! 이제 당신이 나설 차례인 것 같소만……."

방금 전에 보여 준 묵향의 무공에 경악하여 제자들이 엉거주춤 물러서자 장문인은 씁쓸히 웃으며 말했다.

"이 모든 일은 본인 혼자서 저지른 일이오. 나만 죽이면 될 것이오."

"말은 그렇게 하면서 왜 검을 뽑지 않지?"

"뇌전검황도 그대의 손에 목이 날아갔는데, 빈도는 도저히 그대의 적수가 되지 못하오. 5초도 안 되어 끝날 텐데 반항해서 뭐 하겠소. 그냥 내 목을 베고 조용히 떠나 주시오."

뇌전검황의 목이 날아갔다는 말에 방금 전에 묵향에게 덤벼들었던 '우물 안 개구리'는 피를 토하는 와중에도 경악한 시선으로 묵향을 바라봤다. 장문인은 옆에 있는 도인에게 말했다.

"풍진(楓進) 사제가 내 뒤를 이어 주시게나. 절대로 내 복수는 하지 말게. 뇌전검황의 제자들도 그의 유언을 듣지 않고 복수를 하려다가 결과가 어떻게 되었는지 자네도 알 걸세."

묵향을 에워싼 무당파의 제자들은 무림인 같지도 않은 새파랗게 젊게 보이는 눈앞의 청년이 사실은 반노환동(反老還童)의 경지에 들어선 고인(高人)이라는 점에 놀랐는지 조금씩 더 뒤로 물러섰다. 묵향은 초연한 장문인을 보고는 선뜻 베지 못하고 묵혼검의 그 맑게 빛나는 검은 검신을 한참 들여다보다가 한숨을 쉬었다.

"후…, 그대와 같은 사람을 죽이는 것은 아주 힘드는 일이오."

묵향은 묵혼검을 검집에 집어넣었다.

"그대의 목숨을 살려 줄 테니 나중에 내 부탁을 하나 들어주겠소?"

"그럴 수 없소. 지금 내 목을 치시오."

"목숨을 잃는 것보다 작은 부탁 하나를 들어주는 게 더 좋을 텐데."

"어떤 부탁은 목숨을 잃는 편이 더 좋은 것도 있소."

"내 말을 잘 이해하지 못한 모양이군. 나는 당신이 내 부탁 한 가지를 나중에 들어주기를 원해. 물론 그 부탁을 들어 본 후에 거절할 권리도 있지. 내가 부탁한 것 중에서 당신이 들어줘도 상관없는 것 하나만을 택해 들어주면 되오."

"그렇다면 당신의 조건을 받아들이겠소."

"이건 부탁은 아니지만 한 가지 물어보겠소. 태진문으로 가려면 어디로 가는 게 가장 빠르오?"

"저쪽으로 걸어가면 되오. 60리 정도 가면 볼 수 있을 거요. 하지만 내가 사과할 테니 태진문으로 가는 걸 그만 두는 게 서로가 좋지 않겠소? 현상금은 내가 태진 문주에게 말해서 취소하겠소."

묵향은 잠시 생각하더니 천천히 입을 열었다.

"좋소. 나도 쓸데없는 살생은 하고 싶지 않소."

묵향은 무당파에서 걸어 나가며 정문 부근에 서 있던 세 명에게 말했다.

"돌아가자."

묵향 일행이 말을 타고 멀어지는 걸 보며 무당의 장문인은 혼자 말을 나직이 뱉었다.

"오늘 운이 아주 좋은 건지도 모르겠군. 내 평생 전설의 어검술을 볼 수 있을 줄이야. 어검술에 죽을 수 있다면 억울한 것도 아니지……."

장문인이 부상 입은 청년을 돌아보았다.

"너무 억울해하지 마시게나. 저 정도 검객과 검을 섞어 본 것을 영광으로 생각하시게나. 저자는 아마 무림사상 두 번째 현경(玄境)의 고수로 기억될 거야."

그러자 그 청년도 피가 묻은 입 주변을 소매로 쓱 닦더니 미소 지으며 말했다.

"물론입니다. 사람이 저 정도로 강해질 수도 있다는 걸 오늘에야 알았습니다. 그런데 어떻게 저런 괴물과 은원(恩怨)을 맺으셨습니까?"

"말하자면 기네. 안으로 들어 가세나. 치료도 해야 하고……."

북명신공(北冥神功)

묵향은 본타로 돌아가서 교주에게 호된 질책을 받았다. 임무를 끝낸 후 5년간 근신을 해야 하는데, 교주의 허락도 없이 말썽을 더 부렸다는 걸 교주가 알아 버렸기 때문이다.

묵향은 무당산에 올라가 시비를 건 죄로 2년의 근신이 추가되었다. 묵향은 매일 수련에 수련을 거듭하며 단조로운 생활을 했다. 그의 무공도 솔잎을 셀 수 있는 숫자만큼 계속 증가되어 나갔다. 그것도 4년, 4년간 솔잎을 세자 더 이상의 진전이 없었다.

묵향은 1년간 왜 그런지 끊임없이 생각하면서 자신의 잘못을 짚어 봤지만 더 이상의 방법이 없다는 걸 알고 교주를 찾았다. 교주에게는 묵향이 오래전부터 원해 왔던 것이 있었고, 어쩌면 그것이 묵향의 앞을 가로막고 있는 장벽을 무너뜨릴 하나의 쐐기가 될지도 모른다는 막연한 기대 때문이었다. 교주는 묵향이 근신 중이었지만 그가 무공의 수련 때문에 상의할 것이 있다고 하자 요청을 거절하지는 않았다. 묵향이 들어서서 인사를 올리자 교주는 퉁명스럽게 물었다.

"뭣 때문에 그러나?"

"북명신공(北冥神功)을 볼 수 있게 해 주십시오."

"북명신공은 역대 교주들만이 보아 온 무공이다. 그렇기에 자네는 볼 수 있는 권한이 없어."

"그래도 교주님의 은혜를 바랍니다."

"왜 그러나? 북명신공을 익히지 않아도 자네는 강해. 왜 그렇게 강함에 집착하나."

"강함에만 집착하는 게 아닙니다. 무공의 끝을 알고 싶을 뿐 그 이상도 이하도 아닙니다. 요 근래에 수련에 수련을 거듭했는데, 더 이상의 진전을 이룰 수 없었습니다. 인간의 한계가 바로 눈앞을 가로막고 있는데, 제 실력으로는 도저히 해결할 수가 없습니다. 한계를 뚫고 나갈 수 있는 방법이 혹시나 있을지 몰라서 부탁하는 겁니다."

"역대의 교주들은 모두 다 그 비급을 봤고, 본좌도 그걸 봤다. 하지만 자네가 말하는 그 정도의 도움이 되기는 힘들 거야……."

"그래도 한번 보기를 원합니다."

"자네가 아무리 원한다 하더라도 역대 교주들이 정한 규칙을 어길 수는 없어. 나를 이어 교주가 되겠다면 그걸 보여 줄 수도 있네."

"그건 벌써 얘기가 끝난 걸로 아는데요."

"그렇다면 나는 이걸 보여 줄 수는 없네. 내 목을 따기 전에는 규칙을 어길 수는 없어."

그러자 묵향은 순식간에 기를 끌어 모으며 묵혼검을 뽑았다. 뽑아 들었다 싶은 순간 묵혼검은 푸른빛으로 이글거리며 교주의 목을 향해 날아가고 있었다. 마치 예상이라도 하고 있었던 듯 교주는 가까스로 뒤로 물러났다.
"잠깐! 내 보여 주겠네. 원, 성미가 이렇게 급해서야……."
교주는 목을 만지며 투덜거렸다.
"아직도 붙어 있는지 의심이 가는군. 정말 자네의 어검술은 공포스럽군. 아무리 내가 내 목을 따야 한다고 말했지만 정말 그렇게 달려들 줄이야……. 혹시나 하고 준비하고 있었기에 다행이지 안 그랬으면 농담 한마디 하고 저세상 갈 뻔했군."
"보여 주시겠습니까?"
"보여 주겠네. 대신 자네 혼자만……. 그리고 들고 나갈 수는 없고 내 연공실(研功室)에서 보고 나가게나."
"감사합니다."
"따라오게."
묵향이 교주 전용의 연공실에서 기다리자 교주는 곧 책자 한 권을 가지고 왔다. 교주는 묵향에게 그것을 건네주었다.
"여기 있네. 도움이 될지 모르겠군……."
묵향은 떨리는 마음으로 책자를 바라봤다.
「北冥神功(북명신공)」
그가 첫 번째 종이를 펼치자 웅대한 필치로 글이 쓰여 있었다. 필체로 보아 글쓴이의 호쾌함을 짐작할 수 있었다.

「본좌는 저 멀리 북명의 하늘에서 열두 조각의 별을 모아 이곳에 남기니 이것을 북명신공이라 명명한다. 개개의 조각은 연관이 있기도 하고 없기도 하며 또 무공이기도 하고 아니기도 하니, 이것을 완전히 이해할 수 있는 자 천하 무림인이 꿈꾸어 온 생사경(生死境)을 열리라.」

그다음 장을 열자 한쪽에는 오래된 양피지에 팥알 정도 크기의 옛 발해의 문자들이 기록되어 있었다. 그 양피지는 놋쇠 조각으로 떨어지지 않도록 책장에 고정되어 있었고, 그 뒷장부터는 그 양피지의 발해 문자를 한문으로 번역해 놓은 형태로 내용이 이어지고 있었다.

양피지는 열두 장이었는데, 대부분이 오랜 세월에 의해 헤어져서 일부 글자를 알아보기가 힘들었고, 찢겨진 것도 있었으며, 일부는 불에 타서 약간의 내용이 소실되기도 했다. 뒷장의 번역은 앞장의 웅장한 필치와는 달리 세심하고 꼼꼼하며 부드러운 필체로 된 것으로 보아 아마 이것을 번역한 서생의 필체임이 확실했다. 아마 구휘는 발해어를 모르니 발해어를 할 줄 아는 서생에게 부탁해 번역한 것이 분명했다.

묵향은 이 북명신공을 보기 위해 유백에게 발해 문자를 익히라는 조언을 들은 후 오랜 시간 발해 문자와 씨름을 해 온 결과 그럭저럭 발해어를 읽을 수 있었다. 그는 양피지의 원문을 읽어 나가며 해석을 해서 그것이 서생의 해석과 맞아떨어지는지 살펴보기 시작했다.

한참을 읽어 나가던 묵향은 이 내용이 상당히 친숙하다는 걸 느꼈다. 조금 더 읽어 보자 이것이 어검술에 관계된 내용이라는 걸 알 수 있었다. 하지만 자신이 사용하는 방법과 서생의 진기 운용 방법이 약간 다르다는 걸 알아낸 묵향은 그 부분을 더욱 꼼꼼히 해석했다. 그 결과 그가 알아낸 것은 서생의 해석에 좀 문제가 있다는 것이었다. 진기 운용의 일부가 틀리게 기술되어 있었다. 이건 일부러 틀리게 기록한 것이 확실했다. 그 서생이 왜 착오를 일으켰는지는 중요하지 않았다. 묵향은 원문의 내용과 자신이 알고 있는 내용을 서로 비교하고 검토하며, 또다시 실험을 하면서 어느 쪽이 더욱 좋은 방법인지 차근차근 연구해 나갔다. 이것이 자신이 알고 있는 내용이었으므로 일부 읽을 수 없는 부분까지 모두 짐작이 가능했다.

오랜 시간 첫째 장을 가지고 씨름한 결과 묵향은 상당한 도움을 얻을 수 있었다. 미세한 차이에 의해 어검술의 위력에 차이가 남을 깨달았고, 자신이 어검술을 익히는 데 어떤 부분을 잘못 생각하고 있었는지 알아냈다. 묵향은 오랜 경험과 깨달음으로 어검술을 알아낸 것이 아니라 단순히 여러 종류의 어검술과 비슷한 내용을 가지는 검술을 짜 맞추어서 익힌 것이기에 정통과는 약간 차이가 났던 것이다.

두 번째 장에는 상승의 무공을 익히는 데 가져야 할 마음가짐과 수련을 행하는데 신경 써야 할 부분들이 자세히 기록되어 있었다. 상당 부분 묵향이 몸으로 체득해 낸 것이기에 이것을 알아내기는 그렇게 어렵지 않았다.

세 번째를 보니 이것은 무공이라는 그 자체를 두고 가장 밑바닥에서부터 설명을 하고 있었다. 공력이 쌓이는 과정이나 그 공력을 제어하여 뿜어내는 기법, 그리고 그걸 한 번에 끌어올려 10성의 공력을 있는 대로 뿜어내는 요령도 있었다. 이것을 읽으면서 묵향은 대단한 희열을 느꼈다. 무림인들은 언제나 상대를 만나면 싸우기 전에 먼저 공력을 끌어올려 준비를 한다. 아무런 준비도 없이 그냥 한 번에 10성의 공력을 뿜어낸다는 것은 불가능했다. 준비 없이 있다가 상대의 기습을 맞받아치기 위해 5성 정도의 공력만 갑자기 끌어올려도 그 영향으로 상당한 내상을 입는 것이 보통이었다. 그렇기에 수많은 고수들이 자신보다 무공이 떨어지는 살수들에게 암습당해서 저세상에 가는 것이다. 그런데 여기 있는 내용은 순간적으로 끌어올릴 수 있는 최대량의 내공을 자신의 8성 공력까지라고 기술하고 그 기법에 대해 쓰여 있었다. 하지만 좋아하던 것도 잠시, 이것의 밑 부분의 일부가 찢어져 나가고 없었기에 묵향으로서는 그 밑 부분을 알지 못하는 것이 너무나 아쉬울 따름이었다.

네 번째는 검(劍)과 도(刀)를 다루는 데 주의해야 할 여러 가지에 대해 조언하고 있었다. 그중에서는 상승의 검법을 이루는 데 필요한 많은 내용이 있었다. 이것의 내용은 크게 두 가지로 갈라져 나가고 있었는데 기를 검에 가두는 방법과 기를 검에서 뿜어내는 방법이었다. 가두면 어검술이 되고 뿜으면 검기, 검풍, 검강이 된다. 그 수많은 요령들과 주의해야 할 점들을 간략히, 그러면서도 가장 중요한 부분을 꼭 집고 넘어가는 것이 정말 어떤 자가 기술했는지 대단한 고수임에 틀림없었다.

다섯 번째는 강기(剛氣)에 대한 내용이었다. 강기를 발생시키는 여러 가지 기법들에 대해 쓰여 있었고, 여러 가닥을 뿜어내면서 어떤 식으로 기를 조절해야 하는지 기술되어 있었다.

여섯 번째는 기를 제어하는 방법에 대한 내용으로, 능공섭물(能空攝物)에서부터 시작하여 어기전성(御氣傳聲)까지 무엇이든 기를 응용하여 사용하는 방법은 대부분 집고 넘어가고 있었다. 다만 너무나 간략하게 설명해 놓은지라 알아보기에 힘든 것이 문제점이라고 할까…….

일곱 번째는 이기어검술에 대한 내용이 쓰여 있었다. 이 부분은 앞쪽의 상당 부분이 어검술에 대해 기록한 부분과 비슷했다. 오른쪽 옆 부분이 불에 타서 없어져 버려 전체적으로 알아보기에는 대단히 힘들었지만 묵향 자신이 이기어검술을 알고 있었기에 대략 어떤 식으로 연결될지 짐작할 수는 있었다.

여덟 번째는 강기(剛氣)를 제어하는 기법에 대해 기록되어 있었다. 뿜어낸 강기를 제어하는 요령으로 더욱 깊게 들어가면 심검(心劍)을 운용할 수 있게 되는 내용이었다. 아쉽게도 일부가 찢어져서 모든 내용을 알 수는 없었다.

아홉 번째는 기를 뿜어내는 여러 가지 요령에 대한 것이었다. 이것은 강기에 비해서 광범위한 영역을 파괴하기 위한 요령들이었다. 기의 종류에도 여러 가지가 있다. 부드러운 성질, 강한 성질, 폭발적인 성질, 끌어당기는 성질 등 여러 가지 성질의 기를 발하는 요령에 대해 기술되어 있었다.

열 번째는 몸속의 쓸데없는 나쁜 기를 없애는 방법에 대해 기록되어 있었다. 이것은 간단하게 사용한다면 해혈 수법에도 응용이 가능했지만 이건 더욱 차원이 높은 방법이었다. 주화입마를 통해 폭주하는 기를 없앤다든가 심지어는 자신이 가지고 있는 모든 내공을 소멸시킬 수도 있는 기법이었다.

열한 번째는 기의 흡수 방식에 대한 기록이었다. 대자연의 기를 자신의 체내에 흡수하는 기법이 쓰여 있었는데, 이걸 약간 응용하면 상대의 내공을 흡수하는 것도 가능했다. 하지만 원래 여기에는 자연의 기를 흡수하여 정순한 내공을 쌓는 기법이 수록되어 있었다. 내공을 흡수하는 것은 상당한 시간과 노력이 필요하며 일단 모든 기법을 터득하고 나면 신의 경지를 만들 수 있다고 기록되어 있었다.

열두 번째는 자신의 기를 골고루 체내에 쌓아 두는 요령이었다. 필요 없을 정도로 넘쳐 나는 내공을 체내에 분산시키는 기법이었다.

이 내용을 전부 다 읽고 난 다음에야 묵향은 어떻게 해서 마교의 흡성대법이 만들어졌는지 이해할 수 있었다. 흡성대법은 상대의 내공을 흡수함과 함께 그 내공을 체내에 쌓아 두는 방법이었다. 그러니까 열한 번째와 열두 번째를 이용하여 만들어진 무공인데, 쌓아만 두자니까 자신의 내공이 아니라 이것을 억누르기가 힘들어 소림의 금강합환심법(金剛合幻心法)을 훔쳐다가 이종의 진기를 녹여서 합하게 된 것이다. 그런데 문제는 너무 많은 내공을 흡수하면 몸이 버티지 못한다는 것에 있었고, 또 아무리 금강합환심법으로 이종의 진기를 섞어서 흡수한다 하더라도 진기 간의 미세한 충돌을 완전히 막을 수는 없었다. 심한 경우 진기의 제어에 실패해서 주화입마에 빠져 비명횡사하는 경우도 있었다. 그 때문에 마교에서 정통의 무공을 익히는 고수라면 흡성대법을 익히지는 않는다.

그런데 묵향이 의아하게 생각한 부분은 열한 번째 양피지였다. 양피지의 아랫부분에는 좀 더 오래된 발해 문자로 무어라 쓰여 있었고, 그 부분을 번역한 것도 찢겨 나가고 없었다. 이 부분의 글자는 묵향도 해석할 수 없었기에 아마 대단히 중요한 무엇이 있을 거라 생각하고 그 부분만을 베껴 적었다.

묵향은 다시 맹렬히 수련을 시작했다. 북명신공은 너무 간략하게 설명되어 그 전반적인 내용을 알기는 힘들었다. 하지만 그거라도 감지덕지해야 할 판이었고, 그것을 익히는 것 이외에 다른 방법이 없었다. 이렇게 세월이 흘러 드디어 교주가 제한한 근신 기간의 종료가 1년 앞으로 다가왔을 때 묵향은 교주의 호출을 받았다. 묵향이 교주에게 가 보니 교주는 여러 명의 장로들과 의논을 하고 있다가 묵향을 반겼다.

"어서 오게나. 이번에 부탁할 일이 있어서 불렀네."

"어떤 일입니까?"

"사천에서 당문(唐門)과 약간의 일이 생겼네. 처음엔 별거 아닌 일로 사파 연합의 한 방파인 지령회(蜘蛉會)와 시비가 붙었는데, 서로가 한 치도 양보하지 않다 보니 나중에는 걷잡을 수 없이 일이 벌어져 벌써 세 번에 걸친 혈투를 벌인 모양이야. 거기에 5대세가(五大勢家)의 둘까지 가담해서 공방전을 해 대니 급기야는 그들이 본교에 지원을 요청했고, 본교의 세 개 분타에서 고수들을 보냈지만 상대가 원체 대단하다 보니 이렇다 할 성과를 못 올리고 있어. 까짓 거 사천당문쯤이야 한 번에 쓸어버릴 수도 있지만 5대세가는 만만하게 볼 수 없지. 그들의 뒤에는 9파1방과 무림맹이 버티고 있단 말이야. 이런 쓸데없는 일로 전면전을 펼치고 싶지 않고, 거기다 지금은 때가 아니야. 될 수 있으면 서로가 좋은 상태에서 사태를 종결짓고 싶은데, 자네가 이 일을 처리해 주겠나?"

"글쎄요, 저는 근신 중이라……."

"하하하, 근신은……. 잊어버리게나. 기억력도 좋군. 나는 벌써 잊었는데 말이야. 난 자네의 부탁을 다 들어줬는데 자네는 내 부탁을 들어주지 않겠다는 말인가?"

"저 말고도 좋은 사람이 있잖습니까? 혁무상 장로 같은……."

"아니야. 이놈의 사건은 언제 전면전으로 발전할지 모르는 상황이지만 본교에서는 총력을 투입할 수도 없는 입장이야. 아수혈교도 있고 그놈의 암흑마교도 있고……. 그래서 전면전이 벌어지면 지금의 힘으로 모든 걸 해결해 나가야 한단 말일세. 내가 자네를 보내는 이유는 최악의 경우 자네라면 전면전으로 몰고 나가지 않고 그들의 우두머리들만 몽땅 다 저세상으로 보내 버리면……."
"아하! 왜 제가 필요한지 알겠군요. 좋습니다."
"알겠네. 자네에게 수라마참대(修羅魔斬隊)를 내주겠네."
"적당히 마무리 짓는데 그들을 데리고 갈 필요가 있을까요?"
"아니야, 이들을 사용하라는 말이 아니라 무력시위(武力示威)용이야. 될 수 있으면 쌍방 간의 위신을 세워 주면서 분쟁을 종결시키되 도저히 말로 해서 통하지 않으면 어느 정도 맛을 보여 주도록 하게나. 요즘 우리들이 조용하니까 이것들이 간이 배 밖으로 나온 모양이야. 만약 갑작스럽게 전면전이 된다면 그 부근에 있는 세 개 분타와 한 개의 비밀 분타에서 끌어 모을 수 있는 힘이 그렇게 많지 않으니 그것도 대비해서 데리고 가라는 걸세. 그리고 인원도 5백 명 정도밖에 안 되니 그렇게 눈에 띄지는 않을 거야."
"알겠습니다. 그 외에 다른 게 있습니까?"
"흐음, 험험……."

그러더니 교주는 묵향에게 어기전성(御氣傳聲)으로 말했다. 어기전성이란 전음과는 달리 완전히 기(氣)를 제어(御)하여 거기에 소리(聲)를 실어 상대에게 전달(傳)하는 무공으로 내공이 대단한 경지에 이르지 않으면 시전이 불가능하다. 내공이 높을수록 그 전달할 수 있는 거리도 멀어지며 화경에 이르면 5장 정도의 거리에 소리를 보낼 수 있다. 일반 무림인들이 사용할 수 있는 전음(傳音)의 기술은 소리에 내공을 실어 멀리 보내는 것이기에 아주 작은 소리라도 내야 하므로 약간이라도 입을 움직여야 하지만, 어기전성은 기를 통해 의사를 전달하므로 입을 움직일 필요가 없다. 일부 복화술(腹話術)을 배운 무림인들이 어기전성을 흉내 내기도 하지만 그건 어디까지나 전음의 변형된 형태에 불과했다. 많은 사람들이 어기전성이 전음에 비해 뛰어남을 알고 있지만 별로 사용하지 못하는 이유는 익히기도 어려울뿐더러 전달할 수 있는 거리가 짧기 때문이었다.
《낯 뜨거운 부탁이네만…, 험험……. 내가 알고 있는 사람이 사천 부근에 살고 있는데……. 등량산(燈亮山)에 가면 정량사(整良寺)라는 절이 있는데, 지석(知晳) 스님이라는 분에게 이걸 전해 주게나.》
그러면서 교주는 품에서 작은 꾸러미를 꺼내어 묵향에게 줬다. 그런 후 아수라의 모습이 생동감 있게 새겨진 흑옥패(黑玉佩)를 건넸다.
"이 천마령(天魔令)을 가지고 가서 모든 일을 처리하게. 이번 일을 수단과 방법을 가리지 말고 재빨리 종결짓게나. 그 모든 행위를 교주의 이름으로 허락하겠네."
"존명!"
묵향은 전반적인 사태 파악 및 정보 수집을 위해 사군자를 먼저 파견하고 인도(人屠) 동방뇌무(東方雷武)를 호출했다. 동방뇌무는 마교의 최고 정예인 5대 무력 세력 중 두 번째 수라마참대를 지휘하는 마교 서열 11위의 장로였다. 수라마참대가 교외에 출동한 것은 단 세 번. 하지만 수라마참대에 대해 거의 무림에 알려지지 않은 결정적인 이유가 증인이 될만한 사람은 모두 다 저세상에 보냈다는 데 있다. 그야말로 상대 문파의 남녀노소를 불문하고 개 한 마리 남기지 않고 모두 다 죽여 버렸으니 그에 대한 소문이 퍼질 리가 없었다.
깡마른 체구에 4척 3촌이나 되는 장검을 등에 메고 있는 그는 수라마참대의 대주가 된 후 처음 출동했을 때 얼마나 많은 사람을 무자비하게 죽였던지 그 명호가 단번에 인도(人屠 : 사람 백정)로 바뀌었을 정도였다.

키가 5척 6촌인 인도는 깡마른 몸매로 인해 더욱 크게 보였다. 길게 째진 눈과 광대뼈가 튀어나온 얼굴은 그의 성격이 잔인하고 무자비함을 대변하고 있었다.

"부르셨습니까?"

"어서 오시오. 다름이 아니라 사천에서 벌어진 일을 해결하려는데 좀 도와주셔야겠소."

"예."

"수라마참대를 이끌고 비밀 분타에서 대기하시오. 만일의 경우 부르겠으니 내가 부르기 전까지는 부하들을 풀어 놓지 말기 바라오. 이번 일은 최선을 다해 화친(和親)을 해야 하오. 그것이 불가능할 때 무력을 행사할 것이니……. 무슨 말인지 아시겠소?"

"예."

"3일 내로 출발하도록 하시오."

"존명!"

묵향은 그날 오후에 출발했다. 날씨도 그럴듯하니 좋았고 오랜만에 하는 세상 구경이라 기분도 상당히 가벼웠다. 거기에 귀찮은 수하들을 몽땅 다 따로 움직이게 만들어 뒀으니 홀가분해서 더욱 기분이 좋았다. 그는 말을 천천히 몰아 길을 가면서 여기저기를 둘러보았고, 색다른 풍물이 있으면 가던 길을 잠시 멈추고 구경했다.

이상한 납치범과 인질

 묵향이 길을 나선 후 5일째. 작은 마을이라 큰 식당은 한 곳밖에 없었다. 묵향이 그 식당으로 들어섰을 때 안에는 40여 명의 무림인들이 식사를 하고 있었고, 여기저기 빈 자리도 몇 개 있었다. 그는 살벌한 남자들을 피해 아름다운 네 명의 아가씨들이 식사를 하는 곳 옆에 자리를 잡았다. 두 명은 상전인 듯했고 두 명은 하녀들인 모양이었다. 그런데 이상하게도 그가 들어오자 일제히 그를 바라보았다. 이때 점소이가 황급히 다가왔다.
 "나으리, 이곳은 모두 예약됐으니 다른 식당을 이용해 주십시오."
 점소이는 사색이 되어 말했지만 묵향의 대답은 시큰둥했다.
 "나는 간단히 식사만 하고 갈 거고, 빈 자리도 많은데 뭘 그렇게 호들갑을 떠나? 여기 만두 한 접시하고 고량주 한 병만 가져다주게."
 그러자 옆에 앉아 있던 덩치가 크고 키가 6척은 되어 보이는 사내가 묵향에게 다가오더니 시비를 걸었다.

"이봐, 밖으로 나가라는 말 못 들었어?"

"왜 자리가 있는데도 그러시오? 밥만 먹으면 나갈 텐데……."

"이 녀석도 꼴에 검을 가진 무림인이라고 뻐기는 모양인데, 뼈다귀 몇 개 부러져 기어 나가고 싶지 않으면 지금 꺼지셔."

"나가지 못하겠다면?"

"소원대로 해 주지."

그러더니 그자는 묵향을 향해 주먹을 날렸다. 묵향은 그자의 주먹을 손바닥을 이용해서 옆으로 살짝 흘리고 가까이 다가온 그의 단전으로 주먹을 되돌려 줬다. 사내는 엄청난 충격을 단전에 받자 단전을 감싸 쥐며 주저앉더니 입에 거품을 물고 기절해 버렸다.

"내 소원은 이거야. 조용히 밥을 먹게 해 달라는 거다."

그러자 옆에 있던 얼굴에 면사를 드리운 여자가 차가운 목소리를 내뱉었다.

"저 녀석을 끌어내!"

그러자 주위에 앉아 있던 무사들이 일제히 일어서면서 칼을 뽑았다. 그와 동시에 묵향은 그 여인에게 전광석화처럼 다가갔고 동시에 혈도를 짚었다. 그리고는 비수(匕首)를 꺼내 그녀의 목에 가져다 대고는 나지막이 말했다.

"모두 자리에 앉아. 안 그러면……."

모두 그 비수가 검은 광택을 띠고 있는 대단히 훌륭한 보검이란 걸 알고 묵향의 말을 순순히 들었다. 묵향은 비수를 흔들면서 유쾌한 듯이 말했다.

"이게 제법 쓸 만하군. 사슴 고기 자르려고 만들라고 한건데 이렇게 위협하는 데도 괜찮군."

그러자 그녀의 분노를 억누른 음성이 들려왔다.

"고인을 몰라 봤군요. 그 신법은 정말 대단하군요. 점혈 수법도 그렇고……. 탄지신통 같던데 소림 문하인가요? 본녀한테 이렇게 무례하게 굴고 편할 줄 알아요?"

"시비는 누가 먼저 걸었는데 내 탓을 하지?"

묵향은 한껏 비꼬아 말하며 그 여자의 몸을 더듬었다. 여인은 끓어오르는 분노에 떨었지만 어쩔 수 없는 노릇이었다. 묵향은 그녀의 품속에서 찾아낸 것들을 살펴봤다. 그 속에는 재미있는 모양의 암기가 몇 개와 작은 비수, 옥으로 정교하게 다듬은 봉황이 그려진 명패가 있었는데,「武(무)」라고 쓰여 있었다. 그 외에 푸른색과 붉은색의 옥병도 있었는데, 묵향은 냄새를 맡아 봤다. 하나는 지독한 독이었고 또 하나는 그 해약이었다. 묵향은 그것들을 자신의 품속에 집어넣고 다시 뒤져 지갑을 찾아냈다. 그 속에는 다섯 냥짜리 은표 일곱 장과 열 냥짜리 은표 다섯 장이 들어 있었다. 그 외에 은화 스무 냥 정도도 나왔다.

"흐흐흐, 오늘은 재수가 좋군……."

묵향은 그것들을 몽땅 다 품속에 넣었다. 그리고는 비수를 왼손으로 바꿔 쥐어 그녀의 목에 대고 오른손으로 젓가락을 집어서 탁자 위의 음식들을 먹기 시작했다.

"쩝쩝, 맛이 괜찮군. 이 요리는 뭐라고 부르지?"

"이런, 네 녀석의 뼈를 갈아서 마시지 않는다면 내 성을 갈겠다."

"쩝쩝…, 아마 힘들 거외다. 그렇게 말한 사람이 몇 되는데 아무도 성공한 사람이 없거든. 쩝쩝, 이것도 맛이 괜찮군. 내가 떠나고 나서 혈도 풀리고 고생하지 말고 그냥 기다리면 내일 아침쯤 풀릴 테니 그

때 쫓아오시구려…, 쩝쩝."

"흥, 네 녀석이 내일 아침까지 살 수 있을 줄 알았더냐?"

"쩝쩝, 아마 살 수 있을 거야. 내가 떠나면 수하들이 많으니 몇 명은 너를 지키고 나머지는 나를 죽이라고 보내겠지?"

"잘 아는군."

"하지만 세상일은 그렇게 쉽게 되는 게 아냐."

묵향은 품속을 뒤적거리더니 작은 흰색 병을 꺼냈다. 그 안에서 빨간 환약을 하나 꺼내 짐짓 황홀하다는 듯한 표정을 지으며 냄새를 한 번 쓱 맡았다.

"이게 뭔지 아냐?"

"본녀가 알게 뭐냐?"

"이건 환희천락환(歡喜天樂丸)이라는 거지. 아주 약효가 뛰어난데, 이 향긋한 약을 먹으면 뱃속이 시원해지다가 반 시진 정도 지나면 뱃속에서 열화가 피어오르지. 풀 수 있는 해약은 거의 없고… 있다고 하더라도 너무 고생이 되니까, 그냥 옆에 잘생긴 남자들도 많으니 눈 딱 감고 쾌락을 즐기면 모든 게 해소되지. 네가 쾌락을 즐기는 사이 이 몸은 멀리멀리 도망갈 테니……."

묵향이 느긋하게 조롱하는 투로 말하자 여인은 분노가 치솟는지 몸을 가볍게 떨었다. 묵향은 느긋하게 음식을 집어 먹으면서 말했다.

"설마하고 생각하고 있겠지만 세상은 언제나 편하고 좋은 게 아니라니깐……."

그러면서 묵향은 그녀의 코를 막았다. 여인은 입을 벌리지 않으려고 용을 쓰고 호흡을 참았지만, 혈도가 막혔기에 오랫동안 숨을 참을 수는 없었다. 사람이 숨을 쉬어야 살 수 있다는 변함없는 진리에 따라 그녀는 입을 벌리고야 말았다. 그러자 묵향은 그때를 놓치지 않고 약을 입에 집어넣고 내공을 이용해서 입속 깊이 밀어 넣었다. 그녀의 이마를 탁 치자 여인의 의지와는 상관없이 약은 뱃속으로 들어가 버렸다. 약을 삼킨 여인은 너무 놀라서 까무라칠 지경이었다.

"쩝쩝…, 이 약을 해독하는 방법이 하나 있기는 있지."

묵향은 품속에서 붓과 종이를 꺼내 무언가를 쓱쓱 썼다.

"이걸 가져다가 약효가 발작하기 전에 꼭꼭 씹어서 삼키면 되는데, 이때 웅담(熊膽)도 같이 먹으면 더 좋지. 이때 주의할 것은 약의 양이 조금이라도 틀리면 안 된다는 거야. 잘 씹어서 먹으면 8할은 해독이 될 거고, 완전히 해독시키려면 하루에 한 번씩 두 번 더 복용하면 된다구. 이 시골구석에서 이것들을 구하려고 뛰어다니자면 나를 잡으러 다닐 생각은 애당초 말아야 할걸……. 아참! 혈도를 짚어 놓으면 쾌락을 즐기는 데 방해가 될 텐데 내가 깜빡했어."

묵향은 여인의 혈도를 몇 군데 쳤다.

"약효가 날 때쯤 되어 혈도가 풀릴 테니 잘 즐기도록 하시게나. 그리고 너는 영 차가워서 말동무가 되지 않겠고……."

그와 동시에 묵향은 여인의 옆에 앉아 있던 여자를 잡았고 순식간에 혈도를 제압해 버렸다. 모두 그 수법의 빠르고 정확함에 혀를 내두를 지경이었다.

"이 아이가 그럴듯한 것 같으니 인질로 데려가겠다. 그 와중에도 나를 추격해 귀찮게 하면 안 되니까……. 나중에 보내 줄 테니 걱정하지 마. 만약 나를 추격하면 이년의 무공을 폐해 창녀굴에 팔아넘길 테니 알아서 하라구."

묵향은 그 여자를 왼손으로 잡고는 오른손에 든 비수로 목을 겨누면서 일어서서 식당을 나섰다.
"식사 대접 고마웠어. 아주 맛있었어. 다음에 보자구, 하하하."
묵향은 말에 올라타고는 쏜살같이 도망쳐 버렸다.
30리가량 죽자고 달리던 묵향은 이제 느긋하게 지친 말을 다독이면서 가기 시작했다. 앞쪽에 엎어 놨던 여자도 아혈은 풀어서 말을 할 수 있도록 만들어 주고 콧노래를 흥얼거리며 길을 갔다. 아혈을 풀어 주자 그 여자는 말했다.
"당신 정말 간이 크군요. 우리가 누군지 알아요?"
"누구긴, 지나가는 사람 등쳐먹는 칼잡이들이지. 정말이지 산적과 다를 바가 없다니까……. 그건 그렇고 너 이름은 뭐냐?"
"……."
"이름을 말 안 하면 너도 그 약을 먹일 거야."
그러자 그녀는 황급히 말했다.
"옥령인(玉霝仁)이에요."
"령인이라, 재미있는 이름이군. 이슬비 오는 날 태어난 모양이지?"
"예, 그래서 '霝(령)' 자를 붙이셨죠."
3리 정도 더 가자 옥령인은 도저히 참을 수 없다는 듯이 물었다.
"언니는 괜찮은 거예요?"
"언니라니?"
"아까 약을 먹였잖아요. 그 해독약은 확실한 거예요?"
묵향은 궁금하다는 듯이 물어보는 그녀의 얼굴을 한참 일그러진 얼굴로 바라보더니 더 이상 참을 수 없어서 박장대소했다.
"하하하, 해독이라구? 그 약은 춘약 같은 게 아냐. 내가 가지고 있던 내상을 고치는 약일뿐이지. 그냥 재미있을 거 같아서 먹였는데, 그녀가 진짜인 줄 아는 모양이더군. 너도 알다시피 그 여자 성격이 아주 못된 것 같던데, 아니냐?"

"아니에요, 언니는 검술이 뛰어나서 남자를 좀 우습게 본다는 것 말고는 나무랄 데가 없죠. 그런데 그 약이 정말 내상약이에요?"

"하하하, 내상약이지……. 좀 더 골려 주고 싶어서 쓰기로 이름난 한약재들을 골라서 적어 줬으니 그걸 꼭꼭 씹어서 먹으려면 혼백이 달아날걸……. 지금쯤 약을 씹으면서 아예 쾌락을 즐기는 게 좋겠다는 생각을 하고 있겠지, 하하하."

평소에 그렇게 냉정하고 침착한 언니가 그 지독하게 쓴 한약을 꼭꼭 씹어 먹으며 오만상을 찌푸리고 있을 걸 생각하니 그녀의 얼굴에도 절로 미소가 어렸다.

"그런 장난은 별로 좋지 않아요. 당신은 성격이 별로 좋지 않군요."

"그럼, 그럼……. 나는 성격이 아주 안 좋지. 나를 알고 있는 사람들은 모두 그런다구."

"아무리 그래도 여자를 상대로 그렇게 치사한 장난을 칠 필요는 없잖아요."

"나는 원래가 치사하니까 마음 쓰지 말라구. 그건 그렇고 너는 몇 살이냐?"

"스물다섯이에요."

"네 언니와는 나이 차이가 많이 나는 것 같던데?"

"고수의 눈은 못 속이겠군요. 언니는 서른여덟 살이에요."

"그러면 결혼은 했을 텐데 왜 형부가 안 보이지? 덕분에 재미있게 놀았지만……. 형부가 있으면 같이 즐기면 그만이니 그걸 씹을 리가 있겠어?"

"언니는 아직 결혼하지 않았어요. 언니는 오직 검에만 뜻을 뒀고, 아버님에게 자신과 비무를 해서 이기는 상대와 결혼을 승낙하겠다고 했죠."

"별로 무공이 대단한 것 같아 보이지 않던데?"

"언니를 그렇게 가볍게 다루는 분은 처음 봤어요. 여태까지 언니한테 청혼한 사람이 60명이 넘었는데, 모두 들것에 실려 나갔거든요."

"그건 무공이 비슷한 상태에서 상대방은 신부로 맞아들일 생각이니까 살수를 쓰지 않았을 거고, 반대로 언니는 죽자고 살초를 펼쳤을 테니 자명한 사실이겠지. 여자 하나 못 해치울 사람이 어디 있어?"

"당신은 그런 말 할 자격이 없어요. 비겁하게 암수를 써서 기선을 제압했잖아요."

"나는 원래 비겁하다니까……. 그래도 비겁하다는 말은 듣기에 별로 좋지 않군."

"그런 말을 들을 짓을 하니까 그렇죠."

"아냐, 이왕이면 격조 높게 비열하다고 하라구. 하하하, 비겁이라든가, 치사하다든가……. 너무 격조가 떨어지는 것 같아."

그녀는 쓴웃음을 지었다.

"정말 못 말릴 사람이군요."

"흐흐, 그러고 보니 여자하고 함께 말 타는 것도 오랜만이군. 아주 기분이 좋은데……."

그러면서 묵향은 노골적으로 옥령인의 가슴을 더듬었다.

"이러지 마세요."

옥령인은 계속 부탁하다가 도저히 묵향이 들어주지 않자 급기야는 울음을 터트리고 말았다. 그제야 묵향은 손을 뗐다.

"울지 마라. 손을 뗐는데도 계속 울면 아예 울음소리를 들으면서 계속 만지겠다."

그러자 옥령인은 황급히 울음을 멈췄다.

"제법 말을 잘 듣는군. 이제 화제를 바꿔서 같이 얘기나 나누면서 가자구. 긴 여행이 될 것 같으니까. 그리고 도망가지 않는다고 약속하면 혈도도 풀어 주지."

"약속해요."

묵향이 혈도를 풀어 주자마자 옥령인은 공력을 있는 대로 끌어 모아 팔꿈치로 묵향의 명치에 한 대 먹인 후에 도망치려고 했다. 하지만 묵향의 명치는 돌덩어리마냥 딱딱했고, 옥령인은 팔이 부서지는 듯한 아픔을 느끼며 비명을 질렀다.

"아악!"

"풀어 주자마자 도망칠 생각부터 하는군. 일단 첫 번째니 간단하게 벌을 주겠다. 혹시 들어 봤는지 모르겠군."

"뭘요?"

"분근착골(粉筋鑿骨)이라고……."

그 말과 동시에 묵향은 옥령인의 혈도 몇 군데를 쳤다. 옥령인의 몸속에서는 뚜둑거리는 소리가 나더니 의지와 상관없이 비명이 터져 나왔다. 묵향은 잠시 후 분근착골을 풀어 주었다.

"탈출을 시도할 때마다 시간은 두 배씩 늘어날 거야. 알아서 해."

묵향이 빙글거리며 말하자 옥령인은 악에 받쳐서 소리 질렀다.

"비열한 자식!"

"하하하, 나한테는 더없이 좋은 찬사지. 난 원래 성격이 그렇다니까……. 좀 더 칭찬하라구!"

"……."
 납치범과 인질은 하루 이틀 지나자 점점 친숙해지며 급기야는 농담을 나누면서 길을 가게 되었다. 묵향은 첫 번째 마을에 묵으면서 그녀에게 말을 사 줬고, 그녀는 다음 날 아침 말을 타고 두 번째 탈출을 시도했다가 혼찌검이 나고는 아예 탈출을 포기했다. 묵향이 그녀에게 못되게 구는 것도 아니었고, 그녀 또한 계속해서 꽁할 정도로 성격이 여린 편도 아니었다. 묵향이 자주 농담을 걸면서 편하게 대하자 그녀도 자신의 처지를 망각하고 자연스레 동화되어 버린 것이다.
 하루도 안 되어 옥령인은 묵향이 금을 잘 타고, 피리 또한 잘 불며 대단한 수준의 무공을 익힌 고수라는 걸 알게 되었다. 거기에 처음에 그녀의 가슴을 만지며 장난을 좀 쳤을 뿐 그 후로는 그녀에게 무례한 짓을 하지 않았다. 도중에 여관에서 잠을 잘 때는 방 하나를 잡아 옥령인과 함께 잤지만, 그는 그녀의 혈도를 짚어 도망가지 못하게 만든 후 운기조식을 하며 밤을 새웠다. 놀랍게도 이 납치범은 그녀가 봤을 때 1각도 잠을 자지 않았다. 이때 그녀는 그의 머리 위에 뿜어져 나온 기가 완전히 뭉쳐 하나의 연꽃 형상이 되는 것을 보고 엄청난 고수라는 걸 알았던 것이다.
 서로가 깔깔거리며 길을 가며 여러 가지 얘기를 나누다 보니 묵향은 이 옥령인이라는 여자가 대단히 총명하며, 각종 서적, 진법 등에 관련된 수많은 책을 읽었다는 걸 알게 되었다. 그러다 보니 당연히 무식한 묵향으로서는 말발에서 밀릴 수밖에 없었다.
 함께 길을 간 지 7일째 되는 날 옥령인이 여러 가지 얘기를 나누다가 묵향에게 갑자기 생각난 듯이 물었다.
 "어디로 가는 길이에요?"

"친구 집에."

"친구 집에 납치한 저를 데리고 가겠다는 거예요?"

잠시 생각하더니 묵향이 입을 열었다.

"이번엔 아주 골치 아픈 일 때문에 가는 거야. 그래서 한 가지 조언을 구하고자 하는데…, 네가 똑똑한 것 같아서 물어보는 거야."

"뭔데요?"

"내 친구는 그런대로 재산도 많은 부자야. 하인들도 많지. 그런데 그 녀석이 사는 동네에는 또 다른 부잣집이 하나 더 있어. 이 둘은 서로 평소부터 사이가 좋지 못했는데 급기야는 싸움이 벌어졌지. 일은 이쪽 집과 저쪽 집의 하인들이 서로 싸우면서 시작된 건데 그 일이 커지다 보니 나중에는 주인들이 각기 하인들을 거느리고 곡괭이를 들고 육박전을 벌인 거지."

"정말 대단하군요. 그런 곳에 고수인 당신이 가면 한순간에 싸움이 끝나겠는데요? 그런데 뭘 물어봐요."

"일이 그렇게 쉬운 게 아니라니까. 그래서 서로 싸우다가 이들은 각기 자신의 힘만 가지고는 상대를 완전히 항복시킬 수는 없다는 걸 알고 외부에 도움을 청했지."

"그래서 가는 게 당신인가요?"

"아니야, 먼저 간 사람들이 있다구. 그들은 서로 주변에 안면이 있는 지주들이나 무술 도장에 부탁해서 사람을 동원했고 정말 머리가 터지게 싸우고 있는데, 나는 이걸 중재해 주러 가는 거야."

"당신이 한쪽 편을 들고 있다면 상대를 그 무공을 써서 단숨에 굴복시키면 되잖아요."

"그런데 나를 보낸 사람은 서로가 체면을 세운 상태에서 서로서로 좋게 끝내라는 거였어."

"그런 식으로 해결한다면 상당히 어렵겠군요. 그럼 당신은 어떻게 할 건지 생각해 봤어요?"

"내가 듣기로 그 상대방 집에 금지옥엽인 손녀가 하나 있는데, 그 애를 납치해서 그 애를 미끼로 협상을 하면……."

"오히려 더욱 사태를 악화시킬 텐데요."

"그게 문제라니까……. 저쪽에도 그렇게 많은 하인들의 머리가 깨졌으면 휴전을 하자고 나와야 하는데, 이 녀석들은 그럴 생각이 없는 모양이야."

"좋은 방법이 없으면 어떻게 할 생각이에요?"

"먼저 그 지주와 그를 도와주는 지주들 집으로 몰래 들어가서 몽땅 목을 따 버릴 생각이야. 그러면 싸움이 종결되지 않을까 하는데……."

"당신의 실력으로는 별로 어려울 것이 없겠지만, 그래도 모두 죽인다는 건 좀 심한 게 아닐까요? 갑자기 모두 살해당하면 그 아들들이 가만있지 않을 텐데요. 거기에 관(官)에 신고라도 하면……."

"그것도 문제지. 이러지도 못하고 저러지도 못할 지경이야."

"그들을 찾아가서 담판을 하는 건 어때요? 그러면서 실력을 보여주는 거예요. 당신의 무예를 보면 상대의 생각이 달라질지도 모르죠."

"상대방에게도 무예가 뛰어난 사람들이 많다구. 협공을 당하면 잘못하다간 내 목을 거기 두고 와야 할 판이야."

"그래도 그 수밖에는 없잖아요. 중재자가 나서야지요. 당신이 도와줄 지주한테 하인을 보내어 '휴전하자'고 말하게 한다면, 당신이 도와줘야 할 지주가 자신의 체면이 깎인다고 생각하지 않을까요?"

"휴, 이래저래 내가 갈 수밖에 없나? 참, 네가 가면 안 될까? 예쁜 아가씨가 가서 중재를 해 주면 서로 좋아할 텐데……."
"저는 아무런 상관이 없는걸요. 도중에 나설 명분이 없잖아요?"
"네 이름은 필요 없어. 너는 그런대로 말을 잘하니까, 내 이름을 빌려서 서로를 달래면 된다구. 내가 따라가서 너를 보호해 줄 테니 걱정 말고……."
묵향이 산길로 접어들자 의아한 듯이 옥령인이 물었다.
"이 길로 가면 지주 집은 없는데요? 그 지주라는 사람이 산적을 겸업(兼業)하고 있나요?"
"아니야, 난 지금 절에 가는 길이야. 이리 가면 정량사라는 절이 있다고 아침에 여관 주인이 그러더군."
묵향은 절에 도착하자 한 동자승을 불러 지석 스님을 만나 뵙게 해 달라고 부탁했다. 옥령인과 얘기를 나누며 잠시 기다리자 지석 스님이 나왔다. 놀랍게도 그는 20대 후반에서 30대 초반 정도로 보이는 아름다운 여승(女僧)이었는데, 한창때는 대단한 미인이었을 것이 분명했다. 묵향은 그녀에게 합장을 했다. 그러자 지석 스님도 함께 합장을 하며 물었다.
"중길(中吉) 님이 보내서 오셨군요."
"예, 이걸 전해 드리라는 부탁을 받았습니다."
그러면서 묵향은 교주에게서 받은 작은 꾸러미를 내밀었다.
"이걸 받을 이유는 없어요. 수고스러우시겠지만 돌려주세요."
쌀쌀하게 말하고 그녀가 돌아서자 묵향이 여승에게 물었다.
"혹시 시주를 할 수 없을까요? 이건 한중길 님이 보내는 게 아니라 제가 시주를 하는 겁니다만……."
"시주야 안 받을 수 없죠."

묵향은 품속에서 지갑을 꺼내어 그 안에 든 돈을 몽땅 다 지석 스님에게 전했다. 지석 스님은 그 액수에 약간 놀란 것 같았지만 다음순간 벌써 평정을 되찾고 있었다. 오히려 안색이 변한 것은 옥령인이었다. 그녀가 다급히 말하려고 하자 묵향은 그녀의 아혈을 제압해서 말을 못하게 만들고는 능청스럽게 말했다.

"전해 드리는 물건은 그래도 성의가 있으니 좀 봐 주십시오."

"아무리 시주를 많이 하셨다고 해도, 소승은 이미 받지 않겠다고 말씀 드렸는데요."

"정녕 그렇게 말씀하신다면 보시게 할 수밖에 없습니다. 저는 지석 스님에게 이걸 보여드려야 한다는 지시를 받았으니까요. 만약 계속 거절하신다면 먼저 절을 불태운 다음……."

묵향이 악담을 시작하자 지석 스님의 안색이 핼쑥해졌다. 그와 동시에 묵향을 기습했다. 놀랍게도 그녀가 사용한 무공은 불문의 무학이 아니라 극성의 소수마공이었다. 묵향은 그녀가 내력을 끌어 모으는 것을 느끼고 대비를 했지만 여승의 손에서 마공이 전개되자 상당히 놀랐다. 여승은 묵향이 교주가 특별히 보낸 만큼 상당한 고수일 거라고 생각하고는 암암리에 진기를 끌어 모아 기습한 것이다.

하지만 그녀의 소수마공은 상대에게 치명타를 입힐 수 없었다. 그녀의 벽옥처럼 아련한 푸르스름한 광채를 내는 희디흰 손은 은은한 빛과 사이한 마기를 뿜어내며 묵향을 향해 뻗어 들어갔지만 묵향이 손으로 막자 더 이상 앞으로 나가지 못했다. 묵향의 손에서는 푸르스름한 강기가 뻗어 나왔고, 그 강기의 막에 막혀 여승의 손은 불꽃을 튕기며 더 이상 들어갈 수 없었던 것이다. 여승은 묵향이 강기를 사용하자 의외라는 듯이 고개를 갸웃거렸다.

"어떻게 현문의 강기를 익혔지?"

그녀는 소수마공을 응용하여 각종 권법과 장법을 사용했다. 그녀의 실력으로 보아 과거 마교에 있을 때는 대단한 수준의 고수였음에 틀림없었다. 그녀의 장법은 모두 다 소수마공을 통해 운용되었으므로 강력한 한기(寒氣)를 내포하고 있었다.

묵향은 본격적인 대결이 시작되자 바로 옥령인의 혈도를 찍어 뒤로 던져 버렸다. 옥령인은 갑자기 혈도가 잡혀 날아오르자 비명을 지르고 싶었지만, 아혈까지 제압된 상태라 비명조차 지를 수 없었다. 그런데 자신의 몸이 땅에서 두 자 거리까지 맹렬하게 떨어져 내리다가 속도가 줄어들며 부드럽게 땅에 안착하자 속으로 한숨을 쉬었다. 일단 위기가 지나자 옥령인은 두 고수의 대결을 열심히 지켜보았다.

그녀에게 그들이 사용하는 정밀한 무공의 뒤 수까지도 알아볼 수 있을 정도의 실력은 없었지만, 한눈에도 여승은 마교의 상승무공을 사용하고 있었고, 또 자신을 납치하고 절에 불을 지르겠다고 협박하는 파렴치한 인간은 정파의 상승무공을 사용하는 걸 보고 온 정신이 뒤죽박죽 얽히기 시작했다. 저 둘의 신분이 무엇이기에…….

옥령인은 파렴치한 납치범이 여승에게 지기를 간절히 염원했다. 하지만 현실은 그녀의 뜻대로 되지 않았다. 여승의 무공은 가공할 만했으나 그 파렴치한 악당의 적수는 아니었다. 묵향은 강기를 제 마음대로 다루고 있었고, 시종 여승을 압도하다가 급기야는 여승의 혈도를 짚었다. 쓰러진 여승이 소리쳤다.

"날 죽여라."

"당신은 이걸 보기만 하면 됩니다. 만약 안 보시겠다면 먼저 절에 불을 지르겠습니다. 그래도 안 보신다면 여기 있는 중들을 하나하나

고문을 하기 시작하겠습니다. 그래도 안 된다면 한 명씩 죽이기 시작해서, 모두 다 죽이고 난 다음에도 안 된다면 또 다른 절을 한 군데 찾아갈 겁니다. 마침 저 옆 산에 절이 하나 더 있는 걸 봐 뒀거든요. 그쪽에서도 같은 일을 할 겁니다. 당신이 이걸 풀어서 보기 전까지 나는 계속 절을 불 지르고 중들을 고문한 다음 죽일 겁니다. 만약 스님께서 이걸 보시지 않으시고 자살하신다면 저는 최소한 스무 군데 이상의 절을 완전히 박살 내 드리겠다고 약속하겠습니다. 누가 이기는지 한 번 시작해 볼까요?"

하지만 지석 스님은 설마 불을 지르랴 싶었는지 그냥 가만히 있었다. 그런데 묵향이 절의 부엌으로 가서 불이 붙은 나무를 가지고 나오자 당황해서 소리쳤다.

"이보게, 내가 졌네."

"생각 잘하셨습니다. 여기 있습니다."

묵향은 꾸러미를 내밀며 지석 스님의 혈도를 풀어 줬다. 묵향이 자신의 혈도를 완전히 풀어 줬다는 걸 안 지석 스님은 그의 자신감에 놀랐다.

"혈도를 완전히 다 풀었군."

"예."

"내가 다시 기습할 거라고는 생각해 보지 않았나?"

그러자 묵향은 싱긋 웃었다.

"그러면 다시 혈도를 제압하고 설득하면 되죠."

지석 스님은 한숨을 쉬며 꾸러미를 풀었다.

"시주의 자신감과 무공은 정말 놀랍군. 한중길이라도 자네만큼은 안 될 걸세."

"감사합니다."

꾸러미 안에는 편지 하나와 몇 장의 은표가 들어 있었다. 여승은 편지를 다 읽고 나서 삼매진화(三昧眞火)로 편지를 불살랐다.

"그의 뜻은 잘 알겠다고 전해 주게. 여러 가지로 신경 써 줘서 고맙다는 말도 함께 전해 줬으면 고맙겠군."

"소인은 이만 물러가겠습니다."

"시주는 현경을 깨달은 모양이군. 축하하네."

"현경이 아니라 탈마라고 하시는 것이 듣기에 좋습니다. 마인에게는……."

"시주는 마공보다는 현문의 정통 무공을 더욱 깊이 익힌 것 같은데, 그렇지 않나?"

"예, 제 신분상 할 수 없이 마공보다는 정파의 무공을 더 많이 배웠습니다."

"그렇다면 현경이 맞군. 자네는 처음부터 마인이라고 보기에는 무리가 있었어. 물론 내공 자체는 마교의 정통 심법으로 익혔겠지만 그 무학의 근본은 정파의 것이기 때문이지."

"그럼 현경이라고 해 두죠."

"참! 빨리 가서 동행의 혈도를 풀어 주게나. 뒤로 던진 것은 이해하겠는데, 혈도는 왜 짚었나?"

"소중한 인질이거든요. 도망가면 골치 아프기 때문입니다."

지석 스님이 이해할 수 없다는 듯이 반문했다.

"인질이라구?"

그녀가 보기에 도저히 인질이라고는 생각되지 않았기 때문이다.

묵향이 혈도를 풀어 주자 옥령인은 옷을 털고 일어나며 날카롭게 쏘아 댔다.

"철두철미하군요. 그사이 내가 도망이라도 갈까 봐서 그랬어요?"

묵향은 능청스럽게 대답했다.

"그러엄, 여태까지 네 행동으로 봐서 너도 안 그렇다고는 못할걸."

쓴웃음을 짓고 있는 지석 스님에게 작별을 고하고 두 사람은 돌아섰다.

"이제 여승에게 중길이란 분의 심부름을 해 준 모양이니 다음에는 어디로 갈 거예요?"

"내가 말 안 했던가? 친구 집에 볼일을 보러 간다구."

"아, 그 화해 건이요? 당신은 해결사인가요?"

"그렇다고 볼 수 있지."

"무슨 대답이 그래요?"

"골치 아픈 일은 모두 다 나한테 넘어 오거든."

"한 가지 궁금한 게 있는데, 말해 줄래요?"

"뭔데?"

"당신 사문(師門)은 어디예요? 그리고 사부님이 누구시죠?"

"그건 나중에 자연히 알게 될 거야."

"그럼 내가 알아맞춰 볼게요."

"좋을 대로……."

"혹시 저 전설 속에 나오는 전진(專眞)의 제자가 아니세요?"

"왜 그렇게 생각했지?"

"우선 당신이 사용하는 무공은 모두 현문의 초상승무공이죠. 무당이나 점창, 청성, 종남 등 수많은 현문의 명가들이 있지만 당신만큼 강기를 다룰 수 있는 경지에 오른 사람은 없어요. 그리고 비뚤어진 성격에 한 번 한다면 물불을 가리지 않죠. 그건 정파의 성격에는 벗어나니…, 자연 떠오르는 문파는 전설의 전진 문파밖에 없죠. 전진 문파는 무공에 있어 꼭 정파의 방식을 고집하지 않고 각종 사파 무공의 장단점을 파악하여 그중 장점을 채택하여 배워 나간 문파죠. 전진의 제자들이 나타난 적이 거의 없어서 전설이 되었지만 어쩌다 한 번씩 나타난 그 제자들의 무예는 세상을 경악시킬 정도였잖아요?"

"네가 전진이라고 생각하고 싶다면 그렇게 알고 있으라구. 잠시 동안은 즐거울 테니까."

묵향의 비꼬는 듯한 말투에도 옥령인은 지지 않고 말했다.

"이것도 인연인데 나한테 전진의 무공을 가르쳐 줘요, 예?"

"내가 왜 너한테 무공을 가르치는 수고를 해야 하냐?"

"에이, 그래도 납치범은 인질에 대해 책임을 져야 하잖아요. 인질이 이렇게 원하는데, 그러지 말고……."

계속 옥령인이 응석을 부려 대며 끈질기게 조르자 나중에는 묵향이 두 손을 들었다. 하지만 마음속에는 어떤 수단을 쓰든 이 어처구니없는 사태에서 빠져나가야겠다는 생각뿐이었다.

"좋아, 하지만 너도 나한테 무공을 가르쳐 줘야 서로가 공평하지."

"하지만 제가 아는 무공은 당신에 비해 형편없는 것들뿐인데요."

"상관없어."

"제가 가장 자신 있게 할 수 있는 건 본문의 적하무류검법(赤霞舞柳劍法)이에요. 아직 실력이 별 볼일 없어서……."

"괜찮으니 한번 보자구."

"그러니까 구결은……."

"구결 따위는 필요 없으니 초식을 한번 펼쳐 봐."

"이 검법은 검무(劍舞)로 만들어져 있는 아주 부드러운 검법이에요. 36초로 이루어져 있고 변초가 각기 12가지씩 총 432초식으로 구성되어 있죠."

옥령인은 허리에서 2척 5촌 길이의 검을 뽑았다. 묵향은 한 번씩 그녀의 혈도를 제압했을 뿐 그녀의 검을 빼앗지는 않았다. 옥령인이 검을 빼들고 덤벼 봤자 묵향에게 별 타격을 주지도 못할 것이므로 일부러 그냥 둔 것이다. 그녀는 격식에 따라 검신이 아래로 향하게 하고 손잡이를 쥔 채로 가볍게 묵향에게 포권했다.

"미숙한 실력이지만……."

옥령인은 예법에 따라 각 무공이 가지고 있는 독특한 개문식(開門式)의 자세를 취해 그가 사용할 무공을 상대에게 알렸다. 그런 후 검초를 시작하며 외쳤다.

"적하매장(赤霞每壯)! 적하유천(赤霞流天)! 적하정심(赤霞靜沈)……!"

옥령인의 검법은 꽤 정심한 것이었고 부드러운 가운데 무서운 살초들이 감춰진 아주 뛰어난 것이었다. '적하(赤霞)'라 이름 붙였을 만큼 검무를 펼치는데 검에서 은은한 붉은색 광채를 띠는 검기가 배어 나왔고, 각 초식은 여러 방향으로 움직이며 상황에 따라 각종 변초를 사용하기 쉽게 안배가 되어 있었다. 묵향은 그녀가 4백 32초식을 끝낼 때까지 기다렸다가 박수를 쳤다.

"움직임이 꽤 절도가 있고 막힘이 없으니 과연 명문의 검법이라고 부를 만도 하긴 한데, 이건 내가 알고 있는 적하마령검법(赤霞魔令劍法)을 훔쳐서 좀 고친 거야."

그러자 옥령인은 얼굴이 벌게져서 따지고 들었다.

"무슨 말도 안 되는 소리를 하는 거예요?"

"그럼 내가 보여 주지. 잘 보라구. 본 후에도 딴소리하지 말구."

묵향은 천천히 묵혼검을 뽑아 예의나 개문식 따위는 생략하고 바로 초식을 전개했다.

"적하매장! 적하유천! 적하정심……!"

묵향은 일단 옥령인의 초식을 훔쳐서 뼈대로 삼은 후 그 상당 부분을 고쳐서 검초를 전개했다. 초식의 이름은 짓기도 귀찮고 힘들었기에 그냥 그대로 뒀다. 묵향의 검법은 검무의 형태가 아니었고 대단한 속도를 가진 쾌검의 형태였으며, 가공할 만큼 패도적인 기운과 파괴력을 가지고 있었다.

옥령인은 자신의 초식과 상당히 비슷하면서도 어떤 면으로는 완전히 다른 검법을 보고 경악하기 시작했다. 그녀는 묵향이 정해진 초식의 틀에 얽매이지 않는 인물이란 사실을 알지 못했기에 초식의 상당 부분을 어검술이나 검강, 그리고 붉은빛이 나오도록 가공할 만한 검기를 뿌려대자 정말 자신의 검법이 적하마령검법(赤霞魔令劍法)을 훔쳐서 만든 검법이라고 착각하기 시작했다. 묵향은 4백 32초식이나 펼치는 수고를 생략하고 과감하게 필요 없는 부분은 없애 버려 1백 44초식만을 사용했다. 검법이 끝나자 부근의 나무들이 쓰러지고 날아가 버려 널찍한 공터가 만들어져 있었다.

"이래도 네가 알고 있는 무공이 적전(適傳)이라고 우길 거냐?"

묵향이 워낙 자신 있게 말하자 옥령인은 점점 자신이 없어져 기어들어가는 목소리로 변명했다.

"저는 잘 모르겠어요. 이건 할아버지께서 어느 날 저녁놀을 보시고 깨달음을 얻으셔서 3년에 걸쳐 완성하신 무공이라고 들었다구요."

"흥! 그 영감탱이는 부끄러운지도 모르고 남의 무공을 훔쳐서는 자신의 것이라고 우기다니. 기분 나빠서 가르쳐 주지 못하겠어."

"그러지 말고 가르쳐 주세요. 그걸 가르쳐 주시면 또 다른 무공도 알려 드릴게요."

"그따위 무공 아무리 가르쳐 줘도 필요 없어."

이때 묵향에게 좋은 생각이 떠올랐다. 묵향은 자신의 속마음이 드러나지 않게 짐짓 정색하며 말했다.

"좋아. 적하마령검법을 가르쳐 줄 테니 내가 해결사 노릇 하러 가는데 함께 가서 날 도와줘야 해."

"별로 도움이 될 것 같지 않은데요?"

"아냐. 넌 말도 잘하고 설득력도 있고, 또 배운 것도 많으니 그 일에 적합할 것 같다. 거기에 당사자도 아닌 제삼자 입장이니 둘 다 네 말은 잘 듣겠지. 어때 허락하겠냐? 물론 생명의 안전은 내가 책임지지."

"좋아요. 빨리 가르쳐 줘요."

"이걸 누구에게도 가르쳐 주지 않겠다고 맹세한다면……."

"좋아요, 맹세할게요. 천지신명께 맹세합니다. 저 옥령인이."

"아니, 따라하라구. 묵향에게서 배운 적하마령검법을 다른 사람에게 절대로 알려 주지 않겠습니다. 만약 알려 준다면 하늘에서 천벌이 떨어질 것입니다. 비명횡사를 해도 원망하지 않을 것이니 굽어 살펴 주십시오."

"묵향에게서 배운 적하마령검법을 다른 사람에게 절대로 알려 주지 않겠습니다. 만약 알려 준다면 하늘에서 천벌이 떨어질 것입니다. 비명횡사를 해도 원망하지 않을 것이니 굽어 살펴 주십시오. 당신 이름이 묵향이에요?"

"내가 말 안 해 줬던가?"

 "그런데 맹세의 내용이 이상해요. 비명횡사를 한다니……. 설마 알려 준 게 당신 귀에 들어가면 나를 비명횡사시키겠다는 협박이에요?"

 "그럼. 너도 알지? 나는 내뱉은 말은 책임을 지는 사람이야. 이제부터 구결을 부를 테니 잘 기억해라. 설마 네 할애비가 초식을 훔쳤다 하더라도 구결까지 훔친다는 건 불가능하니까 말이야."

 "예."

 초식(招式)이란 무공의 외형이다. 몸을 움직이는 순서나 그 방법이 초식이라서 초식만 알아서는 진정한 그 무공의 파괴력이 나오지 않는다. 그 초식을 펼치는 순간순간의 내공의 흐름을 자세히 설명한 것이 구결(口訣)이다. 이 구결에 따라 모든 초식을 연결해 나가야 하니 둘 중 하나라도 빠지면 진정한 위력을 가진 무공이 되기는 애당초 그른 노릇이다.

 하지만 무공에 따라 약간씩 그 중요도가 바뀌기도 한다. 예를 들어 소수마공은 초식은 없고 구결뿐인 무공이다. 초식은 기타 여러 가지 장법이나 권법을 사용하되 그 구결만을 소수마공으로 사용하면 소수마공이 가진 그 엄청난 음기로 상대에게 치명타를 줄 수 있다.

 묵향은 자신이 거짓으로 펼친 적하마령검법의 진기 이동을 기억하여 천천히 구결로 불렀다. 대부분의 무공구결은 일부러 비밀의 방지를 위해 어려운 말로 함축해서 표현하거나 수많은 암호들을 나열해 암기하기가 대단히 까다롭다. 그에 비해 묵향은 각 구결을 함축할 단어들을 생각할 시간 여유도 없었을 뿐더러 그걸 함축할 만한 지식도 없었다. 그러기에 옥령인은 어렵지 않게 이해할 수 있었다.

 모든 말이 순서에 따라 이치에 맞았기에 옥령인으로서도 다른 무공의 비급을 익힐 때처럼 말도 안 되는 문자들을 무차별적으로 암기하는 수고를 하지 않아도 되었다. 묵향이 세 번 불러주자 옥령인은 모든 구결을 완전히 다 기억할 수 있었다. 옥령인은 한 자도 틀리지 않고 외운 후 생긋 웃었다.

"이 구결은 정말 쉬워요. 모든 구결이 이렇게 앞뒤가 잘 맞으면 한결 기억하기 쉬울 텐데……."

"그럼, 훔쳐 배운 것 하고 정통은 이런 큰 차이점이 있지."

묵향의 말에 옥령인이 발끈하며 항변했다.

"계속 그렇게 할아버지를 욕하지 마세요."

묵향은 심심풀이 삼아 옥령인에게 검법을 가르치며 지령회(蜘蛉會)를 향해 갔다. 며칠 더 가자 옥령인이 궁금한 듯 물었다.

"설마 우리가 가는 곳이 사천은 아니겠죠?"

"아니! 사천이야."

"그럼 당문(唐門)의 당 아저씨 부탁을 받은 건가요?"

"너는 그런 건 몰라도 돼."

"저도 관련이 있어요. 당문과 지령회 사이의 충돌은 무림에 쫙 소문이 나 있다구요. 모두 관심을 가지고 지켜보고 있는데요?"

한참 더 가서 갈림길로 들어서자 옥령인이 다급히 말했다.

"이 길이 아니라구요. 길을 잘못 들었어요."

"아냐, 이 길이 맞아."

묵향이 자신 있게 대답하자 옥령인이 기어 들어가는 목소리로 혼잣말을 했다.

"그런가? 내가 잘못 기억하고 있었나? 하기야 워낙 오래전의 일이라……."

"도착하면 너는 내 동행이라고 소개할 테니 잠자코 있어. 안 그러면 시끄러워지니까. 너를 장로의 망나니 딸이라고 소개할 테니 그렇게 알고 있으라구. 늘 갇혀 지내다가 바깥바람을 쐬고 싶다고 앙탈을 부려 할 수 없이 데리고 왔다고 하면 아주 잘 해 줄 거야. 그리고 내 곁에서 떨어지지 말고……. 안 그러면 꽁꽁 묶어서 처박아 둘 거다."

묵향의 으름장에도 옥령인 소저는 생글거리며 가만히 있었다. 그녀는 당문에 도착하기만 하면 반대로 묵향을 잡아 묶어 놓고 지금까지 당한 수모를 돌려줄 생각에 마음속까지 뿌듯하게 차오르는 쾌감을 즐기고 있었다.

하지만 그녀의 그런 즐거움도 오래가지 않았다. 최종 종착점이 지령회라는 걸 알게 되었던 것이다. 10리 정도 더 말을 타고 가서 도착한 곳은 제법 그럴듯한 커다란 장원이었고, 정문 위에는 커다란 현판이 붙어 있었다.

「蜘呈會(지령회)」

현판을 읽은 옥령인 소저는 얼굴이 하얗게 질렸다. 지금 자신과 함께 가는 인물이 사파적인 성격을 지닌 인물임을 익히 알고 있었지만 그의 무공으로 보아 명문정파의 제자라고 굳게 믿고 있었던 것이다. 그녀의 그런 속사정은 아는지 모르는지 묵향은 느긋하게 말을 타고 나가 지령회의 수문 무사들을 향해 품속에서 무엇인가를 꺼내어 보였다. 그러자 그들은 호들갑을 떨며 반겼다. 옥령인은 묵향의 부탁에 따라 조용히 사태가 돌아가는 대로 가만히 있었다. 묵향 일행은 곧 안채로 안내되었고 그곳에서 지령회주(蜘呈會主)의 환대를 받았다. 여기서 옥령인을 또 한 번 경악하게 만든 것은 묵향의 호칭이었다.

"어서 오십시오, 부교주님. 눈이 빠지게 기다리고 있었습니다."

부교주님이라는 말이 나오자 옆에 서 있던 옥령인 낭자의 눈이 화등잔 만하게 커졌다가 다시 원상태로 복구되었다. 옥령인 낭자는 경악하기는 했지만 현명하게 그냥 잠자코 있었다.

"오다가 교주님의 부탁이 있어 잠시 지체하는 바람에 늦었네. 사군자가 와 있을 텐데, 그들은 지금 어디 있나?"

"정보 수집차 밖에 나가셨습니다. 저녁때는 돌아오실 겁니다."

"저 아가씨는 천리독행의 손녀로 원체 세상 구경이 하고 싶다고 앙탈을 부려서 데리고 왔네. 철 소저라고 부르면 될 거야."

"예."

"목욕부터 하세나. 오랜 여행을 했더니 먼지 때문에 말이 아니군."

"예예…… 소화, 매화가 시중을 들어 드릴 겁니다. 필요한 것이 있으시면 언제든지 분부를 내려 주십시오."

"오는 길에 봤더니 시체도 없고 조용하더군. 소강상태인가?"

"아닙니다. 3일 전에 또 심하게 붙었는데, 그 때문에 조용한 거죠. 각 분타주님들이 도와주셔서 그런대로 버티고 있습니다."

"이번 일은 내가 확실히 마무리를 지어 줄 테니 걱정하지 말게나. 자네도 바쁠 텐데 내가 너무 잡고 있는 것 같군. 나중에 사군자가 오면 그때 같이 회의를 하기로 하세."

"알겠습니다. 물러가겠습니다."

목욕 후 산뜻한 향기가 나는 차를 마시며 시비(侍婢)들을 물리치자 옥령인은 나직한 소리로 싸늘히 말했다.

"그대가 천마신교의 부교주인 줄은 꿈에도 몰랐군요."

"왜? 실망하셨나?"

"어떻게 정파의 무공을 익혔죠?"

"언제나 특수한 상황이 존재하기 마련이야. 그리고 너도 알아 둘 건 오랜 다툼으로 인해 마교의 서고(書庫)에는 엄청난 분량의 정파의 무공이 들어 있다는 점이지. 십만대산은 1천 년 동안 본교의 요새로서 단 한 번도 침략을 당하지 않았지. 그에 비해 정파의 대부분은 본교에게 한 번씩 털려 봤을 테니 그걸 짐작하기는 어렵지 않을 텐데?"

"하지만 마교에서는 정파의 무공을 마공보다 많이 익히면 안 된다는 규정이 있을 텐데요?"

"있지. 하지만 예외라는 게 있어. 나는 원래 살수 출신이야. 살수란 직업상 본문의 무공을 익힐 수는 없어. 예를 들어 네가 정파의 인물이고 내가 너를 암습한다면 내가 마공을 사용해서 너를 죽일 것 같아? 아니지 정파의 무공을 사용할 거야. 그래야 표시가 안 나거든."

"하지만 그러기 위해서 정파의 무공을 그렇게 깊이 익힐 필요는 없잖아요. 당신 실력의 반만으로도 기습할 경우 상대가 저항하지도 못할 텐데……."

"아니지, 너의 할아버지가 상당한 고수라고 했으니 그 영감탱이를 기준으로 말해 보자구. 내가 만약 그 영감을 죽이려고 든다면 별로 어려울 게 없어."

"그럼 뭐가 문제라는 거예요?"

"죽이고 나서 탈출하는 게 문제지. 탈출하는 과정에서 그 영감이 기른 수많은 제자들이 덤빌 거고 나는 암습이 아닌 정식으로 검을 사용해 그들의 포위망을 돌파하고 도망쳐야 하는 거야. 그때 마공을 사용하면 모든 게 끝장이지. 요컨대 하나부터 열까지 모두 다 마공을 사용하면 안 되는 거야."

"그래서 마공을 처음부터 배우지 않았나요?"

"배우지 않았다고는 하지 않았어. 나는 대단히 높은 수준의 마공을 배웠다구. 그걸 사용하지 않을 뿐이지. 단순히 마공만 사용해도 웬만한 고수들은 모두 저세상으로 보낼 수 있어. 한번 보여 줄까?"

옥령인이 호기심을 느끼고 고개를 끄덕였다.

"예."

"이게 뭔지 알겠어?"

묵향의 손이 점차 약간 푸르스름하면서도 하얀 광채를 띠기 시작했다. 좀 시간이 지나자 묵향의 손은 완전히 하얀 광채를 띠며 살 속까지 무색투명해져 손의 혈관까지 비쳐 보일 정도가 되었다. 이걸 본 옥령인은 한기(寒氣)와 사이한 마공에 몸을 떨었다.

"그때 그 여승이 펼친 소수마공이잖아요."

그러자 이번에는 묵향의 손이 붉은빛으로 바뀌기 시작했으며 사방으로 열기와 강렬한 마기가 퍼져 나갔다. 팔목까지 투명한 붉은빛으로 은은하게 빛나는 걸 보고 옥령인이 말했다.

"이건 잘 모르겠지만 혈수마공 같은데요?"

"그래, 혈수마공이지. 나는 이 두 개를 같이 익혔기 때문에 소수마공이나 혈수마공을 익히면 나타나는 전형적인 증상이 손에 나타나지 않아. 내 손은 그런대로 곱고 아름답긴 하지만 투명할 정도로 하얗지 않지. 그리고 손이 고우면서도 붉은빛도 띄지 않아. 그래서 본교 내에서도 내가 이걸 익힌 걸 아는 사람은 없어. 하기야 강기를 사용하면 이건 별 필요도 없지만……."

옥령인은 고개를 끄덕였다.

"참, 이번 일은 어떻게 할 거예요. 당 아저씨와 싸울 건가요? 아니면 전에 나한테 말한 대로 평화롭게 해결할 건가요."

"일단은 너를 앞세워 평화롭게 처리해 나갈 거야. 상황을 보고 3일 이내에 당문에 들어가서 교섭을 해 봐야지."

"만약 교섭이 안 된다면?"

"나는 귀찮은 건 딱 질색이야. 능력도 없는 것들이 까불어 대는 꼴을 느긋이 볼 정도로 마음이 좋지 못하거든. 최악의 경우를 대비해 수라마참대를 데리고 왔지."

"수라마참대라구요?"

"왜 알고 있나? 본교의 일은 거의 밖에 알려진 게 없는 걸로 아는데."

"할아버지한테 들었어요. 마교에는 여러 개의 무력 단체가 있지만 그중에 다섯 개가 가장 강하다고 했어요. 천마혈검대(天魔血劍隊), 수라마참대(修羅魔斬隊), 천랑대(千狼隊), 염왕대(閻王隊), 자성만마대(紫星萬魔隊)가 그들인데, 자성만마대는 자주 무림에 모습을 드러냈지만 나머지 넷은 거의 나오지 않는다고 그러더군요. 특히나 천마혈검대나 수라마참대는 한 번도 무림에 모습을 나타내지 않았다고 하셨어요."

"아니야, 둘 다 무림에 몇 번 나왔지. 대신 그걸 알고 있는 사람이 없는 거야."

"하지만 무림에는 개방이라든지 무영문 같은 정보에 능한 단체가 있는데요?"

"그들은 아무런 흔적도 남기지 않아. 이번에 수라마참대를 끌고 온 것도 나는 혼자서 싸우는 것은 자신 있지만 무리를 지휘할 줄은 몰라서야. 병서 따위를 읽은 적도 없고, 진법 같은 것은 거의 백지나 다름없지. 그래서 통째로 데려온 거야. 도저히 안 되면 한마디만 하면 끝난다구. '이봐, 인도(人屠)한테 싹 쓸어버리라고 전해' 그렇게 말이야."

"그럼 사람 백정[人屠]이란 사람이 모든 걸 알아서 처리한단 말인가요?"

"그럼, 그 친구 아주 대단한 백정이거든. 그러니까 너는 그 사람들을 잘 설득하라구. 내가 최후의 수단을 쓰지 않게 말이야."

"어떻게 하면 되죠?"

"우리가 양보할 수 있는 부분은 양보할 거야. 상대의 조건이 너무 건방지지만 않다면 말이야. 이쪽에서도 겨우 사천당문 따위와 씨름하는 것에 수라마참대를 오랜 시간 밖에 내놓을 수 없다구. 마교에는 언제나 많은 적들이 있고 그들을 제압하기 위해서는 강력한 무력이 필요해. 지금 너는 잘 모르겠지만—사실은 묵향도 잘 모름—드러나지 않은 단체들이 많아. 그들 때문에 마교는 지금 정파와 정면 격돌을 원하지 않는다구. 그렇지만 단기간에 분쟁이 종식된다면 어떤 수단을 써도 상관없다는 허락이 있으니까 모든 게 틀어지면 먼저 상대의 우두머리들을 모두 다 암살한 다음 수라마참대를 풀어서 기습 공격으로 끝장을 내 버릴 생각이야. 어때, 나도 꽤 똑똑하지?"

묵향의 자신 있는 말투에 옥령인이 뾰루퉁한 표정으로 반박했다.

"어이가 없군요. 상대의 우두머리들이 호락호락 당할 것 같아요?"

"내가 직접 나선다면 충분히 가능하지. 그 때문에 교주도 나를 이리로 보낸 거고."

그러자 옥령인은 비아냥거리는 말투로 말했다.

"대단한 자신감이군요."

"나는 언제나 자신감이 넘치지. 난 지금 무림에서 무적이라구."

옥령인은 비웃는 어조로 말했는데도 묵향이 한껏 우쭐대며 자화자찬을 하자 그만 말문이 막혔다.

"세상에……."

'정말 못 말릴 정도로 멍청한 자식이군. 저런 녀석이 어떻게 부교주가 되었지?'

저녁이 되자 사군자가 돌아왔다. 사군자가 모두 인사를 올리자 옆에서 보고 있던 옥령인은 약간 의아함을 감출 수 없었다. 자신이 교육받은 대로 마교의 인물들은 모두 지령회주처럼 마기가 스산하게 풍겨나오는 악당으로 알고 있었다. 그런데 사군자에게서는 전혀 그런 게 느껴지지 않았다. 오히려 정파의 인물들을 보는 것 같이 그냥 높은 수준의 무예를 익혔다는 점만 신체상의 특징으로 짐작할 수 있을 뿐이었다. 이때 매가 입을 열었다.

"3일 전에도 치열한 다툼이 있었는데, 속하들이 조사해 본 결과 당문의 뒤에는 종리세가(鍾里世家)와 제갈세가(諸葛世家)가 있습니다. 그 두 가문의 가주는 의형제를 맺은 사이로 먼저 종리세가가 끼어들자 제갈세가도 돕겠다고 들어온 거죠. 당문은 암기와 독극물로 유명한 문파라서 이쪽의 피해가 상당히 큽니다. 빨리 손을 쓰지 않으면 피해는 더욱 늘어날 것입니다. 이것은 지금까지 조사한 보고서입니다. 상대방의 전력이 자세히 파악되어 있습니다."

묵향은 그 보고서를 대강 들춰 보았다.

"인도에게도 보냈나?"

"예, 동방 장로께도 보냈습니다. 동방 장로께서는 명령만 내리시면 언제든지 출동할 수 있도록 준비하고 있겠다고 전하라하셨습니다."

옆에 있던 난이 거들었다.

"속하가 비영대를 통해 알아본 바로는 부근의 정파 계열의 문파들도 참여하려고 주시하고 있으며, 무림맹에서도 이쪽으로 사람을 보낸 것으로 알고 있습니다."

"무림맹까지?"

"예, 그들의 목적은 아직 파악되지 않았으나 매화문검(梅花文劍)이 50여 명의 고수들과 함께 당문으로 출발한 것으로 조사되었습니다. 무림맹까지 끼어들기 전에 조속히 종결을 지으라는 교주님의 분부가 계셨습니다."

"국, 내가 준비해 두라고 한 소품은 준비해 뒀나?"

"예."

"교주가 몇 권이나 주던가?"

"세 권입니다."

"그 세 개 다 당문에는 실전된 게 확실한가?"

"예, 그렇다고 들었습니다."

"알겠다. 내일 아침에 당문에 가서 협상을 해 봐야겠군. 회주께서는 나중에 협상이 되면 가능하면 응해 주시오. 그래야 내가 수고한 보람이 있지."

"예, 노력해 주셔서 감사합니다."

"오늘은 일찌감치 쉬고 내일 출발하기로 하지. 죽!"

"예."

"자네가 회주와 상의해서 간단하게 예물을 준비해라."

"예."

"그만 물러가도록."

담판

 다음 날 아침 일찌감치 지령회를 나선 묵향 일행은 당문을 향해 길을 재촉했다. 점심때가 지나서 당문에 도착한 일행은 문주와의 회담을 원했고 그 회담은 받아들여졌다. 한 나이든 고수가 태청당(太晴堂)이라는 건물로 묵향 일행을 안내했다. 묵향이 바라보니 크지 않으면서도 꽤 위엄 있게 잘 지어진 건물에는 웅대한 필치로「太晴堂(태청당)」이라는 현판이 붙어 있었다. 이때 그들을 안내해 온 나이가 지긋한 사내가 말했다.
 "여기서 기다리고 계십니다. 무기는 가지고 가실 수 없으니 저에게 맡기시지요."
 "알겠네. 너도 검집을 풀어라."
 묵향은 묵혼검과 옥령인의 검을 죽에게 주었다.
 "너희들은 여기서 기다려라. 난(蘭), 예물을 다오."

준비한 예물을 난이 묵향에게 건네주자 묵향은 옥령인을 이끌고 안으로 들어갔다. 안에는 일곱 명이 묵향을 기다리고 있었다. 문 쪽에는 여섯 개의 의자가 놓여 있었고, 그 반대쪽에는 일곱 개의 의자가 놓여 있었다. 모두 앉아 있다가 일어나서 묵향 일행을 맞이했다. 그런데 묵향으로서도 경악스러운 것은 사천으로 오는 도중에 놀려 준 그 여인이 일곱 개의 의자 가운데 앉아 있다가 일어서며 똥 씹은 얼굴로 묵향을 노려보고 있다는 사실이었다. 묵향은 그 여인을 잠시 바라보다가 껄껄 웃었다.

"하하하, 정말 원수는 외나무다리에서 만난다고 그러더니 오랜만이구려, 옥 소저."

그 여자는 노화가 머리끝까지 뻗쳐 허리의 검을 뽑았다.

"흥! 못된 녀석! 네 녀석의 농간 때문에 그 쓴 약재를 세 번이나 씹어 먹었는데, 당 문주의 말로는 그게 절대 춘약이 아니라고 하더군. 나를 가지고 놀다니 내 기필코 네놈을 찢어……"

그녀의 말이 끝나기도 전에 묵향이 싸늘하게 말했다.

"오늘 화해는 그른 것 같은데, 할 수 없이 지금 모두 죽여서 조속히 해결해야겠다."

그와 동시에 아무것도 없던 묵향의 손에서 푸른색 강기가 치솟아 올랐다. 그 길이는 무려 3척에 이르렀고 이글이글 불타오르는 막대기 같은 모양이었다. 모두 이걸 보고 경악성을 터트리며 다급히 검을 뽑아 들고 일어섰다.

"심검(心劍)을……."

묵향은 중인들이 경악하건 말건 싸늘히 외쳤다.

"나를 원망하지 말게나……."

그와 동시에 묵향의 신형은 앞으로 쏘아 나갔다. 첫 번째 목표는 옥 소저라는 그 버릇없는 계집이었다. 묵향이 섬전과 같은 속도로 자신에게 쏘아져 들어오자 옥 소저는 황급히 뒤로 물러섰고 대신 옥 소저의 좌우에 있던 사내들이 날렵하게 몸을 날리며 묵향의 강기를 맞받았다. 검과 강기의 덩어리가 충돌하며 불꽃을 일으켰고, 다음 순간 두 남자는 피를 뿜으며 뒤로 튕겨 나갔다. 묵향이 재차 목표를 향해 강기의 덩어리를 날리려는 순간 옥령인이 묵향의 앞을 가로막았다. 묵향은 싸늘한 눈초리로 그녀를 바라보았다.

"비켜."

"이러지 마세요. 말로 해결하면 될 것을 꼭 힘으로 해결해야 하나요? 이리 온 것도 서로 좋게 해결하기 위해서잖아요. 그리고 그걸 저한테 다 맡긴다고 했잖아요. 그런데 왜?"

"지금 분위기를 보고도 몰라. 저쪽에서 먼저 검을 뽑았다구. 그럼 내가 목을 내밀며 '날 죽여 주슈' 할 줄 알았어?"

묵향과 옥령인의 대화를 옆에서 듣고 있던 건장한 체격의 남자가 아직도 말로 풀 수 있는 희망이 있음을 깨닫고 그들의 대화에 끼어들었다.

"이보시오, 대협. 우리 서로 말로 잘 풀자고 모인 게 아니오. 서로 이성을 찾고 대화로 해결해 봅시다."

그 남자가 이렇게 적극적으로 나선 이유는 묵향의 무공을 보니 이 방에 있는 모든 사람이 덤빈다 하더라도 상대가 불가능한 고수라는 걸 알아챘기 때문이다.

심검(心劍)은 왕년의 정파 최고의 고수 구휘조차도 이론적으로 가능하지만 실질적으로는 힘들다고 두 손을 들었던 지고(至高)의 무공이다. 그런데 이걸 익힌 자라고 한다면 구휘보다 더 강했으면 강했지 약할 리가 없었다. 나중에 싸우게 되더라도 일단 상대의 말을 들어서 밑질 것은 없기에 대화를 청하고 나온 것이다. 이때 튕겨 나가서 벽에 심하게 부딪쳐 그 호신강기 덕분에 벽에 구멍을 뚫을 뻔한 남자가 몇 번 기침을 하며 피를 뱉어 내고는 일어섰다.

"잘 해결하자고 모인 것이니 서로 말로서 해결하도록 해 봅시다."

그러면서 옆에 떨어진 자신의 애검을 보았다. 검날은 다행히 상하지 않았다. 그의 검이 보검이었기에 망정이지 안 그랬으면 검과 함께 두 토막이 났을 것이다. 그리고 옆의 사람을 보니 그도 주춤주춤 일어서고 있었다. 그의 도(刀)도 대대로 내려오는 보도였기에 화를 피할 수 있었다. 이때 밖에서 한 명이 다급히 문을 열고 들어섰다. 그의 뒤에는 약 50여 명의 수하들이 검을 뽑아 들고 서 있었다.

"문주님 괜찮으십니까?"

그러자 묵향에게 말로 해결하자고 하던 건장한 체격의 남자가 말했다.

"약간의 오해가 있었으니 너희들은 소란 떨지 말고 나가거라."

"예, 그럼 물러가겠습니다."

건장한 체격에 꽤 정성들여 수염을 다듬은 문사풍의 얼굴을 가진 사내는 수하들이 물러가자 묵향에게 말했다.

"아직 소개를 못했군요. 본좌는 이곳의 문주인 당진천(唐眞天)이라고 합니다. 자자, 모두들 앉으십시다."

그러면서 그가 자리에 앉자 묵향도 더 이상 소란을 피울 수는 없어서 강기를 거둬들이고 의자에 앉았다.

"밖의 분들은 안 들어오십니까?"

"아, 그들은 모두 제 수하들입니다. 그 아이들은 적수공권(赤手空拳)에 능하지 못해 저 혼자 들어왔죠. 그리고 제 검과 이 소저의 검을 지킬 사람도 필요하구요. 너도 거기 서 있지 말고 이리 와서 앉거라."

옥령인이 묵향의 옆에 앉자 묵향이 정식으로 자기소개를 했다.

"본인은 지령회를 대신해서 중재를 위임받은 마교의 부교주 묵향이라고 하오. 그리고 이쪽은 그쪽과 대화를 풀어 나갈 옥령인 낭자요."

상대방 남자는 옥령인의 얼굴을 보고는 잠시 곤혹스런 표정을 지었는데, 그 반대쪽에 있는 모든 사람들의 표정이 한결같이 이상했다. 물론 묵향으로서는 그 이유를 짐작하기 어려웠지만 아무래도 저 여자와 자매라고 하니까 그래서 그럴 거라는 생각만 하고 있었다. 이번에는 저쪽에서 소개를 해 왔다.

"저분은 종리세가(鍾里世家)의 패도(覇刀) 종리영우(鍾里英宇) 대협이십니다."

그러자 묵향에게 도를 맞대고 튕겨 나갔던 그 남자가 포권을 했다.

"그리고 이분은 제갈세가(諸葛世家)의 패검천령(覇劍天嶺) 제갈기(諸葛忌) 대협이십니다."

"대협은 무슨…, 아무튼 그대의 대단한 무공에는 정말 놀랐소이다."

그러면서 검을 잡고 튕겨 나갔던 사내가 포권했다.

"그리고 이쪽은 무림맹에서 나오신 매화문검(梅花文劍) 옥매화(玉梅花) 여협이십니다."

하지만 그 여인은 묵향을 모르는 체했다. 그녀는 방금 전에 놀란 가슴이 진정이 안 되었는지 아직도 거친 숨을 내쉬고 있었다.

"이쪽은 내 자식 당인걸(唐仁傑)입니다. 귀하의 눈에는 차지도 않겠지만 그래도 무림에서는 꽤 소질이 있는 기재로 평가받고 있습니다."

그래도 자식이라고 당 문주는 자랑을 약간 하고 다음 사람을 소개했다.

"저 두 사람은 본문의 외총관 이정과 내총관 당평입니다. 그럼 회의를 진행해 보기로 하지요. 이봐라, 차를 가져오너라."

그러자 밖에서 시비 세 명이 들어와 각자의 의자 옆 팔걸이에 차를 올려 줬다. 묵향은 시비 중 한 명에게 예물을 건네주었다.

"이건 작은 성의이니 받아 주시면 고맙겠습니다. 그리고 말을 잘 해 뒀으니 옥령인과 상의를 해 보십시오."

당 문주는 의아한 듯이 묵향에게 물었다.

"저 옥령인 소저는 무림맹주의 손녀입니다. 그런데 그녀와 의논을 해서 합의점을 찾아냈다 하더라도 귀교에서 그걸 받아들일 겁니까?"

"그건 문제가 되지 않습니다. 옥령인 소저에게는 내가 모든 걸 말해 뒀으니 서로 상의해 보도록 하십시오. 나는 원래 여기 저 소저의 안전만 책임지기로 하고 따라 왔으니 말이오."

그러자 옥령인 소저가 차분히 말했다.

"천마신교는 지령회와 당문이 쓸데없는 일에 자존심을 세워 일이 걷잡을 수 없을 정도로 커졌다는 걸 알고 있습니다. 그냥 서로 휴전할 수는 없을까요?"

그러자 내총관이 침중한 목소리로 말했다.

"그럴 수는 없습니다. 지금까지 본문이 입은 피해는 상당합니다. 우리는 그 피해에 대한 보상을 어느 정도 받기를 원합니다."

"만약 보상을 안 해 주겠다면 어떻게 하시겠습니까?"

그러자 옥매화 소저가 싸늘하게 내뱉었다.

"그렇다면 회의는 해 보나 마나야."

그녀의 말에 외총관도 거들었다.

"다시 소모전을 하는 수밖에 없소."

당 문주가 그들의 말에 추가하여 자신들의 의견을 밝혔다.

"무림맹에서 추가로 50여 명의 고수가 가담했고, 새로이 제갈세가와 종리세가에서도 1백여 명의 고수가 도착했습니다. 그 외에 주변에서 다음에 벌어질 충돌에 자신들의 제자를 보내 주겠다고 약속한 문파가 세 곳이나 됩니다. 우리는 지령회의 회주가 당문에 정중히 사과하고 피해를 어느 정도 보상해 줘야만 한다고 생각합니다."

그러자 묵향이 나직이 그러나 또박또박 물었다.

"그 문파들의 이름을 알려 줄 수 있습니까?"

의아한 표정으로 당 문주가 말했다.

"그건 왜 묻습니까?"

그러자 옆에 앉은 옥령인이 대신 답했다.

"묵향 부교주는 이곳에 오실 때 수라마참대를 이끌고 오셨습니다."

앞에 앉은 사람들이 경악했다. 수라마참대라면 마교의 최고 정예가 아닌가? 그들을 이런 소모전에 끌고 오다니……. 거기다 이 싸움은 마교와 직접적인 연관이 있는 것도 아닌데…….

정신을 수습한 당 문주가 묵향에게 물었다.

"옥령인 소저가 하는 말이 정말인가요?"

"그렇습니다."

"귀하는 우리들을 협박하는 겁니까?"

옥령인이 당 문주에게 대답했다.

"협박이 아니에요. 지금 천마신교는 이 별 볼일 없는 소모전을 오래 끄는 걸 원하지 않습니다. 질질 끌면 천마신교의 이름에 먹칠을 하는 꼴이 된다는 것이죠. 그래서 협상을 해 보고 잘 끝나면 다행이지만 만약 무력을 써야 한다면 수단 방법을 가리지 말고 재빨리 종결지어 버리라는 교주의 명령이 있었답니다."

"아무리 수라마참대라도 당문과 2대세가를 한 번에 무너뜨리기는 쉬운 일이 아닐 거요."

"협상이 결렬되면 묵향 부교주는 지금 앉아 계신 여러분들부터 먼저 죽인다고 했습니다. 그런 후 수라마참대를 풀어 우두머리를 잃고 우왕좌왕하는 나머지를 한 번에 처리할 거라고 하시더군요. 제가 하는 말에 거짓이 보태진 건 없습니다. 대신 여기서 서로가 화해를 한다면 서로 간에 예물이 오가야 하며 서로 간에 사과가 대외적으로 행해져야 합니다. 그러면 천마신교 측에서는 예물을 보태어 좀 더 많이 이쪽으로 드릴 것입니다. 천마신교가 원하는 것은 양쪽 다 외부에 체면을 손상당하지 않고 일이 끝나는 것이죠. 그리고 이건 빨리 해결되어야 합니다."

"귀교가 왜 그렇게 서두르는지 모르겠군요. 우리 두 세가가 여기 합동한 것도 귀교가 개입했기 때문입니다. 그런데 오랜 시간 모른 체하다가 갑자기 빨리 화해하지 않으면 쓸어버리겠다고 협박을 하다니……. 그 이유부터 설명해 주지 않겠습니까?"

묵향은 느긋하게 입을 열었다.

"혹시 그대들은 암흑마교라는 단체를 알고 계십니까?"

그러자 옥매화 소저가 자신만만하게 대답했다.

"알고 있어요. 본맹에서 수집한 정보로는 그것은 혈교의 한 분파인 것 같으며 그 수는 거의 5천에 이르는데, 고수들이 많아 정보 수집에 어려움을 겪고 있어요."

"그 암흑마교는 혈교가 아니라 본교에서 이탈한 1천 명의 제자들이 세운 단체요. 그대들이 말하는 4천왕의 한 명인 흑살마제 장인걸이 그를 추종하는 1천여 고수들을 이끌고 나가 세운 단체지요. 그들의 행동을 본교에서는 치밀하게 감시하고 있고, 또 그 밖에도 아수혈교를 비롯한 여러 보이지 않는 세력들을 견제하고 있습니다. 그들에 대해 신경 쓰는 것만 해도 마교에서는 벅찰 지경이오. 몇 해 전에는 많은 부녀자들이 납치되는 것을 보고 일종의 사이한 대법을 연성하는 무리가 있는 줄 알고 새외(塞外)로 천마혈검대가 출동하기도 했소. 그들을 토벌하고 나니 단순한 인신매매단이라는 걸 알고 철수했지만……. 아무튼 우리들은 지금 보이지 않는 적과의 싸움으로 정신이 없소. 그래서 교주의 명령으로 그대들과의 협상을 중재하고 있고, 만약 안 된다면 여러분을 기습해 잿더미로 만들고 수라마참대를 빨리 본교로 돌려보낼 것이오."

그러자 옥매화 소저가 비웃는 듯한 말투로 말했다.

"하지만 지금 알았으니 기습은 힘들 텐데요."

묵향은 싱긋 웃으며 옥령인에게 말했다.

"당신 언니는 이번에 쓴 약을 너무 먹어서 머리가 잘못된 모양이군. 왜 내가 돌아갔다가 이리 다시 와야 하지? 솔직히 말해서 당문쯤 박살내는 건 나와 사군자만 있어도 충분해. 지금 수라마참대는 제갈세가와 종리세가를 부술 준비를 하고 있지. 당문이 박살 났다는 말을 들음과 동시에 그 두 세가도 끝장날 거야."

말이 끝남과 동시에 문 밖에서 묵향의 검이 날아 들어왔다. 묵향은 자신의 앞에 날아와서 둥둥 떠 있는 묵혼검을 집어서는 허리에 찼다.

"그대들은 나에 대한 예비 지식이 하나도 없는 모양이군. 본교에서는 교주의 근처 2장 안으로 들어가려면 검을 차고 있어서는 안 된다는 규정이 있지. 역대에 제법 많은 교주들이 암습으로 저세상에 갔거든. 하지만 그 규정에 유일한 예외로 인정받은 사람이 나야. 아무리 교주라도 내게 검이 있든 없든 간에 죽이고자 마음먹으면 곧장 지옥으로 보내 드릴 수 있다는 걸 모두 알기 때문이지. 자, 그대들은 어떻게 하시겠소? 화해요? 아니면 싸움이오?"

당 문주가 굳어진 얼굴로 대꾸했다.

"이건 완전한 협박이란 걸 알고 있소?"

그의 말에 묵향도 퉁명스럽게 대꾸했다.

"나는 당신에게 불리한 걸 권하는 게 아니오. 오히려 유리하지. 본교에서는 그대가 화해에 응한다면 은화 2천 냥을 드릴 거요. 대신 그대들도 우리 쪽에 예의를 표시해야 하오. 사실 본교에서 각 문파에 은자 1천 냥씩을 줘도 되겠지만, 그러면 남들 보기에 모양새가 안 좋지. 그러니 우리에게 받은 돈 중에서 1천 냥을 그대들이 지령회에 주면 그들도 아주 좋아할 거요. 그리고 그대들이 약간 숙이고 들어오는 데 대한 사례로 본교에서 가지고 있는 당문의 실전된 무공비급 중 세 가지를 돌려드리겠소. 내가 양보할 수 있는 건 여기까지요. 서로 상의들 해 보시오."

그런 다음 옥령인에게 말했다.

"너는 밖에서 기다려라."

"예? 왜 그래요?"

"혈투가 벌어지면 사군자가 너를 지켜 줄 거다."

"당문에서 거절한다면 살육전을 시작할 건가요?"

묵향이 말없이 고개를 약간 끄덕이자 그녀는 슬픈 듯한 얼굴로 고개를 흔들었다.

"그럴 수는 없어요. 저는 그냥 여기서 언니를 도와 당신과 싸울 거예요."

옥령인은 천천히 걸어서 옥매화 소저의 앞에 섰다. 그 모습을 보며 묵향은 싱긋 웃었다.

"나한테 배운 적하마령검법으로 말인가?"

"예, 그동안 저한테 잘해 주셔서 정말 감사해요."

이때 밖에서 옥령인의 검이 날아와서 옥령인의 앞에 멈춰 섰다. 묵향은 진기를 이용해 옥령인의 검을 주인에게 돌려주었다.

"싸우고 싶다면 검이 있어야겠지. 일단 시작되면 서로 편하게 제일 먼저 저세상에 보내 줄게. 내가 해 줄 수 있는 건 이것밖에 없구나."

"고마워요."

전음으로 수군거리면서도 그들은 묵향과 옥령인이 하는 대화를 모두 들었다. 묵향은 방심 상태인 듯 진기를 끌어 모으지도 않고 앉아서 습관적으로 가만히 묵혼검을 쓰다듬고 있었고, 옥령인도 그런 묵향을 바라보며 그냥 서 있었다. 이때 묵향이 긴 침묵을 깨고 말했다.

"함께한 시간이 얼마 되지 않았지만 정말 즐거웠어. 이런 상황에서 만났다는 게 아쉽군. 우리는 아주 친한 친구로 지낼 수도 있었을 텐데······."

"그래요. 하지만 당신은 너무 장난이 심해서 아주 친한 친구는 안 될 것 같아요."

"그래도 재미있었잖아. 우리가 처음 만났을 때··· 큭큭큭, 너의 언니에게 십전마령환(十煎魔寧丸)을 먹인 다음 그걸 춘약이라고 하니까··· 하하, 너는 옆에 있으면서 그 당황한 표정을 못 봤지?"

그러자 상황이 이렇게도 급박한데도 옥령인은 까르르 웃고 말았다. 반면 저쪽에서 열심히 전음으로 대화를 나누던 옥매화의 얼굴은 점점 빨게졌다.

"그때 정말 걸작이었다구. 그런데 지금도 궁금한 건 네 언니가 내가 써 준 약재들을 꼭꼭 씹어 먹으면서 어떤 표정을 짓고 있었을까 하는 점인데…, 하하하. 이거 원 웃음이 멈추지 않는군."

옥매화는 그 비웃는 말에 머리꼭대기까지 화가 나서 검을 잡고 묵향에게 뛰어들려고 했지만 주변에 있는 사람들이 잡는 바람에 어쩔 수 없이 포기해야 했다. 묵향이 옥령인을 잡고 여행 중에 있었던 재미 있는 사건들을 골라서 얘기하자 옥령인은 배를 잡고 웃어 대며 맞장 구를 쳤고, 묵향도 미소를 지으며 얘기를 나눴다. 이때 당문의 문주가 헛기침을 몇 번 하더니 말했다.

"험험, 묵향 부교주. 이쪽은 결론이 났습니다."

"어떻게 하실 건지?"

그와 동시에 장내의 모든 사람들은 정말 인간의 한계를 넘어설 정 도로 묵향이 기를 끌어 모으고 있다는 사실을 알 수 있었다. 정말이지 묵향은 순식간에 엄청난 공력을 끌어 모아 출수를 준비했고 얼마나 그 기세가 대단했는지 주변에 바람이 일 정도였다. 그때 모든 사람들 이 의아하게 생각한 일 중 하나도 이때 벌어졌다. 묵향과 마찬가지로 옥령인도 최대한 빠른 속도로 기를 끌어 모으며 준비하기 시작했고 검의 손잡이에 손을 올려 발검 자세를 취했다. 이들은 지금까지 농담 을 나누며 히히덕거렸는데…….

이곳에 모인 일곱 명은 묵향이 방금 전에 농담처럼 가장 먼저 너를 죽이는 것이 내가 해 줄 수 있는 유일한 것이라고 했던 말이 진담이라는 것을 느꼈다. 아마도 묵향이 최대 한도의 공력을 끌어 모으는 것을 보니 자신이 가진 최강의 무공을 사용해 옥령인을 비롯해 여기 있는 대부분의 사람들을 일격에 죽일 거라는 것을 어렵지 않게 짐작할 수 있었다.

당문의 문주는 막상 대답을 하려는데 묵향이 필요 이상으로 기를 끌어올리자 그 엄청난 위용에 압도되어 온몸을 떨며 말도 제대로 하지 못했다.

"그, 저, 그대의 조건을… 받아들이겠소."

그러자 모두 믿을 수 없는 일이 벌어졌다. 폭발적으로 증가했던 묵향의 기가 언제 그랬냐는 듯이 순식간에 사라진 것이다. 보통 기를 최고로 끌어 모으는 데도 시간이 많이 들지만 최고조로 끌어 모은 기를 다시 가라앉히는데도 시간이 걸린다. 이것들이 거의 순간적으로 벌어졌다는 것은 묵향이 자신이 가진 모든 공력을 끌어 모으지 않았다는 걸 단적으로 말해 준다. 묵향의 기가 순간적으로 사라진 것에 비해 옥령인은 아직도 몸 전체의 기를 천천히 해소하며 긴장했던 근육들을 풀고 있었다.

"잘되었소. 그럼 이걸로 그대들과도 이별이군. 교주님께서도 그대들의 선택에 만족해하실 것이오."

그러더니 밖에다가 외쳤다.

"국!"

"예."

"준비한 것을 가져오라."

"예."

국이라 불린 사내가 안으로 들어오며 천으로 감싼 꾸러미 세 개를 묵향에게 건넸다. 지금까지 사군자가 무엇인가를 들고 온 것을 보지 못했던 걸 보면 이 각각의 꾸러미는 사군자 중 세 명이 각각 품속에 보관하고 있었던 모양이다. 묵향은 그것을 받고 국에게 말했다.

"너는 지금 동방 장로에게 가서 본교로 귀환하라고 일러라. 본좌도 곧 따라갈 것이다. 너는 동방 장로와 함께 귀교해라."

"존명!"

그와 동시에 국은 섬전과 같이 튀어 오르며 최고의 속도로 경공술을 펼치며 사라져 갔다. 그 엄청난 속도를 보며 중인들은 경악했다. 그 속도만으로 봤을 때는 결코 자신들의 아래가 아니라는 생각을 한 것이다. 그들이 부교주를 직접 호위하는 자들이니 뭔가 달라도 다른 점이 있을 거라 생각하고 있을 때 묵향이 국에게서 받은 세 개의 꾸러미를 당 문주에게 주었다.

"이것이 약속한 비급들이오. 물론 모두 다 정본이오. 대신 본타에는 이것을 하나도 틀리지 않고 완벽하게 베낀 사본이 있으니 그 점은 양해해 주시기 바랍니다."

그리고는 품속에서 금표 한 장을 꺼내며 말했다.

"이것은 꽤 신용 있는 전장에서 발행한 금표로 금화 1백 냥입니다. 오늘 중으로 화해를 해 주셨으면 고맙겠습니다. 지령회주에게는 벌써 말해 두었으니 그도 아주 좋아할 겁니다."

묵향이 화해의 선물로 약속했던 것들을 순식간에 내주자 당 문주는 다소 얼떨떨한 표정이었다.

"될 수 있으면 서로 좋게 지내 주셨으면 감사하겠습니다. 이번에 본교에 사건이 생기지 않았으면 이렇게 좋은 결과를 기대하기 힘들었을 거요. 그럼 본인은 이만 가 보겠습니다. 안녕히 계십시오."

묵향은 그들에게 정중히 포권한 후 옥매화에게 말했다.

"깜빡 잊고 그냥 갈 뻔했군. 이건 당신 거니 돌려드리겠소."

묵향은 품속에서 전에 옥매화에게서 빼앗았던 모든 물건들을 꺼내 놓았다. 그 속에는 텅 빈 지갑도 있었다.

"죄송하게도 지갑 안에는 돈이 한 푼도 없는데…, 가난한 절에 당신의 건강을 빌며 시주했으니 아마 죽을 때까지 춘약의 피해는 입지 않을 거요."

묵향이 이죽거리며 밖으로 나가려고 하자 머리끝까지 화가 난 옥매화 소저가 순간적으로 검을 빼 들고는 묵향을 찔러 왔다. 하지만 그녀의 검은 묵향의 몸 근처에서 더 이상 들어가지 못했다. 무엇에 막힌 것처럼 튕겨 나갔던 것이다. 옥매화가 낭패한 듯한 표정을 지으며 외쳤다.

"이게 무슨 사술(邪術)이냐?"

그걸 보고 묵향이 미소 지었다.

"툭하면 사술 타령이군. 사술은 아니니 그대 할아버지에게 물어보면 이게 뭔지 알려 줄 거요."

묵향은 고소하다는 듯이 만면에 미소를 지으며 밖으로 나갔다. 그러자 옥령인이 조르르 따라 나왔다.

"벌써 가려고 그래요?"

"그럼, 올 때도 말했지만 나는 해결사나 비슷한 존재야. 본교에서 해결하기 힘든 일이 있을 때만 내가 나서지. 이제 일이 끝났으니 돌아가야지."

"돌아가시면 뭘 하시는데요?"

"뭘 하긴, 매일같이 수련이지. 너도 나 같은 고수가 될 수 있어. 매일 잠자는 시간을 빼고는 죽자고 수련만 한 30년 하면 돼.”

"저는 그럴 수가 없어요. 어떻게…, 아무리 무공을 좋아하는 언니도 그 정도까지는 안 한다구요.”

"나는 태어나서 지금까지 그렇게 해 왔어. 일이 끝났으니 가서 또다시 수련을 해야지.”

"당신 같은 고수도 수련이 필요해요?”

"나는 아직 너희들이 말하는 현경의 수준에 머물러 있어. 그래도 남자로 태어나서 생사경은 넘어 봐야 하지 않겠냐?”

"본맹에 한번 찾아오실 수는 없으세요? 할아버지가 참 좋아하실 거예요.”

묵향이 웃음을 터트렸다.

"하하하……."

갑작스런 묵향의 웃음에 옥령인은 약간 괘씸한 듯 물었다.

"왜 웃는 거예요?”

"네 할아버지는 정파의 기둥이고 나는 천마신교의 부교준데 뭘 좋아하겠니? 이 철없는 아가씨야, 네 언니처럼 검을 뽑아 들고 죽이려고 하지 않으면 다행이지.”

"그건 당신이 만날 때마다 언니를 놀려 대니까 그러죠.”

"내가 없더라도 적하마령검법을 열심히 익힐 수 있지?”

"예.”

"그럼 다음에 혹시 만나면 비무를 해 보기로 하지. 그때는 그런 엉터리 검무를 추지 않기를 바란다.”

묵향은 사군자를 향해 돌아서며 외쳤다.

"돌아가자.”

암흑마교와의 결합

묵향이 교내에 돌아왔을 때는 이상하게 마교 전체가 술렁이고 있었다. 사군자를 보내 알아보니 뭔가 큰일이 벌어질 분위기라는 것이었다. 교주는 묵향이 돌아오자마자 갑자기 비밀회의가 있다고 교내의 핵심 고수들을 소집했다. 모두 긴장해서 긴 탁자에 서열 순으로 앉았다. 교주는 혁무상 장로에게 지금 상황에 대해 설명하라고 지시했다.

"이번에 토의하게 될 안건은 본교를 탈퇴했던 암흑마교의 교주 흑살마제 장인걸에 대해서입니다. 그는 여러 가지로 무림의 패권(霸權)을 장악하려고 노력했지만 도저히 자신의 힘이 미치지 못하는 것을 느끼고 이번에 다시 본교와 암흑마교를 합치기를 원하고 있습니다. 현재 암흑마교의 교도는 5천여 명으로 그중에서 고수급은 많아 봐야 2천여 명 정도입니다. 장인걸은 부교주의 지위로서 자신들의 수하들과 함께 본교에 '통합' 되기를 원하고 있습니다. 그에 대해 토의하기 위한 회의입니다."

음침한 시선으로 이 혁무상을 바라보고 있던 환영비마(幻影飛魔) 구양운(丘陽雲)이 질문을 했다. 그는 9년 전에 승진하여 천마혈검대 대장에 임명된, 교주의 신뢰를 한몸에 받고 있는 뛰어난 노고수였다.

"만약 암흑마교를 받아들인다면 집 안에 호랑이를 놔 두는 격이 되지 않을까요?"

"그 점도 생각해 봤소. 장인걸이 본교를 탈퇴하면서 이끌고 떠난 고수가 거의 1천여 명 정도입니다. 그런데 장인걸은 그걸 빠른 시간 동안에 다섯 배로 불려 놨습니다. 솔직히 그들의 힘은 대단합니다. 본교에서도 1천여 명을 다시 보충하기 위해서 상당한 시일이 걸렸을 만큼 그 암흑마교의 주축 세력인 1천여 명 고수들의 능력은 대단합니다. 그들을 제대로 흡수한다면 본교에 더 바랄 것이 없을 정도로 이득을 가져다주겠지만 만약 그들이 두 마음을 품고 들어오는 것이라면 치명적인 피해를 입게 될지도 모릅니다."

여지고 수석장로가 노성(怒聲)을 터트렸다.

"그들을 받아들일 필요는 없소! 밖의 적은 본교의 사정을 잘 모르므로 기습을 당할 우려가 적지만, 그들이 안에서 반란을 일으킨다면 걷잡을 수 없는 사태에 직면하게 될 것이오."

"수석장로님의 말씀이 옳습니다. 하지만 요즘 시끄러워지기 시작한 무림의 정세에 비추어 5천 명의 세력은 꽤 매력적인 제안입니다. 그 중에서 최소한 1천 명은 대단한 실력자들입니다. 그 점도 감안을 해야 합니다. 이들을 바로 흡수하겠다는 것이 아니라 이들의 힘을 적당히 해소한 후에……. 아니면 합병 후 장인걸을 없애 버리면 자연히 그들의 세력은 본교에 완전히 흡수될 가능성도 있습니다."

"적당히 해소한다는 건 무슨 뜻이오?"

"그러니까…, 장인걸이 본교로 들어온 이후에 이들을 여러 개의 전투 집단으로 만들어 각각 뭉치지 못하게 만드는 겁니다. 그러면 자연 그들의 일부가 모반을 일으키더라도 본교의 피해는 최소화되지 않을까 생각합니다."

"아하! 5천 명 정도니까 실력별로 10개나 20개 정도의 부대로 나눠서 각각 이곳저곳에 배치한다는 말이오?"

"그 의견이 묘하군. 이 방법을 사용하는 것이 어떻겠습니까?"

"그런데 문제는 장인걸에게도 일부 세력을 직속 부대로 주어야 한다는 데 있습니다. 그리고 만약 여러 개로 나눠 놨다 하더라도 은밀히 연락하여 모반을 획책하지 못한다는 법도 없습니다."

"이러면 어떨까요? 5천 명 중에서 3백 명 정도의 고수만을 거느리고 본교에 들어오게 해 주는 겁니다. 그들은 장인걸 직속에 배치해 주고, 나머지는 20개 정도로 토막을 친 다음 여기저기 나누어 배치하고 부교주 모르게 그들의 지휘관들을 장악해 나가는 거지요. 본시 본교는 힘의 단체, 그 누구도 의리 따위를 지킬 사람은 없습니다. 강자 밑에 복속되는 것은 당연한 이치지요."

그러자 교주가 고개를 끄덕이며 찬성을 표했다.

"괜찮은 의견인 것 같기도 하군."

"그리고 장인걸을 철저히 감시해 만약 조금이라도 모반의 증거가 보이면 처치해 버리면 됩니다. 아무리 장인걸이라도 교주님께서 직접 나서시면 처치하실 수 있을 것입니다."

다른 사람들도 장인걸이 아무리 4천왕에 들어가지만 4천왕 중 두 명이 협공을 한다면 어쩌지 못할 것이라고 여겼다. 마교 안에는 4천왕에 들어가는 고수가 세 명이나 있고, 또 이번에 새로 부교주가 된 묵향까지 있으니 그를 처치하는 것은 손쉬우리라 생각했던 것이다.

마교와 암흑마교는 5개월 후 통합되었다. 암흑마교의 교주 장인걸은 부교주로 추대되었으며 여태까지의 예외적인 상황을 감안해서 그가 거느리고 총타로 들어온 3백 명의 고수는 사사혈시마대(邪死血屍魔隊)라는 칭호와 함께 붉은 옷을 입기로 결정되었다. 이들에게 붉은 옷을 입힌 이유는 눈에 잘 띄는 색을 입혀 감시하기 편리하게 하기 위해서였다.

총타에 편입된 3백 명을 제외한 나머지는 30등분이 되어 각 지점에 비밀리에 배치되었으며, 그들이 배치된 곳은 모두 익히 알려진 기존의 거점이나 아니면 기존 분타 중에서 외부에 노출되어 있는 분타들이었다. 즉 이들은 마교가 새로이 만들어 놓은 비밀 분타나 아니면 각종 세력 확장을 위해 만들고 있는 주루나 전방, 표국 등에는 배치하지 않아 마교의 전체 세력을 파악할 수 없도록 한 것이다.

그 외에 여태까지 암흑마교가 만들어 놓은 총타 한 곳과 분타 다섯 곳. 그리고 전방, 기루, 토지 등 각종 사업체도 완전히 정리되었다. 그 중 토지를 제외한 나머지는 모두 암흑마교와 상관없는 것처럼 철저히 파괴하거나 은폐해서 팔아 버렸다. 그런 후 거기서 나온 돈으로 새로운 사업체에 투자하여 만일의 사태에 대비했다. 이런 식으로 돈줄을 완전히 막아 버리면 또다시 분리하고 싶어도 5천 명이나 되는 인원이 탈퇴해서 나가기는 힘들기 때문이다. 그 외에 암흑마교가 모아 놓은 각종 무공비급이나 무기류는 마교로 운반되어 분배되었다.

마교에 돌아온 장인걸 부교주는 교주에게 직접 몇 권의 무공비급들을 바쳤다.

"교주님, 이것들은 제가 힘들게 모은 것들로 아주 대단한 비급들입니다. 받아 주십시오."

교주가 보니 무공비급에는 각각 응혈신장(凝血神掌), 귀혼강신대법(歸魂殭身大法), 응혈귀조(凝血鬼爪)라고 쓰여 있었다. 이것을 본 교주가 천천히 입을 열었다.

"모두 처음 보는 무공들이군. 이것들은 어떻게 구했나?"

"예, 우연한 기회에 응혈귀조라는 무공을 입수하게 되었습니다. 그걸 좀 더 강력하게 발전시킨 무공이 응혈신장입니다. 조법(爪法)을 장법(掌法)으로 만들었는데, 그 위력이 더욱 강력합니다. 이것들은 격중되면 사람의 피를 엉기게 만들어 죽음에 이르게 하는 무공으로, 아주 지독한 무공입니다. 한 번 격중되면 거의 치료가 불가능한 무공들입니다."

"대단하군."

"그리고 귀혼강신대법은 마교의 마공과 혈교의 사술을 혼합하여 만든 것으로 이것을 대성하면 거의 강시에 가까운 육체를 만들 수 있습니다. 익히기가 대단히 어렵다는 점을 제외하면 거의 불사(不死)에 가까운 육체를 만들 수 있는 마공입니다."

"불사라구?"

"예, 이 마공을 익히면 육체의 복원력이 불가사의할 정도로 증폭되어 칼로 베어도 죽지 않게 됩니다. 칼에 베여 팔다리가 떨어져 나가도 그것을 주워 붙이기만 하면 순식간에 원상태로 붙어 버립니다. 그리고 육체를 나무토막처럼 만들어 웬만한 도검은 뚫고 들어오기 힘들죠. 약점이라면 황제가 가지고 있는 복마천신검(伏魔天神劍) 같은 사마(邪魔)를 제압할 수 있는 신병(神兵)으로 공격당했을 때 상처의 복원력이 떨어진다는 것이죠. 그 외에도 몇 가지 극성을 가지고 있는 무공이 있으나 그리 대단한 타격을 줄 수 있는 건 아닙니다."

"대단하군. 이 마공을 익힌 사람이 있소?"

"익힌 사람은 1천 명이 넘습니다. 하지만 그중 5성 이상 성취한 이들은 이번에 제가 이끌고 온 3백 명 정돕니다. 이 마공을 이용하여 진기를 내뿜었을 때 그것에 격중된 사람은 급속도로 살이 썩어 들어가므로, 아무리 고수라도 방심하고 있다가 가벼운 상처라도 입으면 나중에는 치명상으로 발전하게 됩니다."

"대단하군. 사용자에게는 더없이 좋은 도움을 주고 상대에게는 조금의 상처라도 치명상을 입히다니……. 그대는 어느 정도까지 연성했소?"

"9성까지 연성했습니다. 교주님께서도 한번 연성을 해 보심이 좋을 것입니다."

"그것도 좋겠군. 고맙소."

장인걸이 마교에 합류했지만 마교의 수뇌부의 걱정과는 달리 큰 문제가 벌어지지 않았다. 교주는 암흑마교에서 새로이 입수한 열두 가지 마공들을 묵향에게 주어 검토해 보라고 했고, 묵향은 그것들을 세밀히 살펴보았다. 묵향은 상당히 파격적인 공격법이나 치밀한 수비법, 거기에 공격에 있어 상대를 고통 속에서 죽음에 이르도록 만들고야 마는 그 악랄한 수법들에 혀를 내둘렀다. 이 무공들 중에 일부는 혈교의 요술적 요소를 가지고 있었고, 정통 무공들만을 수련한 묵향으로서는 그것들을 익힌다는 것 자체가 무리였다.

예상과 달리 암흑마교와 마교 간의 합체는 아주 부드럽게 이루어졌고, 장인걸이 몇 가지 사건들을 해결해 내자 마교 내에서 그의 위치도 점점 올라가기 시작했다. 특히나 장인걸이 거느린 3백 명의 고수들은 고수들과의 싸움에서는 별 차이가 없었지만 무림인의 절대다수를 차지하는 하수들과의 싸움에서 괴력을 발휘했다. 그들은 거의 강시에 가까운 강인한 신체를 가지고 있었으며 특이한 사술도 많이 사용해 정력(靜力)이 적은 상대를 대량으로 살상하는 데 특히나 뛰어난 능력을 발휘했다.

생일 축하객

 장인걸이 마교에 합류한 지도 거의 8개월이 흘러 어느덧 가을이 찾아왔다. 그날도 묵향은 언제나와 같이 소나무 숲에서 생각에 잠겨 있었다. 이때 한 괴영(怪影)이 은밀하게 자신의 모습을 감춘 채 묵향에게 접근해 왔다. 3장 거리까지 접근하자 소나무 사이로 먼 산을 바라보던 묵향이 갑자기 괴영을 향해 강기를 뿜었다. 괴영은 경악하여 피하려고 했지만 묵향의 강기는 엄청난 속도로 다가와 그의 몸을 두 토막으로 만들었다. 천천히 묵향이 괴한에게 다가오자 그 남자는 믿을 수 없다는 표정으로 묵향을 바라봤다. 그런데 이상한 일이 벌어졌다. 분명 허리 부분이 두 토막 나서 피를 흘리고 있었는데, 상처가 서서히 아물어 묵향이 그의 앞에 다다를 즈음 그의 상처는 거의 다 나은 것이다. 그는 묵향을 향해 부복(俯伏)했다.
 "교주께서 부르십니다."

묵향은 상대에게 싸늘히 말했다.

"네 녀석은 누구냐?"

"속하는 장인걸 부교주님의 수하이옵니다. 교주님께서 묵향 부교주님을 부르려고 하시자 장 부교주님이 저를 보내 통지하라 하셨습니다."

묵향은 이자가 귀혼강신대법을 익힌 고수라는 사실을 눈치 챘다.

'겨우 이따위 마공을 익힌 주제에 나를 시험하려고 들어?'

묵향은 귀혼강신대법을 보고, 자신이 그걸 익히기에는 여러 가지로 문제가 많아서 그만뒀지만, 대신 그 약점은 파악하고 있었다. 귀혼강신대법이 가장 강한 위력을 보일 때는 상대가 검이나 도 같은 무기로 공격하는 것이다. 그러면 상처 크기가 작아서 손쉽게 상처 수복이 가능하다. 하지만 철퇴 같은 것에 한 대 맞으면 그 상처가 엄청나게 크므로 수복하는 데 시간이 많이 걸린다. 특히나 머리에 맞아 완전히 머리가 부서져 버리면 수복은커녕 목숨까지 날아가는 것이다.

"흥! 본좌는 내 근처로 모습을 감추고 숨어드는 걸 별로 좋아하지 않아. 네 녀석의 머리통을 부숴 버리지 않은 것만도 천만다행으로 생각해라. 혹시 다음에 본좌의 부근에 숨어드는 녀석이 있다면 골통을 가루로 만들어 버리겠다."

상대는 식은땀을 흘리며 답했다.

"명심하겠습니다."

묵향이 교주에게 인사를 드리자 교주는 장인걸과 얘기를 나누다가 묵향을 반겼다.

"어서 오게나. 이쪽은 알고 있겠지? 장인걸일세."

"안녕하셨습니까, 장인걸 부교주님?"

"그대도 안녕하셨소? 본교 최고의 고수를 뵙게 되어 영광이군. 공식적인 행사에 거의 모습을 나타내지 않으셔서 오늘에야 만나게 되는군요."

"죄송합니다."

서로 간에 인사가 끝나자 교주가 입을 열었다.

"실은 묵향 부교주에게 한 가지 부탁할 게 있어서 불렀소."

"무엇입니까?"

"이번에 무림맹주 옥청학이 1백 40세 생일을 맞이해서 본교에 초청장을 보내왔지. 도대체 그놈의 속을 알 수가 없단 말이야. 여태까지 무림맹과 서로 인사를 나눈 적이 한 번도 없는데 갑자기 그러는 이유를 알 수 없어. 하지만 무림맹주의 생일 인사니 아무나 보낼 수 없고……. 그래서 내 손녀를 보내기로 했지."

"……"

"그런데 이 아이가 원체 방자해서 웬만한 교내의 고수를 붙여 놔도 통제가 불가능이란 말씀이야. 그래서……."

"장인걸 부교주님께서 동행을 하시면 되지 않겠습니까? 한영영(韓永瑛)은 장 부교주님에게는 고양이 앞의 쥐로 알고 있는데요."

"그래서 장 부교주에게 부탁했더니 한사코 싫다는 거야. 자네도 들었을 테지? 하나뿐인 손녀라고 애지중지 길렀더니 버릇이 없어. 그래 자네를 불렀지. 꼭 자네가 해 주게나."

묵향은 한영영을 만나 본 적은 없지만 익히 그 더러운 소문을 듣고 있었다. 버릇없기로 천하제일이며 수하들을 마음대로 구타하고 등등……. 그따위 계집을 호위할 필요는 없다는 말이 목구멍 위까지 올라왔지만 차마 교주의 애원하는 듯한 시선을 저버릴 수가 없었다.
"제가 하죠."
"껄껄, 고맙네. 자네가 간다면 내 안심할 수 있지."
"출발은 언젠가요?"
"사흘 후. 모든 준비는 다 해 놓을 거야. 호위는……."
"사군자로 충분합니다. 그리고 예물을 들고 가기도 귀찮은 노릇이니 그리 중요한 예물이 아니라면 표국에 맡겨서 우리가 도착하기 하루 전쯤에 전달되게끔 만들어 두십시오."
"그편이 편하다면 그리 해 주겠네."

한영영은 한중길의 손녀로 현재 소교주의 딸이다. 천마신교의 법전에 의하면 마교에서는 교주, 소교주 등의 지위는 무공이 뛰어난 사람만이 차지할 수 있으며, 교주의 아들딸이라도 그의 무공이 강해서 한 자리 차지하지 않았다면 사실상 권력은 없다.
하지만 그렇다고 교주의 친족들이 권세를 부리지 않는 것은 아니다. 마교에서 그 대표적인 인물이 한영영이다. 그녀는 아름다운 용모에 많은 책을 읽어 총명하고, 또 그 나이에는 어울리지 않을 정도로 뛰어난 무공을 익혔다. 하지만 그녀에게 치명적인 약점이 있으니 그건 바로 워낙 귀하게 대접받아서 그런지 완전히 안하무인(眼下無人)이라는 점이었다.
스물세 살이란 나이에 무공을 익혔으면 얼마나 익혔겠는가. 모두 그녀를 두들겨 패거나 핍박할 수 없으니 똥이 무서워서 피하냐 하는 식으로 슬금슬금 그녀만 나타나면 도망쳤고, 재수 없게 그녀에게 걸린 사람들은 곤욕을 치러야만 했다. 여지고 수석장로조차 30년을 애지중지 길러 온 수염을 홀랑 태워 먹었을 정도니 다른 사람은 말할 필요조차 없었다. 이 못 말릴 아가씨는 오늘도 어디 먹이가 없을까 해서 두리번거리며 찾아다니고 있을 것이 분명했다.

3일 후 묵향이 한영영을 만나 보니 과연 소문대로 예쁜 아가씨이기는 했다. 하지만 교활한 눈으로 두리번거리며 묵향을 훑어보는 걸 보고 묵향도 썩 기분이 좋지 않았다. 묵향은 난과 죽에게 마차를 몰고 매와 국은 말을 타고 뒤따르며 호위하라고 명한 후 묵향은 한영영과 그 시비 한 명과 함께 마차에 올랐다. 한영영도 이번이 처음 하는 세상구경이라 새로운 풍물과 경치에 정신이 팔려 묵향을 괴롭히지는 않았다. 하지만 그것도 잠시…….

묵향이 지그시 눈을 감고 생각에 잠겨 있는 사이 그녀는 암암리에 공력을 끌어 모아 묵향의 혈도를 가격했다. 그런데 펑하는 소리가 나고 비명을 지른 건 묵향이 아니라 한영영 쪽이었다.

"아악!"

묵향은 비명을 지르며 아픈 손을 주무르고 있는 그녀를 쓱 쳐다보더니 느긋하게 입을 열었다.

"제법 손속이 악랄하군. 그냥 얌전히 있으면 나도 가만히 있으려고 했는데, 시작은 네가 먼저 했으니 나를 원망하지 마라."

묵향은 비쾌하게 그녀와 시비의 혈도를 점하고 신경질을 냈다.

"남을 기습해 골탕을 먹이는 건 내 방법이야. 너 같은 계집애가 쓰는 게 아니라구. 자…, 이제 어떻게 한다?"

묵향이 잠시 생각하는 사이 경악한 한영영이 소리쳤다.

"네놈이 이러고도 무사할 줄 알았냐? 날 풀어라."

한영영이 악을 쓰든지 말든지 묵향은 잠시 생각하더니 과장되게 손뼉을 쳤다.

"꼭 해야 할 여행이면 편한 게 좋지. 네년들이 마차를 차지하고 있으니 이거 자리가 불편해서 안 되겠다. 이봐, 난! 마을은 멀었냐?"

"2각 후면 도착할겁니다."

"그럼 계집애 둘이 들어갈 만한 큰 상자 하나를 사 와라."

"예."

다음 마을에서 상자 하나를 구입한 묵향은 충분히 숨을 쉴 수 있게 구멍을 여기저기 숭숭 뚫어 놓고는 고래고래 악을 쓰는 한영영과 시비를 그 속에 집어넣었다. 아혈까지 봉해 버려 조용하게 만들어서 상자를 마차 뒤에 묶어 버렸다. 그리고 다음 목적지까지 콧노래를 부르며 편안하게 갔다.

저녁때가 되어 마을에 도착한 묵향은 상자에서 두 계집을 꺼냈다. 혈도를 풀어 주자 바로 한영영의 손바닥이 날아왔다. 한영영은 묵향의 뺨을 철썩 치면서 외쳤다.

"나쁜 자식!"

하지만 묵향의 뺨은 색깔 하나 안 변했고 오히려 깨질 듯이 아픈 건 한영영의 손바닥. 묵향은 싱긋 웃더니 바로 한영영의 뺨을 네 대나 때렸다. 짜자작 하는 비쾌한 타격음이 들리고 휘청거리는 한영영을 묵향은 모질게 잡아끌고는 식당으로 들어갔다. 자리를 잡은 후 점소이를 불렀다.

"이봐, 만두 일곱 접시하고 고량주 네 병! 그리고 신선한 채소 있으면 가져다주게."

"예."

그러자 한영영이 씨근덕거리면서 외쳤다.

"만두라구? 난 그딴 것 안 먹어. 이봐, 여기 잘하는 음식이 뭐냐?"

묵향은 그녀의 혈도를 바로 짚어서 더 이상 떠들지 못하게 만든 후 점소이를 쳐다봤다.

"이 소저가 하는 말 신경 쓰지 말고 빨리 음식이나 가져와."

"예."

묵향은 혈도를 짚여 꼼짝 못하고 앉아 있는 한영영을 그냥 놔둔 채 음식을 들었다. 옆에 앉았던 시비가 한영영의 혈도를 풀어 주려 하자 묵향이 눈을 부라리며 나직이 말했다.

"네년도 혈도가 짚이고 싶냐?"

묵향의 말에 그녀는 고양이 앞의 쥐 신세가 되어 묵묵히 음식을 먹었다. 묵향은 수하들과 기분 좋게 술과 음식을 먹은 후 한영영의 허리를 짐짝처럼 잡아들고 여관으로 갔다. 방 두 개를 잡아 한 방에는 한영영과 시비의 혈도를 짚어 침대에 던져 놓고 난에게 지키게 했고, 자신은 나머지 수하들과 다른 방에 들어가 쉬었다. 묵향은 거의 잠을 자지 않기 때문에 아무리 작은 방을 잡는다 해도 문제될 것이 없었다.

다음 날 아침이 되자 묵향은 그 둘의 혈도를 풀어 줬다. 한영영은 묵향에게 으르렁거렸지만 말로 협박할 뿐 더 이상 어쩌지는 못했다. 한참 잔소리를 듣던 묵향이 더 이상 못 듣겠다는 듯이 짜증스런 표정을 짓자 그녀는 황급히 입을 닫았다. 그다음 행동은 말을 안 해도 뻔했기 때문이다.

식당으로 내려간 묵향은 점소이를 불러 어제와 똑같은 주문을 했다. 이번에는 한영영도 조용히 앉아 있었다. 그녀는 어제 점심과 저녁을 굶었기에 배가 몹시 고팠던 것이다. 출발할 때가 되자 묵향은 상자를 마차에서 내리게 한 후 한영영에게 말했다.

"나는 혼자서 조용히 여행하는 걸 좋아해. 내가 상자 속에 들어가기는 싫으니 너희들이 양보해 줘야겠어. 그냥 들어갈래, 아니면 혈도를 짚인 후 들어갈래?"

"그냥 들어가죠."

묵향은 그녀들이 들어가자 또다시 상자를 마차 뒤에 묶고는 출발했다. 한참 마차가 달려가고 있을 때 한영영은 상자를 부수고는 탈출을 시도했다. 한영영은 마차에서 뛰어내려 시비와 함께 경공술을 전개하여 도망쳤다.

"본교에 돌아가서 두고 보자! 못된 자식!"

하지만 뒤돌아보며 욕을 하던 그녀가 앞을 보자 어느새 나타났는지 묵향이 거기 서 있었다. 그녀는 멈추려 했지만 앞으로 나가던 속도가 있어서 둘 다 묵향의 품속으로 뛰어든 꼴이 되었다. 묵향은 두 계집을 양손에 잡은 후 말했다.

"전에도 말 안 듣고 도망치는 계집이 있었는데…, 그때 어떻게 했더라? 맞아! 분근착골을 몇 번 해 주니까 조용해졌지."

묵향의 말을 들은 두 여자는 얼굴빛이 창백해졌다. 묵향은 곧바로 두 여자의 혈도를 쳤다. 두 여자는 얼굴빛이 더욱 창백해져 몸을 뒤틀었고, 온몸에서는 뚜둑거리는 소리가 울려 나왔다. 묵향은 그녀들의 비명을 들으면서 반 각의 시간을 기다렸다가 둘의 고문을 풀어 주고는 싱글거렸다.

"어때? 즐거우셨나? 이번은 처음이니까 반 각이지만 다음에는 1각, 그다음에는 2각이지. 즐거운 비명 소리를 나도 다시 듣고 싶으니 또 도망쳐 보시도록."

한영영은 이빨을 갈았지만 더 이상 어쩌지 못하고 묵향에게 끌려갔다. 묵향은 다음 마을에서 식사를 한 후 다시 상자를 하나 구입했고 환기 구멍을 여러 개 뚫으면서 말했다.

"어때? 내 취향은 알고 있겠지. 그냥 들어갈래? 아니면 묶여……."

묵향의 말이 끝나기도 전에 두 여자는 상자 안으로 들어갔다. 그들은 다음 목적지에 도착할 때까지 감히 도망칠 엄두도 못 내고 있었다. 저녁때가 되어 마을에 도착하자 죽은 곧 상자를 꺼내어 열어 줬다. 한영영은 상자 안에서 나와 손수건으로 땀을 닦으며 가을의 시원한 공기를 즐겼다. 아무리 가을이라도 상자 안에 두 명의 여자가 들어 있으니 엄청나게 더운 건 두말할 필요가 없었다. 주루에서 또다시 묵향이 만두와 고량주를 시키자 한영영이 조심스럽게 말했다.

"저…, 매일 만두만 먹으면 질리지 않아요? 우리 다른 것도 좀 먹자구요."

"흐음, 그래도 만두가 맛있는데?"

"만두 말고도 맛있는 게 많다구요. 사군자한테 물어보시면 알 거예요."

묵향이 인상을 잔뜩 쓰고 노려보며 사군자에게 으르렁거렸다.

"만두 말고도 맛있는 게 있다니 정말이야?"

법은 멀고 눈앞의 주먹은 살벌하기 그지없으니 사군자는 할 수 없이 말했다. 그들도 매일 만두만 먹기에 질렸지만 할 수 없었다.

"아니오. 헤헤…, 만두가 제일 낫죠."

묵향은 거보라는 듯이 으스대며 점소이에게 말했다.

"빨리 가져와."

식사 후 웬일인지 한영영이 조용했기에 묵향은 그녀의 혈도를 짚지 않고 잠자게 해 줬다. 삼경이 되어 묵향은 왼쪽 방에서 기(氣)가 움직이는 걸 알아챘다. 슬쩍 따라가 보니 한영영이 시비를 데리고 살며시 눈치를 보며 도망쳐 나와 마구간으로 가고 있었다. 그러나 그들은 마구간으로 들어가기 직전 온몸이 마비되며 쓰러졌다. 곧이어 지독한 통증이 온몸을 타고 흘렀고, 뼈가 어긋나는 소리가 몸속에서 울려 퍼지는 것이 들렸다. 자신의 의지와는 상관없이 뱃속 깊숙한 곳에서부터 비명이 터져 나왔다. 이때 비웃는 듯한 목소리가 들려 왔다.

"화장실에라도 가나 해서 놔뒀더니 겁도 없이 도망가려고 하는군. 말했지, 이번에는 1각이라고······."

1각 후 묵향은 거의 탈진한 두 여자의 혈도를 봉해 버리고 한 팔에 한 명씩 들고 가서는 방에 던져 넣었다. 그들을 지키던 난은 혈도가 짚인 채 뻗어 있었다. 묵향은 빙긋이 웃으며 난의 혈도를 풀어 줬다. 난은 얼굴을 붉히며 사죄했다.

"죄송합니다. 깜빡 잠이 들었는데······."

"괜찮아. 내가 너를 이 안에 놔 둔 건 저 여자들을 감시하라는 게 아니라 외부의 침입을 방지하는 데 있으니까."

묵향은 다시 자신의 방에 들어가서 명상에 잠겼다.

다음 날 아침 두 여자의 혈도를 풀어 주고 식당에서 식사를 했다. 두 여자는 어제저녁 엄청난 고생을 해서 그런지 만두를 꾸역꾸역 입 속에 넣었다. 아무리 만두가 질렸어도 체력이 떨어지면 도망도 못 치기 때문이다. 한영영은 만두를 억지로 씹어서 삼키며 말했다.

"당신은 잠도 안 자요?"

"사군자한테 물어보면 알겠지만 나는 밖에 나오면 잠을 안 자. 교내에 있을 때도 거의 하루에 한 시진 정도밖에 자지 않지."

"그럼 잠을 안 자고 뭐 하는 거예요?"

"운기조식도 하고 명상도 하고……. 뭐 그런 거지."

그러자 한영영은 도망치기는 틀렸다고 생각하고 미소를 지으며 부드럽게 말했다.

"그런데 당신 이런 식으로 나를 대접하면 나중에 본교에 돌아가서 어떻게 될지 생각해 봤어요?"

"어떻게 되는데?"

"아빠한테 말해서 당신을 혼내 줄 거예요."

"네 아빠면 한영성(韓永省) 소교주를 말하는 거냐?"

"예."

"혼내 준다면, 네 아빠가 나를 몇 초 만에 죽일 수 있을 거라 생각하지?"

"당신은 아빠한테 이십초지적(二十招之敵)도 안 돼요."

그러자 묵향이 미소를 지으며 말했다.

"이 천진난만한 아가씨야, 사실은 그 반대지. 네 할애비조차 나한테 이십초지적이 될까 말까 한데, 그따위 소릴 하다니……."

그러자 한영영이 경악해서 말까지 더듬거리며 위협조로 말했다.

"교주님을 보고 할애비라니 당신, 당신…, 그러다가 제 명에 못 죽을 거예요."

"상관없어. 할애비보고 할애비라고 부르는 거지. 그리고 그 할애비는 본좌를 절대적으로 신임하지 않을 수 없는 상태인데, 나를 어떤 방식으로 혼내 주겠다는 건지 물어보고 싶군."

"할아버지가 왜 당신 같은 망나니를 신임한다는 거죠?"

"그건 간단히 설명해 줄 수 있지. 교주 옆에 2장 안으로 검을 차고 다가갈 수 있는 사람은 나밖에 없지. 이건 아주 절대적인 신뢰의 표시가 아니겠어?"

잠시 생각하더니 한영영이 질린다는 표정으로 나직이 말했다.

"당신이 그 부교주군요. 할아버지가 교주 자리를 권했는데도 차 버렸다는……"

"어쭈? 제법 소식이 빠르군. 그분이 바로 이분이시지. 그리고 네가 알아 둬야 할 사항은 내가 충성을 맹세한 사람은 태상교주도 아니고 소교주도 아닌 바로 교주야. 그렇기에 나한테 명령을, 아니지 부탁을 할 수 있는 사람도 교주밖에 없다구. 교주는 나한테 너를 무림맹까지 데려다 주라고 부탁했고, 그 방법에 대해서는 구체적으로 지시하지 않았어. 너를 꽁꽁 묶어서 상자 속에 넣어 가건 마차에 매달고 끌고 가건 그건 내 마음이란 말이야. 생각 같아서는 마차에 묶어서 끌고 가고 싶지만 예쁜 얼굴에 상처가 나면 나도 곤란하단 말씀이지. 하지만 교주는 나한테 절대 상처를 내지 말라는 지시도 안 했으니 나중에는 그 방법도 한번 써 볼까 하고 생각 중이야."

한영영은 묵향의 말을 듣고는 기도 안 찬다는 듯한 표정을 지었지만 구석에 앉아 있던 죽이 묵향 모르게 어기전성을 보내왔다.

《부교주가 하시는 말은 거의 대부분 사실입니다. 그리고 그는 마음먹으면 꼭 하고야 마는 성격이죠. 그러니 더 이상 자극하시면 곤란합니다. 진짜 매달고 갈지 몰라요.》

한마디 쏘아 주려고 했지만 죽의 말을 듣고는 그 말이 목구멍까지 올라왔다가 다시 내려가 버렸다. 교활한 한영영 소저는 작전을 바꾸기로 했다. 더 이상 상자 속에 들어가기는 싫었던 것이다.

"저…, 마차를 타고 가면 안 될까요? 떠들지 않고 조용히 조용히 있을게요, 예?"

잠시 생각하던 묵향이 무자비하게 말했다.

"안 돼. 나는 조용히 혼자 가는 게 더 좋다고 했잖아. 밥도 먹었으니 출발하자."

묵향이 뭐라고 말하지 않았는데도 시비와 한영영은 상자 속으로 들어갔다. 그녀들도 여러 번 겪다 보니 출발의 순서를 잘 알고 있었던 것이다. 죽은 그 상자를 마차에 묶고 출발했다. 한영영은 점심때도 만두를 먹으면서 묵향에게 계속 부드럽게 부탁했다.

"상자 속은 덥다구요. 조용히 있을 테니 좀 태워 줘요. 구석에 쥐죽은 듯 앉아 있겠다니까요."

계속 부탁하자 묵향은 짜증스런 표정으로 그녀를 바라봤다. 그러자 그녀는 움찔했지만 의외로 묵향에게서 나온 말은 부드러웠다.

"좋아."

묵향은 눈을 지그시 감고 앉아 있었고 그 앞에 앉은 두 여자는 감히 숨소리도 크게 못 내고 있었다. 그러나 그것도 잠시……. 반 시진 정도 흐르자 점점 간이 커지기 시작한 한영영은 주변 경치를 바라보며 옆의 시비와 쏙닥거리기 시작했다. 하지만 묵향이 가만히 있자 점점 더 목소리가 커지기 시작하더니 저녁때가 되어 마을에 도착할 때쯤에는 마음 푹 놓고 수다를 떨고 있었다.

한영영은 한 가지 목표를 달성하자 이번에는 음식을 바꾸려고 들었다. 마을에 도착하기 전부터 제발 만두는 그만 먹자는 말로 시작해서 식탁에 앉을 때까지 부드러운 목소리로 묵향을 설득했고, 시비까지 그 옆에서 거들었다. 사람이 똑같은 소리를 듣는 데도 한도가 있다. 그걸 한영영도 알기에 묵향이 인상을 쓰면 딴 소리를 하다가도 조금만 지나면 다시 화제를 만두로 돌렸다.

　식당 안으로 들어올 때쯤에는 묵향도 지쳐 될 대로 되라는 상태까지 와 있었다. 발광을 한다면 혈도를 제압해서 처박아 두면 되는데, 그게 아니었기에 묵향으로서는 그 말을 그냥 들어 줄 수밖에 없었다. 또 이 버릇없는 말괄량이를 길들인다고 계속 만두를 먹고 있지만, 자신도 만두에 질려 입에서 밀가루 냄새가 날 정도였던 것이다. 두 여자가 입이 아프게 묵향을 향해 설득 작전을 벌인 효과는 식당에 들어가서 나타났다. 묵향은 난을 보고 말했다.

　"네가 음식을 시켜라."

　이 후로는 제법 그럴듯한 여행이 되어갔다. 한영영이 묵향의 성질을 적당히 파악한 후엔 더 이상 그를 자극하지 않았고 비교적 조용하게 넘어갔기 때문이다. 며칠이 더 지나자 그녀는 묵향이 잔소리를 심하게 해도 웬만큼은 듣고 있을 수 있을 만큼 신경이 굵다는 것과 못 먹는 게 없을 정도로 잡식성이라는 점, 거기에 그냥 내버려 두는 것도 좋아하지만 슬슬 꼬드기면 말도 곧잘 하고 농담도 잘 한다는 점을 알아냈다. 그리고 칭찬까지 곁들여서 약간 아부를 하면 금도 들려준다는 사실을 알았다.

　묵향의 금을 타는 실력은 근래에 들어 눈부신 발전을 이뤄, 그에게 금을 가르친 사부라고 할 수 있는 음희 설약벽을 탄복하게 만들었을 정도였다. 처음에는 죽이 어기전성으로 슬며시 묵향이 금을 잘 타니 졸라 보라고 하는 말을 듣고 반신반의했다. 밑져 봐야 본전이라는 생각에 살며시 구슬려 봤더니 묵향은 마지못해 금을 타 줬다. 묵향의 실력은 한영영을 놀라게 했고 그다음부터는 줄곧 금을 타 달라고 졸라 댈 정도였다.

묵향은 대부분의 시간을 그냥 졸듯이 가만히 눈 감고 앉아 명상하는 것을 가장 좋아하는 조용한 사람이었다. 하지만 이 말괄량이가 동석하게 된 다음부터 그는 그런 편안한 시간을 즐길 틈이 거의 없었다.

무림맹에 도착한 묵향 일행은 무림맹의 규모가 생각보다 작다는 것을 알았다. 마교의 총타가 거의 1만 명에 가까운 인구 밀집 지대라고 한다면 이곳은 5천여 명이 모여 사는 시골 정도라고 보아야 했다. 이렇게 정파의 기둥이라 불리는 무림맹의 규모가 작은 이유는 마교와는 달리 맹주에게 집중된 힘이 적었기 때문이다.

보통 5대세가나 9파1방 등 거대 명문 중에서 맹주가 나왔는데, 한번 맹주가 되면 죽을 때까지 그가 맹주지만 그 직위는 대물림되지 않고 무림대회를 펼쳐 새로운 맹주가 선임되었다. 거기에 그의 호위 무사는 각 문파들에서 일부 고수들을 파견하는 식으로 보내 주기에 그 질(質)에서 떨어졌다. 무림맹주란 일종의 명예직으로, 각 문파에서는 맹주에게 모든 권력이 집중되는 것을 수많은 방법으로 막고 있었으므로 자연 마교에 비해 그 위세가 떨어졌다. 하지만 맹주의 지시로 움직이는 고수의 수는 마교보다 몇 배나 많았으니 그 이유는 대부분의 무림인들이 사파보다는 정파 계열이었기 때문이다.

매(梅)가 달려가 수문 무사에게 마교에서 인사차 사람이 왔다는 걸 알려 주자 그중 두 명이 나와 숙소로 안내해 주었다. 묵향은 방을 배정해 주고는 한영영에게 나지막이 으르렁거렸다.

"여기서 어떤 말썽이라도 부린다면 돌아갈 때 꽁꽁 묶어서 마차에 매달고 갈 거야. 인사는 끝난 다음일 테니 상처가 좀 생겨도 교주가 아무 말 못 할걸."

묵향의 협박에 한영영은 혀를 쭉 내밀며 응수하고는 시비와 함께 무림맹을 구경하기 위해 나갔다. 죽과 국이 멀찍이서 그녀를 뒤따르며 호위했다.

이번 맹주의 생일잔치는 3일간 거행되었는데 그 안에는 무예대결까지 포함되어 생일잔치가 아니라 거의 축제 같은 분위기까지 풍겼다. 낮에는 여기저기서 벌어지는 행사에 참석한 후 저녁 식사 때가 되면 모두 모여 만찬을 즐겼다. 이때 각 파의 장문인급들은 큰 건물에 모여 맹주와 함께 식사를 했다. 식사 전에 당일 도착한 각 문파의 축하객들이 선물을 바친 후 곧바로 약간의 볼거리가 제공되며 만찬이 시작된다.

「滿博殿(만박전)」이라는 현판이 붙은, 만찬이 시작되는 이 커다란 건물에 묵향 일행이 다가가자 주위를 지키던 호위 무사들이 다가왔다. 그중에서 검은 콧수염을 기른 중년의 무사가 한영영에게 말했다.

"여기서부터는 무장을 하고 들어가실 수 없습니다. 검을 저희들에게 맡기시지요."

한영영이 손잡이와 검집에 보석이 박힌 호화로운 보검을 풀자 묵향은 그것을 받아 죽에게 건네줬다. 그리고 자신도 묵혼검과 비수를 그에게 주며 말했다.

"너희들은 여기서 기다려라."

묵향이 떨떠름한 표정으로 한영영을 따라 들어가자 짐꾼 네 명이 마교에서 준비한 예물을 가지고 그들을 뒤따랐다. 그들이 만박전에 들어서자 정문에서부터 큰 탁자까지 붉은 양탄자가 깔려 있었고, 그 탁자 주위에는 여러 가지 선물이 쌓여 있었다. 그들이 들어서자 한 무사가 종이에 적힌 것을 보고 소리쳤다.

"천마신교에서 맹주님의 생신을 축하드리기 위해 축하객을 보냈습니다."

천마신교라는 말이 나오자 중인들이 술렁거리며 한영영 일행을 주의 깊게 바라봤다. 한영영은 큰 탁자에 앉아 있는 20대 후반의 부드러운 눈빛을 가지고 있는 사내에게 정중히 인사를 올렸다.

"안녕하시옵니까? 소녀(小女)는 한영영이라 하옵니다."

그는 부드럽게 미소를 지으며 말했다.

"먼 길을 오느라고 수고하셨소. 그래 교주께서는 안녕하시오?"

"예, 덕분에 평안하십니다. 생신을 축하드립니다. 이것은 저의 할아버지께서 보내시는 선물입니다."

맹주는 그녀를 환대했다.

"이리 와서 앉으시오. 현재 무림 최대의 방파인 천마신교의 교주를 대신하는 신분을 가지신 분이니 본좌의 옆에 앉아도 누구도 뭐라 하지 못할 거외다."

무림맹주는 한영영을 따뜻하게 맞이해 자신의 옆 자리에 앉게 하고는 여러 가지로 신경을 써 주며 말을 건네자 한영영은 더욱 간덩이가 커지기 시작했다. 하지만 한영영을 맹주 옆에 앉게 하고 한쪽 구석에 자리 잡은 묵향의 싸늘한 눈초리와 마주치자 커지던 간이 다시 원상태로 돌아갔다.

'도저히 저자와는 어떻게 할 수 없군……'

'후' 하고 한숨을 쉬고는 한영영은 맹주와 다소곳이 얘기를 나누기 시작했다.

북명신공의 위력

묵향이 술을 한잔하고 있는데 뒤에서 여인의 목소리가 들려왔다.
"정말 오랜만이네요. 그런데 당신은 이곳에 오고도 나를 찾아보지 않는군요."
묵향은 뒤도 돌아보지 않고 옆의 빈 자리를 가리키며 말했다.
"앉으시오."
여인이 자신의 옆 자리에 앉자 묵향은 그제서야 그녀를 쳐다보고 옥령인이라는 사실을 깨달았다.
"아하! 누군가 했더니……. 내가 멍청했군. 완전히 잊어버리고 있었어."
"일부러 할아버지한테 부탁해서 당신을 불렀는데, 고작 한다는 말이 그거예요?"
"일부러라니?"

옥령인의 얼굴이 약간 붉어지며 말했다.

"할아버지 생신에 묵향 부교주를 초대한다고 정중하게 써 보냈단 말이에요."

그제서야 묵향은 사태가 어떻게 돌아갔는지 알 수 있었다. 교주는 묵향이 가지 않을 것을 뻔히 알고 자신의 말썽꾸러기 손녀를 미끼로 묵향을 보낸 것이다.

"이런 빌어먹을……."

묵향의 욕을 듣고 옥령인의 안색이 약간 창백해지자 묵향은 곧바로 사과했다.

"아…, 그게 아니고 지금 엄청난 혹을 달고 와서 그렇소. 교주는 내가 당신처럼 그런 식으로 움직이지 않을 거라고 생각하고 자신의 망나니 손녀를 감시한다는 명목으로 나를 붙였지. 저 말썽꾸러기는 장 부교주나 내가 아니면 감당할 수가 없다나? 실지 수석장로의 수염을 불사른 악녀니까 누구도 어찌할 수 없지."

"미안해요, 괜한 부탁을 해서……."

"그래, 무공은 정진이 있었나?"

묵향이 장난스런 표정으로 묻자 옥령인은 얼굴이 뻘개지며 항의했다.

"당신 때문에 망신당한 걸 생각하면……."

"왜?"

"당신이 했던 얘기를 할아버지한테 말씀드렸더니 할아버지가 빙긋이 웃으시며 뭐라고 했는지 알아요?"

"뭐라고 했는데?"

"나보고 순진하게도 완전히 속았다고 그러시더군요."

북명신공의 위력 373

"정말이야?"

"예."

"이상하군."

"뭐가 이상하다는 거예요?"

"내 딴에는 꽤 잘 만든 무공인데……. 실지 구결을 들려줬다면 그런 말을 하지 못할 텐데, 네가 어떻게 시범을 보였는데 그런 거야?"

그녀가 침중한 안색으로 한숨을 쉬며 말했다.

"후…, 할아버지 말씀이 맞군요. 할아버지는 제가 사형과 비무하면서 적하마령검법을 사용하는 걸 보시고 진전이 대단히 빠르다고 칭찬해 주셨죠. 제 다섯째 사형은 저보다 실력이 좋았었는데 요즘은 제가 그 사형보다 조금 더 낫거든요. 하지만 저는 그대로 있을 수 없어서 사연을 얘기했어요. 당신이 할아버지를 욕하며 사문의 무공을 훔쳤다고 욕하더라고 했죠."

묵향은 속이 찜찜해짐을 느끼며 물었다.

"그래서?"

"그러니까 할아버지는 당신이 가르쳐 준 초식을 펼쳐 보라고 하셨어요. 그래서 저는 그대로 했죠. 그러자 할아버지는 확실히 적하마령검법이 적하무류검법보다 더욱 뛰어나며 무서운 검법이라고 했어요. 그리고 저에게 구결을 알려 달라고 하셨죠. 제가 그건 안 된다고 하니까 다시 한 번 힘껏 초식을 펼쳐 보라고 한 다음 그 둘의 차이를 꼼꼼히 비교해 보시더니 그러셨죠. 적하무류검법은 상승검법인 백류매화검법(白流梅花劍法)을 익히는 중간 단계에나 어울리는 검법이지만, 이 적하마령검법은 진기의 소통이 너무나 자연스럽고 사용자의 힘을 있는 대로 끌어내니 극성까지 익히면 오히려 백류매화검법보다 무서운 검법이라고요. 그러면서 말씀하시기를 적하무류검법은 분명히 직접 만드신 거니 이 둘이 비슷한 것은 우연일 수도 있고, 아니면 당신이 내 무공을 보고 순간적으로 만들어 낸 거라고 하셨어요. 그러면서 나중에 넌지시 돌려서 물어보면 알 수 있을 거라고 하셨죠."

묵향은 무안해서 싱긋 웃으며 말했다.

"하하하, 찔리는 게 있으니까 제풀에 불고 말았군. 끝까지 우기는 건데……. 그래 할아범이 그렇게 칭찬한 나의 독문무공은 좀 진척이 있나?"

"그런데 그게 잘 안 돼요. 세 번째 초식에서."

"그런 식으로 말하면 나는 몰라. 초식을 직접 보여 줘야지. 적하마령검법 따위 몽땅 잊어버린 지 오래라구."

묵향의 말에 옥령인은 경악했다.

"그때 당신은 극성으로 그 검법을 펼쳤다구요. 그리고 할아버지도 그렇게 높게 평가했던 검법인데 어떻게 잊어버릴 수 있지요?"

"나는 원래 잘 잊어버려. 본교의 마공도 거의 대부분 다 잊어먹은 지 오래라구. 그따위 거 기억해서 어디다 써? 말로는 잘 안 되니까 나중에 비무하면서 가르쳐 주지. 자, 너도 한잔하라구."

묵향이 따라 주자 옥령인은 미소 지으며 술을 약간 마시다가 다급히 잔을 내려놓고 말했다.

"언니가 와요. 어서 피해요. 당신을 보면 찢어 죽이겠다고 벼르고 있던 말이에요."

하지만 정작 묵향은 태연했다.

"그 실력으로 찢어 죽여? 내가 그렇게 상대한테 당했으면 슬슬 피해 가겠다."

이죽거리며 묵향이 술을 마시는데, 챙 하는 경쾌한 소리가 들리고 순간 묵향의 목에 칼이 닿아 있었다. 그리고 분노를 억누른 나지막한 소리.

"너, 잘아알 만났다……."

하지만 그녀의 복수극은 벌어지지도 못하고 끝나야 했으니, 그녀가 칼을 뽑자 놀란 근처의 사람들이 벌 떼 같이 웅성거렸고 그걸 눈치 챈 맹주의 불호령이 떨어졌다. 맹주도 대강의 사정을 옥매화에게서 들었지만 놀린 것뿐이지 어떤 해악을 가한 것도 아니었기에 묵향에게 따질 필요를 못 느끼고 있었다. 거기에 묵향이 옥령인에게 대단히 잘 대해 주며 매우 강력한 검법까지 가르쳐 줬으니 묵향이 처음부터 악의로 그녀에게 대했다고는 생각하지 않았던 것이다.

할아버지의 불호령이 떨어지자 옥매화는 신경질적으로 검을 검집에 꽂아 넣고는 씨근대며 밖으로 나가 버렸다. 화가 머리끝까지 치밀어 오른 그녀의 뒷모습을 보면서 묵향이 싱글거렸다.

"아직 혼이 덜 난 모양이군."

그런 그를 보고 옥령인이 난처한 듯 말했다.

"저한테는 그렇게 잘해 주시면서 왜 언니는 그렇게 못살게 굴죠? 좀 잘해 주실 수 없어요?"

"나는 눈에는 눈 이에는 이로 상대하는 사람이야. 상대가 잘해 주면 나도 잘해 주지만 상대가 나를 못살게 굴면 나는 그보다 더 상대를 못살게 굴지. 이건 천성이니까 네가 옆에서 이러쿵저러쿵할 거 없어."

묵향은 술을 쭉 들이켰다.

"이제 그만 일어서야겠군."

그와 동시에 밖에서 매와 국이 들어왔다.

"부르셨습니까?"

"저 말괄량이 감시 잘해. 잘못해서 실수라도 하는 날에는 어떻게 되는지 알지?"

"명심하겠습니다."

"나는 이만 가 보겠다."

묵향이 밖으로 나가자 옥령인이 따라 나왔다.

"언제 돌아가실 거예요?"

"잔치가 끝나는 대로 곧."

"이번에 검술제가 있는데, 참석해 보지 않으시겠어요? 푸짐한 상품도 주는데……."

"그따위 대결 시시해. 죽! 검을 다오."

묵향은 묵혼검을 차면서 말했다.

"맹주 정도 나온다면 몰라도 내가 무슨 할 짓이 없어서 일초지적(一招之敵)도 안 되는 애송이들을 잡고 놀겠어?"

"사흘 만에 가신다면 저하고 같이 술 마시면서 얘기라도 해요. 저쪽에 작은 정자가 있는데 그리로 안주하고 술을 가져오게 할게요."

"그렇다면 좋지. 자네들도 같이 가세."

옥령인은 주위의 시녀에게 뭐라고 지시하고는 그들을 만박전에서 그리 떨어지지 않은 곳에 있는 작은 정자로 안내했다. 그들이 정자에 자리 잡자 곧 시녀들이 간단한 안주와 술을 가져왔다. 시녀들이 물러가고 나서 옥령인은 묵향이 무의식적으로 묵혼검을 만지고 있는 걸 보고 말했다.

"당신은 무예가 그토록 강한데 왜 언제나 검을 가지고 있죠? 그때도 심검을 쓰는 걸 보고 모두 경악했잖아요."

"심검을 유지할 수 있는 시간은 그렇게 길지 않아. 심검은 엄청나게 내력을 소모시킨다구. 그 위력은 겨우 어검술 정도밖에 안 되는데 말이야. 그래서 나는 언제나 이걸 가지고 있지. 나는 마음만 먹으면 상대의 검을 빼앗아 사용할 수 있어. 하지만 이 녀석은 내가 직접 주문해서 만든 거고 또 손에 익어서 다른 걸 만지고 싶지 않아."

"좀 보여 주세요. 당신 검은 한 번도 자세히 본 적이 없잖아요. 겉은 수수하게 생겼는데……."

묵향이 검집 채로 넘겨주자 옥령인은 그걸 받으면서 말했다.

"길이는 짧은데도 굉장히 무겁군요."

검을 반쯤 뽑아 바라보면서 탄성을 질렀다.

"그때 기억이 맞군요. 검은색인 것 같은 생각이 들어 이상하게 생각하고 있었는데…, 이건 현철(玄鐵)로 만든 건가요?"

"응."

"그래서 무겁군요. 겉은 수수하면서 속은 이렇게 호화롭다니……."

옥령인의 입에서는 하마터면 '당신과 같이…' 라는 말이 나올 뻔 했다. 하지만 그 말을 씹어 삼키고 말을 이었다.

"이렇게 좋은 보검을 이런 검집에 넣어서 가지고 다니는 사람은 당신밖에 없을 거예요. 여기에 글자가 쓰여 있네……. 「墨魂(묵혼)」, 이게 이 검 이름인가요?"

"응."

"아주 좋은 이름이군요. 생긴 것과 딱 맞는 것 같아요. 잘 봤어요."

묵향은 검을 다시 허리에 차고 수하들과 더불어 술을 마시기 시작했다. 대화는 거의가 옥령인과 묵향이 했고 수하들은 그들의 대화에 감히 끼어들지 못했다. 옥령인은 검법에 대해서 여러 가지로 질문을 하더니 갑자기 생각난 듯 말했다.
"참! 이번 생일에 좋은 금(琴)을 선물 받았거든요."
그러면서 시비를 불러 자신의 방에서 금을 가져오라고 일렀다. 그리고 묵향에게 말했다.
"아주 좋은 건데 한번 타 주세요, 예?"
옥령인이 계속 사정하자 묵향은 어쩔 수 없이 말했다.
"네가 먼저 하면 나도 하지."
시녀가 금을 가져오자 옥령인은 금줄을 몇 번 튕겨 보더니 이윽고 금을 타기 시작했다. 금 소리가 아련히 울려 퍼지자 주변에 있던 호위무사들이 정자 쪽을 바라보며 귀를 기울였고, 주변에서 술을 마시던 취객들도 정자 쪽을 바라봤다. 작은 정자였고 그 안에 네 명이 들어가서 간단한 술자리를 마련하고 있었기에 그들의 흥취를 방해하는 것은 실례라고 생각했는지, 아니면 그 안에 있는 사람이 마교의 인물들인 것을 알기에 그런 것인지, 아무도 근접하지는 않았다. 옥령인은 금을 타면서 흥취가 동했는지 노래까지 부르더니 나중에 금을 내려놓으면서 얼굴이 빨개져서 사과했다.
"미숙한 실력에……. 들어 주셔서 감사합니다."
묵향과 그 수하들은 박수를 치며 치하했다.
"아주 잘 탔어. 전번보다 실력이 많이 늘었는데!"
묵향의 칭찬을 받자 옥령인은 얼굴을 붉히며 말했다.
"연습을 많이 했죠. 이제는 당신도 타 보세요."
묵향은 금을 무릎 위에 올리고 금줄을 몇 번 튕기며 조율을 한 후 금을 뜯기 시작했다. 과거부터 절묘한 내공의 조화로 사람의 마음을 흔들었는데 거기에 음희의 지도까지 받아 본교에서 금을 잘 탄다는 말까지 들은 그였기에, 묵향이 금을 타자 삽시간에 주위가 조용해졌다. 밤하늘을 타고 금음이 멀리 퍼져 나가자 만박전에서 떠들어 대던 소리까지 조용해졌다. 묵향의 금음에 보태어 옥령인이 시를 읊으며 더욱 흥취를 돋우었다.

청산은은수초초(靑山隱隱水迢迢)
추진강남초목조(秋盡江南草木凋)
이십사교명월야(二十四橋明月夜)
옥인하처교취소(玉人何處敎吹簫)

청산은 아득하며 물길은 머나멀고,
강남 늦가을 초목은 조락(凋落)했는데.
이십사 교(橋) 회영청 달 밝은 밤,
님은 어디서 쉬며 피리를 불고 있나!

이것은 당나라 풍류객 두목(杜牧)의 「기양주한작판관(寄揚州韓綽判官)」으로 무식한 묵향으로서야 그걸 알 리 없지만 달 밝은 밤에 이런 시를 들으니 제법 마음이 동했다. 그래서 한 곡조 더 뜯고 금을 내려놓았다.
"하하, 본좌의 금 솜씨는 누구도 따를 수 없지."
묵향의 뻔뻔한 자화자찬에 잘 탄다는 말이 목구멍까지 올라왔다가 내려가며 되려 퉁명스러운 말이 나왔다.
"너무 잘난 체하지 마세요. 별로 좋은 실력도 아닌 걸 가지고……."
묵향은 그녀의 면박이 끝나기도 전에 말했다.

"오늘 자리는 이걸로 끝내기로 하지. 내일 보자구."

괜히 자신이 면박을 줘서 그런 것 같아 옥령인은 아쉬운 마음에 사정했다.

"좀 더 있다가 가지 그래요?"

"나도 그러고 싶은데, 저기 그 말괄량이가 나오고 있거든……."

묵향이 일어서자 모두 그 뒤를 따라 나왔다. 높은 자리에서 점잔을 빼면서 재미없는 얘기를 나누고 있던 한영영은 묵향이 웬 여자와 시시덕거리는 걸 보고 열이 뻗쳐 더욱 열심히 맹주와 얘기를 나누었지만 속으로는 하나도 재미가 없었다. 거기에다가 공력이 실려서 멀리까지 퍼져 나온 묵향의 금 소리가 들리자 그 감미로움에 매료되어 맹주를 꾀어 함께 묵향과 합석하기 위해 밖으로 나온 것이다. 그런데 그녀의 생각과는 달리 묵향은 그녀가 다가오자 정자에서 나왔다.

"밤이 늦었습니다. 이제 주무셔야지요."

묵향의 말투는 사근사근했지만 한영영을 쏘아보는 눈초리는 공포스러운 무언의 압력이 있었다. 한영영은 맹주를 이용해서 묵향의 말을 거부할 생각도 해 봤지만 총단으로 돌아가려면 어쩔 수 없이 그와 같이 가야하므로 또다시 상자 속에 갇혀서, 또는 묵향의 위협대로 마차에 묶인 채 끌려서 가기는 싫었다. 그래서 그녀는 황급히 맹주에게 인사를 했다.

"죄송합니다. 소녀는 이만 돌아가야 할 것 같군요."

"좀 더 즐기다 주무시지 않고……."

다음 날 아침 맹주는 산책을 하다가 바삐 걸어가는 손녀를 만났다. 그녀를 본 맹주는 반갑게 말을 걸었다.

"벌써 일어났느냐?"
"할아버님, 안녕히 주무셨습니까?"
"오냐. 그런데 이번 일은 미안하게 됐구나. 교주에게 정중하게 편지를 보내 네가 원하는 그 녀석을 청했는데도 자신의 손녀를 보냈으니 네 부탁을 지킬 수가 없었다."
그러자 옥령인은 생긋이 웃으며 말했다.
"아니에요, 벌써 이뤄 주셨는걸요. 정말 고마워요."
"뭐? 이상하군. 네가 원한 사람이 교주의 손녀란 말이냐?"
"아뇨, 함께 온 부교주예요. 지금 만나러 가는 길인데, 같이 가실래요?"
"네 얘기를 듣고 노부도 한번 만나 보고 싶었다. 안내하거라."
조손(祖孫)은 나란히 얘기를 나누며 한영영 일행이 묵고 있는 집으로 향했다. 그녀가 문을 두드리자 난이 나오며 그녀를 반겼다.
"안녕하세요?"
"예, 난 소저도 안녕하세요? 부교주님을 뵈러 왔습니다."
난은 생긋 웃으며 안내했다.
"저를 따라오세요. 지금 수련 중이시거든요."
"여기서도 수련을 하세요?"
난도 못 말린다는 표정을 지으며 맞장구를 쳤다.
"언제나 수련을 게을리 하지 않으시니까요."
난을 따라가니 묵향은 가을의 따스한 햇볕 아래 가부좌를 틀고 앉아서 무릎 위에 검을 올린 채 눈을 지그시 감고 있었다. 난이 다가가 속닥거리자 묵향은 난에게 무어라고 지시를 내린 후 다시 눈을 감아 버렸다. 난은 옥령인에게 다가와 미안한 표정으로 말했다.

"새벽 수련을 방해받고 싶지 않으시답니다. 그냥 돌아가시라는데요."

"저 수련은 언제 끝나는데요?"

"본교에 있을 때는 몇 날 며칠을 계속 앉아 계시기도 했습니다. 설마 밤까지 계속 앉아 계시지는 않겠죠."

이때 지그시 묵향을 바라보던 맹주가 옥령인에게 물었다.

"저자가 묵향이란 부교주냐?"

"예."

"젊은 나이에 대단하군. 뇌전검황이 스스로 비무를 청했다기에 별일이다 싶었더니 노부도 맹주란 직위만 아니면 비무를 청하고 싶구나. 이보게."

"예."

"자네 주인에게 노부와 술 한잔하면서 논검(論劍)할 기회를 좀 달라고 부탁하지 않겠나?"

맹주가 그렇게 말하자 난이 매우 놀란 표정으로 살짝 맹주를 바라보더니 다시 묵향에게 다가갔다. 난이 묵향에게 가는 걸 보면서 맹주가 옥령인에게 말했다.

"제령문에서 사람이 와서 뇌전검황이 돌아가셨다고 했을 때 그에게 물어보니 검황은 저자와 밤새도록 논검을 했다고 하더군. 그러면서 제자들에게 꼭 새겨들어 기억하라고 일렀다는 거야. 그래서 노부는 제령문으로 직접 달려가서 여러 가지 조사하는 중에 그 논검한 내용에 대해 알아보려고 했지. 하지만 누구도 알려 주려 하지 않더군. 원체 오래전의 일이라 다 잊어버렸다는 거야. 하지만 사부님이 목숨을 바쳐 제자들에게 알린 거라 외부에는 극비로 하는 걸 게야. 비밀리에 알아보니 그때의 대화 내용을 책자로 만들어 소중히 간직하는 모양이더군. 너는 잘 모르겠지만 일정 수준 이상에 다다르면 오히려 쓸데없는 비급보다 그런 대화가 더욱 소중한 거란다. 무림 최고의 비급이라 불리는 북명신공도 비급이라기보다는 일종의 후배들에 대한 권고사항을 나열한 책이라고 봐야지. 그런 무림의 무상지보(無上之寶)가 실전되어 버린 것은 정말 크나큰 손실이야."

난이 돌아와서 맹주의 말이 끝나기를 기다렸다가 틈을 봐서 말했다.

"논검도 하시기 싫으시답니다. 대신 조금 있다가 수련이 끝나니 옥소저께서는 남아 계시다가 함께 비무를 하자고 하시더군요."

"그럼 폐가 안 된다면 노부도 남아 있다가 손녀가 비무하는 걸 구경할까 하네."

이때 묵향이 일어서더니 맹주에게로 천천히 다가왔다. 묵향은 정중히 포권하며 말했다.

"안녕하십니까?"

맹주도 답례를 하며 말했다.

"들으셨겠지만 폐가 안 된다면 노부도 남아 있다가 손녀가 비무하는 걸 구경할까 하는데, 허락해 주게나."

"그러죠. 따라와라."

옥령인이 묵향을 따라 조금 널찍한 곳으로 나오자 묵향이 말했다.

"어제 질문했던 걸 다시 설명해 봐."

"그러니까 3초 적하정심에서……."

그러면서 초식을 펼쳐 보이며 말했다.

"여기가 이상해요. 구결대로 진기를 움직이는데도 잘 안 돼요."

"그 부분의 구결을 전음으로 말해 봐."

"……."

묵향은 전음을 듣고 한참 생각하더니 다시 말했다.

"거기 말고도 잘 안 되는 부분이 있냐?"

"예, 8초와 12초, 16초, 21초."

그러면서 잘 안 되는 부분의 초식들을 펼쳐 나갔다. 그걸 가만히 보고 있던 묵향이 말했다.

"초식을 펼치면 이상하게 진기가 잘 안 흐르는 것 같고 또 힘이 막 빠지고 거기에 갑자기 피로감이 증대되고, 또 어떤 때는 진기가 역류하는 것 같기도 하지?"

"예! 맞아요. 어떻게 그렇게 잘 알아요?"

묵향은 가엾다는 듯한 표정으로 능청스럽게 말했다.

"아가야, 그건 네 내공이 워낙 보잘 것 없어서 그런 거란다. 내공을 증진하기 위해서 좀 더 힘을 쓰면 모든 게 저절로 해결되지."

"이걸 좀 단시간에 해결할 수 없어요?"

"방법은 있지만 그건 네 자질에 달려 있어. 자, 손을 줘 봐. 진맥을 한 번 해 보자."

묵향은 진맥을 하면서 자신의 진기를 옥령인의 몸속으로 집어넣어 구석구석을 훑었다. 한참이 지나자 묵향이 기쁜 듯이 말했다.

"영약을 복용하지 않았구나."

"예, 언니는 먹었는데, 저는 보시다시피 무공에 별로 소질이 없다며 약이 아깝다고 안 주셨어요."

"영약을 안 먹었다면 한 번의 기회가 있지."

묵향은 자신과 옥령인이 나누는 대화를 맹주가 체통도 잃고 유심히 듣고 있다는 걸 알았지만 별로 신경 쓰지 않았다.

"내가 공력을 주입해 줄 수 있다. 하지만 네 공력은 엉망이라 별로 도움이 되지 못해. 가장 좋은 방법은 네 쓸모없는 공력을 완전히 없애 버리고 다시 진기를 채워 넣는 방법이지."

"공력을 없앤다구요?"

"왜? 겁나면 안 해도 돼. 나는 최선의 방법만 말해 주고 있을 뿐 선택은 자유니까."

묵향이 자신을 불신해서 망설이는 게 아닌가 싶어 약간 불쾌해하자 옥령인은 다급히 말했다.

"아뇨, 당신을 못 믿는 게 아니라 고통이 심할까 봐……."

"고통이 좀 있지만 참으라구. 좀 아프겠지만 온몸을 꿈틀대도 상관없으니 입만 열지 않으면 돼. 할 수 있겠냐? 입을 열면 모든 게 끝장이야."

"해 볼게요."

"해 볼게요가 아니라 해내야 해. 안 그러면 최악의 경우 무공을 상실할 수도 있어. 알겠어?"

"좋아요, 해낼게요."

"좋아. 가부좌를 틀고 앉거라. 그냥 아무 생각 없이 가만히 앉아 있어. 모든 건 내가 알아서 해 줄 테니까. 이봐, 난! 너는 호법을 서라."

옥령인의 등에 장심을 붙이고 있던 묵향이 잠시 시간이 흐른 후 말했다.

"공력은 완전히 제거했어. 이제부터 대자연(大自然)의 숨결을 네게 전해 주겠다. 그걸 내가 이끄는 대로 일주천시켜라."

시간이 흐르자 옥령인의 머리 위에는 옥령인의 몸에서 뿜어져 나온

기가 응축되어 구름 모양이 생겼다. 옥령인이 고통스러운 표정인데 반해 묵향에게서는 아무런 이상도 찾아보기 힘들었다. 조금씩 시간이 지나자 옥령인의 표정이 변해 갔다. 점점 더 평안한 표정을 짓더니 2각 정도가 지나자 완전한 평온함에 빠져 들었다. 반 시진 정도가 더 지나자 옥령인은 묵향의 유도로 머리 위에 응축된 기를 코로 흡입하면서 모든 작업을 끝마쳤다. 묵향은 그녀가 일어서자 아주 기쁜 듯 칭찬을 아끼지 않았다.

"이건 처음이 중요한데, 잘 참았다. 정말 잘했어."

그리고는 난에게 말했다.

"수고했다. 이제 호법은 필요 없으니 쉬도록 해라."

"그런데 방금 한 것 있지요. 제가 지금까지 배운 토납술하고는 좀 다른 것 같아요. 시간이 지날수록 정신이 맑게 가라앉으면서 평안한 게……. 이게 뭐예요?"

"그건 태허무령심법이지. 원래 이건 처음부터 익혀야 하는데, 네 내공이 워낙 정순하지 못해서 최후의 수단을 쓴 거야. 다음부터 운기조식은 태허무령심법만 해야 해. 안 그러면 지금의 고생이 물거품이 된다구. 알겠어?"

"예."

"태허무령심법은 정통적인 현문의 토납술인데 오랜 시간 익히면 익힐수록 더욱 정진이 빨라지는 이점이 있고 또한 마음을 편안하게 해 주므로 절대 주화입마에 걸릴 염려가 없지."

"정말 이상한 건 당신이 가르쳐 준 무공 중에서 사파의 무공은 하나도 없다는 거예요."

"본교의 무공을 아무에게나 가르쳐 줄 수는 없지. 그리고 그때 한 약속은 지금도 유효한 거야."

"무슨 약속이요?"

묵향은 옥령인을 쥐어박으며 말했다.

"무공을 익히면서 맹세한 거 잊었어?"

"하지만 제가 말 안 해도 다른 사람이……."

"절대 그럴 리 없어. 태허무령심법은 정파에서는 이미 절전된 지 오래야. 만약 세상에 돌아다닌다면 너밖에는 범인이 없다구."

"알겠어요."

"대신 네 자식에게는 전수해 주는 걸 허락하지. 하기야 태허무령심법은 정순함을 그 생명으로 하기 때문에 여태까지 다른 토납술을 사용하던 사람이 이걸 사용해 봤자 득보다는 실이 더 많으니 가르쳐 준다는 건 상대를 주화입마 상태로 만드는 거나 다름없지. 이제 쉴 만큼 쉬었으니 본좌가 전수해 준 적하마령검법을 한번 펼쳐 보라구."

옥령인이 검법을 펼치는데, 그 전과는 사뭇 기세가 달랐다. 매 초식마다 웅후한 기상과 힘이 느껴졌고, 그녀의 검을 통해 끊임없이 붉은 노을 같은 검기가 뻗어 나왔다. 그녀가 잘 안 된다고 짜증을 부리던 검초들에 이르러는 검 전체가 엷은 붉은빛이 돌며 그녀의 수준이 미숙하기는 하지만 어기충검의 경지에 이르렀다는 걸 알 수 있었다.

매 검초마다 붉은 검기가 뻗어 나가며 그사이로 한 번씩 붉은빛 검기의 덩어리가 뻗어 나가 흙과 부딪치면서 폭발을 일으켰다.

그녀의 어기충검은 초식에 따른 어기충검으로 공력만 심후하게 쌓은 후 초식에 따라 내력을 운용하면 생기는 결과다. 화경에 이른 사람이 자유자재로 만들어 내는 어기충검과는 그 질에서 엄청난 차이가 있는 것이다.

그녀의 36초식이 끝나자 묵향은 박수를 치면서 말했다.

"이제 제법 모양이 갖춰졌군. 이제 비무를 해 보자."

"좋아요."

그녀는 자신 있게 묵향을 향해 검초를 펼쳤다. 묵향은 그녀의 만만했던 사형과는 완전히 달랐다. 검초의 사이사이로 검을 찔러 들어왔다. 그때마다 옥령인은 경악성을 터트리며 초식을 끝까지 펼치는 것을 포기하고 공격을 막기에 급급했다. 하지만 묵혼검은 그녀가 검으로 막으면 다시 옆으로 꺾어져 나가며 다시 다른 허점을 찔러 댔다. 반 시진 정도 지나자 옥령인의 몸은 완전히 땀투성이였고, 묵향은 숨 한 점 흩어지지 않고 상대를 농락하고 있었다. 옥령인은 시간이 갈수록 절망감을 느꼈고 급기야는 울고 말았다. 옥령인이 울음을 터트리자 묵향이 다가가서 달랬다.

"네가 초식을 잘못 운영해서 결과가 이렇게 된 거야."

그러자 옥령인은 훌쩍이면서 반박했다.

"저는 초식을 제대로 펼쳤다구요."

"너와 내가 비무를 하면서 서로의 거리가 어느 정도였지?"

"1장 정도? 아니면 그보다 조금 더 가까웠든지."

"적하마령검법은 근거리의 적에게는 그렇게 큰 효과를 발휘하지 못해. 36개의 초식 중에서 근거리에 사용할 수 있는 초식은 열 개 정도에 불과하다구. 거의 대부분이 검기 종류를 이용해 상대를 공격하기에 상대방이 최소한 1장 밖에 있어야 되지."

"그러면 가까이 다가온 상대는 어떻게 해요?"

"아주 가깝게 다가온 상대는 검을 쥐지 않은 손으로 급소를 치거나 아니면 발로 차야 하지. 그리고 그보다 좀 더 떨어진 상대는 직접 검으로 공격해야 하는데…, 그건 숙달되어야 하는 거야. 네 응용력 정도로는 어쩔 수 없지."

"그건 속성할 수 있는 방법이 없나요?"

"있긴 있어. 이건 누구나 사용하는 방법인데 접근전에는 눈보다는 오감(五感)을 사용해야 할 경우가 많지. 그런 감각을 키우려면 가만히 눈을 감아 봐. 그리고 소리를 들어 봐. 바람 소리, 새 소리, 발자국 소리, 수많은 소리들이 들리지? 그걸 들으면서 그것과 너 사이의 거리를 생각해 보라구. 아무리 작은 소리라도 놓치면 안 돼. 노승들이 면벽수련하는 것과 같은 이치라구."

"모두들 그렇게 수련해요?"

"그럼, 최소한 사군자는 그렇게 수련시켰지. 덕분에 사군자는 근접전에서는 본교에서도 손꼽히는 고수라구. 내가 열심히 가르쳤거든."

"그럼 사군자는 당신의 제자겠군요. 그리고 저두요."

"아니야, 나는 절대 제자를 받지 않아. 그냥 약간씩 인연이 닿으면 내가 알고 있는 무공의 일부를 전수해 줄 뿐. 진정한 내 무공은 그 누구에게도 알려 준 적이 없어. 또 알려 줄 생각도 없고."

"왜요? 당신이 가진 무공이 그냥 사라진다면 무림의 크나큰 손실이 아닐까요?"

"아니지, 무림의 복이기도 하지. 이걸 좋은 녀석이 이으면 다행이지만 그렇지 않은 경우 피바람이 불겠지. 나만 해도 혼자서 웬만한 문파 하나쯤은 절단 낼 수 있으니까."

"자신을 너무 과대평가하는 거 아니에요?"

"아니야, 나는 나를 있는 그대로 평가한다구. 누구든지 잡고 물어봐, 이 무식한 아가씨야. 현경의 경지에 다다른 고수가 어느 정도의 능력을 펼치는지. 그리고 나는 그냥 현경이 아니라 내 느낌으로는 지금 거의 생사경을 눈앞에 두고 있다구."

"정말이에요?"

"그렇지. 하지만 생사경을 눈앞에 두고 있다는 것과 진짜 생사경은 달라. 예를 들면 생사경에 근접한 현경인 나와 지금 현경에 근접하고는 마지막 벽을 뚫지 못해서 저기서 귀를 기울이는 네 할아버지와는 하늘과 땅의 차이만큼 큰 실력 차이가 난다구."

"그렇다면 할아버지가 그 벽을 깨고 현경에 들어선다면요?"

"그러면 나와의 실력 차이는 현격하게 좁혀 들지. 그래도 현경의 아래와 위에도 차이는 있으니까, 최소한 내가 지지는 않는다는 것 정도는 자신 있게 말할 수 있어."

"그렇다면 지금은요?"

"네 할아버지 같은 고수 열 명이 덤벼도 안 돼."

"하지만 곧 할아버지는 현경에 들어가실 거예요. 그런 식으로 말하지 마세요."

"아니지, 곧 현경인데도 그 마지막 벽을 못 뚫은 사람이 한두 명인 줄 알아? 수많은 무림인이 화경에도 못 올라가는 게 현실이고, 또 그 화경을 넘어 현경에 올라간 사람들도 고작 나까지 두 명 정도야. 네 할아버지가 이 상태로 계속 화경에 머무르다 간다고 해도 이상할 게 하나도 없지."

"하지만 당신의 말은 신빙성이 없어요. 그 한 단계 차이를 너무 심하게 과장한 거 아니에요? 말해 봐요. 내 말이 맞죠? 과장이죠?"

그러자 저 옆에서 귀를 기울이고 있던 맹주가 입을 열었다.

"그의 말이 맞다. 그런데 알고 보니 그대는 북명신공을 익힌 모양이군."

맹주의 말을 듣고는 묵향이 굳은 표정으로 말했다.

"어떻게 그런 황당한 생각을 하시죠?"

"내가 들은 바로는 북명신공은 대자연의 숨결을 흡수하여 자신의 공력을 높인다고 들었어. 자네는 방금 자네의 진신 내력을 저 아이에게 전해 준 게 아니라 자네의 몸을 통해 대자연의 기를 흡수해서 저 아이에게 전해 준 매개자 역할밖에 하지 않았어. 그렇지 않다면 자네가 그렇게 방대한 진신 내력을 방출하면서도 땀 한 방울 안 흘릴 리가 없지. 북명신공은 천마신교에 있나?"

"그 대답은 할 수가 없군요. 만약 제가 답을 한다면 맹주님을 죽여야 하거든요. 더 이상 그건 묻지 말아 주십시오."

"알겠네. 충고 고맙군. 쓸데없는 걸 물어서 미안하구먼. 손녀와의 비무도 끝난 것 같은데 같이 논검이나 하는 게 어때? 내 가장 아끼는 후아주(侯亞酒)를 대접함세."

"할아버지도 참, 아침부터 술이에요?"

"술 때문에 내일 당장 죽는다 하더라도 상관없어. 이 정도 고수를 만나기가 어디 쉬운 줄 아냐? 이것도 기연이라구. 내 평생 기연이라고는 만난 적이 없는데 이렇게 만나게 되다니······."

"정 그렇게 말씀하신다면 한잔하기로 하죠. 하지만 영영이가 심심할 테니까 같이 데리고 가는 게 좋겠습니다. 제가 옆에 없으면 무슨 말썽을 부릴지 불안해서······."

"자네 좋을 대로 하게나."

자매간의 비무

　맹주는 묵향을 본채의 널찍한 거실로 안내했다. 묵향은 사군자와 한영영을 데리고 맹주를 따라갔다. 한영영도 묵향이 귀한 후아주 맛을 보게 해 준다고 꼬드겼으므로 과연 그 맛이 어떤지 보기 위해 두말 않고 따라나섰다. 묵향 일행이 거실에서 기다리고 있는데 맹주는 다섯 명을 함께 데리고 왔다. 그의 아들, 손자, 손녀 등 일가족들이었는데, 그중 옥매화는 묵향이 거실에서 기다리고 있는 걸 보고 눈에 쌍심지를 돋웠지만 지엄한 할아버지 앞이라 참을 수밖에 없었다. 맹주는 각자의 자리를 정해 주고 말했다.
　"오랜만에 지기(知己)를 만났으니 오늘 노부가 한턱내겠다. 너희들도 사양 말고 많이 들거라."
　그러면서도 주위에 있는 그의 혈육들에게 어기전성으로 한마디 하는 걸 잊지 않았다.

《대화를 새겨듣거라. 주옥(珠玉)과도 같은 논검이 될 테니까…….》

묵향의 앞에 자리를 잡은 맹주는 후아주를 한잔 가득히 부어 주고 자신의 잔에도 부으면서 말했다.

"뇌전 영감과는 어떤 대화를 나눴나? 듣자하니 밤새도록 얘기를 나눴다고 그러던데……."

"그건 제령문의 제자들에게 물어보시죠. 꽤 재미있는 대화였습니다."

"뇌전 영감도 나와 비슷한 경지던가?"

"그렇다고 생각하지만 직접 겨뤄 봐야 완전히 알 수 있죠. 두 분 다 정파의 최고로 꼽히는 분들이 아닙니까?"

"자네는 누구에게 검술을 배웠나?"

"여러 사부들에게 배웠죠. 그중에서 유백 사부에게서 가장 많은 걸 배웠습니다."

"유백? 들어 본 적이 없군. 그의 검술이 그렇게 대단한가?"

"아뇨, 대단하지는 못하죠. 하지만 제자들을 참 잘 가르치시더군요."

"제령문에서 듣고도 설마 했는데, 아까 령인이와 비무를 할 때 보니 그대는 특히 근접전에 강하더군. 노부도 근접전을 벌인다면 적수가 되기 힘들 거야. 어쩌면 떨어진 거리에서는 좀 오래 버틸지도 모르지만 근접전에서는 10초도 넘기기 어렵겠더군."

"과찬이십니다."

"과찬이 아냐. 자네는 초식을 초월했더군. 그 정도 경지에 오르기는 참으로 힘들지. 노부도 오랜 수련을 해 왔지만 그 정도까지 부드럽게 넘기기는 힘들어. 자네는 어떤 검법을 익혔나?"

"여러 가지죠. 본교의 검법, 불문의 검법, 도가의 검법 등 본교에 보관 중인 건 거의 다 봤죠. 하지만 그게 다 그거더군요. 요즘 들어서는 이게 그건지 저건지 헷갈려서 아예 상대가 쓰는 검법이 뭔지 잘 생각하지도 않습니다."

"하지만 아무리 무초식의 검법을 구사한다 하더라도 하나의 큰 규칙성은 있게 마련이지. 그 검법의 이름은 뭔가?"

"오래전에 제가 한 가지 검법을 만들었는데, 그건 무상검법이라 이름 붙였습니다. 하지만 그건 하나의 검법이라고 부르기는 그렇고, 그냥 그저 그런 무공입니다. 예전에는 무공을 사용하면서 무상검법의 형식을 따르려고 노력했지만, 요즘 들어서는 그것도 귀찮아져서 되는 대로 펼치고 있죠."

"그 검법의 비급은 만들었나?"

"아뇨. 처음에는 만들려고도 했지만 여러 가지로 생각하다가 그 양이 너무 많아 끝이 없을 거 같아 아예 포기했습니다."

"자네는 노부가 마지막 벽을 못 뚫어서 아직 현경에 못 올라갔다고 했는데 그 벽이 뭔가? 알려 줄 수 있나?"

"못 알려 드릴 것 없죠. 너무 생각이 많아서 그러시는 거죠."

"생각이 많다니?"

"저자를 어떻게 죽이면 되지? 다음 검초는 뭘 쓸까? 저자가 쓰는 검법은 뭔데 그중에서 어떤 초식을 쓰면 요런 초식으로 맞받아쳐야지……. 상대는 강한 것 같은데 어떻게 피하는 게 좋을까, 상대는 수가 많으니 한 명씩 꾀어내서 하나씩 죽이는 게 좋을 거야. 상대는 수가 많으니 이쯤에서 도망가는 게 좋겠지……. 뭐, 이런 것이죠."

"자네 말이 틀렸네. 노부는 적과 싸울 때 무아의 경지에서 자신을 잊고 대결을 하지. 그런 쓸데없는 생각을 하지 않아."

"하지만 그걸 생각할 수밖에 없는 입장일걸요? 내 수하들은 어떻게 되었을까? 나만 너무 들어가는 게 아닌가? 수하들을 후퇴시키고 나 혼자서 저들을 절단내 버리는 게 피해가 적겠지……. 안 그래요?"

"하지만 그건 수하들을 거느리는 자로서 당연한 거 아닌가?"

"아니죠. 정말 최고의 경지에 오르려면 완전히 모든 걸 잊고 무아의 상태에서 오직 베고 베고 또 베고 피를 덮어써야 하는 거죠. 내가 지금 적을 만나 어떤 초식을 사용할 것인지조차 생각하지 않아야 합니다. 순간 순간을 나의 의지가 아닌 검이 원하는 지점을 따라가며 검과 마음이 하나가 되어 신검합일(身劍合一)의 상태를 만들어야 합니다. 검의 의지가 나의 의지이고 나의 의지가 검의 의지! 이것이 조금이라도 어긋나면 좋은 검법을 만들지 못하죠."

"신검합일이라. 노부는 이미 그 경지를 넘었다고 생각했는데……."

"그게 아니겠죠. 그건 검을 맹주님의 의지에 완전히 일치시켰을 뿐, 검의 의지는 하나도 살아나지 않았죠. 그걸 이룩하면 바로 어검의 경지가 눈앞에 펼쳐질 겁니다."

그러자 옆에서 듣고 있던 옥매화가 냉소를 흘리며 비웃었다.

"흥! 말은 잘하는군."

묵향은 싸늘하게 옥매화를 쏘아보았다.

"모르면 옆에서 닥치고 있어. 이 어르신이 말씀하는데, 젖비린내 나는 것이 까불기는……."

그러자 옥매화가 대로(大怒)해서 검을 뽑아 들며 외쳤다.

"네 녀석이 남자라면 비무를 해 보자. 너 같은 쓰레기가 그렇게 고수라는 걸 본녀는 믿지 못하겠다."

"너 같은 것 하고 겨뤄 봐야 이 어르신의 품위만 손상될 뿐이야."
"미친 녀석! 겁먹은 주제에 둘러대기는……."
"정 그렇다면 상대해 주지. 나와라."
옥매화는 검을 검집에 넣고는 앞장서서 나가며 말했다.
"그렇게 말하면 못 나갈 줄 알고? 빨리 따라와!"
널찍한 공터로 나온 옥매화는 씨근거리며 검을 뽑았다.
"검을 뽑아라. 네 녀석에게 본맹의 무공이 어느 정도인지를 알려 주지."
"흥! 네년이 상대할 사람은 본어르신이 아니라 옥령인이지. 이봐! 네가 비무를 해 봐."
"저, 저는…, 언니는 저보다 훨씬 더 강해요."
"괜찮아. 이제부터 내가 네게 전음으로 지시를 할 테니 그대로 해라. 이 비무를 잘 기억한다면 대단히 높은 성취를 얻을 수 있을 거야. 내가 말하는 대로 재빨리 펼쳐야 한다. 준비되었느냐?"
"예."
"본인은 옥령인 소저의 몸을 빌려 무공을 사용하려 하오. 물론 차력대나인수법(借力大拿引手法)을 사용하는 건 아니고, 그냥 전음으로 지시만 할 거외다. 여기서 옥령인 소저가 진다면 그건 본좌가 진 것으로 생각해도 무관하오. 그럼, 시작해 보기로 하지."
차력대나인수법은 자신의 공력을 남에게 빌려 주어(借力) 그의 몸을 완전히 사로잡아(大拿) 원하는 대로 이끄는(引) 수법이다. 허공을 격하여 공력을 전해 상대를 움직이므로 시술자의 공력이 대단히 많이 필요하기는 하지만 자신이 원하는 바대로 움직임을 펼쳐 나갈 수 있다. 그렇지만 묵향은 전음으로 지시만을 하겠다고 했으므로 당연히 약간의 시간차이가 생기게 되고, 또한 사용할 수 있는 무공도 옥령인이 알고 있는 것으로 한정되므로, 옥매화에게 있어서는 대단히 좋은 조건이었다.

옥매화는 그래도 옥령인이 묵향의 지시로 움직인다는 생각에 긴장감을 늦추지 않고 내력을 끌어올려 상대가 검을 뽑기를 기다렸다. 옥령인은 천천히 검을 뽑은 후 옥매화에게 포권했다.

"언니, 그럼 이제 시작하기로 해요."

옥매화가 옥령인의 예에 답하는 걸 보고 묵향이 말했다.

"예법은 생략하고 곧바로 시작합시다."

묵향의 말은 예의상 허초를 교환하기 번거로우니 바로 실초를 사용하자는 말이다.

〈곧바로 달려 나가면서 6초, 피하면 그 방향으로 따라 붙으며 12초.〉

옥령인의 몸이 앞으로 쏘아 나갔다. 옥령인은 옥매화에게 뛰어나가면서 초식을 펼쳤다.

"적하비룡(赤霞飛龍)!"

"흥! 겨우 적하무류검법 따위로…, 악!"

옥매화는 처음에 공격해 들어오는 초식을 보고 자신이 잘 알고 있는 적하무류검법인 줄 알았지만, 순간적으로 그것이 검무가 아닌 패도적인 검초로 핏빛 노을과 함께 몇 줄기의 강인한 검기가 쏘아 오는 걸 보고 경악성을 지르며 피했다. 그와 동시에 검초를 펼치려 했지만 한 번 잃은 선기를 잡을 수는 없었다. 옥매화가 옆으로 피함과 동시에 더욱 가까이 따라붙은 옥령인은 두 번째 초식을 펼쳤다.

"적하매개(赤霞梅開)!"

그와 동시에 여섯 번의 찌르기. 공력이 충만히 실려 검에서는 약간 푸른빛이 흘러나오고 있었다. 옥매화가 이 기습적인 공세를 피할 수 있었던 것은 그녀 자신이 적하무류검법을 아주 잘 알고 있었기 때문이었다. 하지만 원래 적하무류검법에서는 실초와 허초를 포함해 스물네 번의 찌르기가 들어가지만 그걸 여섯 번으로 줄인 만큼 모두가 실초였으며 더욱 깊이 찔러 들어왔다. 그녀가 가까스로 오른쪽으로 피하자 묵향은 옥령인에게 말했다.

〈선 채로 22초.〉

옥령인은 옥매화가 가까스로 피해 나가자 묵향의 지시대로 제3초를 날렸다.

"적하낙일(赤霞落日)!"

동시에 옥령인의 검에서 하나의 붉고 큰 검기 덩어리가 붉은 노을 사이를 빠져나와 엄청난 속도로 옥매화를 덮쳤다. 옥매화는 더 이상 수세에 몰리면 재미없겠다는 걸 느끼고 맞받아치기로 작정했다.

"백매낙월(白梅落月)!"

그녀의 자세는 불안했지만 그런대로 훌륭히 검초를 펼쳤고 검기의 덩어리와 그녀의 검초에서 뿜어낸 검기가 충돌해 폭발성을 울렸다. 서로가 그 충격에서 비틀거리며 물러났다. 옥매화는 뒤로 물러서서 외쳤다.

"이건 엉터리예요. 저자는 분명히 자신의 공력을 전해 주지 않겠다고 했는데, 이번 초식으로 저 파렴치한 인간이 차력대나인수법을 사용해 공력을 보냈다는 게 확실해졌어요."

그러자 묵향이 냉소를 흘리며 말했다.

"헛소리하지 마라. 그건 분명히 옥령인의 공력이야. 안 그렇습니까,

맹주?"

 맹주는 약간 안쓰럽다는 표정으로 말했다.

 "그의 말이 맞다. 옥령인은 오늘 부교주의 도움으로 엄청난 내력의 증가를 거뒀지. 대신 부교주가 지금까지 적하무류검법에서 발전시킨 적하마령검법만 쓰고 있으니 잘해 보도록 해라."

 두 자매의 공방전은 상상을 초월할 정도로 대단했다. 옥령인이 묵향의 지시에 따라 움직인다고 하지만 언제나 약간의 시간차가 있었기에 옥매화가 그렇게 밀리지는 않았다. 순식간에 50여 초식이 교환되었고, 묵향이 조합해 나가는 초식을 보면서 맹주는 고개를 끄덕이기도 하고 탄성을 지르기도 하면서 그 초식의 운용에 감탄했다.

 아마 직접 묵향이 옥령인과 같은 공력으로 적하마령검법을 펼쳤다면 5초도 되기 전에 끝났을 것이다. 하지만 옥령인은 실전 경험이 거의 없었기에 묵향의 주문대로 부드러운 초식의 연결을 하지 못한다는 데 치명적인 약점이 있었다. 50초가 넘어서자 이대로 장기전으로 들어가면 불리함을 깨달은 묵향이 연속 공격을 주문했다.

 〈따라붙으며 6, 2, 22초를 동시에.〉

 그러자 미꾸라지처럼 피해 나가는 옥매화를 향해 검을 들고 뛰어들면서 외쳤다.

 "적하비룡(赤霞飛龍), 적하유천(赤霞流天), 적하낙일!"

 옥매화는 그 엄청난 공세를 신법과 백류매화검법으로 가까스로 헤쳐 나가며 자신의 실력을 있는 대로 발휘했다. 하지만 그녀도 겨우 지시만 받는다고 해서 동생이 이 정도 괴력을 발휘하리라고는 짐작도 못하고 있었던 터라 내심 당황하고 있었다.

 '검만 알고 살아온 내가 겨우 버티기만 할 수 있을 줄이야……. 먼저 공격을 해 대면 령인이가 겁에 질려 지시를 어기게 되지 않을까?

일단 생각을 굳히자 몸을 돌보지 않고 강공으로 나가기 시작했다.

"백매천심(白梅天沈), 백매일절(白梅一切), 백매유향(白梅流香)!"

그녀의 검기와 검풍이 사방으로 몰아치자 급기야 실전 경험이 떨어지는 옥령인의 눈에 공포가 자리 잡았다. 그녀는 묵향의 지시에 따르지 않고 마음대로 몸을 놀려 피하기에 바빴던 것이다. 거기에 그녀는 묵향의 지시에 따라 강공을 펼칠 때 차마 언니에게 독수를 쓰지 못하고 손속에 인정을 두어 몇 번이나 위기를 모면하게 해 준 후라 언니가 이토록 물불을 안 가리고 독수를 펼치자 심약한 그녀는 당황하기 시작했다. 도저히 자신의 지시로는 어떻게 되지 않음을 느낀 묵향은 1백초식 정도 지시를 하다가 입맛을 다셨다.

"본인이 졌습니다. 저 바보 같은 맹꽁이는 내 말을 듣지 않으니 어쩔 도리가 없군요."

그러자 옆에서 보고 그 속사정을 짐작한 맹주가 너털웃음을 터트리며 묵향을 위로했다.

"저 아이가 심약해서 그런 거니 꼭 자네가 진 게 아니네. 20초 정도 싸웠을 때 상대가 피할 길목을 골라 연속된 검초로 적을 몰아넣는 그 방법은 본좌도 감탄했다네. 그런데 저 아이가 차마 독수를 못 써서 잠시 미루는 사이 매화가 빠져나간 거지. 저 둘이 자매간이 아니면 자네가 이겼을 거야."

그러나 재미가 없어진 묵향은 퉁명스럽게 말했다.

"진 건 진 거죠. 그러니 더 이상 헛소리하지 않고 제 숙소에 들어갈까 합니다, 그럼."

맹주도 그를 말릴 수 없었다. 일이 이런 식으로 풀려 묵향에게 더욱 많은 질문을 할 수 없었던 자신의 운명과 옥매화의 경솔함에 울분이 터졌지만 이미 떠나 버린 화살이니 어찌할 수가 없었다. 묵향은 나머지 날 동안 한영영을 잘 통제하여 본타로 돌아왔다. 한영영은 워낙 묵향에게 혼쭐이 나서 그런지 돌아올 때는 별 말썽을 일으키지 않았다.

구출 작전의 결과

묵향은 교내로 돌아온 다음에도 수행을 계속했다. 묵향은 거의 대부분의 시간을 집과 소나무 숲 사이를 왕복하고 있었다. 요즘 들어서는 소나무 숲보다는 집에 있는 시간이 더욱 길어졌다. 때때로 음희 설약벽이나 유백 사부를 방문하는 걸 제외하고는 언제나 집 안에만 박혀 있었다.
　이런 식으로 하루 이틀 세월이 흘러 다섯 달의 시간이 지나 묵향은 갑작스럽게 교주의 호출을 받았다. 하지만 언제나와 같이 회의실이나 집무실이 아닌 십만대산의 높은 절벽에 만들어진 정자에서였다는 점이 달랐다. 묵향이 도착했을 때 교주의 호위대는 정자 부근에 매복하고 있었으며 정자 안에는 한 명도 없었다. 묵향이 경공술을 전개하여 정자에 오르자 교주는 반갑게 맞아들였지만 어딘지 근심이 있는 표정이었다.

"어서 오게나. 실은 긴박한 일이 있어 그대를 불렀다네."
"무슨 일입니까?"
교주는 다급하게 말했다.
"장 부교주가 일을 벌였어."
"모반을 꾸몄다는 겁니까?"
"아니야, 더 나쁜 거야."
"예?"
"그는 무림맹주의 두 손녀를 납치해서 비밀리에 가둬 두고 있어."
"뭐라구요?"
"이로서 무림맹과는 메울 수 없을 정도로 깊은 골이 생긴 셈이지. 이걸 좋은 방향으로 해결해야만 해. 될 수 있다면 조용하게. 최악의 경우에는 장인걸을 죽여서라도 말이야."
"그가 왜 두 손녀를 납치했단 말입니까?"
"그는 모반을 일으키기에 앞서 본좌의 이목을 그쪽으로 돌려놓을 속셈으로 아주 극비리에 납치에 성공했고, 그녀들은 지금 장인걸의 숙소 근처에 갇혀 있네. 본좌는 그 일대에 천라지망을 펼쳐 두고 비밀리에 감시하고 있지만 함부로 나섰다가는 그녀들의 생명이 위태롭기에 손을 아직 못 쓰고 있는 형편이지."
"그러면 저 보고 어쩌라는 겁니까?"
"자네가 사군자를 이끌고 잠입하여 그녀들을 탈출시켜야만 해. 장 부교주의 숙소 주위는 그의 수하 3백 명이 지키고 있네. 장인걸의 교내 지위상 무턱대고 집을 수색할 수는 없어. 만약에 그자가 눈치 채고 먼저 빼돌리고 책임을 물어 오면 그때는 최악의 상황에 직면하게 된다구."

"하지만 3백 명의 고수라면 그렇게 대단한 수도 아닌데 이 기회에 장인걸을 없애 버리면 어떻습니까?"

"그럴 수도 없어. 심증만으로 그를 처단하면 교내에서 그의 처리에 대해 의심을 품고 따지는 무리들이 생겨날 수 있지. 그래서 본좌의 생각으로는 인질들의 안전이 우선인지라……. 여기를 보게나."

그러면서 교주는 한 장의 지도를 품속에서 꺼냈다.

"이건 십만대산 부근을 아주 정밀하게 그려 놓은 지도야. 장인걸의 집은 이곳이고, 자네가 여기 들어가서 그녀들을 구출해야 해. 하지만 그녀들이 어디에 있는지 확실하지는 않으나 아마 지하에 있는 밀실에 감금되어 있지 않을까 하고 의심하고 있다네. 아주 조심해서 처리해야 해. 그녀들을 구출해서 이쪽으로 이끌고 오면 되네. 거기에는 본좌가 장인걸을 비롯한 고수들을 초대하여 술을 마시고 있을 테니, 그녀들의 신변이 확실히 확보되는 대로 이리 오면 그 자리에서 장인걸을 문책하여 잠재우도록 하세나."

"왜 이렇게 일을 힘들게 하려고 하십니까? 그냥 쳐들어가서 목을 베어 버리면 끝나는 일을……."

"원래 무리를 이끌다 보면 이렇게 귀찮게 일을 처리할 줄도 알아야 하네. 그래야 수하들이 본좌를 믿을 테고, 그래야 본교가 유지되지. 서로가 믿지 못하면 아무리 본교라도 금세 무너져 내려. 자네한테 부탁한 일을 제대로 처리할 수 있겠나?"

"알겠습니다. 제대로 처리하도록 하죠. 그럼 언제 잠입해 들어가면 됩니까?"

"사흘 후 장인걸을 불러낼 거야. 그때 해 주게."

최종 결정이 나자 묵향은 포권했다.

"존명!"

 2일 후 묵향은 사군자와 함께 장인걸의 사택으로 향했다. 마교에서는 그 사택의 규모를 거의 자신이 원하는 대로 해 주므로 장인걸은 요새를 방불케 하는 거대한 사택을 가지고 있었고, 그에게 할당된 3백 명의 사사혈시마대를 거느리고 사택을 방비했다. 그들은 마교의 정예였으므로 묵향으로서도 섣불리 안으로 들어가기는 힘들었다. 그래서 일단 사택 부근에 자리를 잡았다가 경비가 허술한 밤 시간에 진기를 이용해서 극음(極陰)의 장력으로 벽을 가루로 내며 살며시 파고 들어가는 데 성공했다. 극양의 장력과는 달리 극음의 장력은 외부는 멀쩡하고 내부를 소리 없이 가루로 만들 수 있다. 익히기는 어려우나 그 무서움은 오히려 극양을 뛰어넘는 것이다.

 묵향은 그 무음(無音)을 이용해 사택 안으로 들어가는데 성공했으며 난과 죽, 매는 탈출을 돕기 위해 남아 있고 살수 출신의 국만을 데리고 잠입했다. 살수란 원래 표시 안 나게 침투, 구멍을 뚫고 몸을 숨긴 상태에서 먹이가 올 때까지 소리 없이 장시간을 버티도록 특수 훈련을 받은 자들이다. 둘 다 살수 출신이라 묵향과 국은 손발을 맞춰 재빨리 들어가 내부를 정탐하기 시작했다. 가장 먼저 지하실로 뚫고 들어간 묵향과 국은 거의 호흡조차 멈춘 채로 주위의 기척을 살폈다. 그러자 저쪽에서 목소리가 들려 왔다.

"이봐 교대 시간 안 됐나?"

"이제 2각 남았어."

"그렇게 악을 써 대더니 이제 좀 조용해졌군. 두 계집 중에서 언니라는 년이 정말 독종이란 말이야."

"그러게 말일세. 하지만 그 상판이나 몸매는 정말 끝내 주더군. 고놈의 성질만 죽이면 정말…, 흐흐…….”
"군침 흘릴 거 없어. 저런 계집이 어디 우리한테까지 차례가 오겠어? 높은 분들끼리 시식하고 첩으로 삼겠지."
"옆에 가만히 있는 계집도 정말 괜찮지 않아? 그런데 왜 혈도를 봉하고 묶기까지 해서 밥을 안에까지 가져다주게 만드는지…….”
"왜 좋잖아? 자네는 아직 밥을 안 날라 봐서 모르겠지만, 흐흐……. 밥을 앞에 가져다주면서… 흐흐…….”
"왜 그러나? 갑자기 뭐가 그렇게 좋다고 음흉한 웃음을 짓기는…….”
"그 두 계집 정말 가슴이 토실토실하면서도 탄탄하더군. 눈앞의 떡인데 표시 안 나게 만져는 봐야지… 흐흐…….”
"정말 그런 방법이 있었군. 왕가(王家) 녀석 나한테 인심이나 쓰는 듯한 표정으로 자기가 밥을 주겠다고 할 때 알아봤어야 하는 건데…….”

더 이상 들어 볼 것도 없었다. 일단은 국에게 목표가 눈앞에 있으니 쉬고 있다가 내일 낮이 되면 움직이자고 지시하고는 눈을 감고 명상에 들어갔다.

묵향이 기다리는 사이 시간은 지루하게 흘러갔고 드디어 때가 되었다. 묵향은 행동을 개시하기 전에 국에게 일렀다.

〈자네, 검술 말고 권법이나 장법도 할 줄 아나?〉

〈예, 권법은 좀 알고 있습니다. 거기에 소림의 철수공(鐵手功)도 익혔죠.〉

〈저들에게 검을 써 봤자 별로 타격을 주지 못해. 거의 강시와 같은 강인한 신체와 회복력을 가지고 있다. 검집 자체를 이용하거나 손을

이용해 상대의 머리를 바숴라.〉

〈알겠습니다.〉

〈먼저 내가 뛰어들어서 두 놈을 작살내겠다. 너는 통로를 장악하여 내가 인질을 구출하는 사이 상대가 눈치 채지 못하게 해라.〉

〈예.〉

〈가자!〉

묵향은 그 말과 동시에 쏘아져 나갔다. 묵향은 지루한 보초 시간을 메우기 위해 농담을 즐기고 있는 두 명의 고수를 향해 달려들어 순식간에 머리를 부숴 버렸다. 보초의 머리와 묵향의 벌겋게 달아오른 듯한 손이 부딪치자 뇌수가 터지면서 살타는 냄새가 코를 찔렀다.

'이거 혈수마공은 냄새가 지독해서 못 쓰겠군. 다음부터는 소수마공을 사용해야겠어.'

언뜻 생각을 하면서 쓰러진 보초의 옷 속에서 열쇠를 찾아내어 자물쇠를 열고 안으로 들어갔다. 안에는 두 여자가 처참한 몰골로 쓰러져 있었다. 묵향은 비수를 꺼내어 둘을 묶고 있는 오철(烏鐵)로 만든 수갑과 족쇄를 끊어 버렸다. 그들의 혈도를 풀어 주고는 전음으로 물었다.

〈둘 다 몸은 괜찮소?〉

그러자 옥매화의 의외로 부드럽게 말했다.

〈덕분에 살았어요. 몸은 괜찮아요. 그냥 미혼약에 당하고 혈도를 짚인 채 잡혀 왔기에 혈도가 소통되니 살 것 같군요. 그건 그렇고 우리들한테도 뭔가 무기를 줘요.〉

〈와 주셨군요.〉

자신이 좋아하는 사람에게 구출을 받았음에도 전음을 발하며 묵향을 바라보는 옥령인의 표정은 뭔가 좀 씁쓸한 감이 있었다. 하지만 묵향은 그녀가 자신을 좋아하는지도 알지 못했고, 그녀의 표정이 그런 것은 아마도 오랜 시간 갇혀 있었기에 피곤해서 그럴 거라고 단순하게 생각했다.

묵향은 옥매화의 말에 뭔가 무기가 될 게 있을까 해서, 살짝 문을 열고 해치운 두 고수를 바라봤지만 그들은 장법이나 권법 등 전통적인 마공을 익힌 고수라 그런지 검을 가지고 있지 않았다. 그래서 묵향은 할 수 없이 묵혼검을 뽑아 옥매화에게 건네 주었다.

〈부드럽게 사용해 주시오.〉

〈알았어요. 나중에 돌려 드리죠.〉

〈이건 그대가 사용하시오.〉

묵향은 자신이 가진 비수를 옥령인에게 건네 준 후 그녀들을 이끌고 빠져나왔다. 일단 인질이 구출되었으니 묵향에게는 거리낄 게 없었다.

〈자! 이제 조용히 나갑시다.〉

말이 떨어짐과 동시에 묵향의 손에서는 엄청난 양강의 장력이 뻗어나갔다.

쾅!

엄청난 굉음과 함께 지하실에서부터 비스듬히 위쪽으로 장력이 쓸고 지나가며 거대한 구멍을 만들었다. 그의 돌연한 행동에 옥매화가 기가 찬 듯 말했다.

"이게 무슨 짓이에요?"

"헛소리 말고 따라와."

묵향은 앞장서면서 벌 떼처럼 달려드는 3백여 명의 사사혈시마대를 대적했다. 각 상대는 거의 2초도 안 되어 묵향에게 맞아 머리가 터지며 숨을 거뒀다. 아무리 귀혼강신대법이라도 머리가 터져 나간 이상 그 머리를 복구하라고 명령을 내릴 신체 기관이 없는 것이다. 묵향은 순식간에 30여 명을 때려죽이며 사군자와 합류하였고, 사군자가 그녀들을 호위하자 이제는 거칠 것 없이 주위를 돌아다니며 덤벼드는 사사혈시마대를 상대했다. 묵향은 50여 명을 더 해치우고 그들의 포위망을 돌파하여 사군자 일행에게 돌아왔다.

묵향이 교주가 지정한 장소에 도착하니 교주는 장인걸 이하 주축 고수들과 술자리를 벌이고 술을 마시고 있었다. 장인걸은 묵향이 두 여자를 거느리고 나타나자 조금 경악한 듯 외쳤다.

"묵향 부교주, 그녀들은……?"

"당신도 잘 알 텐데?"

그러자 교주 이하 10여 명의 고수들이 그녀들에게 다가왔다.

"너희가 맹주의 손녀들이 맞냐?"

옥매화가 고개를 끄덕이자 교주는 장인걸을 향해 외쳤다.

"이게 어떻게 된 일이냐?"

장인걸은 광소를 터트린 다음 외쳤다.

"크하하하, 천하가 눈앞에 있었는데……. 내가 죽더라도 네 녀석만은 용서할 수 없다."

그와 동시에 장인걸은 묵향을 향해 몸을 날렸다. 묵향 또한 그에 사양하지 않고 뛰어들었다. 장인걸은 진기를 한계까지 뽑아 올리며 강공으로 나왔다. 먼저 묵향과 부딪치기 직전에 극성의 흑살마장을 뿜었다. 묵향이 검풍을 뿜어 막아 내자 1장 거리까지 접근한 그는 흑시마조, 혈수마공 등을 사용하며 몇 초식을 교환한 후 뒤로 튕겨 나오며 검을 뽑아 들고는 외쳤다.

"받아랏!"

그와 동시에 수십 가닥의 검강이 뿜어져 나왔다. 묵향이 손을 휘젓자 그의 손에서 강기들이 뻗어 나가며 장인걸의 강기 막을 뚫고서 그의 몸에 박혔다. 피와 살이 튀었지만 장인걸은 멀쩡하게 서 있었고 그 상처는 곧 아물어 버렸다. 묵향은 장인걸에게 결정타를 입히기 위해 접근해 들어가다가 곧바로 등에 와 닿는 강력한 충격을 느꼈다. 묵향이 순간적으로 뒤돌아보니 교주가 쓰러져 있었다. 그 옆에 있는 능비계 부교주가 무음 무형의 마음장(魔陰掌)으로 그를 기습한 것이다. 묵향은 갑작스런 기습에 상당한 내상을 입고 대노하여 장인걸을 버려두고 능비계를 덮쳤다. 능비계는 묵향이 뿜어낸 강기의 세례를 받고는 엄청난 충격에 뒤로 피를 뿜으며 날아갔다. 묵향은 교주를 일으키며 말했다.

"괜찮으시오? 교주! 정신 차리시오."

그와 동시에 묵향은 엄청난 충격을 단전으로 느끼며 뒤로 날아갔다. 묵향은 옥령인과 옥매화가 있는 지점까지 충격으로 밀려가 그녀들과 부딪치면서 간신히 몸을 세울 수 있었다. 묵향은 피를 토하면서 외쳤다.

"교주, 왜 암습을?"

교주는 서둘러 방어 자세를 갖추며 빙긋이 미소 지었다.

"정말 대단하군. 아무리 기습을 하기 위해 8성의 공력밖에 사용하지 못했다지만 자전강기(紫電剛氣)를 정통으로 맞고도 살아있다니……."

교주의 말을 들은 묵향은 머리끝까지 화가 치밀어 올라 외쳤다.

"네 녀석을…, 으악!"

묵향은 교주에게 일격을 가하기 위해 진기를 끌어올리는 도중 단전으로 파고드는 강렬한 통증에 비명을 질러야만 했다. 그의 아랫배에 익히 자신이 보아왔던 검은색의 검신이 삐죽하게 튀어 나와 있었다. 묵향이 딴 곳에 정신을 팔고 있는 사이 옥매화가 묵혼검으로 기습을 가한 것이다. 묵향이 어리둥절한 표정으로 뒤돌아보자 옥매화는 고소하다는 표정으로 말했다.

"네 녀석이 너무 강하고 오만하기에 자초한 일이니 날 원망하지 마라. 이번 일은 너를 없애기 위해 할아버지와 교주가 만들어 낸 합작이지. 정파에서는 너를 없애 버리는 것이 마교와의 균형을 잡는 길이라고 생각했고, 마교에서는 오만하고 아무에게나 무공을 가르쳐 대는 너를 없애고 싶어 했거든? 그래서……."

옥매화의 말은 더 이상 이어질 수 없었다. 묵향이 어느새 그 몸을 이끌고 옥매화에게 접근했는지, 사람들이 알아보기 힘들 정도의 빠른 동작이었다. 옥매화는 묵향에게 결정타를 날린 후 방심하다가 멱줄을 잡힌 것이다. 묵향은 옥매와의 목을 그러쥔 상태에서 허공에 들어 올리며 교주를 보고 외쳤다.

"교주, 이 계집의 말이 사실이오?"

그때 묵향은 또 다른 엄청난 고통이 심장을 통해 전해지는 걸 느꼈다. 묵향의 손은 반사적으로 그 상대를 향해 뻗어 나갔다. 뱃속 깊이 묵향의 손이 파고들자 옥령인은 입으로 피를 쏟으면서도 미소 지었다.

"할아버지의 말씀을 어길 수가 없었어요. 용, 용서하세요. 당신과 했던 맹세는… 지, 지켜진 것 같군요. 저는 맹세를 어기고 할아버지에게 모든 걸 말할 수밖에 없었……."

묵향은 옥령인이 숨을 거두자 이왕 내친 것 옥매화의 목뼈까지 부 쉬 버리고 내던졌다. 하지만 그의 부상은 너무나도 엄청났다. 묵향은 이곳에서 살아나갈 수 있는 방법이 전무함을 깨달았다. 그는 최후의 방법으로 역혈수라마공(逆血修羅魔功)을 끌어올려 진기를 돌리기 시 작했다. 여러 차례의 암습으로 그의 몸은 만신창이였고, 또한 단전이 파괴되었기에 그가 공력을 끌어올리는 방법은 그것밖에 없었다. 이걸 사용하면 공력의 회복이 가능하나 몸이 버티지 못하고 일정 시간이 지나면 급속도로 육체가 사그라들며 죽음에 이르게 된다.

묵향은 손에 푸른 강기를 뿜어 대며 교주를 덮쳤다. 그러자 교주는 뛰어드는 묵향을 향해 외쳤다.

"가랏!"

교주의 장심에서는 극성의 자전강기가 뿜어져 나왔다. 하지만 묵향 은 그 강기를 뚫고 앞으로 나왔다. 공포스러운 묵향의 기세를 보고 주 변의 고수들까지 묵향을 향해 장풍을 날렸고 급기야 그들의 합공에 밀린 묵향의 몸은 뒤로 날아갔다. 정신을 잃기 전에 묵향은 자신의 몸 이 날아가다가 누군가의 손에 잡힌 것을 알 수 있었다. 그와 동시에 사방에서 경악성이 터졌다.

"잡아랏!"

"놓치지 마라!"

묵향의 몸을 안은 국이 최고의 속도로 경신술을 전개하며 부드럽게 말했다.

"묵향 부교주, 그대는 우리들 살수에게는 신화적인 존재입니다. 저 는 당신을 모시게 된다는 걸 알았을 때 정말 기뻤고, 또 당신이 저에게 무공을 가르쳐 줄 때 너무나도 고마웠습니다. 당신을 해치우기 위해 이번에 수많은 고수들이 동원되었습니다. 하지만 당신이 이렇게 예상을 뒤엎고 빨리 쓰러진 것은 주위의 사람들을 너무 믿은 탓이겠지요. 교주가 당신을 없애고자 마음먹은 것은 이번 무림맹 방문 후부터였습니다. 당신이 맹주에게 현경으로 들어가는 방법을 알려 준 것이 화근이었습니다. 그걸 안 교주는 당신을 없애기로 결정했고, 맹주에게 연락해서 그 자매를 불러들인 겁니다. 죄송합니다, 부교주. 빨리 당신에게 말해야 했지만 저는 교주의 함구령을 거역할 용기가 없었습니다. 당신이 쓰러지는 걸 보고서야 도저히 참을 수 없어 나선 겁니다. 저를 용서해 주십시오.”

이때 국의 뒤에서는 추격하는 마교의 고수들이 쏘아 대는 암기들이 계속 날아왔다. 묵향은 꺼져 가는 의식 속에서도 국에게 중얼거렸다.

“용서하네…….”

국은 죽어라고 도망치면서 지속적으로 몸을 좌우로 움직여 뒤에서 날아오는 암기들을 피하고 있었지만 워낙 많은 숫자가 날아왔으므로 그것들을 모두 피한다는 것은 불가능했다. 덩치 큰 것들이나 공력이 비교적 많이 실린 것들은 피했지만 몸에 격중되어도 충분히 호신강기로 버틸 수 있는 것들은 그냥 맞으면서 몸을 날렸다. 하지만 그의 공력도 이제 거의 한계에 다다르고 있었다.

'지금까지 달려온 거리는 거의 25리. 이제 몇 리만 더 가면 탄령하(嘆靈河)다.'

국은 유속이 엄청나게 빨라 마치 저승에 떠도는 영혼들이 탄식하는 소리를 내는 것 같다고 이름 붙여진 탄령하에 묵향을 던져 넣을 작정이었다. 그것 말고는 방법이 없었다. 묵향이 이곳에서 살아날 가능성은 거의 없었지만, 그냥 이대로 있으면 무조건 죽을 것이 확실하므로 실낱같은 가능성에 운을 걸어 보기로 작정하고 도망쳐 온 것이다.

사군자는 이미 묵향 제거 계획을 알고 있었다. 계획에 따르면 묵향이 멍청하게 탄령하로 도망갈 리 없다는 추측하에 탄령하를 제외한, 마교에서 밖으로 빠져나가는 수많은 길목과 나루터를 중심으로 천라지망을 펼쳐 놓았다. 왜냐하면 탄령하는 현경의 고수라고 해도 부상을 입은 상태에서 지나갈 수 없을 만큼 지독한 곳이었기 때문이다. 그렇기에 국은 탄령하로 도망치는 모험을 하고 있는 것이다.

국은 탄령하에 도착하기 직전 10여 명의 고수들이 그곳에 진을 치고 있는 것을 보았다. 그들이 입은 옷으로 보아 수라마참대의 고수들이 분명했다. 이번 묵향을 죽이는 일에 마교는 전 세력을 동원했다. 묵향은 마교의 장악에 뜻이 없었기에 교내에 자신의 세력을 만들어 놓지 않았다. 그래서 사군자가 교주의 압력을 받아 그를 배신하자 그 엄청난 마교의 주력 부대들이 움직이는데도 그 사실이 묵향의 귀에 들어가지 않았던 것이다. 하지만 묵향의 무공이 어느 정도 무서운지 익히 아는 교주인지라 자신이 움직일 수 있는 전 세력을 동원하고도 결정타를 입히지 못하면 그를 없앤다는 것이 불가능함을 알고 무림맹주를 설득하여 그의 손녀들을 빌려 온 것이다.

그의 두 손녀를 빌려 오기는 쉬웠다. 묵향을 죽이는 일이라고 하자 묵향과 감정이 많던 옥매화는 자원해서 나섰고, 옥령인은 마음이 여려 맹주의 강압에 그들을 돕기 위해 파견되었다. 원래 옥령인은 맹주의 아들 옥진호(玉振湖)의 첩에게서 태어난 자식이다. 그래서 맹주는 예전부터 무공에 열심인 옥매화를 편애하여 마교에서 옥령인을 원하자 선뜻 보내겠다고 약속했다. 그런데 그걸 엿들은 옥매화가 자신도 함께 가겠다고 우겨 자매가 함께 온 것이다.

묵향이 입은 타격 중 이 자매가 입힌 것이 가장 컸다. 교주도 묵향이 묵혼검을 옥매화에게 주지 않을 수 없는 상황을 만들기 위해 사사혈시마대(邪死血屍魔隊)에 무장하지 말라는 지시를 내렸고, 옥매화에게는 그에게 무기를 달라고 조르라고 지시했던 것이다. 하지만 무기를 안 줄 경우에 대비해 그녀들은 각기 한 자루씩의 비수를 가지고 있었지만, 묵향이 그녀들에게 준 마교의 명장(明匠)이 현철로 만든 묵혼검과는 비교할 수도 없었다. 묵향을 암습하려고 호신강기를 꿰뚫을 수 있는 비수를 가지고 있다가는 그 예기를 묵향이 알아 챌 것이 분명했기 때문이다.

국은 강가에서 기다리고 있는 10여 명의 고수들을 보자 곧장 그들에게 달려들었다. 상대방도 각자 무기를 빼들고 국과 묵향을 끝장내려고 덤볐지만 국은 처음부터 그들과 싸울 생각 자체가 없었다. 국의 등은 이미 진기가 다해 호신강기가 엷어지면서 날아와 박힌 수많은 암기로 엉망진창이었다.

국은 수라마참대의 고수들에게 접근하자마자 묵향을 탄령하로 던지면서 미리 준비하고 있던 암기들을 던졌다. 상대방이 암기를 피하는 그 순간 그도 따라서 탄령하로 뛰어들며 세심하게 신경 써서 묵향의 옆에서 떨어져 내렸다. 수라마참대의 고수들은 묵향과 국을 향해 암기와 장력을 뿜었지만 그건 고스란히 국이 모두 다 맞았다. 이렇게 해서 묵향은 실낱같은 생명을 유지한 채 급류에 실려 떠내려가게 되었다.

『〈묵향〉 2권에서 계속』